dtv

Martin Luther war der Sohn ehrgeiziger Eltern. Als Jurist sollte er die angesehene Familie Luther bis in die höchste bürgerliche Klasse hinaufführen. Martin, so der Plan, sollte einmal Ratgeber von Fürsten und Magistraten sein. Man schickt ihn mit viereinhalb Jahren auf die Lateinschule, wo neben dem Lateinischen auch Stock und Rute auf ihn warten. Beides kennt Martin bereits von zu Hause. In seiner Jugend ist die Angst vor Strafe, aber auch vor dem oft beschworenen Teufel sein ständiger Begleiter. Die einzige Zuflucht in dieser Zeit ist ein Baum, der Martin schützt und tröstet. Er ist ihm Ausweg und Versteck. Und schließlich trifft er dort ein Mädchen. Es bringt die Liebe in Martins Leben – und damit unlösbare Konflikte.

Asta Scheib wurde 1939 geboren, arbeitete als Redakteurin bei verschiedenen Zeitschriften und als freie Journalistin, vor allem für die ›Süddeutsche Zeitung‹ mit dem Schwerpunkt literarisches Porträt. Seit 1986 ist sie freie Schriftstellerin und Drehbuchautorin. Für ihr vielseitiges Werk wurde sie mehrfach ausgezeichnet. Sie gehört heute zu den bekanntesten deutschen Schriftstellerinnen und lebt mit ihrer Familie in München.

Asta Scheib

Sturm in den Himmel

Die Liebe des
jungen Luther

Roman

dtv

Ausführliche Informationen über unsere Autoren und Bücher
www.dtv.de

Von Asta Scheib sind bei dtv u.a. erschienen:
Beschütz mein Herz vor Liebe (21250)
Das Schönste, was ich sah (21272)
Frost und Sonne (21630)
Kinder des Ungehorsams (21660, 25288)

MIX
Papier aus verantwortungsvollen Quellen
FSC® C019821

Ungekürzte Ausgabe 2018
dtv Verlagsgesellschaft mbH & Co. KG, München

Umschlaggestaltung: Katharina Netolitzky unter Verwendung eines Bildes von bridgemanart.com/Private Collection
Satz: C.H.Beck.Media.Solutions nach einer Vorlage des Hoffmann und Campe Verlags
Gesetzt aus der Berling
Druck und Bindung: Druckerei C.H.Beck, Nördlingen
Gedruckt auf säurefreiem, chlorfrei gebleichtem Papier
Printed in Germany · ISBN 978-3-423-21745-3

I

1

Den Mann im Mond kannte Martin. Es war Gott, und er blickte auf ihn hinunter. Das hatte Martin allein herausgefunden. In vielen schweren Gedanken. Er würde noch in diesem Jahr vier Jahre alt werden. Bald sei es Zeit für ihn, die Schule zu besuchen, sagte der Vater. Martin hoffte inständig, Jesus Christus oder die Heilige Mutter Gottes würden sich dann um ihn kümmern. Gottvater kam immer erst, wenn es Zeit war, schlafen zu gehen. Er brachte Licht mit, das dann golden über den Häusern hing, über den Speichern und Scheunen. Es roch nach Heu und Pferden, und der Nachtwächter rief die Stunde aus.

Martin sollte lieber sofort ins Haus gehen. Berblin hatte ihm zwar erlaubt, noch für eine Weile in dem Abendgold stehen zu bleiben und zum Himmel zu schauen, zum Mond, der schon stark leuchtete. Noch war die Mutter am Herd beschäftigt, aber sehr bald würde sie ihn am Ohr ins Haus ziehen. Oh Mutter. Besser, er folgte einfach.

Im Haus hörte er die Stimme des Vaters aus der Stube. Und die Stimmen anderer Männer, die vorhin ins Haus gekommen waren. Einer von denen schrie etwas von Mergelschächten in Mansfeld, von Schmelzhütten, von Kupfer und Silber, vom Schürfen. Vom Lohn. Und davon, dass er ständig auf der Seite liegend arbeiten müsse. Auf dem nassen Boden. Er habe schon längst einen Schiefhals und die größten Kopfschmerzen. Martin verstand nicht, warum der Mann sich beklagte, doch das Geschrei machte ihm

Angst, und er schlüpfte leise unter den großen Tisch, an dem die Männer saßen.

Plötzlich erhob sich der laute Mann von der Sitzbank und schrie den Vater an, dass der zwar ein Vierherr sei, ein Bürgerschaftsvertreter, dass er in Mansfeld viel zu sagen habe, aber nichts für die Bergarbeiter tue! Da sprang der Vater seinerseits auf, bückte sich, raffte den Kittel über seiner nackten Kehrseite zusammen und schrie, dass der Mann ihn im Arsche lecken könne. Martin, solidarisch, kam rasch unter dem Tisch hervor, stellte sich neben seinen Vater, bückte sich, zog den Kittel weg von seinem nackten Hintern und rief: »im Arsche lecken«. Mehr Worte hatte er sich nicht merken können.

Die Männer am Tisch verstummten kurz, dann brachen sie in Gelächter aus, sogar der wütende Vater musste lächeln über seinen unerwarteten Verbündeten. Zwar war sofort die Mutter zur Stelle, um Martin am Ohr zu packen und aus der Stube zu seiner Schlafstatt zu befördern, doch Martin war beseelt von seinem Erfolg, der das Ungemach bei Weitem überwog.

Er würde das Präsentieren seiner nackten Kehrseite im späteren Leben noch öfter anwenden. Mitsamt der dazugehörigen Aufforderung. Dieses drastische Abwehrmittel, das bekanntlich auch gegen Teufel und böse Geister half, machte jedem Ärger Luft. Und es verschaffte Respekt.

Martin war am Einschlafen, als die Türe knarzte und Berblin leise eintrat. Sie trug seinen kleinen Bruder Jakob auf dem Arm und setzte sich mit ihm an Martins Bett. »Wir haben noch nicht gebetet«, sagte sie leise. »Wir wollen Gott dafür um Entschuldigung bitten, dass du geflucht hast. Er wird dir gern vergeben, weil du deinem Vater helfen wolltest. Ich will für dich sprechen, deshalb hör mir gut zu:

Das helfe Gott uns allen gleich,
dass wir von Sünden lassen,
und führe uns zu seinem Reich,

dass wir das Unrecht hassen.
Herr Jesu Christe, hilf uns nu
Und gibt uns Deinen Geist dazu,
dass wir Dein Warnung fassen.«

Berblin strich Martin liebevoll über die Wange, nahm die brennende Kerze und ging mit Jakob aus dem Zimmer. Unbemerkt von ihr lehnte Hans Luther im Türrahmen. Er trat auf sie zu und nahm ihr seinen kleinen Sohn ab. Jakob war eingeschlafen.

»Berblin, es ist gut, dass du mit den Kindern betest. Und ihnen beistehst.«

2

Es gab gute Kinder. Es gab böse Kinder. Zu Letzteren gehörte Martin. Das wusste er von seiner Mutter, die es ihm oft genug vorhielt. Ihm selbst war eigentlich nicht klar, was das bedeutete, gut und böse. Es schien ein Geheimnis zu sein. Auf jeden Fall holte der Teufel die Bösen. Das sagten alle. Der Pfarrer, die Lehrer, die Mutter, der Vater. Und jeder von denen hatte eine Rute.

Wenn Martin in der Schule einschlief, wenn ihm das Essen auf dem Tisch nicht schmeckte, wenn er Hunger hatte und in der Speisekammer Trockenobst und Nüsse stahl, hallte es in seinen Ohren: »Der Teufel soll dich holen«. Meist wurde er dann mit der Rute gestrichen. Martin sah in seinen Vergehen nie ein Unrecht, die Alten aber wohl. Und die hatten immer recht.

»Der Teufel soll dich holen!« Immer wieder wurde ihm damit gedroht. In der Kirche hatte er gelernt, dass Satan und die Teufel ursprünglich Engel gewesen waren. Sie hatten sich gegen Gott aufgelehnt und wurden in einer großen Schlacht im Himmel besiegt und in die Hölle geworfen. Sie dienten von nun an als Gottes Handlanger, die die Gottlosen und Bösen bestraften.

Der Pfarrer hatte Martin und den anderen ein Bild gezeigt, auf dem Gott mit einem riesigen Speer dem Satan in den Rachen stach. Der Satan selbst hatte Hörner, glimmende Kohlenaugen und eine furchtbare Gaumenspalte. Der könne schreien wie ein Stier, hieß es. Und erst das Jüngste Gericht! Da zermalmen die Teufel alle Gottlosen in ihren Händen und werfen sie ins Feuer.

Tagsüber, wenn es überall hell war und die Sonne schien, kamen die Teufel Martin nicht so nahe. Bei einem Gewitter jedoch, oder bei Nacht, wenn er den Teufel, Satan und sonstige Geister im Traum gesehen hatte, dann fürchtete er sich so sehr, dass er am ganzen Körper schwitzte.

Allein wenn er sich vorstellte, dass der Satan ihn auf dem Monster Behemoth verfolgte – er wollte in seinem ganzen Leben nie mehr heimlich in die Vorratskammer gehen.

An diesem Tag hatte er Schläge bekommen, weil die Mutter ihn verdächtigte, ihr einen Kreuzer gestohlen zu haben.

Martin hatte noch nie Geld gestohlen. Trotzdem kniete er jetzt in der Stube und hatte einen riesigen Holzbottich mit getrockneten Erbsen vor sich. Zur Strafe musste er bis zum Abend die schlechten aussortieren.

Nicht einmal hinsetzen konnte er sich, so weh tat ihm der Hintern. Und überhaupt war es nicht zu schaffen, so viele Erbsen bis zum Abend zu sortieren. Wenn wenigstens Berblin da wäre. Sie würde ihm beim Sortieren helfen und nichts verraten.

So aber konnte er sich schon auf die nächste Tracht Prügel gefasst machen. Deshalb wollte er weglaufen. Er würde in den Wald gehen und nicht mehr zurückkehren. Martin war schon oft im Wald gewesen. Dort konnte man Holz finden für ein Feuer oder zum Bauen einer Hütte. Ernähren würde er sich von der Natur. Schließlich hatte er schon oft Früchte und Pilze gesammelt und am Waldrand kleine Vögel gefangen.

Von der Straße riss ihn ein lautes Wiehern aus seinen Gedanken. Er stieg aufs Fensterbrett und schaute hinaus. Der Nachbar, Wirt vom Goldenen Ring, spannte gerade fluchend und umständlich sein Pferd ins Geschirr. Das Pferd fluchte auch, so schien es Martin zumindest.

Er hatte auch ein Pferd! Es stand bei ihnen im Stall und gehörte eigentlich dem Vater. Aber Martin hatte es schon oft aus dem Stall geführt, wenn der Vater anspannen wollte. Frieder war ihm gegenüber immer sanft gewesen, und er hatte ihn gern gestreichelt und mit ihm geredet. Doch als Reitpferd war Frieder ein hoher Bock.

Martin überlegte, ob er sein Pferd vor dem Fenster postieren, dann ins Haus laufen und aus dem Fenster heraus aufsteigen konnte. Tatsächlich. Es ging ganz leicht. Gnade und Friede in Christo!

O je – was würde Jesus Christus zu Martins Pferdediebstahl sagen? Das musste er sich später überlegen. Jetzt war keine Zeit. Jesus Christus musste ja gesehen haben, wie oft seine Mutter ihn ungerecht bestraft hatte.

Als er seine Fersen sanft gegen den Bauch des Pferdes drückte, ging Frieder los. Martin griff in seine wollige Mähne, er wollte ihn zum Umdrehen bewegen und die Straße hochreiten, an der Kirche vorbei. Ins offene Land. Frieder gehorchte bereitwillig. Schade, dass niemand sah, wie gut er mit seinem Pferd umgehen konnte! Er hatte die hohe Kunst des Reitens noch nicht richtig gelernt. Doch wenn er die Mansfelder Grafen auf ihren Pferden gesehen hatte, war stets der Wunsch in ihm aufgestiegen, ebenso hoheitsvoll zu reiten.

Innerlich jubelte er, doch er tat so, als wäre es für ihn das Selbstverständlichste der Welt, auszureiten. Und tatsächlich gelang es ihm, die Stadt ohne Aufsehen am hellichten Tag zu verlassen. Nur einmal, als er am Haus des Barbiers vorbeikam, schüttete der gerade Seifenwasser aus und rief:

»He Martin! Wohin, wo aus?«

Martin hob die Hand zum Gruß: »Feuerholz holen für die Mutter!«

Der Barbier war es zufrieden.

Als Martin die Stadt hinter sich gelassen hatte, verlor sich sein Hochgefühl rasch. Es peinigte ihn, dass er niemanden um Erlaubnis gebeten hatte. Das war böse gewesen, und dafür würden die Eltern ihn bestrafen. Schwer bestrafen. Aber er würde ja ohnehin nicht zurückkommen. Nie mehr.

»He, Frieder!« Martin musste sich festhalten. Dem Pferd, das sonst auf dem Feld arbeitete und hochbeladene Wagen zog, schien es zu gefallen, mit Martin auszureiten. Es begann zu traben, und Martin hatte gehörig Mühe, sich auf dem breiten Rücken des Gauls zu halten. Schließlich beugte er sich vor und schlang seine Arme um Frieders Hals. Er hatte das Gefühl, zu fliegen. Wenn doch Berblin ihn sehen könnte! Sie würde sein Glück mit ihm teilen. Und nur ihretwegen tat es Martin weh, dass er nicht mehr heimkehren würde.

Gnade und Friede in Christo! Am Waldrand blieb Frieder endlich stehen. Martin, verstrickt in Frieders Mähne, mühte sich, seine Finger freizubekommen. Sie schienen ihm hart wie Eisen und auch so gefühllos. Endlich konnte er sich vom Rücken des Gauls hinuntergleiten lassen. Sein Hintern schmerzte wie nie.

Er suchte eine Stellung, in der er verschnaufen konnte, ohne sich auf den Hintern zu setzen. Also legte er sich auf den Bauch ins Gras. Frieder begann, um ihn herum zu weiden. Er schnaubte und rupfte genussvoll. Martin beneidete ihn. Sein Pferd hatte keine Sorgen, keine Schmerzen und genug zu essen.

»Frieder, komm, wir müssen noch ein Stück tiefer in den Wald.« Frieder schnaubte freundlich, fraß aber ungerührt weiter. »Komm, Frieder, wir müssen uns verstecken. Sie dürfen uns nicht finden. Los jetzt!«

Das Pferd schien sich nur ungern vom Grasen zu verabschieden. Martin tätschelte sanft seinen Kopf, und plötzlich sprang es weg und lief los. Martin rannte hinterher und fand es schließlich auf einer schönen, besonnten Lichtung, wo es seinen Kopf wieder ins Gras steckte. Es hatte wahrscheinlich noch nie so zartes Gras gefressen, wie es auf den Lichtungen hochschießt, und jetzt konnte es nicht genug davon kriegen.

Martin betrachtete das schwarze kräftige Wurzelwerk in der Erde, das bestimmt alles Wasser aus dem Boden saugte, damit der Baum, an den er sich lehnte, wachsen und stark werden konnte. Er sah an dem mächtigen Stamm hoch, bewunderte die Äste mit den dichten sattgrünen Blättern. Der Stamm, die Äste und die Blätter schienen alle nach oben zu schauen. In den Himmel. Das konnte Martin verstehen. Auch er liebte es, in den Himmel zu schauen, besonders wenn dieser so strahlend blau war, dass die Blätter der Bäume zu glühen begannen.

Auf die Schönheit der Natur hatte ihn Berblin aufmerksam gemacht. Liebe Berblin. Du findest mich bestimmt.

Martin betrachtete den Baum so lange, bis er völlig neue Gedanken im Kopf hatte. Wenn sie in den Himmel schauten, die Äste und Blätter, dann wussten sie vielleicht, ob dort oben Gott wohnte. Ganz sicher wusste der Baum das. Vielleicht würde er Gott das Vogelnest schenken, das Martin schon erspäht hatte.

Frieder zupfte nur noch hier und da einen Grashalm. Er war satt. Martin war hungrig. Und wie. Müde war er auch. Er setzte sich zwischen zwei kräftige Wurzeln, lehnte sich an den Baum und überlegte, was er und Frieder tun sollten. Darüber schlief er ein. Erst das laute Wiehern seines Pferdes weckte ihn wieder auf.

Es war dunkel. Durch die Bäume leuchtete das Licht von Kienspänen. Martin hörte Stimmen. Der Vater, die Mutter, Berblin und der Knecht Jockel riefen nach ihm. Auch die Reinickes hörte er und die Oemlers. Die Stimme des Barbiers lag schrill über dem Rufen der anderen.

Frieder nahm dies zum Anlass, nochmals kräftig zu wiehern. Aus Richtung der Fackeln kam sofort Antwort.

»Martin! Martin!« Die Stimme seiner Mutter klang anders als gewohnt. Hoch und verzweifelt rief sie nach ihrem Sohn. »Wo bist du, Martin?«

Es war ihm, als erwachte er aus einem Traum. Die Stimme der Mutter berührte ihn tief. Martin musste schlucken, sonst hätte er geweint. Ihr Ton machte, dass er die Härte und Strenge und vor allem die Schläge vergessen wollte. Auch, dass er sich oftmals sinnlos herumgezerrt und ausgeschimpft fühlte. Etwas in Martin sagte ihm, dass die Mutter auch anders sein konnte als streng und böse. Dieser anderen Mutter wollte er glauben. Plötzlich hatte er keine Angst mehr. Er wollte auch nicht mehr weglaufen.

Martin nahm Frieder an der Leine und ging mit ihm auf die Fackeln zu. Er meinte in den Wurzelverschlingungen und Astgebilden die Gesichter der Eltern zu sehen, aber ihre Züge wirkten nicht unheimlich und anklagend. Er dachte an die Bäume um ihn herum, vor allem an den unvergleichlich schönen, in dessen Wurzeln er sich geborgen gefühlt hatte.

Alle diese Bäume führten ihren stillen Kampf gegen Wind, Wetter und Gestein. Wie die Menschen auch. Er, Martin, wollte einer von ihnen werden.

3

Martin war als Erster am Teich, legte sich in die Sonne und betrachtete das Wasser. Ein Fisch sprang hoch und hinterließ Kreise, die sich langsam verloren. Er war ziemlich groß gewesen. Vielleicht gar ein Hecht? Sofort fuhr Martin mit der Hand ins Wasser, tastete den Boden an der Stelle ab, wo der Fisch eingetaucht war. Nichts. Nur aufgewühlter Lehm, trübes Wasser. Martin fragte sich, ob der Hecht es gut hatte in dem Teich. Einsam und allein war er schon mal nicht. Teichrosen blühten, Büschel von Binsen und Sumpfdotterblumen, Rohrkolben, Schwertlilien.

Das alles hatte Gott gemacht. Da konnte der blutfinstere Teufel in seinem Drachengespann noch so durch die Nächte jagen – den Tag, die Sonne und alles Schöne in der Welt hatte Gott erschaffen. Gott allein hatte aus finsteren Gebirgen die Welt ins Helle geholt. Und Martin wohnte mittendrin.

Als er sich kniend näher über das Wasser beugte, sah er Stichlinge, kleine Frösche und Molche. Eine Ringelnatter wand sich zwischen den Steinen, weiter hinten, in den Rohrkolben, sah er eine Stockente. Ein Schmetterling, richtig gelb, taumelte zwischen den Pflanzen.

Die Vögel. Hier draußen hörten sie sich anders an als bei ihm zu Hause. Viel lustiger. Die Krähen, die Spatzen, die kleinen Amseln und die Buchfinken, jeder von ihnen sprach eine andere Sprache. Die Singdrosseln und die Rotkehlchen machten plötzlich Lärm oder flöteten lieblich. Manchmal versuchte Martin, eine

Krähe oder eine Drossel nachzumachen – doch er gab es jedes Mal schnell wieder auf, weil er sich blöd vorkam.

Keine Frage, die Vögel waren bessere Sänger als er und seine Mitstreiter beim Kurrende-Singen. Viel bessere.

Martin versuchte, auf einem gespaltenen Grashalm wenigstens ein bisschen zu flöten. Es klang quäkend, und er ließ es bald bleiben, sank wieder träge ins Gras. Er genoss seine Freiheit. Das Glück, einmal nicht unter der strengen Fuchtel der Eltern zu stehen. Gemeinsam mit seinen Schulfreunden hatte er sich eine eigene Welt geschaffen.

Als er noch klein gewesen war, vier oder fünf, da hatte er jedes Mal in panischem Entsetzen versucht, auszureißen, wenn Vater oder Mutter die Rute vom Schrank geholt hatten. Es war ihm selten gelungen, und wenn doch, war die aufgeschobene Strafe umso härter ausgefallen.

Mit unbewegtem Gesicht schwang die Mutter dann die Rute. Vielleicht wusste sie sich nicht anders zu helfen. Ihr verkniffenes, schroffes Gesicht blieb für ihn verschlossen. Gut, dass er nun schon zwölf war und sich nicht mehr ganz so fürchtete wie früher.

Was hatte er einst für Nöte ausgestanden. Als man ihn eingeschult hatte, war er viereinhalb Jahre alt gewesen. An diese Zeit – acht Jahre waren das her – musste er jetzt wieder denken. Berblin hatte ihn damals jeden Tag in die Schule gebracht, weil sie besorgt war, dem kleinen Jungen könne auf dem Weg etwas Schlimmes passieren. Der Weg zur Schule war zwar nicht sonderlich weit – das Schulgebäude mit dem spitzen Giebel lag direkt hinter der Kirche –, aber die Straße vom Elternhaus bis zur Kirche stieg doch recht steil an. Jedenfalls für ein kleines Kind. Und überall wurde gebaut, es lagen Bretter herum oder Eimer standen im Weg. Und Menschen tummelten sich vor allem rund um die Kirche, wo Markt abgehalten wurde. Da konnte einem kleinen Jungen schon viel passieren. Was, wenn ein Pferd nach ihm schlagen würde? Gleich in den ersten Schultagen war einem Bauern sein Ochse entwischt. Und er hatte seine Freiheit weidlich genutzt, war durch die Gassen gestürmt, hatte Stände der Händler umgeworfen, und neben einem Hund und mehreren Hühnern auch eine Marktfrau verletzt, die ihre Eier, Butter und Milch vor ihm retten wollte.

Als das Berblin zu Ohren gekommen war, wurde ihre Sorge um Martin noch größer. Ständig erwähnte sie die Geschichte mit dem Ochsen. Martin dürfe keineswegs allein in die Schule gehen. Er müsse auch abgeholt werden. Da hatten die Eltern gebrummt, Martin solle kein Hätschelhans sein.

Doch Berblin hatte sich nicht darum geschert, was die Eltern Luther einwandten. Einer müsse Martin beschützen, hatte sie bestimmt gesagt, außerdem – er sei überhaupt noch viel zu jung für die Schule.

Und damit hatte sie recht gehabt. In der Schule hatte es ihm keinen Tag gefallen. Er heulte und wollte sich ständig drücken, indem er sich schier die Seele aus dem Leib kotzte, doch die Eltern blieben hart. Für Martin hatte eine weitere Prügelzeit begonnen.

Martin schreckte auf aus seinen Gedanken. Ein Insekt hatte sich auf seinem Gesicht niedergelassen. Das kitzelte genau über dem Auge, und Martin hatte Sorge, dass es eine Wespe sein könnte. Einen Wespenstich direkt über dem Auge wollte er nicht riskieren. Er blinzelte vorsichtig, half mit der Hand ein wenig nach und hatte Glück, die Wespe, es war tatsächlich eine gewesen, flog davon.

Er streckte sich wieder behaglich im warmen Gras aus. Es war so gut, nicht zu Hause zu sein. Dort erinnerte man ihn ständig daran, dass er mitzuhelfen habe im Haus, im Stall beim Pferd und bei den Ziegen und Schafen. Ständig hieß es, er müsse lernen, dass aus ihm etwas Rechtes werde. Das Leben sei nicht dazu da, müßigzugehen, jedermann müsse bitter arbeiten. Gut, dass die Eltern heute in Eisleben Geschäfte hatten. Sie würden erst am Abend zurückkommen, frühestens. Liebe Berblin, dank dir, dass du mir erlaubt hast, meine Freunde Nicolaus und Hans zu treffen. Sie werden beide daheim nicht so hart gehalten. Ich dagegen – wenn ich dich nicht hätte …

Martin begann unter diesen Gedanken zu schwitzen, und er steckte seinen Kopf in das kühle Wasser des Teichs. Er bekam Lust, ganz hineinzusteigen, doch dazu müsste er seine Kleider ausziehen, und er traute Hans Reinicke nicht. Er und Nicolaus Oemler mussten jeden Moment hier sein. Hans brächte es fertig, mit Martins Kleidern abzuhauen oder ihn auf andere Weise in Verlegenheit zu bringen.

Aber nein, Nicolaus würde Hans niemals erlauben, Martin zu schaden, und sei es nur aus Spaß. Nicolaus Oemler war Martins bester Freund. Punktum. Er war bereits ein Jahr in der Schule gewesen, als Martin eingeschult worden war. Nicolaus war viel größer und dazu kräftiger als die anderen Schüler in seinem Alter. Martin, Nicolaus und Hans kannten sich gut. Ihre Väter waren Bergvögte und Vierherren, die gemeinsam mit dem Rat die Stadt verwalteten. Später würden sie zu Ratsherren ernannt werden. Sie hatten Kontakte zum nahe gelegenen Hof und zur Landesregierung.

Die Amtspflichten des Vierherrn Hans Luther erstreckten sich auch auf kirchliche Angelegenheiten. Vor allem an der Stadtpfarrkirche St. Georg, die nah am Lutherschen Anwesen lag.

Der oftmals anmaßende Hans war der Sohn des vornehmen Hüttenmeisters und Bergvogts Peter Reinicke aus Thal-Mansfeld. Die Schächte der Familie lagen bei Möllendorf, also in der Nachbarschaft der Schächte von Martins Vater. Nicolaus Oemlers Elternhaus war auch nur wenige Schritte vom Haus der Familie Luther entfernt.

Die Söhne der Familien hielten seit jeher unverbrüchlich zusammen. Zu Beginn seiner Schulzeit, als Martin eher schmächtig gewesen war, hatte ihn Nicolaus Oemler ganz selbstverständlich auf dem Rücken zur Schule getragen. Martin würde das niemals vergessen. Pünktlich, jeden Morgen, hatte er vor der Tür der

Luthers gestanden, und dann war er mit Martin auf dem Rücken den Berg hinangestiegen. Er musste oftmals über Bauzäune und Balken klettern. Bauern und ihren Fuhrwerken ausweichen. War Markt, schimpften die Bäuerinnen, wenn Nicolaus ihren Eiern und Hühnern zu nahe kam.

Am Anfang hatte sich Martin geniert. Obwohl er heilfroh war, dass der kräftige Nicolaus ihn beschützte und den Berg hinaufschleppte. Berblin legte ihm einen Fußverband an, den sie immer mal wieder erneuerte. So vermutete jeder, dass Martin verletzt und nicht in der Lage war, sich allein in die Schule zu mühen.

Über diesen Gedanken schlief Martin schließlich am Rand des Teiches ein und verfiel in einen wüsten Traum. Er sah einen Wagen, ein Fuhrwerk, wie sein Vater es benutzte. Von Frieder, ihrem Pferd, gezogen, doch alles stand in gelbroten Flammen. Martin war allein auf dem Wagen, er wollte nur weg, doch die Flammen schlugen höher, und als er endlich entschlossen war zu springen, erwachte er von einem Wasserguss.

Er rappelte sich auf, wischte sich das Wasser aus dem Haar und aus den Augen. Obwohl er um sich herum noch nichts sehen konnte, war ihm klar, dass Hans und Nicolaus eingetroffen waren. Hans brachte sich jetzt rasch hinter einem Baum in Sicherheit, doch Martin hatte keine Lust auf Verfolgungsjagden. Hans war sein Freund, auch wenn er manchmal heimtückisch war, ein Mistvieh, unberechenbar. Martin verdankte ihm eine Narbe am Kopf, weil er einen Stein nach ihm geworfen hatte.

Dennoch – Hans, der gutmütige Nicolaus Oemler und er waren unzertrennlich, drei Schelme sondergleichen. Das sagte jedenfalls die Mutter von Hans Reinicke.

»Verdammter Hund«, fluchte er jetzt also lediglich, und dann überlegten die drei friedlich, was sie als Nächstes machen wollten.

Der Becher, eher ein kleiner Eimer, den Hans dabeihatte, erinnerte sie daran, dass sie sich sputen mussten, ihn mit wilden Erdbeeren zu füllen. Das hatte die Mutter von Hans Reinicke jedenfalls verlangt. Reinickes hatten zwar ihre eigenen Erdbeeren im Garten, aber die waren schon abgeleert, bevor sie richtig reif waren, und Mutter Reinicke kannte die Diebe: Hans und seine Schwester Barbara.

Schon wegen Barbara wollte Martin den Hans als Freund behalten. Sie hatte ihn einmal auf die Wange geküsst. Vielleicht war es auch kein Kuss gewesen. Oder kein richtiger. Martin wusste es nicht. Nur, dass er selig gewesen war. Es fiel ihm kein anderer Ausdruck ein.

»He«, rief Nicolaus, »schlaf nicht wieder ein! Wir wollen doch noch in meine Höhle!«

»Erst müssen wir Erdbeeren suchen, ihr kennt ja meine Mutter«, sagte Hans.

Allerdings. Ihre robusten Erziehungsmethoden dehnte Frau Reinicke gewissenhaft auch auf die Freunde ihres Sohnes aus. Eine Kopfnuss war da für jeden drin. Es hieß also, Erdbeeren zu finden. Vom Vorjahr kannten sie ein paar Stellen, wo es wilde Erdbeeren gab. Martin beobachtete, wie Hans erst einmal eine Handvoll Blätter auf dem Boden des Eimers verteilte. Nie würde er selbst sich das trauen. Das würde für Hans schlecht ausgehen. Aber ihm sollte es recht sein. Er gönnte dem Freund jederzeit einen Nasenstüber.

Sie fanden tatsächlich reichlich Früchte, und Martin musste sich zusammennehmen, um nicht jede Beere, die in sattem Rot durch die Blättchen schimmerte, gleich aufzuessen. Allein der Duft! Hatten Erdbeeren schon immer so gut gerochen?

»Nur pflücken! Nicht essen!«, mahnte Hans. Doch Nicolaus erwischte ihn dabei, wie er sich selbst eine Handvoll Beeren in den Mund warf.

»Du bist so verfressen wie der Papst«, schimpfte Nicolaus. »Sieh doch zu, wie du deinen Topf voll kriegst.«

Die Sonne war schon im Sinken, als sie schließlich matt und mit leidlich gefülltem Topf vor dem Eingang der Höhle saßen.

Martin dachte, dass er jetzt lieber mit Barbara hier säße, und er wettete, dass Nicolaus dasselbe dachte. Auch er suchte ständig die

Nähe Barbaras, die zart und hübsch war, im Gegensatz zu ihrer bäuerlich deftigen Mutter, deren Vornamen sie trug. Nicolaus war für Martin kein Konkurrent, denn schließlich hatte er den Kuss bekommen und nicht sein Freund.

So wie Barbara musste seine Berblin als Mädchen ausgesehen haben. Barbara hatte ein feines Gesicht, dünne, fast weißblonde Haare, die in Zöpfen um ihren Kopf befestigt waren. Und immer lösten sich feine Strähnen heraus, wie bei Berblin.

»He, was ist los, schlaft ihr schon wieder? Kommt endlich mit in die Höhle.« Nicolaus war bereits ein Stück hineingegangen, aber man sah nichts mehr von ihm, so duster war es.

Martin schaute in den Eingang der Höhle, der sehr eng und niedrig war. Er konnte sich nur zu gut vorstellen, dass, wenn man nur weit genug hineinging, die Hölle dort tobte. Da lebten bestimmt Geister mit Pferdefuß und buschigen Schwänzen, vielleicht sogar der Teufel selbst.

In diesem Moment kam Nicolaus aus der Höhle herausgeschossen: »Da drinnen liegt einer«, rief er. »Heilige Anna, hilf, da drinnen liegt einer.«

»Was? Ein Mensch oder ein Tier?«, fragte Martin hastig. Er wollte dringend weg von hier. Ihm war es bei Strafe verboten, in alte Stollen hineinzugehen. Und er war sich sicher, dass es sich bei der Höhle, die Nicolaus entdeckt hatte, um einen alten Bergwerksstollen handelte. Auch Hans war es nicht wohl, sein Vater hatte ihn ebenfalls gewarnt, dass die alten Stollen jederzeit einbrechen könnten. Und dass er da drinnen nichts verloren habe.

»Lasst uns abhauen!«, rief er, und die drei rannten davon, minutenlang, bis sie zu einem Bach kamen, der kühl und schimmernd über flachen Steinen dahinfloss. Nicolaus zog seine Schuhe und Strümpfe aus und platschte durch das klare Nass, als müsse er sich abkühlen. Sein Gesicht war bleich, und Martin hatte noch nie gesehen, dass Nicolaus eine derart spitze Nase hatte.

»Da lag einer. Ich glaube, der war tot. Vielleicht aber auch nicht. Fast wäre ich über den gefallen. Ich sag euch, das war grausig!«

»Hör zu – wir waren nie bei der Höhle, niemals, uns geht das nichts an, am besten, du vergisst das«, sagte Hans im Befehlston. Dann suchte er sich flache Steine und begann, diese möglichst flach über das Wasser zu werfen. Jedesmal, wenn der Stein mehrmals über das Wasser hüpfte, schnalzte er mit der Zunge.

»Hans hat recht«, sagte Martin zu Nicolaus. »Wir kriegen nur Ärger, wenn wir das irgendwo erzählen.« Bei dem Gedanken an den Mann in der Höhle schnürte die Angst ihm schier die Luft ab. Immer wieder stellte Martin sich vor, dass er es war, der tot in der Höhle lag. Er musste sich ablenken. Deshalb versuchte er das Kunststück mit den Steinen ebenfalls, aber seine Steine waren offenbar nicht glatt genug oder er stellte sich zu blöd an, sie zum Hüpfen zu bringen, und so ließ er es wieder. Er wollte jetzt nur noch nach Hause. Ehe die Sonne unterging und die Eltern heimkamen, sollten wenigstens die Tiere gefüttert sein. Sonst gab es wieder Ärger.

»Beim nächsten Mal bauen wir uns hier ein Baumhaus«, schlug Hans vor. »Ich weiß genau, wie man das macht. Wir brauchen nur gute Messer. Und dünne Bänder aus Leder.«

Martin und Hans nahmen Nicolaus zwischen sich, der immer wieder von dem Toten oder Kranken in der Höhle anfing. Sie gingen nicht darauf ein, wollten nicht mehr daran denken, und bald verstummte auch Nicolaus. Schweigend liefen sie den Rest des Weges nach Hause.

4

»Und du, was hast du heute gemacht?«, wollte der Vater von Martin wissen. Sie saßen am Tisch, löffelten die Abendsuppe, für die Berblin ein Rippenstück vom Schwein, Möhren und Linsen gekocht hatte. Für die Eltern und Berblin gab es Most zu trinken. Die Kinder bekamen zum Nachtisch Birnen und Nüsse.

Martin wusste, dass der Vater davon ausging, dass er nichts gemacht hatte. Wenigstens nichts Nützliches. Und weil er sofort an den Stollen mit dem Toten denken musste, trank Martin zu hastig, verschluckte sich und verließ rasch den Tisch.

Er hörte noch, wie Berblin dem Vater antwortete. Die Gute. Gnade und Friede in Christo.

»Martin hat der Ziege geholfen, ein Junges auf die Welt zu bringen«, log sie ungerührt. Die Wahrheit war, dass sie selbst der Ziege, die noch ein junges Tier war, beigestanden hatte. Der Kopf des jungen Zickleins war zwar schon zu sehen gewesen, aber dann hatte sich die Ziege erschöpft ins Heu fallen lassen, und sie hatte das Jungtier mühsam herausziehen müssen. Immerhin hatte Martin das Kleine noch mit Heu abgerieben, als er schließlich zu Hause eingetroffen war. Zusammen hatten sie das Zicklein zum Trinken ermuntert. Martin hatte die Ziege festgehalten, und Berblin hatte das Junge immer wieder mit der Schnauze zu den Zitzen seiner Mutter geschoben.

Insofern hatte Martin auch einen kleinen Anteil an der Geburt. Mehr aber auch nicht. Danke, Berblin.

»Redet mir nicht über Ziegenmilch«, brachte seine Mutter gerade noch heraus, dann rannte sie aus der Stube und alle wussten, dass sie wieder erbrach wegen des Kindes, das sie erwartete.

»Kriegen wir eine Schwester?«, fragte Jakob. Er richtete die Frage an Martin, der ihm neben Berblin der liebste Mensch in der Familie war.

»Es kann auch ein Bruder werden, dass weiß man vorher nicht«, belehrte ihn Martin freundlich, und Jakob war es zufrieden. Er hätte zwar lieber einen kleinen Hund gehabt, einen für sich allein. In jedem Haus, das Jakob von innen kannte, gab es Hunde. Große und kleine. Sie bewachten das Haus und hielten auch die Ratten in Schach. Vor großen Hunden hatte Jakob Respekt, auch vor dem riesigen David, der das Luthersche Haus bewachte. Dieses Vieh schnappte nach Jakob, wenn es schlechte Laune hatte. Und es hatte dauernd schlechte Laune.

Martin ließ es nicht durchgehen, wenn der Hofhund nach Jakob schnappte. Einmal schlug er ihm sogar mit der Faust aufs Maul. Das half. Aber niemand konnte wissen, wie lange.

Das mit dem kleinen Hund hatte Jakob noch niemandem gesagt. Er wollte mit Berblin darüber sprechen.

Später am Abend lag Martin in seinem Bett und lauschte. All die Geräusche im Haus. Irgendwo grollte oder knackte es immer. Aus den Ställen ihres Hofes hörte er die Stimmen der Tiere. Das war ihm lieber, als wenn alles still blieb. Ein Haus voll Stille, nein, da würde er sich fürchten. Er stellte sich die Gesichter vor, die er jeden Tag sah. Es waren viele. Die Eltern, Berblin, Jakob, der Knecht Jockel, die junge Magd Tine. Der Pferdeknecht. Jeder von ihnen hatte nicht nur ein Gesicht, sondern viele. Allein Jakob. Er sah aus wie ein Cherub, ein Engel, mit seinen langen Locken und dem weichen, lieblichen Mund. Doch wenn Jakob traurig war oder verzweifelt, verzog sich der schöne Mund, die schöne Stirn kräuselte sich über der Nase, es flossen Tränen und Rotz.

So ähnlich verhielt es sich mit der Mutter, die der Vater und

Berblin Margarethe nannten. Sie war immer blass, und wenn sie sich nicht aufregte, hatte sie schöne graue Augen und einen weichen Mund wie Jakob. Aber oftmals, aus Gründen, die Martin meist nicht kannte, war sie gereizt, die Augen wurden klein und trüb, der Mund hart und bitter. Martin ging ihr dann lieber aus dem Weg.

Das Gesicht seines Vaters zeigte sich auch sehr wandelbar. War er in guter Stimmung, trank er mit Freunden, wirkte sein Gesicht glatt und jung. Die dunklen Augen konnten dann fröhlich leuchten. Doch wenn er sich ärgerte, wurden die Falten an Nase und Mund schartig, die Lippen schmal, das Gesicht abweisend und fremd. Vor diesem zweiten Gesicht seines Vaters hatte Martin große Angst.

Vor Berblin hatte er niemals Angst. Sie war die Einzige, deren Gesicht immer glatt blieb und hell. Selbst wenn sie anderer Meinung war als er, blieb sie ruhig. Leise, aber immer bestimmt, sagte sie, was sie dachte und was sie von anderen wollte. Doch das Allerschönste an ihr war, dass sie Martin nie, aber auch gar nie, verraten würde. Deshalb wollte er zu ihr gehen und ihr von dem Mann in der Höhle berichten. Es musste etwas geschehen. Sie wusste sicher Rat. Und bestimmt schlief sie noch nicht.

Leise stand Martin auf und schlich sich in ihr Zimmer. Wie immer klopfte er ganz leise, und er hatte sich nicht getäuscht. Berblin saß in ihrem Tageskleid auf dem Bett. Im Licht einer dicken Kerze nähte sie an einem Stück Leinen.

»Na«, fragte sie leise und verschwörerisch, »was hast du verbrochen?« Dabei lächelte sie ihn so liebevoll an, dass Martin sie am liebsten umarmt hätte.

Wie gut, dass Berblin sich immer Zeit für ihn nahm. Sein Vater war von morgens bis abends im Amt oder im Bergwerk, die Mutter in häuslichen Geschäften unterwegs. Sie wussten ihre Kinder und den Haushalt bei Berblin in guten Händen.

Martin fühlte sich eigentlich mehr als Sohn von Berblin. Er hatte sich oft gefragt, warum sie keine eigenen Kinder hatte, keine eigene Familie. Sie sprach niemals darüber. Die Eltern auch nicht. Aus irgendeinem Grund traute er sich nicht, sie danach zu fragen. Es war ihm auch nicht wirklich wichtig. Wichtig war nur, dass sie bei ihm blieb. Nur mit ihr konnte er über seine Sorgen sprechen.

»Berblin, wir haben einen alten Stollen gefunden, also gefunden hat ihn der Nicolaus, und er ist auch reingegangen, aber wirklich nur ein kleines Stück, Hans und ich sind draußen geblieben. Und dann hat der Nicolaus drinnen einen Schrei ausgestoßen, und er hat immer gesagt, dass da drinnen ein Toter liegt oder ein Halbtoter oder ein Viertelstoter, so genau hat er es nicht sagen können, und wir haben uns nicht mehr hineingetraut in den Stollen. Wir dürfen ja gar nicht hinein, das weißt du ja.«

Martin hielt inne und sah erwartungsvoll auf Berblin, die sorgfältig ihre Handarbeit auf ein Wandbord legte. Sie sah ihn fragend an.

»Wie tot ist er denn nun?«, fragte sie mit leisem Tadel. »Halb oder viertel oder ganz tot, das müsste ich zuerst einmal wissen.«

»Na ja«, sagte Martin verlegen, »ich war ja nicht drinnen. Also nicht richtig drinnen.«

»Was hat Nicolaus denn gesehen? Hat sich der Mensch noch bewegt? Gestöhnt, geschnarcht oder so etwas?«, wollte sie wissen. »Wie sah er denn aus? Wie ein Herr oder wie ein Bettler? Jung oder alt?«

Sie blieb hartnäckig, fragte nach der Größe, ob Haare auf dem Kopf oder keine. Doch Martin stotterte, dass Nicolaus das so genau nicht geschildert habe, aber ein Bettler, doch, das möchte schon stimmen. »Bestimmt war es ein Bettler, Berblin.«

»Jetzt weiß ich auch, warum du noch angekleidet bist. Du glaubst, dass du dem Mann helfen solltest, stimmt's? Und ich werde verpflichtet, mitzumachen.«

Berblin räumte ihr Nähzeug weg, und während Martin noch wartete, wie sie reagieren würde, sagte sie unbewegt, dass er sich sputen solle. »Hol die Wasserflasche, den Beutel mit dem Rotwein, und dann schließt du geräuschlos die Haustüre auf und das Hoftor. Beim Tor musst du besonders vorsichtig sein. Es knirscht immer so im Schloss, keiner findet die Zeit, es endlich mal zu ölen.«

Bis Martin alles Befohlene erledigt hatte und zurück in der Kammer war, hatte sich Berblin ihr großes Umschlagtuch geholt und sich sorgfältig darin eingewickelt. Dann hangelte sie ihre Arzneitasche von einem Nagel herunter, steckte einen Tiegel Salbe und ein paar Streifen dünnes Leinen hinein.

»Halt, die Kerze!«, flüsterte sie beim Blick durchs Zimmer und löschte den Docht mit nassen Fingerspitzen aus.

Der Sommerabend war noch hell, der trockene Boden der Gasse schimmerte weiß wie Kreide. Wortlos liefen sie den bald immer schmaler werdenden Weg entlang. Durch den Wald kamen sie nicht so rasch vorwärts, da sie auf Baumwurzeln und Totholz achten mussten. Schließlich gelangten sie an den Weiher, an dem Martin vor Stunden auf seine Freunde gewartet hatte. Er kannte sich erstaunlich gut aus in dem Dämmer. Sicher und rasch führte er Berblin zum Eingang des Stollens.

Vorsichtig sah sie sich um, und Martin schaute ebenfalls hinter jeden Busch. Innerlich schlotterte er vor Angst, aber Berblin, die konzentriert ihre Kerze anzündete, gab ihm Sicherheit, und ihre bedingungslose Unterstützung minderte das Grauen ein wenig.

Die ersten Meter konnte Berblin noch aufrecht gehen, Martin blieb dicht hinter ihr. Die Wände des Stollens zeigten im flackernden Kerzenlicht dämonische Fratzen. Haut bloß ab, befahl er ihnen lautlos, ihr seid ja bloß Geister, ihr habt hier nichts zu suchen.

»Ist er das?« Sie drehte sich zu ihm um. Doch Martin spürte nur sein Herz klopfen. Bis in die Ohren hämmerte es, und er traute sich nicht, zu dem Wesen hinzuschauen, das offenbar doch völlig tot war, denn nichts an ihm bewegte sich.

Berblin schüttelte den Kopf fast unmerklich, aber Martin hatte es gesehen, und er trat an ihre Seite, ja, er bückte sich im Schein der Kerze und konnte einen Kopf erkennen. Den Kopf eines Mannes, der leise stöhnte.

»Der lebt«, stellte sie sachlich fest und schüttelte den Mann vorsichtig an der Schulter. »Habt Ihr Schmerzen?«, fragte sie flüsternd, doch er gab nicht zu erkennen, dass er sie gehört hatte.

Berblin holte aus ihrer Tasche einen kleinen Becher, füllte etwas Rotwein hinein und hielt ihn dem Mann vorsichtig an die Lippen. Als er sich nicht wehrte, drehte sie geschickt seinen Kopf zu sich herum und flößte ihm vorsichtig den Wein ein. Er schluckte, er trank, er öffnete die Augen.

»Wer seid Ihr?«, fragte er schließlich fast unhörbar, aber Martin antwortete ihm, dass sie beide aus Mansfeld kämen, um ihm zu helfen. Berblin hielt dem Mann ein Stück weißes, weiches Brot ohne Rinde hin, und der Mann nahm es, schnupperte daran und schob es in den Mund. Er kaute mit geschlossenen Augen.

»Könnt Ihr laufen?«, fragte Berblin. »Wir bringen Euch in eine Herberge.«

Jetzt wurde der Mann unruhig. Er schüttelte den Kopf, drehte sich zur Wand, und Berblin sah Martin ratlos an.

»Der will nicht mitkommen«, sagte Martin nüchtern, »wir lassen ihm den Rest Brot da und den Wein. Der Schlauch ist sowieso kaputt, den wird der Vater nicht vermissen.

»Der Junge kommt morgen wieder und bringt Euch zu essen«, sagte sie zu dem Mann, der reglos zur Wand schaute und nicht mehr antwortete.

»Komm, Martin, lass uns gehen«, sagte Berblin, und sie machten sich auf den Heimweg, denn es war schon spät und der Mond stand jetzt als feine Sichel am Himmel.

Als sie sich den ersten Häusern näherten, sprachen sie darüber, dass besonders am Sonntag oder an Feiertagen viele Bettler, vor allem Frauen und kleine Kinder, an der Kirchentüre standen.

»Mir wäre es zuwider«, sagte Martin. »Lieber hacke ich den ganzen Tag Holz, als eine Stunde zu betteln. Das Kurrende-Singen reicht mir schon.«

Berblin stimmte dem zu, wandte aber ein, es müsse die Bettler geben. Schon Jesus Christus habe gesagt: »Was ihr den Geringsten meiner Brüder getan, das habt ihr mir getan.«

Das machte Martin nachdenklich. »Warum hat dann dem Bettler niemand geholfen? Warum hat er sich in die Höhle verkrochen?«

Berblin schwieg für einen Moment. »Vielleicht war er zu stolz oder die anderen Bettler haben ihn ausgestoßen aus der Gilde. Viele betteln aus Not, das weißt du. Womöglich hat er sein Hab und Gut und seine Familie verloren. Aber seinen Stolz nicht. Davor muss man Respekt haben.«

Als Martin am nächsten Morgen zur Höhle lief, hatte er Brot und etwas Speck dabei. Es war frisch im Wald, der moosige Boden feucht. Seine Füße, nicht sonderlich empfindlich, waren bald nass vom Tau.

Seit er wusste, dass die grausige Gestalt in der Höhle wahrscheinlich ein kranker Bettler war, der sich dorthin verkrochen hatte, war ihm nicht mehr bange. Er wollte lediglich Berblins Auftrag erledigen. Berblin. Er bewunderte sie. Auch in den Ärmsten sah sie Wertvolles, Schönes.

Martin mochte die Bettler nicht, aber er behielt dieses Unbehagen für sich. Berblin hatte ihm gestern Abend wieder erklärt, dass Leute, die genug zum Leben hatten, Bettlern etwas abgeben mussten. Das wurde einem beim Jüngsten Gericht gutgeschrieben. Die Bettler hätten ihrerseits die Pflicht, für die Wohltäter zu beten.

Das, die Fürbitten der Bettler, schien Martin nicht erstrebenswert. Zumindest würde er sich darauf nicht verlassen. Er betete lieber selbst für das Heil seiner Seele. Weil er im Bett dabei immer so rasch abgelenkt wurde, vor allem durch unkeusche Gedanken, hatte er sich angewöhnt, auf dem harten Boden vor seinem Bett zu knien, wenn er betete. Meist bedankte er sich bei Jesus Christus für alles, was der für ihn getan hatte. Er war für ihn gestorben, für Martinus Luther persönlich. Natürlich auch für alle anderen, aber die bedankten sich vielleicht nicht bei ihm, oder jedenfalls nicht immer, und Jesus Christus hatte ihre Undankbarkeit satt.

Martin wusste, dass er vor Jesus Christus nur Staub war, einer, der jeden Tag fürchtend und zitternd dafür betete, dass er in Jesus Christus selig werde.

Furcht und Zittern schienen ihm angebracht. Jesus Christus würde es nicht ertragen, dass er die Bettler für schlechter hielt als sich selbst. Und Martin versuchte zu bereuen.

Er wusste, dass jeder Mensch in Not geraten und zum Bettler werden konnte. Als der Nachbar beim Hausbau verunglückte, waren seine Witwe und die kleinen Kinder nach wenigen Tagen verarmt und mussten betteln gehen. Auch wenn ein Mann die Arbeit verlor, aber viele Kinder ernähren musste, blieb ihnen nur das Betteln. Oder wenn ein Haus abbrannte. Martin sah die Bettler in den Gassen der Stadt oder auf dem Markt. Auch bei der Kirche standen Frauen mit Kindern und hielten die Hände auf.

Kamen sie ans Luthersche Haus, beobachtete er, wie Berblin mit ihnen umging. Kannte sie die Bettler nicht, ließ sie sich die Bettlerzeichen zeigen. Das waren seltsame Münzen, die von den Bettlern an ihre Lumpen gesteckt wurden.

Berblin war barmherzig. Sie gab immer. Aber nicht immer Geld. Meist Brot und warme Suppe dazu. Martin behielt alles im Blick, er würde Berblin sofort beschützen, wenn Bettler sie angreifen sollten. Außer großherzig war Berblin auch klug. Denn Bettler konnten ein Haus verfluchen. Manche hatten sogar Waffen bei sich, auch der Alte in der Höhle hatte eine Art krummes Schwert oder Haumesser bei sich liegen gehabt. Martin war gestern fast darüber gestolpert.

Er hatte schon Bettler erlebt, die selbstbewusst waren wie ein Ritter, die es für selbstverständlich hielten, dass andere für sie sorgten. Einer hatte sogar einmal gerufen, er sei in Wahrheit ein Gott, und wer ihm nichts gebe, der versündige sich schwer und müsse nach seinem Tod in der Hölle braten.

Mit diesen Gedanken kam Martin bei der Höhle an. Als er zögernd hineinging, rief er halblaut »Gnade und Friede«, um den womöglich Schlafenden nicht zu erschrecken. Aber er bekam keine

Antwort. Vorsichtig trat er näher, doch die Stelle, wo der Bettler gestern geschlafen hatte, war leer.

Martin spürte sein Herz klopfen. Wo war der unheimliche Mann? Lauerte er ihm auf? Er rannte aus der Höhle, stolperte, achtete nicht auf den Weg, und als der Wald dichter wurde, die Wurzeln der Bäume stärker, ihm Blätter und Moose fremd erschienen, da blieb er endlich stehen und sah sich suchend um. Wo war der Teich? Er hätte längst durch die Bäume blinken müssen. Wo war die kleine Lichtung, an der sein Baum stand, dessen Blätter sich gen Himmel reckten und der vielleicht auf ihn wartete?

Beklommen ging er jetzt langsam zwischen den Bäumen und dem kniehohen Farn. Zwischen den Baumwipfeln sah er hin und wieder den tiefblauen Himmel hervorblitzen, denselben Himmel wie gestern. Er bekam Sehnsucht nach Nicolaus und Hans. Wären sie doch bei ihm, dann hätte er keine Not. Gemeinsam war alles leichter.

Verdammt. Schon wieder rutschte er an einer dicken Baumwurzel ab und fiel hin. Wie musste er aussehen. Die Hose war verdreckt, voll mit grünem Moos und brauner Rinde. Er besah sie sich genauer und hoffte, dass Berblin sie in Sicherheit bringen würde, bevor seine Mutter sie fand.

Plötzlich hörte er aus einiger Entfernung die Stimmen zweier Männer. Es würde ihn doch niemand suchen? Unsinn. Berblin wusste ja, wo er war. Es waren sicher Holzfäller oder andere Waldarbeiter. Die Stimmen kamen näher, Martin kannte sie nicht. Dann sah er in einiger Entfernung zwei Männer. Einer stürmte vorneweg, der andere setzte ihm nach.

»Warte, du Sauhund, du Lump, dich krieg ich schon!«, fluchte er.

Der andere rannte jetzt schweigend, Martin konnte ihn keuchen hören, er kam in die Richtung, wo Martin sich in den dichten Farn neben einem Baum geduckt hatte. Doch bevor der Mann sein Versteck erreichte, brach er zusammen, vielleicht war er auch gestolpert, und schon war der andere über ihm. Martin sah entsetzt, dass er ein Messer in der Hand hielt.

»Gib es zu, dass du meiner Tochter nachstellst, gib es zu, oder ich steche dich ab!«

»Die Johanna ist von allein zu mir gekommen, ich hab ihr nicht nachgestellt, frag sie doch!«, schrie der Erste verzweifelt.

Doch der mit dem Messer brüllte, dass der andere ein erbärmlicher Lügner sei, ein Weiberschänder, das wisse doch jeder, er werde seine Tochter rächen. »Du wirst sie nie wieder berühren.«

Martin wollte nicht hinsehen, er presste die Augen zusammen. In seiner Angst rief er Gott und Jesus Christus an, sie sollten den mit dem Messer auf der Stelle tot umfallen oder zu Stein erstarren lassen. Er käme um vor Angst. Heilige Anna, hilf Du, wenn sonst wieder keiner Zeit hat!

Die heilige Anna half. Martin hörte unendlich erleichtert, wie der mit dem Messer davonlief, und er schlich langsam und vorsichtig in dieselbe Richtung, da er annahm, dass der Mann aus Mansfeld kam. Er glaubte sogar, ihn zu kennen. Martin hielt die Luft an und betete innerlich, dass der vermutlich Erstochene nicht wieder aufwachte und hinter ihm herkäme, aber es rührte sich nichts, und langsam wich die Starre von ihm, und er atmete wieder normal.

Als er aus dem Wald herauskam, sah er den mit dem Messer schon am Ortsrand von Mansfeld. Der Mann ging jetzt langsam, sehr langsam.

Erst jetzt überkam Martin wirklich das Grauen. Wer war er, wo war er? Hatte er wieder einen seiner schweren Träume? Seine Knie gaben nach, und das Hinfallen fühlte sich sehr echt an. Kein Traum. Martin sah über sich einen blauen Himmel, verhangen von weißen Schleiern, die ins Graue übergingen.

In Mansfeld war es Tagesgespräch, und Martin wusste nicht, was er tun sollte. Sollte er womöglich melden, was er gesehen hatte? Musste er mit dem Vater darüber reden? Oder mit Berblin? Gnade und Friede. Heilige Anna, sag mir, was ich tun soll. Oder Du, Jesus Christus, Du bist allmächtig und bei einem Mord eher zuständig.

Hilf mir bitte. Ich habe einen Mord gesehen, heiliger Jesus Christus. Vielleicht hast Du ihn ja auch gesehen. Du siehst doch alles. Und Du weißt vielleicht längst, was ich erst seit heute weiß.

Hat der Junge Dich um Hilfe angefleht, heiliger Herr Jesus? Hast Du es nicht gehört? Dann erkläre ich es Dir:

Ich weiß jetzt, dass es ein junger Apothekergehilfe war, der sich in Johanna, die Tochter des wohlhabenden Tuchmachers Rettich verliebt hatte. In aller Heimlichkeit, musst Du wissen. Der Tuchmacher hütete seine einzige Tochter wie ein Kleinod. Er hatte noch zwei kleine Söhne, Zwillinge, bei deren Geburt die Frau gestorben war.

Die Tochter ist in der obersten Klasse der Lateinschule, in der ich auch lerne. Ich kenne das Mädchen. Und dann ist einem nicht gleichgültig, wenn ihr Geliebter umgebracht wird. Sie ist ein hübsches Mädchen, kreischt nicht herum, sondern ist ruhig und hilft allen, die beim Latein nicht mitkommen. Stell Dir vor, sogar die Lehrer sagen, dass sie sehr gut lerne. Und das heißt schon was an unserer Schule. Der Tuchmacher hat seine Tochter meist selbst von der Schule abgeholt, oder er hat einen seiner Söhne oder den Lehrling aus dem Geschäft geschickt. Was sagst Du dazu?, Herr Jesus. Immer hat er seine Tochter wie ein kleines Kind behandelt, und das war der Tochter peinlich. Wie gut ich das verstehen kann. Gnade und Friede in Christo.

Dass seine Tochter und der Apothekergehilfe sich liebten, hat der Tuchmacher trotz seiner scharfen Kontrolle nicht herausgekriegt. Ihr da oben wisst bestimmt, dass die beiden schon lange ein Paar sind. Stimmt das, lieber Herr Jesus? Verstehst Du, was ich Dir sagen will? Alle wussten es, nur der Tuchmacher nicht. Vor einigen Tagen jedoch war er früher als angekündigt von einer Geschäftsreise zurückgekommen. Vielleicht haben die beiden Verliebten vergessen, bei Euch im Himmel Bescheid zu sagen – jedenfalls ist jetzt das Schlimmste eingetreten! Der Tuchmacher fand den Gehilfen in der Kammer seiner Tochter, verprügelte ihn, drohte, ihn umzubringen, doch der junge Mann entkam und versteckte sich in der Nähe der Stadt im Wald. Ach Herr Jesus! Was dann passiert ist, das habe ich gesehen. Nein. Falsch. Entschuldige, Jesus, ich hatte vor Entsetzen und Angst die Augen fest zugedrückt. Ich hörte keinen Schrei, ich sah auch die Leiche nicht. Darüber bin ich froh. Vielleicht hast Du, lieber Jesus, mir die Augen so fest zugedrückt?

Herr Jesus, ich hatte mir vorgenommen, nie und nirgends zu berichten, was ich gesehen habe. Ist das in Deinem Sinne? Oder habe ich es falsch gemacht?

Die Tochter des Tuchmachers und die Eltern des Apothekergehilfen zeigen den Tuchmacher jetzt gemeinsam an wegen Mordes. Das findest Du doch auch richtig, oder? Der Gehilfe hatte nämlich der Tuchmacherstochter einen Heiratsantrag gemacht. Das Mädchen war noch Jungfrau. Das wurde von der Wehmutter eigens festgestellt.

Du weißt, was das bedeutet, Herr Jesus. Du bist ja von der Jungfrau Maria geboren.

Der Tuchmacher wurde ins Gefängnis geworfen. Angeklagt wegen Mordes an dem jungen Gehilfen. Ich weiß nicht, ob Du Dich um einen Mörder kümmerst. Ich traue es Dir zu. Du hast Mitleid mit allen Kreaturen. Auch mit so einem wie dem Tuchmacher.

5

Heute sollte die Hinrichtung sein. Ob der Herr Jesus wohl auf den Richtplatz heruntersah? Ganz Mansfeld schien auf den Füßen, keiner wollte das Ereignis verpassen. Auch Hans, Nicolaus und Martin waren auf dem Weg zur Richtstätte vor den Toren der Stadt. Eigentlich wollte Martin nicht mitgehen. Er fühlte sich schuldig. Oder doch mitschuldig am Tod des Gehilfen. Wäre er doch nur schreiend aus seinem Versteck gesprungen – womöglich hätte der Tuchmacher Abstand genommen von seinem entsetzlichen Vorhaben. Aber Martin war wie gelähmt gewesen vor Angst.

Die Menschenmenge wartete ungeduldig, bis man den kräftigen Mann endlich zum Galgen brachte. Er hatte immer wieder versucht zu fliehen. Zwei Männer mussten ihn zwischen sich nehmen und zum Galgen schleppen. Niemand um sie herum hatte Mitleid. Im Gegenteil. Die Mansfelder Bürger vertrieben sich die Zeit, indem sie sich genüsslich von ähnlich grauenvollen Hinrichtungen erzählten. Einer brüstete sich damit, gesehen zu haben, wie man einen Delinquenten aufs Rad geflochten hatte.

»Dem musste man vorher alle Knochen brechen«, erklärte er den Umstehenden sachverständig.

»Die Nonnen, wenn sie mit dem Satan ein Verhältnis haben, oder wenn sie bei Ketzerei erwischt werden, mauert man lebendig ein. Oder man ertränkt sie in Fässern«, sagte ein Klosterbruder zufrieden.

Der musste es ja wissen.

Jeder kannte irgendeine Geschichte, jeder wollte mitreden und sich gegenseitig übertreffen.

»Wisst ihr, wie das Köhlern geht? Da werden die Leute an einem Pfahl über brennender Kohle geröstet. Das dauert!«

»Ja, und dann gibt es die Angstlöcher. Man gräbt ein tiefes Loch, und wirft den Verbrecher dort hinein, bis er verreckt.« »Das ist doch Lebendig-Begraben, das kennt man schon lange.«

»Still, jetzt bringen sie ihn!«, rief plötzlich einer laut.

Bis zum Schluss wehrte sich der Tuchmacher verzweifelt, obwohl er es besser wusste. Er war breitschultrig, ein Bär von einem Mann. Die Henker hatten ihre Last mit ihm, aber es half nichts. Schließlich hing der Mörder doch am Galgen, und die Mansfelder, die vorher noch den Henker angespornt hatten, gingen nach Hause. Endlich herrschte Stille.

Martin war todmüde. So, als hätte er die Henkersarbeit verrichtet. Er wollte nur noch heim in sein Bett. Schlafen wie ein kleines Kind. Er wollte vergessen, wie schwer ein Mensch stirbt! Und das Aufhängen war sicher noch gnädig, verglichen mit den anderen Strafen.

»Du bist bleich wie Quark«, sagte Hans, und auch Nicolaus fragte Martin, ob ihm etwas fehle.

Er hätte sagen können, dass ihm zum Speien schlecht war, doch Martin ging mit der Ausrede, im Garten helfen zu müssen, rasch nach Hause. Dort legte er sich sofort ins Bett. Berblin machte ihm einen Tee und brachte ihm sogar eine Schale mit getrocknetem Obst und Nüssen dazu. Doch er lag schon auf der Seite zur Wand, fest in sich zusammengerollt.

Martin konnte lange nicht einschlafen. Er hatte entsetzliche Angst, dass ihn zur Strafe für seine Feigheit grausame Teufel heimsuchen würden. In seiner Verzweiflung rief er erneut Jesus Christus an: Siehst Du auch manchmal so ein Scheusal vor Dir, mit ekligen Hörnern, auf die sie einen aufspießen, mit Augen, die Feuer speien? Ich sehe sie vor mir, drohend. Sie haben so etwas wie Mistgabeln in der Hand. Sie erheben sie gegen mich und verlangen von mir, dass ich alle meine Gottheiten im Himmel verleugne, Dich, Herr Jesus, Deinen Vater, Deine Mutter und den Heiligen Geist. Die Mutter Anna, glaube ich, die kennen sie nicht. Die Teufel sind ja nicht aus Mansfeld, sie sind keine Bergleute, sie sind Satane aus der Finsternis.

Endlich schlief Martin ein, und statt des Teufels erschien ihm Jesus Christus. Wahr und wahrhaftig und dabei so schön und von Liebe strahlend, dass er ein heißes Gefühl in seinem Herzen spürte. Jesus trug einen Mantel aus Seidenbrokat wie die Mansfelder Grafen, nur prächtiger.

»Mörder kann man nicht aufhalten«, sagte Jesus zu Martin. »Meine Mörder haben sich auch nicht aufhalten lassen.«

6

Martin war krank. Er hustete und war dankbar für jeden Atemzug, der ihm nicht allzu wehtat. Warum nur fiel es ihm so schwer, zu atmen.

»Berblin, der Junge braucht Luft«, hatte der Vater wieder und wieder gesagt. Jetzt nahm er die kältedämmenden Tücher weg und hob die Glasscheibe aus der Halterung. Er konnte nicht länger zusehen, wie Martin mit dem Atem rang.

»Du bleibst doch bei dem Jungen, Berblin, oder? Ich kann alles vom Markt mitbringen, was du brauchst. Und wenn es schlimmer wird, soll Jockel den Arzt holen.«

Der Vater ging zur Arbeit. Die Mutter, hochschwanger, blieb auf ihrem Lager. Das Kind konnte jeden Tag kommen, die Wehmutter hatte etwas von Steißlage gemurmelt, sie könne sich aber auch irren. Jeder im Haus wusste, dass diese Geburt besonders harte Arbeit für die Mutter bedeuten würde. Und Gefahr.

Jakob war auf dem Weg zur Schule. Sonst ging er an der Hand des Bruders, doch weil der heute krank war, musste er allein zur Schule hochlaufen.

Er tat Martin leid, der wusste, wie seinen Bruder die Zahlen und Buchstaben quälten, die eigens zu seinem Ärger in der Welt schienen. Sie allein waren schuld, dass Jakob so oft mit der Rute gestrichen wurde.

Martin nahm sich fest vor, mit ihm zu üben, sobald er sich wieder besser fühlte. Er war erstaunt und auch ein wenig erwärmt, dass man ihm gegenüber so aufmerksam war. Alle machten sich Sorgen, alle passten auf, dass er still im Bett liegen blieb.

Am meisten sorgte sich Berblin. Wie ein aufgescheuchter Spatz flatterte sie durchs Haus. Sie musste schließlich alles Nötige für die kommende Geburt bereithalten. Martin brauchte intensive Pflege, damit die Lungen nicht angegriffen würden. Sie legte ihm dickgekochten heißen Brei auf die Brust und darauf noch heiße Tücher. Um die Waden hatte sie kalte Tücher gepackt. Dann war sie auf den Markt gegangen und zum Apotheker. Der sollte ihr Kräuter geben für Erkältungstee, den Martin jetzt dringend brauchte.

Draußen lag der erste Schnee für dieses Jahr. Martin nahm trotz des Verbots von Berblin das eklige kalte Tuch von seinen Waden und das ebenso eklige warme Tuch von seiner Brust, aber so vorsichtig, dass er es später wieder auflegen konnte. Dann stieg er leise aus dem Bett, legte seine Decke um die Schultern und ging an das von Berblin geschlossene Fenster. Er legte seine heiße Stirn an die kühle Scheibe, dachte flüchtig daran, dass nur wenige Häuser in Mansfeld Fensterscheiben aus Glas hatten. Er versuchte, sich in der schneeigen Landschaft zu orientieren.

Der Himmel hing tief und warf bleiches Licht über das vollkommen weiße Land, das vor ihm lag. In dem kleinen Wäldchen am Stadtrand schlugen zwei Männer einen Baum. Martin konnte deutlich die hellen Kerben in dem dunklen Stamm sehen. Auf dem schön geflochtenen Zaun um den elterlichen Garten hatte der Schnee Mützen gesetzt, auch die Bienenkörbe waren verschneit und das Dach des Schafstalls. Die Tiere drängelten sich eng aneinander und warteten darauf, dass man ihnen Futter brachte. Eine ganze Schar Vögel war ans Haus gekommen, um Nahrung zu finden. Es waren Meisen, Buchfinken und Spatzen, auch ein Rotkehlchen glaubte er zu sehen. Martin machte sogar einen Bussard aus, der sich vordrängte und die kleineren Vögel in die Flucht trieb. Für einen Moment freute er sich an der schönen Winterwelt, die seinen elterlichen Garten über Nacht in eine Märchenlandschaft verwandelt hatte, doch sah er auch die Schattenseiten.

Der Wirt vom Goldenen Ring hatte sein Pferd beladen und versuchte nun, mit ihm die Straße hoch in Richtung Markt oder Kirche zu gehen. Doch immer wieder glitten die Hufe auf dem Eis ab, und auch der Wirt rutschte. Martin wäre ihnen gern zu Hilfe geeilt.

Dann sah er den Pfarrer, der offenbar von einem längeren Ausgang zurückkam. Er trug einen runden hohen Hut, der vom Schnee noch mit einem weißen Aufbau versehen worden war. Das sah komisch feierlich aus, und Martin musste lachen. Aber das Lachen verging ihm, als eine alte Frau, offenbar starr vor Kälte, mühsam vorbeihumpelte. Sie hatte sich ihren Mantel über den Kopf gezogen, und Martin konnte nicht erkennen, welche der Nachbarinnen da gerade in Richtung Kirche lief.

Er hörte Schritte und erschrak. Berblin konnte noch nicht zurück sein, sie huschte immer lautlos wie ein Schatten durchs Haus. Himmel, war es vielleicht der Vater? Flugs legte er sich wieder ins Bett, in der Aufregung klatschte er das kalte Tuch auf seine Brust, den warmen Brei um die Waden. Er spürte, wie seine Haut vor Angst am ganzen Körper zu kribbeln begann.

Dann stand der Vater in der Tür. Martin schloss die Augen. Berblin, betete er unhörbar, Berblin, komm heim, der Vater holt die Rute, wenn er merkt, dass ich aufgestanden bin. Vorsichtig blinzelte Martin Richtung Tür.

Heilige Mutter Gottes, der geht zum Fenster. Und da sagte der Vater auch schon: »Verdammt, wovon ist es hier so nass?«

Die Haustür ging. Gott sei Dank, Berblin kam vom Markt. Sie zeigte dem Vater ein Stück Rindfleisch, das sie preiswert erstanden hatte und schilderte ihm die dazu nötigen Gewürze, die sie ebenfalls samt und sonders erhalten habe. »Da gibt es heute Abend Rindfleisch mit Meerrettich, dazu Linsengemüse. Ich brauche aber dringend Feuerholz. Sag bitte dem Jockel Bescheid.«

Der Vater brummte etwas Zustimmendes und ging. Martin hörte erleichtert, wie die Türe hinter ihm zuschlug und er über den Hof zu den Stallungen ging.

Berblin half Martin, seine lästigen Tücher loszuwerden. »Im Bottich ist noch heißes Wasser, steig rein und wasch dich gründlich ab. Ich leg dir saubere Sachen hin.«

Martin rieb für eine Sekunde seinen Kopf an Berblins Wange, und sie griff ihm liebevoll ins Haar. Martin hatte Berblin lieb wie niemand anderen, aber darüber sprach er nicht. Ihm fiel wieder auf, dass sie nicht so klein war wie die meisten Frauen, die er kannte. Besonders die Leute in Möhra schienen ihm noch kleiner als die in Mansfeld, und der Vater sagte, die schwere Feldarbeit von Kindesbeinen an mache die Menschen klein und krumm. Berblin jedoch war groß und schön mit ihrem feinen Gesicht und dem dicken Haarzopf. Sie trug auch immer saubere Kleider aus Leinen, und nach dem Bad roch sie sanft nach Veilchen, von denen sie im Garten ein großes Beet hatte. Wenn sie im Frühjahr blühten, stellte sie einen Strauß in den Krug, die restlichen legte sie zwischen ihre Wäsche.

Als Martin frisch angezogen vor ihr stand, hielt sie ihm eine kleine Schüssel mit Gerstenbrei hin – ein dicker Klecks Honig obenauf –, und er aß den Brei mit unverhofftem Appetit. Dann musste er sich wieder ins Bett legen. Berblin bestand darauf, und Martin hatte nichts dagegen. Er war müde.

Nach zwei Tagen war er wieder einigermaßen hergestellt, dafür legte sich der Vater hin. Auch er hatte einen brüllenden Husten, auch er hatte Luftnot, aber was ihm fehlte, war der Gehorsam und die Einsicht, mit der Martin sich in die Pflege Berblins begeben hatte.

Zunächst noch halbwegs bei Kräften, schimpfte er mit Martin, dass der ihn angesteckt habe. »Du Nichtsnutz! Überall treibst du dich herum und hast die Krankheit mit nach Hause gebracht.« Den alten Jockel tadelte er, dass er beim Ausfegen von Haus und Stall immer die Türen offen stehen lasse. »Durch deine unnötige Fegerei habe ich mich noch schlimmer erkältet als Martin.«

In der Nacht kämpfte der Vater mühsam gegen den Husten, und das Fieber, das seinen Kopf hochrot färbte, ließ den Schweiß fließen. In seinem Fieberwahn befahl er Berblin, Martin an sein Bett zu holen.

War es das flackernde Licht des Kienspans, der die Schlafkammer beleuchtete, oder das jähe Erwachen nach dem kurzen Schlaf – jedenfalls überfiel Martin entsetzliche Angst, als er das elend zerfallene Gesicht seines Vaters erblickte. Er hätte sich hinsetzen, den Kopf in die Hände verbergen und schluchzen mögen – ansehen wollte er seinen Vater nicht. Die Mutter hatte das Schlafzimmer verlassen. Berblin hatte ihr mit Martins Hilfe in der Stube neben dem Ofen ein Lager hergerichtet.

»Martinus, hör auf zu heulen«, sagte der Vater leise und sah ihn an. Schwebte so etwas wie Spott um seinen Mund? War es Schmerz? Oder gar Angst? Martin wusste es nicht. »Ich heule nicht«, sagte er schließlich trotzig.

Hans Luther sah seinen Sohn an, und auch jetzt wusste Martin nicht, ob der Vater lächelte oder sich über ihn lustig machte. Da ging hinter ihm die Tür auf, und der Pfarrer kam herein. Die Mutter hatte heimlich den Knecht geschickt, und jetzt wusste der Vater, dass zumindest seine Frau glaubte, er liege im Sterben. Und der Pfarrer – was glaubte der?

»Hm – man hat sich ja in der Kirche lange nicht sehen lassen. Aber dafür kommt ja Euer Ältester regelmäßig. Zumindest am Sonntag. Bist ein heller Kopf, Martinus.« Der Pfarrer strich Martin, der aufgestanden war, flüchtig über den Arm, dann schlug er das Kreuz über Hans Luther und holte einen kleinen Tiegel aus der Tasche.

»Herr Jesus Christus«, betete er. »Was befleckt ist, wasche rein; Dürrem gieße Leben ein; heile Du, wo Krankheit quält. Wärme Du, was kalt und hart: löse, was in sich erstarrt; lenke, was den Weg verfehlt.«

Martin sah verblüfft, dass der Vater sich ein Kissen langte, es in den Rücken stopfte. Halb sitzend, hörte er das Gebet des Pfarrers an, unbewegt. Der Pfarrer fühlte sich offensichtlich nicht ganz am richtigen Ort.

»Hans Luther«, sagte er schließlich, »Hans Luther, Ihr seid ein verlorener Sohn, der heute heimkehrt zu seinem Vater. Er wird Euch aufnehmen und Euch verzeihen, wenn Ihr der Kirche wenigstens jetzt Geld vermacht, um im Himmel Euer Seelenheil zu erlangen. Es geht schließlich um Euer ewiges Leben.«

Nachdem er wieder kein Echo fand, weder vom alten noch vom jungen Luther, nahm der Pfarrer seinen Tiegel und wollte den Kranken salben. Doch Hans Luther hatte keinen Bedarf.

»Ich sterbe nicht, Herr Pfarrer, jedenfalls heute noch nicht. Und die Salbe könnt Ihr Euch sparen. Was das Geld angeht, brauche ich es selber. Ich habe zwei junge Kinder und heute Nacht kommt das dritte. Ich wünsche mir noch weitere. Meine Kinder haben das Geld nötiger als Eure Kirche.«

Der Vater winkte ihn mit einer Geste hinaus. »Gute Nacht, Herr Pfarrer. Und vielen Dank.«

Solange der Pfarrer bei ihm war, hatte der Vater nicht husten müssen. Doch jetzt kamen die Anfälle wieder stark und schmerzhaft. Martin hatte Sorge, dass Gott oder Jesus Christus oder beide zusammen den Vater straften, weil er den Pfarrer so ablehnend behandelt hatte. Der Kranke bäumte sich auf, rang nach Luft, und Martin stopfte ihm die Kissen noch fester in den Rücken.

»Luft, Luft!«, würgte der Vater hervor, und Martin öffnete schließlich voller Verzweiflung das Fenster.

»Gut so, Junge«, brachte der Vater schließlich heraus und sank zurück auf die Kissen. Er bedeutete Martin, dass auch er hinausgehen solle, und er folgte nur zu gerne.

Berblin, Margarethe Luther und Martin saßen schließlich in der Stube und beteten: »Im Namen des Vaters und des Sohnes und des Heiligen Geistes. Vater unser im Himmel …«

Martin hörte das Murmeln der Frauen, Jockel und Tine hatten sich ebenfalls eingefunden, sie standen bei der Tür mit gefalteten Händen und bewegten die Lippen. Martin murmelte die alten Gebete, und er dachte dabei an das vierte Gebot, in dem es hieß, er solle Vater und Mutter ehren. Das wollte er durchaus, doch waren sie ihm oftmals fremd, vor allem, wenn sie ihn hart straften. Dann wieder waren sie ihm lieb, auch die Mutter in ihrer Not, und Martin bat Jesus Christus, für seine Eltern zu bitten bei Gott, seinem Vater.

Jesus Christus hatte gesagt: »Bittet, so sollt ihr's kriegen, suchet, so sollt ihr's finden, klopfet an, so wird euch aufgetan werden.«

Bald darauf setzten bei seiner Mutter die Wehen ein. Jockel rannte nach der Wehmutter, und morgens gegen sechs Uhr kam nach hartem Kampf ein Mädchen zur Welt. Da sie sehr klein und schwach war, taufte sie der Pfarrer schon gegen Mittag, und zwar auf den Namen Dorothea.

7

Es würde ihm niemals möglich sein, in so etwas wie Glück zu entfliehen. Immer wieder war er der dröhnenden Gegenwart und den harten Händen des Vaters ausgeliefert. Gestern erst hatte er Martin geschlagen, weil er einem ausgemergelten Straßenköter einen Rest Linsenbrei hingestellt hatte. Verdammte Schmerzen bei jeder Bewegung. Pssst! Nicht fluchen. Er wollte es sich nicht mit allen verderben. Gnade und Friede in Christo, unserem Herrn.

Die Augen seines Vaters. Martin fand sie leer. Eisig. Dem Vater waren Hebel und Rollen gehorsam, Kräne, Winden, Göpel und Fördermaschinen. Er war Hüttenmeister zu Mansfeld. Ihm gehörten fünf Herrenfeuer, mit denen er große Mengen Rohkupfer erzeugte. Früher, zu Möhra in Thüringen, war er ein Bauernsohn gewesen. Also war auch Martin ein Bauernsohn, wie sein Großvater und sein Urgroßvater.

Die Bibel sagt, dass die Bosheit von den Obersten kommt, die das Volk regieren. Martin war das Volk. Sein Vater der Oberste. Als wäre Martin Teil des Geschäfts, dem der Vater mit zähem Ehrgeiz nachging, hatte er seinen Sohn gestäupt, bis Blut floss. Das gelang dem Vater mühelos. Als Martin aufatmen wollte, dachte, dass die Tortur beendet wäre, stieß ihn der Vater die Kellertreppe hinunter. Er wusste, dass es seinem Sohn in der grünlichen Dämmerung dort unten grauste, wo er mit Ratten und Mäusen allein war. Martin schnäuzte sich. Verdammt. Es floss immer noch Blut.

Entfliehen konnte er nicht. Die Schlösser waren solide, und sein Vater hatte die Schlüssel.

Martin hockte auf der obersten Treppenstufe und lehnte sich an die Tür. Täte das nicht zusätzlich noch weh, würde Martin jetzt mit dem Kopf dagegen schlagen. Der Vater da draußen, der war Luzifer, der wollte über seinen Stand und sein Amt hinausgehen, obwohl er keine Vollmacht dazu hatte. Martin kannte sich aus. Er hörte gut zu in der Kirche, ebenso in der Schule. Die war auch Kirche. Nicht einen Kreuzer hatte er aus seines Vaters Beutel genommen. Und – nur ganz selten hatte er sich sein Gefühl gemacht. Er wusste, das war ein Verbrechen. Darauf stand Strafe. Von Kirche und Elternhaus. Doch der Vater hatte trotzdem kein Recht, Martins Geheimnisse auszuforschen. Geheimnisse des Herzens sind allein Gott vorbehalten. Er erforscht die Herzen und die Nieren. Man glaubt es nicht, auch die Nieren. Martin hatte genau zugehört. Vater sollte lieber Gott danken, dass er der Arbeit des Ausforschens enthoben war. Es ist nicht nötig, sagt Gott, dass man jemanden zwingt, sein Gewissen zu öffnen. Und Martin wollte nun mal nicht darüber reden, dass er sich manchmal sein Gefühl machte.

Erschöpft und gedemütigt überlegte er, wie er Vater und Mutter etwas recht machen könne. Oft wusste er nicht, wofür sie ihn prügelten. Sie taten es wortlos, fast wie ein Ritual, so als wäre es sein Schicksal. Ohne Prügel konnten Kinder wohl nicht geraten. Bei Jakob begannen sie auch schon mit der Marter. Martin konnte seinen zwei Jahre jüngeren Bruder nicht schützen. Einmal hatte er sich vor den Kleineren gestellt, woraufhin der Vater ihm einen Stoß versetzt hatte, dass er durchs Zimmer flog. Er musste dringend zur heiligen Anna beten.

Alle anderen, von Gott dem Vater angefangen über Jesus Christus und den Heiligen Geist, hatte er schon auf seines Vaters Prügelorgien hingewiesen und um Hilfe gebeten. Ebenso Maria, seine geliebte Gottesmutter. Martins Liebe zu ihnen schien ihm inzwischen vergeblich. Wieso halfen ihm die Himmlischen nicht? Die

Einzige, die Martin diesbezüglich noch nicht um Hilfe gebeten hatte, war die heilige Anna, Marias Mutter. Sie war auf Erden für die Bergleute zuständig, und Martin konnte sich vorstellen, dass sie nicht gar so überarbeitet war wie die übrigen Mitglieder des Hauses Gott. Dort hatte man schließlich alle Menschen weltweit am Hals.

»Liebe heilige Anna«, betete Martin, »ich werde mich hüten, Deine Liebe zu mir, auf die ich hoffe, durch mein Bitten und Jammern zu beschweren. Bestimmt komme ich Dir ungelegen. Die Frauen müssen ja immer das Haus besorgen, das wird im Himmel nicht anders sein. Aber weil mir heute jeder Körperteil wehtut, bin ich besonders auf Deine Zuneigung und Dein gütiges Herz angewiesen. Bei allen anderen in Deiner Familie habe ich schon angefragt. Gott Vater, Gott Sohn, Gott Heiliger Geist. Doch sie geben mir keine Antwort.

Heilige Anna, ich bitte Dich, kannst Du nicht auf den Vater einwirken? Manchmal denke ich, dass der Teufel ihn in seinen Fängen hat, und drum muss er mich in Teufels Namen strafen, bis mein Herz zappelt. Du kennst doch gewiss den Satan. Hast Du Macht über ihn? Oder habt Ihr da droben Angst vor der Hölle? Hier unten haben alle Leute Angst davor. Ich kann nur schwer jemandes Feind sein, aber des Teufels Feind bin ich auf jeden Fall. Ich bin davon überzeugt, dass der meine Mutter und den Vater dazu bringt, über ihre Kinder in Wut zu geraten. Nur die Kleinste prügeln sie nicht. Die ist in der Obhut unserer Berblin, die lässt nichts Böses an sie heran. Jakob ist leider schon längst der Kinderstube entwachsen. Er ist genauso schüchtern und betrübt wie ich es meistens bin. Wenn der Vater poltert, haben wir beide Angst. Eigentlich haben wir immer Angst. Dabei wären wir lieber lustig, ich und der Jakob. Doch wem sollen wir vertrauen? Die Berblin kann auch nicht in allem helfen.

Heilige Anna, ich sage es nur Dir: Ich habe sogar Angst vor dem Vater, wenn er gar nicht im Hause ist. Ob ich über den dunklen Flur im ersten Stock gehe oder am Abend in den Stall – ich spüre die Hand des Vaters im Nacken. Sie fasst mich an. Hart. Mir graust es dann, Du weißt nicht, wie.

Einmal habe ich unseren Herrn Jesus Christus gebeten, mir zu helfen. Mein Vater und auch die Mutter haben mir schon oft gedroht, dass Jesus Christus mich beim Jüngsten Gericht verdammen werde. Dass ich zu denen gehören werde, die in den Schlund der Hölle fallen. »Und dort wirst du am Spieß geröstet oder in der Pfanne gebraten!«, hat meine Mutter prophezeit. Ich glaube, sie hat selbst Angst vor der Fahrt in die Hölle. Ich weiß aber, dass Jesus Christus heilig ist und niemanden verdammt. Und Du weißt es ebenfalls, heilige Anna. Und auch, dass er so etwas Unheiliges wie den Höllenschlund nicht über die Menschen kommen lässt. Soweit ich es gehört habe, tut er nur Gutes. Und zwar in allen seinen Werken. Schließlich habe ich das selbst erlebt, auch wenn ich nur ein Staub bin.«

Martin war müde und lehnte sich an die Kellertür. Er wollte nicht mehr beten oder nachdenken, er wollte sich wegschaffen. Schlafen. Er hatte der heiligen Anna seine Bitten vorgetragen. Halt, er hatte vergessen, ihr ans Herz zu legen, dass auch einer seiner Lehrer ihn gern als elenden und in jeder Hinsicht unwürdigen Schüler beschimpfte, dass auch dieser die Rute stets parat hatte – doch dann glitt er in einen unruhigen Schlaf, und in seinen Traum drängte sich der Vater mit steinernem Gesicht, seine Augen waren unversöhnlich auf Martin gerichtet. Er sah die Mutter, sie hatte statt ihrer Haare Schlangen auf dem Kopf, sie schlängelten sich unter der Haube hervor. Martin fand das ungewöhnlich, erstaunlich, er wollte die Schlangen berühren, doch die Mutter öffnete den Mund und fauchte ihn an, und neben ihr erschien ein Hund, der riss auch das Maul auf und fletschte seine Zähne.

Martin wachte auf, und der Traum troff an ihm herab. Er würde ihn vergessen. Ihn und alle anderen, die ihm oft schwer zu schaffen machten. Trotzig dachte er an Christus, den Einzigen, zu dem er sich flüchten konnte, Tag und Nacht.

Die Hilfe kam schließlich in Gestalt von Berblin, die sich auf der anderen Seite der Tür am Schloss zu schaffen machte. »Ego te absolvo, der Hans ist fort«, murmelte sie verschwörerisch, und ihr liebevolles Lächeln wärmte Martins Herz. Er legte seinen Kopf für einen Moment an das kühle Leinen ihres Kleides.

Berblin war die Einzige, die ihm auf sein Drängen hin von seiner frühesten Kindheit erzählte.

»Du warst ein dickes Kind, man konnte dir von hinten an deine Backen spucken.« Einmal habe er den Körper voller Pusteln gehabt und habe alles aufgekratzt bis aufs Blut. Da hatten sie ihm die Händchen eingebunden. Doch er sei trotzdem in die Kinderkarre gekrabbelt und habe gebrüllt. Sie habe gewusst, dass er raus wollte. Heraus aus dem Haus, an die Luft, nur weg. »Du hast dich nicht beruhigen lassen.« Da sei sie mit ihm auf die Gasse hinaus, obwohl sein Vater geschimpft habe. »Er hatte Angst, dass du auch stirbst. Wie dein Bruder, der Älteste. Du bist aber nicht gestorben. Nur dünn bist du geworden, wie ein Faden. Und das bist du heute noch. Aber dafür scheinst du jeden Tag zu wachsen. Bald wirst du größer sein als dein Vater.«

Wenn Berblin aus der Kirche kam, war sie oft in einer anderen Stimmung als sonst. Sie berichtete ihm dann von den Büschen im Kirchgarten und von dem Feuer, das dort gebrannt habe mit Flammen in Schwarz, Rot und Grün. Seitdem sehe sie Feuer mit anderen Augen. Man müsse gut aufpassen, dann sähe man diese Farben in jedem Feuer. Martin hatte noch nie ein Feuer bei der Kirche gesehen, aber er glaubte seiner Berblin, und er hörte ihr aufmerksam zu, wie sie von den Amseln berichtete, die aus einem Winkel des Gartens plötzlich emporgeflattert seien. »Stell dir das vor, eine dunkle Wolke von Amseln!« Und Martin bedauerte, dass er die Wolke von Amseln nicht mit eigenen Augen gesehen hatte.

Berblin erlebte immer wieder Dinge, die andere nicht erlebten. Martin jedenfalls nicht. Einmal hatte er mitgehört, wie seine Eltern über sie gesprochen hatten. Man sei jeden Tag froh, dass man sie im Hause habe. Wenn sie nur nicht so häufig vom Sterben reden würde. Das käme vielleicht daher, hatte die Mutter gemeint, dass sie nie ein Elternhaus gehabt hatte und deshalb manchmal schwermütig war. Berblins Mutter war Magd bei den Lindemanns, den Eltern von Martins Mutter, gewesen. Sie war bei der Geburt von Berblin gestorben, und da sei plötzlich ein hoher geistlicher Herr erschienen, der habe Geld für Berblin gezahlt. Und zwar viel Geld, weil er sein Kind gut versorgt haben wollte.

Die Lindemann-Großeltern hatten dem Geistlichen geschworen, das Kind anzunehmen und gut zu behandeln. Einen Teil des Geldes versprachen sie auf die hohe Kante zu legen, wie es der geistliche Herr geraten hatte. Er kam ein bis zwei Mal im Jahr, und er war stolz auf seine Tochter gewesen. Doch er starb, als Berblin noch keine zehn Jahre alt war.

»Respekt«, meinte Martins Vater, »dann ist die Berblin das uneheliche Kind eines Geistlichen. Es ist selten, dass einer den Anstand hat, für sein Kind zu zahlen. Und uns hat ihr Geld geholfen.«

»Sie hätte es uns nicht geben müssen. Ich an ihrer Stelle hätte das Geld behalten.«

»Du bist wenigstens ehrlich«, erwiderte der Vater überrascht. »Und du hast recht, die Berblin ist eine Herzensgute. Und klug ist sie auch. Das hat sie sicher von ihrem Vater.«

Die Eltern Lindemann hätten Berblin zur Lateinschule geschickt, erzählte die Mutter, in dieselbe, die auch sie einige Jahre später besucht habe. Und dass Berblin die besten Noten gehabt hatte und ihr immer als Vorbild hingestellt wurde.

Seit Martin die Geschichte ihres Herkommens kannte, war seine Bewunderung für Berblin noch größer geworden. Außerdem interessierte sich niemand so für ihn wie sie. Sogar von seiner Geburt berichtete sie ihm.

»Es war eine schauerliche Novembernacht«, begann sie. Die Eltern wohnten noch im nahen Eisleben. In dieser Nacht war der erste Schnee gefallen. Der Wind heulte ums Haus und wehte den Schnee wie riesige Leintücher vor sich her. »Wir sind alle aufgestanden, und ich habe Kienspäne angezündet, denn wir hörten voller Angst, dass der Wind immer stärker wurde. Plötzlich ist deine Mutter in der Zimmertür gestanden, die Hände auf den Leib gedrückt. Sie hat nach deinem Vater gerufen. Aber der war unter dem Dach mit dem Knecht beschäftigt, die Schindeln vor Wind und Schneesturm zu retten.

Am Ende ist er doch hinausgerannt in die Nacht, die Wehmutter zu holen. Doch sie kamen zu spät. Und so bist du ohne Wehmutter, ganz allein auf die Welt gekommen. Nein, du bist auf die Welt gestürzt. Weil deine Mutter es vor Schmerzen nicht mehr im Bett gehalten hat, ist sie aufgestanden, hat sich am Bettpfosten festgeklammert. Du bist ihr ausgekommen und geradewegs auf den Mund gefallen. Er hat geblutet, dein Mund, und ist dick angeschwollen. Aber sonst warst du gesund und hast gebrüllt, wie es sein soll.«

Später habe sie in der Nacht von Martins Geburt ein fremdes Geräusch in den Gassen gehört. Es seien Gänse gewesen, die sich schnatternd durch ein Stalltor gedrängt hätten, hinaus auf die schmalen Gässchen, mitten hinein in den Schneesturm.

Sosehr Martin auch danach hungerte, etwas über sich selbst, über sein Kommen auf diese Welt zu erfahren, so verlegen machten ihn Berblins Erzählungen. Er war doch nur ein Galgenstrick, ein Staub, dem die Eltern vorrechneten, was sein Leben sie kostete: die Schulkleidung, der Musikunterricht. Seine Flöte.

Berblin las in Martins Gesicht wie in einem Buch, und sie mahnte ihn, sich nichts aus den Vorhaltungen der Eltern zu machen. »Glaube mir, denn es steht in der Bibel, Christus wohnt nur in den Sündern. Darum ist er doch vom Himmel herabgestiegen, wo er mit den Gerechten gewohnt hat. Er aber wollte auch unter den Sündern wohnen. Sinne immer der Liebe Jesus Christus nach, und du wirst seinen Trost erfahren. Auch wenn dein Vater oftmals tobt. Und deine Mutter dir Schlimmes zufügt.

Am 10. November 1483 bist du also geboren, und einen Tag später hat man dich getauft, auf den Namen eines Heiligen, des heiligen Martin von Tours. Und das war wirklich ein Heiliger, dieser Martinus«, fuhr Berblin sehnsüchtig fort. »Ich glaube, solche Männer gibt es heute nicht mehr.

Stell dir vor, er war Offizier einer römischen Reitertruppe, als er am Stadttor von Amiens einem Bettler begegnete. Es war Winterzeit, jämmerlich kalt, und der Bettler fror so sehr, dass er am ganzen Körper zitterte. Das sah Martin von Tours, und er wusste nicht, was er tun sollte, weil er weder eine Decke noch sonst ein warmes Kleidungsstück in seinem Mantelsack hatte. Kurz entschlossen hat er sein Schwert aus der Scheide gerissen und seinen eigenen weiten Mantel in zwei Stücke geschnitten. Eines davon gab er dem Bettler, der sich rasch darin einhüllte. Und siehe, der Stoff reichte, um beide Männer zu wärmen. Ich verstehe gar nicht, dass deine Eltern dir nie davon erzählt haben.«

Ein anderes Mal hatte Berblin ihm berichtet, dass in seinem Geburtsjahr in der Stadt Rom ein Papst regierte, der Sixtus IV. hieß. Und in Frankreich gab es einen König Karl VIII., der im selben Jahr die Regierung angetreten hatte. Er war aber nicht zufrieden mit dem Papst in Rom, brach mit Heeresmacht in Italien ein und brachte das päpstliche Staatensystem zum Einsturz. Warum, das wusste sie auch nicht, und Martin fragte den Vater, der unwirsch reagierte. Die Berblin solle ihm nicht immer Flausen in den Kopf setzen. Man habe genug mit den eigenen Fürsten und Grafen zu schaffen. Doch Berblin erläuterte dem Vater, es handle sich um Weltgeschichte, die Martin kennen müsse, wenn er später einmal studieren solle.

Sie konnte sich solche Worte erlauben. Sie fürchtete niemanden im Haus, den Vater nicht und schon gar nicht die Mutter, der sie selbst das Laufen beigebracht hatte. Damals hatte sie im Lindemannschen Haushalt schon eine Sonderstellung. Und als Margarethe Lindemann Hans Luther ehelichte, wechselte Berblin in den jungen Haushalt über. Bald sprach es sich auch in Mansfeld herum, dass sie gebildet war. Sie schrieb Briefe für die Nachbarn. Liebesbriefe schrieb sie besonders gern, und manchmal kam ein Brautpaar, um sich bei ihr zu bedanken. Auch schwierige Briefe an

Ämter scheute sie nicht. Sie schrieb in bestem Latein in säuberlicher Schrift. Ja, betonte sie auf entsprechende Fragen, ja, auch Mädchen durften die Schule besuchen. Die Eltern mussten das nur wollen. Und die Lindemanns hätten ihr die Lateinschule ermöglicht, weil ihr Vater nobel gewesen war. Doch viele Eltern konnten ihren Töchtern das nicht erlauben, sie brauchten die Mädchen für die Arbeit im Haus.

Berblin beantwortete geduldig die Fragen der Leute, die ihre Hilfe suchten. Sie machte sich nicht wichtig, sondern erledigte ruhig und besonnen auch komplizierte Fälle.

Martin liebte ihr zartes, feines Gesicht mit den lilafarbenen Augen. Aus dem losen Knoten, den sie sich im Nacken zusammendrehte, lösten sich oftmals weiße Strähnen, was ihr etwas Jugendliches und gleichzeitig etwas Uraltes verlieh. Manchmal sprach sie Dinge aus, die Martin nicht verstand oder deren Sinn er erst nach langem Nachdenken erahnte. So versuchte sie Martins Eltern zu entschuldigen und warb bei Martin um Verständnis für ihre unbarmherzige Strenge.

»Ich glaube«, sagte sie einmal, »deine Eltern sind alle beide nicht in der Heiligen Schrift empfangen worden, nicht in ihr geboren, gesäugt und in der Wiege gelegen. Und sie sind auch nicht in ihr erzogen und aufgewachsen. Sie haben nicht nach der Heiligen Schrift fröhlich sein und spielen dürfen. Daher kennen sie es nicht besser, als hart zu sein, so wie man es mit ihnen gewesen ist.«

Anders als seine Eltern, die oftmals den Teufel am Werke sahen, wusste Martin von Berblin, dass es einen barmherzigen Gott gibt, der die Menschen nie verlässt. Er glaubte manchmal, alle Kämpfe und Krankheiten, aber auch Glück und Freude in Berblins Erscheinung zu sehen. Sie selbst ruhte in der Gewissheit von Gottes Barmherzigkeit. Kannte keine Furcht. Sie war der einzige Mensch, glaubte Martin, der sich auf den Tod zu freuen schien. Sie sang meist leise Lieder von Gottes Gedanken, von der Beute des Windes, vom Woher und Wohin, und sie teilte jedem im Haus und in den Gassen mit, dass man so früh wie möglich lernen müsse zu sterben. Jeden könne es treffen. Heute. Morgen. Oder in der nächsten Zeit. Man erlebe doch täglich, wie kleine Kinder, Männer und Frauen starben, obwohl sie am Tag vorher noch gesund gewesen waren.

»Wie geht das Sterben, Berblin, sag, wie geht das Sterben?«, riefen die Kinder, und sie erklärte heiter, dass sie am Abgrund stehe und das Gelächter der Eulen höre: »Da, seht nur, eine Schleiereule. Ist sie nicht schön mit ihrem weißen uralten Gesicht? Sie lacht uns aus. Sie weiß besser als wir, wie vergänglich alles ist. Aber ich weiß es auch. Ich sehe Bäume, die der Wind umarmt, ich sehe das Gewoge der Blätter, ich werde bald weg sein, weit, weit weg.«

Martin hörte Berblins Gesang, und er hörte ihn auch nicht. Wollte ihn nicht hören. Er konnte sich ein Leben ohne sie nicht vorstellen. An alles wollte er denken, aber nicht an ihren Tod. Doch er wunderte sich jedes Mal, wenn die Berblin am Morgen richtiggehend enttäuscht meldete, dass sie in dieser Nacht schon wieder nicht gestorben sei. Dann kam es ihm so vor, als wollte sie sich in Wahrheit lustig machen über die Angst der anderen vor dem Sterben.

Es war am Nachmittag. Berblin hatte sich mit Dorothea ins Bad zurückgezogen. Die Kleine war ausgesprochen lebhaft und außerdem ungemein neugierig. Fast täglich löste sie ein Debakel aus. Heute hatte sie sich dem Honig gewidmet. Weil sie den nicht essen mochte, hatte sie ihn sich gründlich in die Locken geschmiert. Der Rest fand sich in ihren Kleidern.

Die Kindsmagd Tine saß am Tisch und nähte Windeln, denn Anna, Martins zweites Schwesterchen, war endlich eingeschlafen, nachdem sie bestimmt eine Stunde lang geschrien hatte. Im Gegensatz zur gemütlichen Dorothea war Anna mit ihren sechs Monaten ein Schreikind. Die Kindsmagd hatte sie in eine Kammer geschoben und die Türe geschlossen, weil sie das Geschrei einfach nicht mehr aushielt. Martin wusste nachher nicht mehr, warum er in die Kammer gegangen war. Jedenfalls erschrak er, als er in die hölzerne Wiege blickte. Das sonst so süße kleine Kind wirkte leblos. Die Lippen, im Schreien hochgezogen, ließen den kleinen Kiefer sehen, das gab dem Köpfchen etwas Totes, Fremdes. Behutsam nahm Martin den kleinen Körper in die Arme und brachte das Kind Berblin. Auch sie erschrak, und sofort klopfte Martins Herz wie ein Hammer. Konnte sich ein so kleines Kind zu Tode schreien?

Berblin holte ein Riechfläschchen, hielt es dem Kind vorsichtig und nur ganz kurz unter die Nase. Dann begann sie, den zarten Körper sanft zu massieren. Allmählich entspannte sich das verkrampfte Gesichtchen, der Mund schloss sich, und bald öffnete die Kleine ihre Augen und streckte sich lang und wohlig aus. Sie lächelte Berblin und Martin mit einem winzigen Lächeln an.

Hinter ihnen stand die Tine und brach in Tränen aus. Berblin wies sie an, das Kind künftig sofort zu ihr zu bringen, wenn es schrie. Sie sollte es niemals mehr einsperren in eine Kammer, wo man es nicht hörte.

Das Mädchen versprach es schluchzend. Martin wollte wissen, wo die Mutter sei. Sie müsse das schreiende Kind ja auch gehört haben. Die Frau Luther sei auf dem Markt beim Einkaufen, sagte Tine. Sie würde so bald nicht zurück sein. Auf dem Markt werde es jeden Tag schlimmer mit dem Betrug. Da müsse die Frau Luther achtgeben wie ein Luchs. In letzter Zeit sei die Milch oft gepanscht gewesen, das Mehl gestreckt mit Kreide, das Brot alt und hart. Der Fisch nicht mehr frisch und das Fleisch mit Essig eingerieben, damit man den faulen Geruch nicht merke.

Die Kindsmagd zählte Beispiel um Beispiel auf, als wollte sie davon ablenken, dass sie die kleine Anna nicht gut genug betreut hatte. »Aber die Betrüger werden alle gehängt. Oder die Ohren werden ihnen abgeschnitten. Oder sie werden lebendig begraben. Sogar gerädert haben soll man einen Händler in Erfurt! Der Kaiser persönlich hat diese Strafen angeordnet.«

»Lass es gut sein, Tine«, sagte Berblin. Sie wusste, wovon sie redete. Vor Margarethe Luther kuschten die Händler auf dem

Markt. Sie hatte einen ausgeprägten Geruchssinn und scheute sich nicht, Hände voll Mehl auf den Boden zu werfen, wenn sie Kreide darin vermutete. Fisch und Geflügel, das nicht mehr frisch war, erkannte sie an den Farben und am Geruch. Ohne zu zögern warf sie den Händlern schlechte Ware in den Korb zurück und drohte mit einer Anzeige, wenn beim nächsten Mal wieder betrügerisch gehandelt würde.

Auch die Kindsmagd fürchtete Margarethe Luther. Ihre Ohrfeigen waren gesalzen. Ob die Berblin und Martin der Frau Luther bitte, bitte nichts berichten wollten über den Vorfall mit Anna. In Zukunft werde sie die Kleine nicht mehr wegschieben. Nie wieder. Sie verspreche es bei allen Engeln und Heiligen.

8

Man muss Gott mehr als den Menschen gehorsam sein. Das hatte Martin in der Kirche gelernt, und dieser Satz ging ihm über alles. Wenn er das vor Jähzorn weiße Gesicht des Vaters sah, den schmalen Mund, die Brauen zusammengezogen, wenn er ausholte, den Sohn zu züchtigen, dann hasste Martin ihn. Fast mehr noch die Mutter, die überall Gründe fand, die Rute sprechen zu lassen. Zuletzt wieder, weil er ein paar Nüsse und Dörrobst aus der Kammer genommen hatte.

Die Vorratskammer, über die seine Mutter und Berblin herrschten, zog Martin magisch an. Auch letzte Nacht war es ihm wieder passiert. Er kannte das Risiko, und doch, wenn die Sucht nach Süßem ihm zu schaffen machte, verließ ihn jede Vernunft. Er hatte gelernt, nachts im Finstern seine Hand durch die halboffene Tür zu strecken. Behutsam, um die knarrende Tür nicht noch weiter zu öffnen, drang er immer weiter vor, ertastete die geliebten Nüsse, die getrockneten Pflaumen und Apfelringe. Wie dankbar war er seinem Herrn Jesu, wenn das Stück Leinen über dem Honig sich lockern ließ und er mit dem Löffel hineinfahren konnte. Und die Marmelade – wo war der Topf, den Berblin erst gestern aufgetischt hatte? In seiner Reichweite war nur das Pflaumenmus. Auch gut.

»Du Dieb, du erbärmlicher Dieb!« O Jesus, die Mutter war erwacht. Er hätte es wissen müssen. Ergeben beugte sich Martin vornüber, seine Sorge galt den Vorräten, die sich schon in der

Tasche seines Kittels befanden. Er hielt sie sorgsam zu und ließ es über sich ergehen, dass seine Mutter ihm den Kittel hochriss und ihre Rute heruntersausen ließ auf sein nacktes Hinterteil. Dabei hatte der Vater ihn vor ein paar Tagen noch gestrichen, und die Striemen waren noch nicht verheilt. Martin wusste schon gar nicht mehr, warum.

Nein, er wusste es nicht. So wie oftmals bei dem schönsten Wetter ein Gewitter herabging, das den Menschen Angst vor dem Teufel und vor der Hölle bescherte, so unabwendbar und überraschend sauste die Rute auf Martin herab. Sein Stolz verbot es ihm, zu schreien. Es war eigenartig schön, den Vater im Unrecht zu sehen. Ihm entkam kein Laut.

Warum schlugen sie ihn? Immer und immer wieder? Glaubten sie tatsächlich, Martin würde dadurch ein besserer Mensch? Doch wohl eher das Gegenteil. Er hätte tausend Teufel auf seine Eltern herabrufen mögen.

Er schwor sich, hätte er einmal Kinder, dann wollte er sie nicht züchtigen. Nie. Nie. Nie. Und wenn doch, dann nur ganz leicht, wie zur Ermahnung. Nein, auch nicht leicht und zur Ermahnung. Nie. Er würde es einmal anders machen, er wollte liebevoll mit seinen Kindern sprechen. So wie Berblin mit ihm sprach. Er wollte ihnen Äpfel und Nüsse schenken. Honig. Und etwas besonders Schönes vom Jahrmarkt.

Jetzt war Martin auf dem Weg zu seinem Baum. Dort würde er sich ausruhen. Er lief die Straße hoch, die zu den nahen Feldern führte, zum Wald. In einem der Nachbarhäuser gellte Geschrei durch das offene Fenster. Es hieß, der Großvater der Familie habe einen geblähten Bauch, obwohl er nichts esse, sondern immer nur schrie. In der Gasse stank es wie der Teufel, es war, als sondere jedes Haus seinen eigenen Geruch ab. Kam Martin näher, unterschied er Mist von Menschen und Tieren, altes Kraut und Fett. Über allem hing eine Urinwolke. So roch es immer im Sommer. Ihm war aber aller Gestank lieber als die Stadt im Winter, wo man im zähesten Unrat versank und immer wieder helfen musste, Karren aus dem Dreck zu ziehen. Oder die Stiefel. Und alles, was man auf dem Leibe trug, war schwer, nass und kalt.

Er stützte sich für einen Moment an eine sonnenwarme Mauer, hatte einen Stein im Schuh. Obwohl die Sonne seinen malträtierten Rücken wohlig erwärmte, wollte Martin nicht länger stehen bleiben. Er sah die Straße hinunter zu seinem Elternhaus. Wenn er es auch nicht mehr genau sehen konnte, war ihm doch jede Einzelheit vertraut. Das Haus war aus Steinen gebaut, hatte Schindeln auf dem Dach, zur Straße hin große Fenster und eine hölzerne Tür, die reich beschlagen war mit geschmiedetem Eisen. An das Haupthaus schloss sich noch ein weiteres Haus an, dahinter lagen der Stall und die Wirtschaftsräume. Martin war stolz auf den elterlichen Hof, zu dem ein großzügiger Garten gehörte, wo man Obst und Gemüse kultivierte. Sogar Wein baute der Vater an. Martin hatte schon öfter von Vater und Mutter gehört, dass man den Nutzgarten angelegt habe für schlechte Zeiten, wenn der Bergbau allein die Familie nicht mehr ernähren könne. Das bedeutete für Martin und Jakob, reifes Wurzelgemüse aus dem Boden zu ziehen, Kohl zu ernten oder Bohnen von den Stangen zu pflücken.

Das schöne, geräumige Haus gehörte ihnen, den Luthers. Die Mutter hatte eine ansehnliche Mitgift bekommen, und Berblin war aus dem Nachlass ihres Vaters großzügig bedacht worden. Die Hälfte ihres Geldes hatte sie Hans Luther überlassen. Nur so konnte Hans Luther ein Haus für die Familie kaufen. Und nur als Hausbesitzer war es ihm möglich, im Rat der Stadt Fuß zu fassen und in der Kirche St. Georg eine verantwortliche Stellung in der Verwaltung zu übernehmen.

Martin hörte gern zu, wenn Berblin ihm von den Familien seiner Mutter berichtete. Die Lindemanns – Mutters Familie und Berblin – stammten aus Eisenach in Thüringen. Ein Onkel von Martins Mutter, Antonius Lindemann, war außer Hüttenbesitzer auch noch oberster Bergverwalter in der Grafschaft Mansfeld. Der Vater, ebenfalls ein Thüringer, kam von einem Bauernhof in Möhra.

Von Einheimischen hatte er erfahren, dass die Berg- und Hüttenwerke in Eisleben alle im Besitz der alteingesessenen Familien waren. Da gab es kaum eine Möglichkeit, sich eine eigene Existenz aufzubauen. Aus diesem Grund hatte Martins Vater 1484 ins Mansfelder Berg- und Hüttenwesen investiert. Mit Erfolg. Schon bald war er in die Führungskreise der Stadt Mansfeld aufgestiegen.

Martin verstand diese Zusammenhänge erst nach und nach. Doch ihm wurde klar, dass man Geld brauchte, um Schmelzöfen zu pachten, die man »Feuer« nannte. Immer wieder hörte er in den abendlichen Gesprächen, wie schwer es dem Vater fiel, den hohen Zins von hundert Gulden im Jahr pro Herrenfeuer zu erwirtschaften. Bisher hatte er es allerdings immer geschafft.

Als Nächstes musste ein Haus her, das seine hohe Stellung repräsentierte. Und so erwarb der Vater das Haus, in dem Martin jetzt lebte, und machte daraus nach und nach einen Vierseitenhof. In dem erst kürzlich fertiggestellten zweiten Haus, das durch einen unterirdischen Gang mit dem eigentlichen Wohnhaus verbunden war, konnten Besucher wie die großväterliche Familie aus Möhra oder die Lindemanns aus Eisenach wohnen. Außerdem wurden dort die Essensvorräte gelagert, Stoffballen, überzählige Möbelstücke und Handwerkszeug. An das zweite Haus hatte der Vater zwei geräumige Ställe für das Vieh bauen lassen.

Martin wurde immer wieder von den Eltern gemahnt, sich in den Straßen, in der Schule und in der Kirche anständig zu betragen. Sogar Berblin erklärte ihm, dass der Vater zu den Honoratioren der Stadt gehöre. Er sei ein Vierherr, worunter der kleine Martin lange Zeit »Viehherr« verstand. Bis ihm die Mutter barsch beschied, dass der Vater einer der vier Bürgerschaftsvertreter geworden sei, die mit dem Rat die Stadt verwalteten. Und dass es »Vier« heiße und nicht »Vieh«.

Oberhalb vom Anwesen der Eltern lag die Stadtpfarrkirche St. Georg. Auch hier hatte der Vater Ämter. Wenn Gläubige Ärger hatten mit den Ablasshändlern, stand der Vater ihnen zur Seite. Er gehörte auch zu der neu gegründeten Honoratiorenbruderschaft »Unserer lieben Frauen Gezeiten im Thal Mansfeld«, und er engagierte sich in der Bruderschaft St. Georg an der Stadtkirche, die sich der armen Leute annahm. Die Mutter und Berblin kochten regelmäßig an einem Tag in der Woche im größten Kessel des Hauses eine kräftige Getreidesuppe mit Speck, die der Vater zusammen mit dem Knecht persönlich bei der Kirche ablieferte.

Die Reputation der Familie musste also hochgehalten werden, so viel hatte Martin verstanden.

Er liebte sein Elternhaus, das wurde ihm auch jetzt wieder bewusst, wo er es aus der Ferne betrachtete. War er mit Berblin und den Geschwistern allein, hatten sie es immer schön und friedlich. Doch jetzt wollte er aus der Stadt hinaus zum Waldrand. Zu seinem Baum.

Martin lehnte sich an den dicken Stamm. Der Geruch der Rinde beruhigte ihn ebenso wie das sanfte Rauschen der Blätter. Der Baum war für ihn der Lehrer, der nie schlug. Mit dem er über alles reden konnte. Sogar darüber, dass er sich immer noch sein Gefühl machte. Obwohl das Sünde war. Darüber konnte Martin mit niemandem reden. Mit den Eltern schon gar nicht. Nicht einmal mit Berblin. Es fiel ihm nicht leicht, immer wieder zu sündigen. Der Pfarrer hatte im Unterricht gesagt, dass man auf jeden Fall krank und vielleicht sogar ein Idiot werde, wenn man den Samen heimlich und unnütz vergieße! Aber es war so herrlich, wenn sich tief unten im Bauch eine Flamme entfachte, die immmer stärker glühte, sich schließlich in seinem ganzen Körper ausbreitete und plötzlich wie eine Feuerkugel zerplatzte, um sich dann in sanften Strömen aufzulösen.

Doch dann, nach einem Moment wohliger Müdigkeit, kam die Angst, die Reue. Er fühlte sich allein auf eine endgültige Weise.

Der Baum war auch einsam. Er sah stolz aus. So als blicke er über alles hinweg geradewegs in den Himmel. Wollte er nicht mit den anderen Bäumen sprechen? Reden Bäume miteinander? Streiten sie sich vielleicht? Martin überlegte. Müssen Bäume auch leiden? Frieren sie in der Eiseskälte des Winters? Und leiden sie Durst, wenn die Sonne tagelang ihre sengende Hitze über die Wälder schickt? Fürchten sie die Männer mit ihren Äxten und Sägen?

Künftig wollte Martin noch besser auf seinen Baum hören, wollte erkunden, wie er mit den Widrigkeiten seines Lebens fertig wurde. Er war davon überzeugt, dass nichts auf dieser Welt schöner und klüger war als sein Baum. Martin nahm sich vor, so stark und einsam zu werden wie er.

Er holte tief Luft, ergriff den untersten Ast, schwang sich hinauf und kletterte weiter, nach oben, bis zur letzten Gabelung. Dort hatte er seinen Ansitz, und von dort aus konnte er über seine Stadt Mansfeld blicken. Über den Wald hinweg oder nach unten, auf die kleine Lichtung. Niemand sah ihn. Niemand konnte ihn finden. Er war bei seinem Freund. Der flüsterte ihm zu, er solle Vertrauen haben. Er habe Kraft genug, ihn zu beschützen, denn er habe Gott in sich. Tief innen, Martin könne diese Kraft nicht sehen, aber er solle ihm, dem Baum, vertrauen. Er sei schon lange auf der Erde, und er wisse, wie es Kindern ergehe.

»Du bist traurig und weißt nicht, wohin du gehörst. Ich weiß, dass du vor Vater und Mutter weglaufen willst. Doch musst du lernen, dass du weder bei deinen Eltern noch anderswo eine Heimat hast. Glaube mir, Heimat ist nur in dir drinnen. Sonst nirgends.«

So rauschte der Baum leise im Wind, und Martin lauschte ihm. Er ahnte, dass der Baum so klug und weise war, weil er schon ein langes Leben hinter sich und viel Kummer bei den Menschen gesehen hatte. Mit einem Mal fühlte er sich wieder froh. Wenn er nur gut zuhörte, dann würde der Baum ihn aus seinem Kummer herausführen.

Martin war schon oft dabei gewesen, wenn die Knechte Holz sägten, das zum Bau von Tischen und Bänken oder auch von Betten gebraucht wurde. Selbst Löffel wurden aus Holz gemacht, und er staunte immer über die weiten oder engen Ringe, die sichtbar wurden, wenn ein Baumstamm abgesägt war. Sein Vater hatte ihm erklärt, dass diese Ringe Jahresringe genannt wurden. Von ihnen konnten die Erwachsenen ablesen, wie alt der Baum war, ob der Stamm teures Holz hatte oder eher einfaches. Standen die Jahresringe ganz eng beieinander, dann war das Holz widerstandsfähig und wertvoll.

Sein Baum, davon war Martin überzeugt, hatte einen kraftvollen Stamm und das edelste Holz. Den Gedanken, dass er einmal umgesägt werden könnte, den wollte Martin gar nicht denken.

Schon früh hatte er gelernt, dass Jesus Christus sein König war, dass er ihn lieben und ihm bis in den Tod hinein die Treue halten musste. Er hatte Bilder von ihm gesehen, und er wusste, dass der Herr Jesus mit seinem Baum keinerlei Ähnlichkeit hatte. Dennoch spürte er eine Zuneigung, ja Liebe zu seinem Baum, die der zu seinem Herrn glich. Im Gegensatz zu Jesus Christus konnte er den Baum sehen und anfassen, seine narbige Rinde streicheln und sich bei ihm verstecken.

9

Außer seinem geliebten Baum gab es für Martin noch eine Art Insel, die allerdings nur unter den Mühen einer langen Reise zu erreichen war. Es war der stattliche Hof seines Großvaters väterlicherseits, der für ihn Freiheiten bereithielt, die er daheim vermisste. Auch Jakob, ja, sogar Berblin schien dort aufzuleben, weil Hans und Margarethe Luther sich ganz selbstverständlich dem Regiment des Großvaters fügten. Es mochte ihnen nicht ganz leichtfallen sich unterzuordnen, denn der Großvater verwehrte es ihnen, Martin und Jakob hart anzufassen.

»Meine Enkel sollen keine Duckmäuser werden. Sie sollen sich austoben«, pflegte er zu sagen und zwinkerte Martin dabei verschwörerisch zu. Er hatte von seinem Sohn Hans gehört, dass der Enkel in der Schule gute Noten schrieb und das Lateinische schon flüssig beherrschte. So ein kluger Kopf war in der Familie noch nicht vorgekommen. Heine Luther war stolz und berichtete allen Nachbarn von seinem Großvaterglück. Über Martin hielt er also seine schützenden Hände, denn er war sicher, dass der Junge akademischen Glanz in die Familie bringen würde.

Die Luthers in Möhra lebten seit Generationen in ihrem thüringischen Dorf, das südlich von Eisenach lag. Sie gehörten zu den Vollbauern, hatten als Erbzinsleute keinen Leibherren, sondern waren als freie Bauern direkt dem Kurfürsten von Sachsen als ihrem Landesherren abgabepflichtig. Darauf hielten sie sich viel zugute. Sie nannten sich die »thüringischen Erbzinsler« und mochten sich gar nicht mit den leibeigenen und grundhörigen Bauern in anderen Teilen Deutschlands vergleichen.

Die Landesherren und ihre Verwaltung waren herrlich weit vom Schuss. Sie residierten in Torgau, Weimar oder Wittenberg. Also gewöhnten sich die Bauern von Möhra an eine weitreichende kommunale Selbstverwaltung. Finanz-, Dorf- und Agrarangelegenheiten wurden natürlich zugunsten der Vollbauern geregelt. Die Dorfbewohner ohne eigene Hofstelle erfuhren davon nichts.

Die Luthers waren vielleicht nicht die reichsten Bauern des Dorfes, dafür konnten sie und ihre Verwandten aber einige stattliche Höfe in Möhra und Umgebung ihr eigen nennen. Die Sippe hielt zusammen, und zur Erntezeit fanden sich pünktlich Knechte und Mägde ein, um das Gesinde zu unterstützen.

Dies wusste Martin vom Großvater. Er verstand zwar nicht alles, aber er spürte durchaus, dass die Großeltern einen Stolz ausstrahlten, den andere Leute in Möhra nicht hatten. Die Erbzinsbauern konnten ihre Höfe und Ländereien frei vererben. Die Tradition schrieb vor, dass der jüngste Sohn der Familie das Vermögen ungeteilt bekam. Das ermöglichte den Eltern, den Hof viel länger zu bewirtschaften.

Als Ältester von vier Söhnen kam Martins Vater als Erbe des väterlichen Hofes nicht infrage. Er hätte höchstens bei seinem jüngsten Bruder als Knecht arbeiten können. Es wäre durchaus für alle Platz gewesen. Die Großeltern besaßen ein schönes, dreigeschossiges Haus mitten im Ort, umgeben von Gärten, Bäumen und Buschwerk. Aber obwohl der Großvater es möglich gemacht hätte, entschied sich Hans Luther dagegen, in Möhra zu bleiben. Er wollte eigene Wege gehen. Und als er im Alter von Anfang zwanzig Martins Mutter heiratete, hatte er sich schon dafür entschieden, im Kupferbergbau zu arbeiten. Er wollte sich eine Existenz aufbauen, und sein Vater hatte nichts gegen diese Entscheidung. Denn er selbst betrieb eine Kupfergrube, in der auch sein Sohn Erfahrungen gesammelt hatte.

Martin wusste wenig über die Beweggründe des Vaters. Im Grunde interessierten sie ihn auch nicht. Doch nach Möhra fuhr er gern. Schon die langwierige Reise dorthin war ein Abenteuer. Und er genoss es, dass er bei den Großeltern viel mehr Freiheiten hatte als in Mansfeld. Außerdem war die Speisekammer für jeden zugänglich. Man sollte es nicht glauben.

Möhra lag im Thüringer Wald. So viel wusste Martin, und bei jedem seiner Besuche erfuhr er mehr. Im Dorf lebten um die dreißig Bauern, dreiundzwanzig Dienstboten und sieben Landlose. Die Dorfbewohner unterteilten sich in drei unterschiedliche Vermögensschichten: Es gab eine kleine Schicht von richtig reichen Bauern, denen ganze Wälder und kleinere Flecken gehörten. Dann gab es die vermögenden Bauern, zu denen nicht nur Martins Großvater gehörte, sondern auch seine Onkels und Vettern. Schließlich existierte noch eine mittlere Schicht von Kleinbauern und Pächtern und eine beträchtliche Anzahl von Tagelöhnern und Gesinde.

Martin hörte immer wieder und von allen Seiten, dass die Luthers schon seit mehr als zweihundert Jahren in Möhra ansässig waren. Das beeindruckte ihn, eine solche Tradition hatten nicht viele Familien vorzuweisen.

Wenn er auch nicht für immer in Möhra wohnen wollte, gefiel ihm der Ort außergewöhnlich gut. Alles war anders als in Mansfeld, wo die Häuser, um die Kirche geschart, eng beieinanderstanden. Hinter dem Haus in Möhra dagegen fing das Paradies an. Drei Felder besaßen die Luthers allein in der Nähe ihres Wohnhauses. Sie waren durch Grasraine, Büsche und geflochtene Zäune voneinander getrennt, und es gab immer Arbeit dort. Je älter Martin wurde, desto mehr wurde er in die Arbeit auf den Feldern einbezogen. Besonders im Herbst war allerhand los. Am liebsten saß er auf einem der kräftigen Pferde, die den Pflug zogen. Er roch gern die frisch aufgebrochene Erde, und er dankte Gott, dass er nicht den schweren Pflug führen musste wie der Knecht hinter ihm.

Martin hatte darauf zu achten, dass die Pferde nicht zu schnell liefen. Stehen bleiben und am Rain das Gras fressen kam aber auch nicht infrage.

Das Sommerfeld, das der Knecht gepflügt hatte, würde brach liegen bis in den nächsten Juni, der deshalb auch Brachmonat hieß. Dann würde es erneut gepflügt für die Wintersaat des kommenden Jahres. Von seinem Pferderücken aus konnte Martin auf das große Feld linkerhand sehen, wo der Großvater mit zwei Knechten das Winterkorn einsäte. Die Großmutter brachte den Männern gerade einen Krug mit Essigwasser, eine Magd war auf dem Weg zu Martin und dem Pflugknecht. Der hatte schon über seinen Durst geklagt.

Martin hörte überhaupt nicht mehr auf zu trinken, sodass der Knecht schon missmutig wurde. Endlich wischte er sich den Mund, atmete tief durch und reichte den noch gut gefüllten Krug weiter.

Während der Knecht trank, sah Martin sich in Ruhe um.

»Warum ist die Erde auf dem Feld da drüben so viel heller als auf den anderen?«, fragte er.

»Das ist entweder Kalk oder Mergel aus der Grube dort hinten, ich weiß nicht genau, womit die gedüngt haben, ich bin noch nicht lange beim Bauern.«

Martins Blick blieb an einer großen Schafherde hängen, die sich an der Böschung der Grube versammelte. Der Hund trieb sie zusammen, bis er jenseits des schmalen Weges eine Schar Enten auf einem Hügel entdeckte. Er fuhr hinein wie ein Blitz, worauf ein empörtes Geschnatter zu hören war, das immer wieder neu anschwoll. Der Hund hatte ganz offensichtlich seinen Spaß, doch der Schafhirte drohte ihm mit dem Stock und brüllte laut nach ihm.

Ganz in der Nähe des großväterlichen Hauses war der Garten mit den Obstbäumen. Eine Leiter stand parat, damit Äpfel, Birnen und Pflaumen geerntet werden konnten. Die Großmutter zog dort auch Hopfen für das Bier und Pflanzen, die beim Auskochen

Farbe abgaben. Damit färbte sie weiße Leinenstücke in ein schönes Blau, Rot oder Grün ein.

Martin wusste aus zahlreichen Gesprächen, dass dem Großvater viel Wald gehörte.

»So ein Wald ist ungemein wertvoll«, hatte der Vater erklärt. »Er liefert den Rohstoff zu fast allem: das Holz für Zäune, Bretter und Schindeln, mit denen auch unser Haus gedeckt ist. Man braucht Holz für Fässer, Wagen, Räder, für das Licht und die Wärme im Winter. Aber die Arbeit im Holz ist mühselig, der Wald gibt und nimmt. Und er ist gefährlich. Denn er hat viele böse Geister in sich wohnen. Nicht selten versteckt sich dort der Teufel. Er ist hochgewachsen, seine Haut ist grün, damit man ihn nicht gleich sehen kann. Und er ist größer als jeder Mann. Er hat Hörner auf dem Kopf, und aus den Schulterblättern wachsen ihm Flügel. Sogar in seinem Hinterteil hat er Augen und einen großen Mund, aus dem er faucht und kleine Kinder zu Tode beißt.«

Martin erinnerte sich, wie Jakob und er entsetzt die Augen aufgerissen hatten. Sein Bruder hatte sich eng an ihn geschmiegt, als der Vater weiter berichtete, wie schnell der Teufel auf seinen Bocksfüßen sei und dass niemand ihm auskomme.

Jakob fing bitterlich an zu weinen, woraufhin der Vater ihm übers Haar strich und versicherte, dass der Teufel nur in der Nacht im Wald lauern würde. Tags könnten die Menschen ungestört Beeren und Früchte sammeln, die der Wald so reichlich verschenke. Kinder dürften jedoch nicht allein in den Wald gehen.

So milde und guter Laune wie in Möhra erlebten die Jungen ihren Vater nicht oft.

Wenn bei den Großeltern am Sonntag nach dem Gottesdienst die gesamte Verwandtschaft zusammenkam, so war das ein Großereignis. Martins Vater, in der Familie Groß Hans genannt, war der Älteste und wurde entsprechend respektiert. Klein Hans war der Zweitälteste, und ihm folgten Veit und Heinz. Außer Hans Luther waren alle Bauern. Ihre Höfe waren groß und ertragreich.

»Alle wohlhabend und angesehen«, betonte der Großvater, der gar nicht aufhören konnte, mit der bedeutenden Stellung seiner Familie zu prahlen. Das schmeckte Hans Luther gar nicht, und er hob hervor, aus welch gutem Hause seine Ehefrau Margarethe stammte, aus einer höchst angesehenen und etablierten Eisenacher Bürgerfamilie.

Seiner Frau gefiel es, wenn endlich einmal über ihr nobles Herkommen gesprochen wurde. »Jawohl«, sagte sie leise, aber deutlich hörbar, »jawohl, mein Vater Johann Lindemann ist einer der wichtigsten Bürger von Eisenach. Alle Männer in meiner Familie dürfen den Doktorhut tragen. Und meine beiden Neffen Johann und Kaspar studieren Jura beziehungsweise Medizin.«

War das eingetretene Schweigen etwas zu lang? Schließlich brachte der Großvater das Gespräch zu einem versöhnlichen Abschluss: »Unser Hans stammt aus der ländlich-bäuerlichen Oberschicht, und unsere Margarethe ist eine angesehene Bürgertochter aus Eisenach, da gehen das Land und die Stadt doch Hand in Hand. Was könnte es Besseres geben!«

Im Gottesdienst belegten die Luthers einen Gutteil der Plätze in der Kirche. Da wimmelte es nur so von Männern, Frauen und Kindern, und alle hießen Luther. Die Kinder konnten sich nur mit Mühe auf den Ablauf der Messe konzentrieren. Erwischten sie einen geeigneten Platz, schliefen sie unauffällig – und nicht nur sie.

Martin war nicht überrascht, dass der Geistliche vom Fegefeuer sprach und von bedrohlichen Geistererscheinungen. Die Jungen stießen sich gegenseitig an, um sich ihres Mutes und ihrer Gelassenheit zu versichern. Wohl war ihnen jedoch ganz und gar nicht, denn der Geistliche malte mit drastischen Worten das Bild von einem grausamen Teufel, der sie alle in die Hölle hinabziehen würde.

»Wesen, wie ihr sie noch nie gesehen habt. Ihre Köpfe sind so groß wie Säle. Dort hinein verschlingen sie euch, und sie werden euch im Feuer braten oder in heißem Öl ertränken. Keiner entkommt ihnen, wo auch immer man sich verstecken mag, sie haben Häscher, die jeden aufspüren und den grauenvollen Wesen in den Rachen werfen. Und das ist dann nur der Anfang …«

Einen Vetter von Martin, gerade fünfzehn Jahre alt geworden, kümmerten die Drohungen des Priesters nicht. Im Gegenteil. Er drehte die Augen zum Himmel, als der Pfarrer nun zu Wallfahrten aufrief, zu Seelenmessen für die Verstorbenen.

»Und Ablass sollen wir auch noch zahlen, alles für die Pfaffen und den Papst in Rom«, zischte der Vetter. »Ich will mir für das Geld lieber ein Haus bauen! Mein Mädchen hab ich schon.«

Martin war voller Bewunderung für diesen jungen Kerl, der nicht nur den Papst angriff, sondern auch ein Mädchen hatte. Martin kam sich dagegen wie ein Kleinkind vor. Dabei war er schon zwölf Jahre alt, bald würde er dreizehn sein. Doch ein Mädchen kam nur manchmal in seinen Träumen vor. Immer war sie seltsam blass, aber wunderbar. Sie bewegte sich leise, nein, sie schwebte, körperlos. Martin war sicher, dass sie ein Engel war, denn er spürte sie nicht, auch wenn sie ihm ganz nahe kam. Die Augen schimmerten dunkel, fast bedeckt von lockigem Haar. Manchmal glaubte er, es sei Barbara, Barbara Reinicke, aber die schwebte nicht. Ganz und gar nicht.

Nach der Predigt am Altar wurden die Jahres- und Monatsgedächtnisse der Bürger und Bauern des Ortes heruntergerasselt, und Martin sehnte das Ende des Gottesdienstes herbei. Auch seine Vettern und Basen waren gelangweilt.

Dennoch – die Beschreibung des Fegefeuers hatte ihn beunruhigt, auch wenn er das nie zugeben würde. Ein Schauder lief ihm durch alle Adern. Zu Hause in Mansfeld war es auch nicht anders. Der Geistliche dort sprach immer nur von Tod und Teufel, die den Menschen alles Böse, das sie in ihrem Leben getan hatten, tausendfach mit Höllenqualen vergolten.

Als der Gottesdienst endlich beendet war, mogelten sich die Jungen am Ablasshändler vorbei, der mitten im Eingang zur Kirche stand. Der große massige Mann hielt seinen Kasten jedem Kirchgänger unter die Nase.

»Erst wenn das Geld im Kasten klingt, die Seele aus dem Fegefeuer springt«, posaunte er ihnen entgegen.

Für zwei alte Frauen in ärmlichen Gewändern gab es kein Entkommen.

»Bedenkt, jeden Tag kann es so weit sein«, sagte der Ablasshändler mit dröhnender Stimme. »Es liegt an euch, ob Gott euch zu sich in den Himmel holt, oder ob ihr zum Teufel in die Hölle hinunterfahrt.«

Die beiden Frauen schwiegen. Martin sah, dass die kleinere, zartere von beiden zitterte und zu weinen begann. Die andere legte den Arm um sie, nahm all ihren Mut zusammen.

»Bei Gott – wir haben kein Geld dabei. Nicht einen Heller. Wir wollen versuchen, am nächsten Sonntag etwas mitzubringen. Vielleicht können wir ein Huhn verkaufen.«

Der Massige verzog das Gesicht, gab widerwillig den Weg frei. »Nächste Woche? Betet mal, dass ihr dann noch lebt. Sonst seid ihr des Teufels.«

Martin schämte sich für den Kerl. Doch er wusste schon lange, dass die Ablassprediger alle Menschen zum Zahlen eines Ablasses aufriefen, ob arm oder reich. Jeder Mensch musste einen großen Teil von dem, was er hatte, abgeben, dann wurden seine Sünden im Himmel verziehen. So wurde es gepredigt. Und das Allerwichtigste: Der Verstorbene musste nicht die Qualen des Fegefeuers erleiden, und schon gar nicht die noch viel schrecklicheren Qualen der Hölle. Die nicht zahlen wollten, mussten auf ewig leiden.

Der Heilige Vater in Rom, der Papst persönlich, garantierte den Gläubigen, die den Ablass bezahlten, dass sie gleich nach ihrem Ableben in den Himmel kämen. Und hätten ihre Eltern und die Großeltern das Zahlen vielleicht versäumt, könnten die Nachkommen das ohne weiteres wiedergutmachen. Sie wollten doch gewiss nicht, dass ihre Ahnen sich im Höllenfeuer quälen lassen mussten. Auf ewig! Es brauchte so wenig, um den Verstorbenen zu helfen. Man musste nur einen Teil des vererbten Vermögens in den Ablasskasten werfen, dann waren die armen Seelen der Voreltern rein und die Türe zur ewigen Herrlichkeit stand offen.

Berblin hatte Martin kurz und bündig erklärt, dass er nicht glauben solle, was die Ablassprediger behaupteten. »Ich glaube auch nicht daran! Und ich weiß von meinem verstorbenen Vater, dass viele gelehrte Männer und Frauen daran zweifeln. Was sollen denn unser Herrgott, Jesus Christus, der Heilige Geist, die heiligen Maria und Anna im Himmel mit dem Geld anfangen? Wie soll das überhaupt hinauf in den Himmel gelangen? Gibt es eine Auferstehung des Geldes? Nein, Martin, es ist der Papst, der das Geld der unwissenden Gläubigen haben will. Er will noch reicher, noch mächtiger werden, als er ohnehin schon ist. Und da lügt er den Gläubigen vor, dass er für sie betet, und dass sie dadurch in den Himmel kommen. In Wahrheit braucht er das Geld für seine Huren und seine Familie, für seine Verwandten und die Freunde, die seine Macht unterstützen. Martinus! Denke an meine Worte! Lass dich niemals von einem Ablasshändler betrügen!«

Martin hatte damals mit Erstaunen zugehört. Solche Worte hatte er von seiner gottesfürchtigen Berblin nicht erwartet. Und schließlich wusste er, wie es in der Hölle und im Fegefeuer aussah. Die Lehrer in seiner Lateinschule sprachen ständig davon. So wie der Priester in Möhra. So wie fast alle Priester. Sie zeigten den Schülern sogar Bilder, auf denen hässliche, gefährlich aussehende Teufel zu sehen waren. Es hieß, die Verstorbenen säßen für immer in den schrecklichen Flammen. Jeder Geistliche malte den Gläubigen seine exklusive Verdammnis.

Im Haus der Großeltern war die Haustür schon weit geöffnet. Der Geruch nach gutem Kraut und frisch gekochtem Fleisch durchzog alle Räume. Die Luthers zeigten nun vor allem, dass sie einen prächtigen Appetit hatten. Großvater Luther ließ unter dem Gefiedel dreier Musiker auftragen, was die Küche unter dem Kommando der Großmutter hervorschaffte. Da brachten die Mägde eine große Platte mit Fischen, die noch vor wenigen Stunden in Bächen und Teichen herumgeschwommen waren. Forellen gab es, blau gekocht oder gebraten, Krebse und Schnecken. Schüsseln voll Kraut mit Speck. Dann kam Gerstenbrei und Selchfleisch auf den Tisch. Ein ganzer Schweinskopf wurde unter Applaus hereingetragen. Dazu wurde Brei von Linsen und Bohnen aufgetischt. Und immer wieder Pfannen mit gebratenem Fleisch. Sogar duftendes, weiches Weißbrot trug man auf. Es war schier unerhört.

Die Kinder mussten stehend warten, bis man ihnen einen Teller mit Essen reichte. Aber Martin war ohnehin schon satt. In dem Lärm, dem Dampf und dem irren Geschrei in der Küche war es nicht aufgefallen, dass er schon mal einen Teller mit herrlichem Gemüsebrei und Geselchtem unter dem Vorwand, es einem alten Onkel zu bringen, mitgenommen hatte. Im obersten Geschoss des Hauses hatte er alles in sich hineingelöffelt. Dort war es angenehm still gewesen. Das Kindergeschrei, das Gelächter und schräge Fiedeln drangen nur gedämpft zu ihm hoch.

War das, was er tat, Sünde? Wahrscheinlich. Der Ablasshändler hatte ihn an seine Höllenängste erinnert, und jetzt fürchtete er sich. Auch wenn Berblin versicherte, dass es gar keine Hölle gebe. Was war, wenn sie sich irrte? Schließlich konnte sie nicht wissen, wie das Leben nach dem Tod aussah. Niemand konnte das. Auch die Priester nicht. Doch alle behaupteten dasselbe.

Seine Berblin war klug. Sehr klug. Aber alles konnte sie auch nicht wissen. Sie war manchmal eigensinnig.

Neben schönen Träumen, die selten waren, suchten Martin häufig schreckliche Albträume heim. Fast jede Nacht. Auch in Möhra nach dem Festessen. Er lag zwischen dicken Decken und Kissen und träumte so schlimm, dass er mit pochendem Herzen und trockenem Mund aufwachte. Teile des Traumes hatte Martin bereits vergessen, gottlob, aber er sah immer noch vor sich, wie Jesus Christus am Kreuz von Folterknechten gequält wurde.

Er war nackt, nur sein Schoß war mit einem Tuch umwickelt, ein weißes Tuch, das wusste Martin noch genau, das Weiß hatte sich in seine Augen gebrannt, doch sonst sah er nur Blut, das aus dem aufgeplatzten Fleisch des schönen Körpers rann bis zum Boden. Die Schläge der Peiniger trafen unbarmherzig. Ein Folterknecht soff aus einer Kanne, gelangweilt. Warum machte er nicht mit? Doch es waren genug Peiniger, immer wieder holten sie aus. Und über allem wölbte sich der Himmel. Sieht denn keiner, hilft denn keiner? Martin wollte helfen, doch er wurde festgehalten von einer Wache. Er konnte sich nicht rühren, sosehr er sich auch abmühte.

Ein Wind brauste, Martin erkannte nichts mehr und niemanden, hörte einen Schrei, oder war es ein Tier im Stall – er erwachte, und das Herz schlug heiß und schmerzhaft in seiner Brust.

Um vier Uhr in der Früh hatten sich die Mansfelder Luthers wieder auf den Heimweg gemacht. Es würde eine anstrengende Fahrt werden.

Martin beschäftigten elementare Vorgänge in seinem Bauch, wo offenbar neben dem Geselchten die Dörrpflaumen, Birnen und Apfelringe gegeneinander kämpften.

Mein Gott, Du hast es gesehen, wie konnte ich nur so hemmungslos essen? Verzeih mir, Gott. Es soll mir nicht wieder passieren. Vielleicht war ja der Traum die Strafe für seine Völlerei gewesen, denn es war verboten, zu viel Gutes zu essen. Ein Christ musste sich mäßigen, das wusste Martin, und er bereute. Gnade und Friede in Christo, Amen.

Gut, dass er neben dem Kutschwagen herlief, in dem die Eltern mit Berblin, Jakob, Dorothea und der Kindsmagd saßen. Die kleine Anna lag in einem Korb auf dem Boden der Kutsche, und die Kindsmagd hatte Mühe, ihn zwischen ihre Beine zu klemmen und dort auch zu halten.

Auch gut, dass sie jetzt durch ein Waldstück kamen, wo Martin sich zu einer Baumgruppe flüchten konnte. Selbst wenn die anderen über ihn lachten, sein schönster Ort auf Erden war jetzt die kleine Lichtung mit der Baumwurzel, die eigens für sein Problem geschaffen schien. Eilig hockte er sich hin. Während alles Störende aus seinem Darm herausschoss, beobachtete er einen dunklen Schmetterling, wie er sich den Staub von den Flügeln rieb. Dieses kleine Wunder lenkte ihn ab von seinem Missgeschick.

Schmetterlinge sind meine Freunde, dachte er, und er spürte wieder die Liebe zu seinem Baum, dem schönsten von allen. Doch der war noch drei Tagesreisen entfernt.

Martin hatte Mühe, die anderen wieder einzuholen. Er trottete eine Weile hinter dem Wagen her und dachte, ob er nicht besser in Möhra geblieben wäre. Seine Vettern und Basen schienen nicht so hart und so oft bestraft zu werden wie er.

Ob die Luthers in Möhra ihn überhaupt haben wollten? Er musste eben ausharren wie Christus am Kreuz. An ihm gemessen waren Martins Leiden lächerlich. Das sagte er sich immer wieder. Irgendwann würden die Eltern auch mal sterben. Er hörte viel von der Pest, die auch in den deutschen Ländern wütete. Selbst in Mansfeld war sie schon gewesen. Alle Leute hatten panische Angst vor den Pestseuchen. Diese Todbringer könnten seinen Lateinlehrer, der ihn erst neulich mit der Rute gestraft hatte, gleich mitnehmen in die Hölle. Nein! Solche Gedanken musste er sich verbieten. Sonst könnte er gleich mit in die Hölle fahren.

Der Traum vom leidenden, gefolterten Christus verfolgte Martin während der ganzen beschwerliche Reise von Möhra nach Mansfeld. Immer wieder tauchten Bruchstücke davon vor seinem inneren Auge auf. Wo sitzen eigentlich die Träume?, fragte er sich, obwohl er wusste, dass es darauf keine Antwort gab. Irgendwo in seinem Kopf hatten diese schrecklichen Bilder sich manifestiert.

Am Abend des letzten Reisetags zündete der Vater die Laterne an, deren Licht die Nacht erhellte, die unversehens den Tag abgelöst hatte. Die letzte Wegstrecke wollten sie noch schaffen, man war fast zu Hause. Über einen ausgefahrenen Feldweg erreichten sie ihre Stadt. Sie hörten, wie der Nachtwächter die Stunde ausrief: »Hört Ihr Herrn und lasst Euch sagen …«

Endlich rumpelte der Wagen durch die Gassen. Daheim!

Martin sprang vorsichtig ab, öffnete das hölzerne, mit Eisen beschlagene Tor, und der Vater brachte Pferd und Wagen in die Remise. Auf die Holzschindeln des Daches hatten die Mutter und Berblin Hauslauch gepflanzt. Berblin meinte, der schütze das Haus gegen Blitzgefahr, er verströmte aber auch einen bestimmten Erdgeruch in dem großen Haus.

Die mächtige Haustür hing in Lederriemen. Durch das Glasfenster der geräumigen Stube fiel etwas Licht. Für ein besonders großes Fenster oberhalb des Ofens hatte der Vater eigens ein Holzgitter angefertigt. Es war sorgfältig geschnitzt, und die Mutter war der Meinung, dass der Vater ein berühmter Holzschnitzer hätte werden können. Offenbar wollte seine Mutter wenigstens hin und wieder liebenswürdig erscheinen.

Doch der Vater entfernte sich immer wortlos, wenn sie ihn, vor allem vor Fremden, lobte. Warum nur? Er gab sich doch sonst immer besondere Mühe, um seiner Frau und ihren Verwandten zu beweisen, dass er einen Haushalt ausstatten konnte mit allem, was nötig war. So hatte er in alle Fensterhöhlen Glas einsetzen lassen, damit Tageslicht in die Räume strömen könnte. Das Glas war wunderschön. Einzelne Glasstücke waren in Blei eingefasst und in einem schönen Muster zusammengesetzt. Es gab auch runde Glasstücke, die nannte man Butzenscheiben.

Die Leute sagten, jeder Hausvater sei sein eigener Baumeister. Das trieb oft seltsame Blüten und bereitete manchen Hausfrauen schlaflose Nächte. Besonders, wenn der Hausherr zwar Phantasie und guten Willen, aber kein praktisches Geschick hatte. Da krachte mal ein Bett zusammen oder ein Bord an der Wand.

Hans Luther war jedoch in mehrfacher Hinsicht begabt. Er sagte, ein Haus müsse so gut gebaut sein, dass es von drei Männern mit drei Haken nicht umgerissen werden könne.

Martin erinnerte sich gern an die Zeit, als sie noch keinen Stall hatten, sodass Pferd, Kühe und Ziegen von ihrem Verschlag direkt in die Diele schauen konnten. Besonders wenn der nächtliche Wind ums Haus pfiff, war er als kleiner Junge immer froh gewesen, dass alle beieinander waren, Menschen und Tiere.

Manchmal, wenn das Käuzchen schrie oder eine Eule, dann lugte Martin aus einem der Fenster und sah in den Nachbarhäusern Feuer brennen, die aus der fast undurchsichtigen Nacht zu ihm herüberschimmerten. Er sah Farben, die es sonst nicht gab. Ein bräunliches Rot oder ein grünliches Schimmern, ein Gelb wie von einer Schlüsselblume oder ein Weiß wie von Margeriten.

Er fand die Farben des Feuers schön, doch er wusste auch um dessen Gefahr. Es sollten sogar schon ganze Städte abgebrannt sein. Aber das konnte Martin sich nicht vorstellen.

In seinem Elternhaus, dessen starkes Balkenwerk sie alle beschützte, fühlte er sich geborgen.

10

Als es heftig an der Tür klopfte, war der Vater zunächst überrascht und unwillig. Doch er öffnete, und was er sah, stimmte ihn freundlich. Vor ihm stand sein Freund Peter Reinicke, Hüttenmeister, Bergvogt und Ratsherr, mit einigen anderen Mansfelder Männern aus dem Bergbau. Sie hatten ein Fässchen Wein dabei und wollten bei ein paar Gläschen mit Hans Luther reden. Der Vater scheuchte Martin und seinen Bruder vom Tisch, und die Männer ließen sich nieder. Den Peter Reinicke kannte Martin gut, weil er mit seinem Sohn befreundet war. Es hieß, er sei wohlhabend, ein reicher Hüttenmeister. Tatsächlich betrieb er mehrere Bergwerke und die Oberhütte bei Mansfeld. Graf Hoyer VI. von Mansfeld schuldete ihm so viel Geld, dass er ihm fast alle zwischen dem Vorwerk Möllendorf und der Stadt Thal-Mansfeld gelegenen Grundstücke überlassen hatte, dazu das Lehen Gut Meisberg bei Hettstedt.

Reinicke war es auch, der mit Hans Luther die Mansfelder Lateinschule gegründet hatte, die die Söhne der beiden besuchten. Die anderen Männer schienen Angestellte aus dem Bergwerk. Sie hatten fast alle Bärte und trugen Kappen. Vom Sehen kannte Martin sie sehr wohl, aber ihre Namen wusste er nicht.

Seine Mutter und die Berblin liefen und holten Kraut und Fleisch, das eigentlich für den nächsten Tag gedacht war. Martin verzog sich in sein Bett und hätte gern geschlafen, aber die Männer fühlten sich bald wie daheim. Sie redeten ungeniert und laut, einer übertönte den anderen, und nicht einmal dem Vater schien das etwas auszumachen. Es ging allgemein um die Beschwernisse des Kupferschieferbergbaus und der Erzverhüttung. Sie redeten etwas von der Saigerhüttentechnik und von dem hohen Verbrauch an Holzkohle, von weiten Transportwegen und davon, wie man das im Rohkupfer enthaltene Silber gewinnen konnte.

Alle beklagten sich über die Belastung durch Pachtzins und Zehntabgaben an die Grafen von Mansfeld. Und sie hörten gespannt zu, als Hans Luther davon sprach, dass alle Reichen, ob Kaiser, Fürsten oder sonstige Herren des Landes, den größten Gewinn aus dem Montanwesen zögen.

»Kein anderer Handels- oder Gewerbezweig bringt ihnen so viel Reichtum wie unserer«, wetterte er. »Doch wir alle, die wir hier sitzen, sind nicht reich. Die Edel- und Buntmetalle, die wir zu Tage fördern, gehören uns nicht, und ich fürchte, das können wir nicht ändern. Doch wenn wir hart arbeiten, sparsam leben und etwas riskieren, dann gelingt es uns vielleicht, den Herrschaften etwas abzutrotzen!«

Da hoben alle die Krüge und tranken auf Hans Luther.

Martin, der das Gespräch von seinem Bett aus verfolgte, dachte an die Geldgier der Mansfelder. Es war Unrecht, dass eine Familie so viel Geld und Schlösser hatte und andere Familien nicht mehr als einen Stall, in den es hineinregnete. Allein wenn man sich das Mansfelder Schloss vorstellte. Eine Burg drängte sich an die andere hinter dem hohen Festungswall. Ganz Mansfeld könnte dort oben wohnen, und alle hätten genug Platz. Man erzählte sich, dass die Räume prächtig ausgestattet waren. Riesengroße Öfen, Himmelbetten, Kleider aus Sammet und Seide.

Martin wurde wütend, als er über diese Ungerechtigkeit nachsann. Undeutlich bekam er mit, dass die Männer jetzt über die dumpfe Luft im Flöz klagten und die täglichen Lasten. Doch über dem Wein war bald alle Unbill vergessen und man begann, laut zu singen. War es der Vater, der da Witze erzählte? Martin traute seinen Ohren nicht.

Er konnte sich nur einen merken, aber der war so blöd wie die anderen:

»In des Vaters Nase biss Albin, weil der ihn nicht besser ließ erziehn.«

Die Männer lachten krachend und stießen mit ihren Krügen an.

Nachdem alle gegangen waren, schien der Vater in milder und lustiger Stimmung und gab den Jungen sogar Wein mit Wasser vermischt. Dabei waren sie schon im Bett! Schade, dass der Vater nicht öfter Besuch aus dem Bergwerk bekam.

Als Martin etwa neun Jahre alt gewesen war, hatte ihn sein Vater zum ersten Mal mit in das Bergwerk genommen, weil Martin wissen wollte, wie es dort zuging. Allerdings hatte er einen gewaltigen Respekt, fast Angst. Ihm graute vor den Zuständen unter Tage, denn er sah tagtäglich Bergleute, die mit schiefen Hälsen herumliefen und nicht sehr glücklich wirkten.

»Du musst es mit eigenen Augen sehen«, hatte der Vater ungeduldig gesagt. »Wir fördern die Kupferschiefer aus dem Bergwerk, rösten sie und verschmelzen sie in unseren Feuern zu Schwarzkupfer. Dann wird es weiterverarbeitet zu Silber und Garkupfer.«

Aber all die technischen Details halfen nicht über das Unheimliche, Dämonische des Bergwerks hinweg, das er noch nie von innen gesehen hatte. Und warum sah ihn der Vater so seltsam an? Offenbar wollte er keinen ängstlichen Sohn.

Als er in das dumpfe Flöz eintrat, das nur von wenigen Lampen erhellt wurde, bekam er zunächst kaum Luft. Er überlegte, ob sein Vater Tag für Tag im schwarzen und schweren Mergelschiefer seine Arbeitstage zubrachte, traute sich aber nicht, ihn zu fragen. Im Übrigen glaubte er die Antwort zu kennen. Sein Vater hatte niemals hier unten gearbeitet, sonst hätte er Martin nicht mit dieser nüchternen, abweisenden Erklärung beschieden. Schließlich war der Vater Sohn einer reichen Bauersfamilie.

Martin versuchte, sich seine Angst nicht anmerken zu lassen, aber er atmete schwer. In den Berg hinein waren entlang der erzführenden Schichten Schächte ins Gestein getrieben. Diese Stollen waren einen knappen Meter breit, aber nur halb so hoch. Martin war fassungslos, dass die Männer ihre Arbeit im Liegen verrichteten, ja doch, auf einer Seite liegend mussten sie arbeiten. Davon also hatten viele Bergleute so schiefe Hälse.

An die Füße hatten sie sich einen flachen, schmalen hölzernen Wagen gebunden. Martin wusste, dass es diese Wagen gab, dass sie Strebhunt hießen. Sie liefen auf Rollen hinter dem Bergmann her, und der konnte darauf sein gefördertes Erz transportieren. Er trat näher heran an einen der Stollen und sah einen jungen Häuer im Schacht liegen. Fast schien es, als schliefe er. Wie in einem Grab. So eng war das. Und so finster. Der Bergmann trug eine Gugel, einen ledernen Mantel mit Kapuze, der einigermaßen gegen die Nässe im Stollen schützte.

In einer Hand hatte er den Schlägel, in der anderen das Eisen, beides auf Holzstielen befestigt. Der junge Mann nickte Martin kurz, aber nicht unfreundlich zu und streckte sich wieder seitlich aus auf der dunstenden nassen Erde.

Das war ja wie lebendig begraben.

Martin fand den Anblick schier unerträglich. Doch der Mann fuhr fort, mittels des Eisens den Schlägel ins Gestein hineinzuschlagen und so den Stollen entlang der Erzadern immer weiter in den Berg zu treiben. Schlag für Schlag. Stunde um Stunde.

Als Martins Augen sich an die Düsternis gewöhnt hatten, sah er weitere Arbeiter, die an den Knien und an den Ellenbogen hölzerne Bretter festgebunden hatten. Als Schutz gegen den Steinschlag. Dann fiel sein Blick auf einen hölzernen Aufzug über einem tiefen Schacht. Mittels einer Winde hievten die Arbeiter schwere Eimer mit Erde nach oben, und einer fragte ihn gutmütig, ob er in dem leeren Eimer nicht mal hinabfahren wolle.

Bei dieser Vorstellung liefen Martin Schauder über den Rücken. Das wäre doch sicher der direkte Weg in die Hölle. Er ging schleunigst weiter, vorbei an Kränen, Winden, Göpeln und unterschiedlichen Arten von Fördermaschinen. Männer, mit nacktem Oberkörper und nassgeschwitzt, bedienten die Kräne. An den Winden standen Frauen. Bleich und müde wirkten sie, gewannen kostbare Metalle und blieben trotzdem arm. Dabei war die Arbeit schwer. Unmenschlich schwer.

Ein lautes Wiehern schreckte Martin auf. Ein Pferd, kräftig und offenbar schon alt, trieb ein großes Rad an, indem es mit den Vorderhufen auf breite Bänder trat. Martin dachte, dass das Wiehern des Pferdes eher Protest als Ausdruck von Lebensfreude war.

Der Vater, der sich mit einigen Arbeitern unterhalten und Martin nicht weiter beachtet hatte, wandte sich ihm jetzt zu und versorgte ihn mit weitschweifigen Erklärungen über Flöze, Gesteinsschichten, Kupfer- und Silbergehalt. Martin verstand höchstens die Hälfte von allem, doch er hörte beflissen zu. Er wollte nicht riskieren, dass der Vater ihm geringe Aufmerksamkeit unterstellte. Der schien mächtig stolz auf die Hütte. Ob sein Sohn etwas von dem verstand, was er erzählte, schien ihm nicht so wichtig.

Wieder zu Hause, stieg Martin zuerst einmal in den Badezuber. Berblin brachte ihm kalten Most mit Wasser. Auf ihre Frage, wie es ihm im Bergwerk gefallen habe, antwortet Martin, er wolle lieber im Weinbau arbeiten oder bei den Tuchwebern oder bei den Glockengießern. Ein Häuer wolle er keinesfalls werden.

»Das ist auch nicht vorgesehen«, sagte Berblin lächelnd und fuhr ihm durchs die Haare.

11

Es würde ein heißer Tag werden. Genau wie gestern. Martin hatte wieder schwer geträumt und war aus dieser Bedrängnis heraus schon früh aufgestanden. Am Tag, unter Menschen, gelang es ihm fast immer, mit dem Grauen der Nacht fertigzuwerden. Erleichtert hörte er die Lerchen im Garten singen. Um das Futterhaus waren schon die Meisen und Spatzen unterwegs. Am Morgen machten die Vögel einen Heidenlärm, den Martin liebte.

Er ging in die Kammer, in der die kleine Anna schlief. Sie hatte eine neue Wiege aus hellem Holz, die der Schreiner für sie angefertigt hatte. Martin fühlte sich seiner kleinen Schwester sehr nahe. Sie war zart und schien so zerbrechlich, dass er Angst um sie hatte. So recht erklären konnte er sich das nicht. Schon bald nach ihrer Geburt hatte Anna nach Martins Finger getastet. Das war ihm wie ein Wunder erschienen. Aber er behielt es für sich. Inzwischen konnte sie seinen Finger richtig festhalten, und Martin freute sich jeden Tag über ihre Fortschritte. Gemeinsam mit Berblin hatte er die Pflege seiner Schwester übernommen, vor allem das Füttern, denn beim Stillen wurde Anna nicht satt. Margarethe Luther überließ Berblin und Martin nur zu gern die Pflege der Tochter, denn sie war immer noch schwach von der Geburt.

Jakob dagegen träumte nach wie vor von einem kleinen Hund, erwähnte das auch manchmal zaghaft, doch niemand hielt es für nötig, mit ihm darüber zu reden. Alle Kinder in der Nachbarschaft und auch die in Möhra hatten Hunde. Große und kleine.

Nur er besaß keinen. Daher war er ziemlich schlechter Laune gewesen, als Frau Oemler sagte, was für ein schöner Engel Anna sei. Jakob hätte auf diesen Engel gut verzichten können. Auch die dunkle Haartolle seiner neuen Schwester wurde ständig bewundert. Na und? Jakob hatte so viele Haare auf dem Kopf, dass der Vater sie ihm schon oft abgeschnitten hatte. War er deshalb ein süßer Engel? Noch nie hatte das jemand über ihn gesagt.

Ausgerechnet der Vater war es, der Jakobs Kummer bemerkte. »Freust du dich über das Schwesterchen?«, hatte er Jakob unverhofft gefragt. »Nein«, sagte Jakob wahrheitsgemäß.

Martin konnte Jakobs Gefühle gut verstehen. Er selbst war als kleiner Junge auch empfindlich gewesen, wenn von seinem verstorbenen Bruder Wunderdinge erzählt wurden. Die Mutter zumindest erwähnte ihn noch oft. Doch die kleine Anna war und blieb für ihn ein kleines Wunder. Hilflos und unschuldig, wie sie war, rührte sie ihn. Er würde alles für sie tun.

Aus der Küche roch es köstlich. Berblin hatte ihm zwei Spiegeleier mit Speck gebraten. Sie verwöhnte ihn, wo es nur ging. Martin hörte das oft genug von seiner Mutter, doch das beeindruckte ihn nicht. Er genoss es, der Liebling Berblins zu sein. Sie war seine Vertraute, sein Trost, wenn er, wie letzte Nacht, wieder von einem seiner Angstträume gepeinigt wurde. Teuflische Gestalten mit riesigen Mündern hatten ihn verfolgt. Kamen sie nah an ihn heran, sah er die großen Zähne, die ihn zermalmen würden. Mit letzter Kraft gelang es ihm hochzufliegen, ihnen zu entkommen. Doch unausweichlich ermüdete er und fiel wieder zur Erde zurück, wo die Teufel mit geöffneten Mäulern auf ihn warteten.

Beim Geruch des Frühstücks verblassten die schrecklichen Bilder, und Martin freute sich sogar auf die Schule.

Vor der Kirche traf er den jungen Geistlichen Ortwin, der oft beim Kurrende-Singen dabei war. Ortwin fragte Martin, ob er seine Sängerfreunde vergessen habe, strahlte ihn jedoch dabei aus hellen Augen fröhlich an.

»Nein, keineswegs«, verteidigte sich Martin. »Ich bin daheim Kindsmagd, und ich muss bei der Arbeit im Stall und auf dem Feld mithelfen – es gibt kein Entkommen.«

»Das kann ich mir gut vorstellen, aber uns fehlt deine schöne volle Stimme. Und bei den Texten bist du auch der Sicherste.«

Martin ging rasch die wenigen Schritte zur Schule. Von seinen Freunden war noch niemand da, aber es saßen schon einige jüngere Schüler auf den Bänken. Sie aßen Brot oder zogen sich gegenseitig an den Haaren, zwei Jungen sangen miteinander und forderten Martin auf, mitzumachen. Er wollte aber allein sein und setzte sich in die hinterste Ecke. Die Träume der letzten Nacht gingen ihm nicht aus dem Kopf.

Einmal, in einem der seltenen schönen Träume, war Jesus Christus persönlich Martin zu Hilfe gekommen. Er trug glänzende weiße Kleider und hatte einen Speer dabei. Damit stach er dem Teufel kräftig ins Maul, sodass der ein für alle Mal still war.

In der Kirche und auch in der Schule hatte Martin gelernt, dass Satan, der Vater aller Teufel, ursprünglich ein Wesen von vollkommener Schönheit und Weisheit gewesen war. Er lebte im Garten Eden, dem Garten Gottes, ein Gesalbter, Schützender. Doch dann, als er reich wurde, lehnte er sich gegen Gott auf. Satan und seine Anhänger wurden in einer großen Schlacht im Himmel besiegt, in die Hölle geworfen und dienten von nun an als Gottes Handlanger für die Bestrafung der Bösen und Gottlosen.

Martin wusste bald nicht mehr, wer sich in der Hölle besser auskannte – die Lehrer oder die Geistlichen, die meist auch Lehrer waren. In einer der Predigten hatte der Geistliche im Sonntagsgottesdienst die Hölle geschildert, das Königreich Satans. Nachdem die Gläubigen ungeniert ihren Körperfunktionen freien Lauf gelassen, sich in die Finger geschnäuzt, gerülpst und gefurzt hatten, lag schon nach wenigen Worten des Priesters eine beklommene Stille im Kirchenraum. Der Prediger, den Finger mahnend erhoben, fuhr fort:

»Wie der Weg zur Hölle aussieht, habe ich bereits am letzten

Sonntag beschrieben. Heute sollt ihr erfahren, wie es im Königreich des Satans aussieht und was allen Sündern dort blüht.«

In scheußlichen Bildern schilderte der Priester nun die Qualen der Hölle, bevor er seine Schäfchen zur Demut und zum Zahlen aufrief.

»Und vergesst nicht, etwas in den Ablass-Kasten zu werfen. Unser Vater Alexander VI. in Rom wird für jeden beten, der Ablass gezahlt hat. Amen.«

Immer wieder der Ablass. Martin ärgerte sich. Geld, es ging immer nur um Geld. Gegen Geld betete der Papst. Wie sollte das funktionieren? Selbst wenn alle Menschen katholischen Glaubens Ablass zahlten, wie sollte der Papst sie kennenlernen? Und kannte er sie nicht, wie sollte er dann für sie beten?

Nein! Er vertraute fest darauf, dass Gott der Vater, sein Sohn Jesus Christus, der Heilige Geist und die Jungfrau Maria vom Ablass so wenig hielten wie Martin und seine Familie in Mansfeld, Eisenach und Möhra. Alle Menschen, die zu den Gottheiten beteten, weil sie ihnen vertrauten und sie liebten, denen half Gott.

Nein, großer Gott, an den Ablass glaube ich nicht, betete Martin daher lautlos. Ich glaube daran, dass du mich aufnimmst in deinen Himmel, weil du mich liebst. Amen.

Martin nahm sich vor, mit dem Neuen, den er sogleich zu seinem Lieblingslehrer ernannt hatte, über den Ablass zu reden. Doch zuerst musste er die nächsten beiden Stunden bei einem der Weitschweifigsten und Hitzigsten aller Lehrer überstehen.

Heute wollte er über Hexen referieren.

Hans Reinicke und Nicolaus Oemler waren gerade noch hereingestolpert, als der Lehrer eintrat. Er hatte ein weißes Tuch um seinen Kopf gewickelt, unter dem ihm der Schweiß in den Nacken lief. Offenbar durch die Hitze besonders gereizt, ging er zwischen den Schülern herum, strich immer wieder einen von ihnen mit der Rute. Gerade hatte er es auf den schmächtigen Jonas abgesehen, der offenbar kurz davor war, wegen der stickigen Luft umzufallen. Er nahm ihn bei den Ohren und zog ihn zu einer

Schale mit getrockneten Erbsen. Dort musste er sich hineinknien. Das war gefürchtet, Martin hatte schon oft genug auf den Erbsen gekniet. Zuerst glaubte man, es sei gar nicht so arg, doch je länger man kniete, desto schlimmer brannten einem die Knochen.

Nachdem er Jonas in die Schale mit den Erbsen gezwungen hatte, begann der Lehrer den Unterricht.

»Hexen«, so erklärte er in demselben gleichgültigen Ton, in dem er auch von der Dummheit seiner Schüler sprach, »Hexen sind Frauen, die nachts in den Wäldern ihr Unwesen treiben. Sie reiten nackt auf Ofengabeln durch die Luft, stellen aus abgehackten, getrockneten Kinderhänden Pulver her, die sie für viel Geld gegen Krankheiten verkaufen. Das Verruchteste – sie schlafen mit Luzifer und besiegeln so ihren Pakt mit dem Teufel. Ihr müsst wissen, dass es eine regelrechte Hexensekte gibt, die mit dem Teufel im Bunde ist. Hexen sind noch viel gefährlicher als Zauberer und Zauberinnen. Sie wollen die Menschheit verderben, morden, Krankheiten bringen, Unwetter und Missernten. Aber diese schlechten Frauen müssen es büßen«, verkündete der Lehrer zufrieden. »Sie werden gemartert, bis sie zugeben, dass sie bei dem Teufel gelegen haben. Sie müssen alle unzüchtigen Handlungen, die der Teufel an ihnen vornimmt, gestehen. Tun sie das nicht, werden sie auf der Streckbank gezogen. Der Scharfrichter schneidet ihnen die Fußsohlen auf, versengt sie dann mit einer Pechfackel. Wie eine geröstete Speckschwarte sieht das aus!« Offenbar war er auch noch stolz auf diesen trefflichen Vergleich.

Martin musste tief durchatmen, um nicht zu erbrechen.

Aber der Lehrer kam nun in Fahrt: »Manche werden aufs Rad geflochten«, fuhr er fort, »und danach wirft man sie ins Feuer. Jetzt stellt euch das einmal vor: Obwohl einer Hexe Arme und Beine gebrochen, das Genick und das Herz eingeschlagen waren, sprang doch der vom Teufel verhexte Körper wieder aus dem Feuer heraus. Erst als der Scharfrichter den Leib der Hexe in Stücke schlug und wieder ins Feuer warf, war sie gebannt.«

Martin hörte schon nicht mehr zu. Er hatte nur noch das Wort

»Hexe« im Ohr, und er dachte an die Frauen in seiner Familie, in seiner Verwandtschaft, Frauen auf dem Markt oder in der Kirche. Wo waren denn diese Hexen? Er hatte noch keine gesehen. Wer sollte brennen, ausgepeitscht werden, in der Folterkammer verrotten? Der da vorn sollte endlich aufhören, der bekam anscheinend nicht genug von den Grausamkeiten.

Heftig traf ihn der Schlag mit der Rute. »Schlaf nicht ein, Martinus Luther!«, schimpfte der Lehrer und fuhr übergangslos fort mit seinen groben Schilderungen über die Hexen.

»Ich warne euch«, schloss er seinen Vortrag, »nehmt euch in Acht vor diesen ketzerischen Wesen. Ganze Banden ziehen durchs Land. Sie sind mit dem Teufel im Bunde, wollen die Menschheit verderben.«

Am Abend, als alle zu Bett gegangen waren, ging Martin leise zu Berblin, die in ihrer Kammer beim Schein dicker Kerzen ein Tischtuch säumte. Er berichtete ihr, was er heute in der Schule über die Hexen gehört hatte, und sie legte seufzend ihr Tuch beiseite.

»Gott sei Dank. Hier in unserem Umkreis gibt es bisher noch keine Hexenjäger. Es sind vor allem die Ordensleute, die Frauen mit ihren Anschuldigungen verfolgen. Doch auch Männer werden unter der Folter befragt, und wenn sie dann gestehen, was sie gar nicht getan haben, dann werden sie erhängt oder gerädert oder beides.«

»Glaubst du denn, dass es Hexen gibt?«, fragte Martin, und Berblin antwortete so spontan, dass er ihr jedes Wort abnahm.

»Es ist eine unheilvolle und unmenschliche Sünde, diese Hexenverfolgung. Viele Frauen, Männer und sogar Kinder sind durch die schlimmen Folterungen ums Leben gekommen. Andere wurden zu Krüppeln. Manche wurden so geschunden, dass man sie schon auf dem Weg zur Richtstätte umbringen musste, weil sie den Weg dorthin nicht mehr geschafft hätten.«

Sie sah Martin an. »Ich verstehe nicht, warum euer Lehrer über diese entsetzlichen Dinge spricht. Wie kann er euch das zumuten?

Womöglich hat der Kerl Freude an diesen schrecklichen Folterungen.«

»Warum gestehen denn die Menschen Sünden, die sie überhaupt nicht begangen haben?«, fragte Martin entsetzt.

Berblin atmete tief durch. »Glaub mir, der Schmerz der Folter ist so groß, dass die Menschen ihn nicht mal eine Minute lang aushalten können. Nicht einmal eine halbe Minute. Dann werden sie wahnsinnig, und trotzdem fährt man fort mit der Folter. Manche versuchen, auszuhalten, weil sie glauben, eine Todsünde zu begehen, wenn sie sich der Zauberei anklagen oder eines Pakts mit dem Teufel. Die Leute sind neben der körperlichen Qual auch in größter Gewissensnot.«

»Aber die Beichtväter müssen doch wissen, dass die Leute unschuldig sind.« Martin war so entrüstet, dass sein Kopf rot war vor Wut. »Und das wollen Christen sein?«, fragte er aufgebracht.

»Man mag es nicht glauben«, seufzte Berblin, »aber manche brüsten sich damit, dass sie noch keinen Verdächtigen unter den Händen gehabt hätten, der sich nicht schuldig bekannte.«

»Berblin«, sagte Martin zuerst zögernd, dann aber immer wütender, selbstsicherer: »Man sollte eigentlich alle Ordensmänner foltern. Auch die Prälaten und Domherren. Bestimmt würden sie schnell bekennen, ganz schnell.«

Berblin sah ihn überrascht an. War das ihr liebenswürdiger Martin, ihr Schützling, der oftmals selbst geschlagen wurde. Oder waren es vielleicht die erlittenen Schläge von Vater und Mutter, die ihn so rachsüchtig machten? Sie zündete ihm eine Kerze an und schickte ihn zu Bett. »Jetzt weißt du, dass viel Falsches im Namen Gottes geschieht. Sogar Verbrecherisches. In dieser Welt handeln nur wir Menschen. Wir sind alle Sünder. Deshalb – vertrau auf Gott, er wird Recht schaffen. Möge er dich heut Nacht von bösen Träumen verschonen.«

12

Martin plagte das schlechte Gewissen. Der Pfarrer hatte ihn daran erinnert, und auch die Mutter mahnte an, dass sie ein paar Münzen in der Haushaltskasse gut gebrauchen könne. Jakob und er mussten mal wieder zum Kurrende-Singen ausrücken, dringend, und Martin freute sich, dass wenigstens das Wetter schön war. Trocken und nicht zu warm. Die Brüder zogen ihre schwarzen Kurrende-Kittel mit dem weißen Kragen an, den die Mutter für sie immer gewissenhaft wusch und plättete.

In dem Kittel fühlte Martin sich wie ein anderer Mensch. Er wusste noch nicht genau, was für einer. Jakob ging gern mit dem Bruder zum Singen, weil er eine klare schöne Stimme hatte und viel gelobt wurde. Außerdem wurde er von den Kurrende-Brüdern nicht gehänselt und gehauen wie oftmals in der Schule.

Martin dagegen fühlte sich wie ein Bettler. Es war mehr, es war Scham, ja, ob er es zugeben wollte oder nicht, er schämte sich entsetzlich. So als würde der Kurrende-Kittel und das Kurrende-Singen Schande über ihn bringen. Ihn auf eine Stufe mit dem Bettler stellen, den mit den trüben Augen, der in den Straßen Mansfelds herumgelaufen war, bis man ihn eines Tages auf einen Karren hob und fortführte ins Siechenhaus.

Es half ihm auch nicht, dass Jakob vertrauensvoll seine dicke Kinderhand in die seine schob. Jakob war noch zu klein, um zu spüren, dass es der Teufel war, der Martin würgte, weil der das Betteln hasste.

Warum sagten sie nicht Bettel-Singen. Warum trugen sie schöne schwarze Mäntel und schneeweiße Kragen? Martin, Jakob, seine Schulfreunde Hans, Nicolaus, Jonas und Michel zogen regelmäßig mit den anderen von Haus zu Haus und sangen. Traten sie bei Hochzeiten auf oder bei Beerdigungen, bekamen sie gutes Geld, und die Zahl der Münzen wuchs in Martins Gehirn, wuchs und wuchs, sodass vor lauter Zahlen bald kein Platz mehr war im Gehirn für Martins Scham.

Die Menschen, bei denen sie Kurrende sangen, schienen ihnen zugetan. Neben Geld schenkten sie den Jungen Kuchen und gaben ihnen Becher mit Apfelsaft. Besonders Jakob wurde reich beschenkt. Er hatte große dunkle Augen und konnte damit sehr treu schauen. Es waren meist angesehene Leute, bei denen sie sangen: beim Medicus der Stadt, beim Apotheker, beim Amtmann und bei den Adeligen vom Schloss.

Das Singen hatte auch gute Seiten. Das musste er zugeben. Wie es schien, brauchte er immer eine Weile, um sich einzugewöhnen. Sein Kopf wurde dabei frei, er hörte die Vögel jubilieren, und er fühlte sich belebt.

Wenn er in die Gesichter der Leute blickte, für die er sang – die meisten kannte er seit längerem –, fiel ihm auf, wie sie sich im Laufe der Zeit veränderten, besonders die Alten.

Einige hatten plötzlich einen eigenartigen, schlaffen Mund oder ein hängendes Augenlid. Das kam vom Schlagfluss; der machte die Leute starrköpfig, denn sie wurden daran erinnert, dass der Tod bald anklopfen würde. Da musste man niemandem mehr alles recht machen. Das Tragische daran spürte Martin nur undeutlich. Wichtig war, ob die alten Leute noch Geld hatten. Sonst waren sie verloren. Bei den Reichen war das etwas anderes. Sie konnten es sich leisten, dramatisch zu sterben, umwoben von ausführlichen Geschichten ihrer Krankheit. Und sie spendeten den Kurrende-Sängern großzügig. Schließlich war zu erwarten, dass die jungen reinen Seelen ihnen einen guten Platz in der Ewigkeit ersangen.

Die Sänger teilten die freiwilligen Spenden mit dem Präfekten, der seinen Haarschopf ständig nach hinten strich, so ziemlich jede Minute. Er war es, der die Lieder auswählte, mit den Jungen einübte und die Sänger anhielt, klar und mit fester Stimme zu singen und sich gut zu betragen. Obwohl sie oftmals zu acht oder neunt waren und es nicht auffiel, wenn einer den Ton nicht traf, war es Martin peinlich, wenn er schlecht sang.

Hatten sie dagegen ein Lied eingeübt, das er gut konnte, und war der Präfekt zufrieden, dann machte es ihm sogar Freude, unter den Kurrende-Sängern zu sein, etwas gemeinsam mit anderen zu tun. Und er vergaß seine Scham.

Der Präfekt stimmte das Lied an, das er für diesen Tag ausgesucht hatte. Eingeübt worden war es schon länger, aber heute stand es zum ersten Mal auf dem Programm. Sie schmetterten das kleine Liedchen, das Martin kindlich vorkam und nicht bedeutend; lieber wäre ihm ein altes Kirchenlied gewesen, doch es half nichts, beim Kurrende-Singen hatte er nichts zu melden. So wie er nirgends etwas zu melden hatte. Er fiel ein in die Stimmen seiner Kollegen:

»Schön ist die Welt; drum, Brüder, lasst uns reisen
wohl in die weite Welt, wohl in die weite Welt!

Wir sind nicht stolz, wir brauchen keine Pferde, die
uns von dannen zieh'n, die uns von dannen zieh'n.

Wir steig'n hin auf Berge und auf Hügel, wo uns die
Sonne sticht, wo uns die Sonne sticht.

Wir laben uns an jeder Felsenquelle, wo frisches Wasser
fließt, wo frisches Wasser fließt.

Wir reisen fort von einer Stadt zur andern, wo uns die
Luft gefällt, wo uns die Luft gefällt.«

Natürlich mussten die Lutherbrüder das Geld, das ihnen vom Singen blieb, der Mutter geben. Geld war immer gefragt im Hause Luther. Nur die Kinder der Reichen hatten es nicht nötig, zum Kurrende-Singen zu gehen. Martin war das gleichgültig. Er wusste, dass er nicht zum Spaß sang.

Wie weit war er in seinen Gedanken schon wieder abgeschweift. Es passierte ihm oft, dass er sich stundenlang in sich selbst verbohrte. In seinem Kopf reiste er durch die Welt, die sein Leben ihm zeigte. Martin genoss es, allein mit sich zu sein. Dann malte er sich alle möglichen Dinge aus, genoss mutige Aufschwünge der Rache an seinen Eltern. Gern stellte er sich vor, wie er in der Stube aufgebahrt lag. Die ganze Familie würde um die blumengeschmückte Bahre stehen, die Eltern bitterlich weinen. Aber diese Tagträume dauerten nur so lang, bis ihn die Mutter oder auch der Lehrer aufscheuchte.

Zur Ruhe kam er nur bei seinem geliebten Baum. Wie lange schon war er nicht mehr bei ihm gewesen.

II

13

Martin bemühte sich, seine jüngsten Blessuren wenigstens im Ort zu verbergen. Ging ganz langsam, möglichst ohne zu humpeln, aus dem Haus und am Kirchplatz vorbei, wo gerade der neue Lehrer aus dem Pfarrhaus kam. Martin tat, als hätte er ihn nicht gesehen, obwohl er ihn verehrte und sonst jede Gelegenheit zu einem Gespräch mit ihm wahrnahm. Aber jetzt wollte er zu seinem Baum, und davon würde er sich nicht einmal durch seinen Lieblingslehrer abhalten lassen.

Er grüßte eine Nachbarin, tätschelte den Hund vor dem Bäckerladen und zog seine Kappe vor einem jungen Hüttenmeister, der mit Frau und Kind nach Mansfeld gezogen war. Das hatte Martin erfahren, da man dem Vierherr Hans Luther seine Aufwartung gemacht hatte. Die jungen Leute grüßten freundlich zurück, und Martin war froh über die neue Nachbarschaft.

Plötzlich trat sein Lateinlehrer auf ihn zu, und Martin war verwirrt. Schon der zweite Lehrer, der ihm über den Weg lief. Seltsam. Der Lateinlehrer wollte ins Gasthaus, und er rief zu ihm hinüber, warum er nicht zu Hause sitze und lerne. Er sei begabt, solle aber nicht hoffärtig werden. Martin gab vor, nichts verstanden zu haben, und rief freundlich zurück, dass es lange nicht geregnet habe. Der Lehrer blieb nachdenklich stehen, und Martin machte sich davon.

Die Wärme des Bodens unter seinen Füßen gab ihm ein wohliges Gefühl von Freiheit. Er ging gern barfuß. Bald hatte er die

Gassen Mansfelds hinter sich gelassen und lief in der späten Abendsonne, seine Schmerzen vergessend, über einen Feldweg zu einem Waldstück, das ihm schon seit langem Zuflucht war. Und Versteck. Manchmal dachte er, dass er sein Leben lang in einem Versteck wohnen wollte, um von dort dem Leben zuzuschauen.

Hoffentlich würde er in seinem künftigen Leben immer ein so gutes Versteck haben, wie sein alter Baum es war. Der stand am Rande des Wäldchens und war vom Feld oder von der Stadt her nicht sichtbar. Daher konnte Martin ihn ungesehen erklettern. Aus der Krone hatte er eine gute Sicht über die gesamte Umgebung.

Mühsam wie selten zog er sich hoch in die Äste. In den Armen hatte er keine rechte Kraft und in den Beinen auch nicht. Aus einem Astloch holte er ein Rupfenkissen, das er dort hineingestopft hatte für Tage wie diesen. Vor dem Baum musste er seine Schmerzen nicht verstecken. Er war sein Freund. Niemals würde er Martins Geheimnisse verraten. Schon als er noch klein war, aber nicht zu klein für Bestrafungen, war er heimlich weinend zu ihm gegangen, hatte sich an seinen moosigen Stamm geschmiegt. Sich hinter ihm versteckt, wenn er die Stimmen hörte, die ihn nach Hause befahlen.

Damals hatte er überlegt, ob der Baum vielleicht Gott war. Zumindest war er so groß wie Gott und so heilig. Und er war schön. Seine Zweige hatten ein Muster wie die Adern auf dem Handrücken von Martins Großmutter in Möhra. Nur dass Hunderte oder Tausende von grünen, frisch duftenden Blättern an den Ästen wuchsen. Jedes einzelne hatte sein eigenes Muster, das, vom Licht der Sonne durchglüht, Martin mit seiner Schönheit blendete. Besonders im Frühling und im Sommer, wenn die Windsbraut durch seinen Baum hindurchfuhr. Dann tanzten die Blätter wie wild.

Der Baum war eine Wohnstatt für Martin geworden. Eine luftige Höhle. Seit er in seinem Körper einen leuchtenden, rotgolden zerplatzenden Feuerball entzünden konnte, der ihn ernster und tiefer berührte als alles andere, musste er das, was er still für sich sein Gefühl nannte, trotzig und verbissen verteidigen: gegen harte elterliche Strafen und strenge kirchliche Drohungen. »Das Hirn wird euch verfaulen, weich und kraftlos werdet ihr sein!«

Sein Baum war der Einzige, der seine Seele zu verstehen schien. Martins Herz klopfte jetzt wieder ruhig. Es war inzwischen dämmrig, und er sah den Mond durch die Blätter. Auf einmal machte der ein Gesicht wie Martins Vater. In der Stirn gewaltige Falten, die Brauen missmutig zusammengezogen, die Augen verdrossen. Und wenn schon. Martin war kein Kind mehr, und er wollte nicht an die starren Blicke denken, auf die unausweichlich eine Strafe folgte.

Weit oben entdeckte Martin einen großen Stern. So viel silbernes Licht hatte er noch nie gesehen. Er hörte den Uhu. Das Nachtkäuzchen. Von Mansfeld herüber heulte ein Hund. Ein anderer heulte mit. Martin schloss die Augen. Schlug hin und wieder nach den Mücken, die seinen Baum als ihren Besitz ansahen.

Es war Juli, und ein warmer Sonnentag lag hinter ihm. Der Vater hatte gesagt, der längste Tag des Jahres sei schon vorbei. Nun würden die Tage wieder kürzer. Das betrübte ihn. Er liebte lange helle Tage, an denen der Himmel von einem starken klaren Blau war, das durch die Äste und Zweige seines Baumes schimmerte. Martin bewunderte ihn, der schon so viele Jahre hart um sein Dasein kämpfte und es dennoch zu Größe und Schönheit gebracht hatte. Obwohl er sich gegen die anderen Bäume in seinem Wald, größer und älter als er, durchsetzen musste. Plötzlich schien ihm der Baum wie ein tapferer Soldat, und Martin wollte wieder einmal so werden wie er.

Er dachte wehmütig daran, dass es Zeit war, heimzugehen. Weit weg vom Herdfeuer, verspürte er bei diesem Gedanken Hunger. An normalen Abenden gab es meistens frisch gebackenes Brot mit Käse und Brei von Hafer. Wer wollte, bekam sogar Apfelmus mit Honig. Das mochte er gern. Er klemmte sein Kissen wieder in die

Asthöhle und machte sich an den Abstieg. Behutsam und leise, um die Vogelnester nicht zu beschädigen. Er spürte immer noch jeden Knochen schmerzhaft in seinem Körper.

Mit einem Mal hörte er Stimmen, und er zog sich flugs wieder höher hinauf in dichtes Geäst. Vorsichtig äugte er hinunter. Niemand hatte ihn bemerkt. Zwei geistliche Herren in grobem Ordenshabit kamen heran und ließen sich schließlich gefährlich nahe an seinem Baum im Moos nieder. Der eine war mittelgroß und ziemlich dick, seine Tonsur entblößte den gesamten Schädel. Nur ein dünner Kranz war vom Haupthaar erhalten. Der andere, jüngere Mönch war lang und dürr. Wie ein Storch. Die beiden waren in ihr Gespräch vertieft, und Martin sah, wie sie die Köpfe zusammensteckten. Verstehen konnte er zunächst nichts. Neugierig beugte er sich weiter vor.

»Versteck dich im Gebüsch, sie wird gleich kommen«, hörte er den Dicken sagen. Darauf rannte der jüngere Mönch eilfertig über die Lichtung und verbarg sich so geschickt, dass auch Martin ihn nicht mehr sehen konnte.

Kurz darauf bog ein junges Mädchen von einem kaum sichtbaren Trampelpfad auf die Waldschneise, blickte sich vorsichtig um. Es hatte lange, dunkle Haare, von einem dünnen Band gehalten, und trug ein braunes Kleid mit weiten Ärmeln. Der Ordensmann gab einen Zischlaut von sich, worauf das Mädchen zögernd auf ihn zuging. Er sprang auf, lief zu ihr hin und zog sie grob mit sich zu Boden. Die weiten Ärmel ihres Gewands wippten auf und ab wie Flügel, denn jetzt schlug sie auf den Mönch ein, der sie festhielt und sie mit brutaler Kraft gefügig machen wollte.

Martin spürte sein Herz bis in die Schläfen klopfen. Eben war doch noch alles licht und leicht um ihn gewesen. Die Vögel waren hin und hergeflogen. Suchten eine Unterkunft für die Nacht. Auch er wollte heim. Und jetzt? Saß ihm die Furcht im Nacken. Er sehnte sich nach seinem Bett, von dem aus er manchmal auch die Sterne sehen konnte. Er wusste, es war ernst. Mit einem Mal lag der Mönch ganz still da – und das Mädchen raffte sich auf und lief davon. Wenn nun der Teufel sie holte? Ach was. Mit dem hatte das Mädchen nichts zu tun. Sie war unschuldig.

Der zweite Mönch kam aus seinem Versteck, stierte blöd auf seinen Mitbruder hinunter, der schrie, dass die Hexe brennen werde. Mit einem Stein habe sie auf ihn eingeschlagen. Dafür werde man ihr die Brüste ausreißen, sie auspeitschen, in der Folterkammer verrotten lassen.

Der gedemütigte Mönch stand umständlich auf, fluchte gotteslästerlich und suchte nach seinem Sacktuch. Er drückte es sich an die blutende Wunde und humpelte mühsam fort. Sein Begleiter wollte ihn stützen, doch er schob ihn mit einer wütenden Bewegung zur Seite. So schlurfte der Lange hinter dem Dicken her.

Martin blieb noch eine Zeitlang in seinem Versteck hocken. Er wusste nicht viel von jungen Mädchen. Barbara, die Schwester von Hans, würde sich niemals im Wald mit einem Mönch treffen. Dieses Mädchen hatte sogar einen Stein bei sich gehabt, damit sie sich notfalls wehren konnte. Sie schien die Männer zu kennen. Vor allem die Mönche.

Vorsichtig ließ er sich von seinem Baum heruntergleiten. Hoffentlich waren die beiden Geistlichen schon weit genug weg. Ihnen wollte er nicht begegnen. Er hatte den Gedanken noch nicht ganz zu Ende gedacht, da schlüpfte das junge Mädchen aus einem dichten Gebüsch heraus, hielt ihn fest. Sie sah ihm in die Augen, als kennten sie sich schon lange.

»Du bist meine letzte Rettung«, flüsterte sie.

Martin starrte sie stumm an und wusste, dass dieser Moment der Wichtigste in seinem bisherigen Leben war. Doch was sollte er tun?

Berblin!, rief er lautlos, Berblin!

14

Martin hatte es Berblin erzählt. Leise flüsternd, als die Eltern sich endlich zum Schlafen hingelegt hatten. In hastigen Worten, die sich vor Eifer schier überschlugen, berichtete er von dem Mädchen. Und von dem Mönch mit seinem Kumpan.

Sie hatte ihm stumm zugehört und blieb eine lange Weile regungslos sitzen. Dann, nach einem tiefen Atemzug, hatte sie ihm gesagt, er solle das Mädchen herbringen.

Auch Martin holte tief Luft. Aber erst, als er schon etliche Schritte vom Elternhaus entfernt war und bemerkte, dass er vergessen hatte zu atmen. Berblin wagte es, also konnte er es auch wagen. Ihm war so leicht ums Herz, als sei er neugeboren, als sei er noch nie diesen Weg gelaufen, als sei alles anders als bisher. Hatte er schon je die Wolken am Himmel angeschaut? Hatte er gesehen, dass sie wie ein komischer Hund aussahen oder wie ein großer Vogel mit dickem Gefieder? Hatte er früher die geduckten Häuser wahrgenommen, denen er Namen geben könnte, die Namen derer, die drinnen schliefen? Warum kam ihm erst heute dieser Gedanke? Martin sah über sich den Mond, jetzt hatte er nicht das Gesicht des Vaters, und wenn, hätte Martin sich nicht gefürchtet. Nein. Hätte er nicht. Jetzt, wo er ein Mädchen beschützte.

Es war ihm, als tauche er ein in einen grün schimmernden, schnell dahineilenden Fluss, als ließe er sich dahintreiben ohne Angst. Begann er erst heute zu denken, oder was passierte mit ihm? Er lief schneller. Es war noch dunkler geworden, viele Sterne standen am Himmel. Er musste sich beeilen, sicher fürchtete sich das Mädchen. Oder es fror und hatte Hunger. Oder alles zusammen. Martin hatte in einem kleinen Korb eine tönerne Flasche Wasser und etwas Brot und Käse. Das Mädchen musste hungrig sein, ganz bestimmt. Seine Welt war in diesem Moment klein wie eine Stube. Nur er und das Mädchen hatten darin Platz. Dazu das Gras und die Bäume, Igel und Füchse und Vögel.

Was, wenn das Mädchen nicht mehr in dem Gebüsch wäre?

Herr Jesus Christus, der Du Herrscher bist über alle Dinge …

Endlich war Martin angekommen. Ja, hier musste es sein, hier hatte er das Mädchen zurückgelassen.

»Ich bin es, Martin«, rief er leise. Und als er seine eigene Stimme hörte, wusste er, dass er tatsächlich da war, in seinem Wald, bei seinem Baum. Das gab ihm Zuversicht, er lebte, es war gut, zu leben.

Später wusste er nicht mehr, ob es im Gebüsch geraschelt hatte oder ob das Mädchen lautlos herausgekommen war aus dem Dunkel. Martin sah fast nichts von ihrem Gesicht, und er dachte, dass sie von seinem auch nichts sehen konnte. Doch sie berührte ihn, strich über seine Wangen, seine Nase, sein Haar, und er traute sich, auch in ihr Haar zu fassen. Er wusste, dass es dicht war und lang. Jetzt durchdrang ihre helle Haut das Dunkel der Nacht, und Martin blickte in ihre großen dunklen Augen.

»Ich heiße Madlen«, sagte sie.

Martin spürte, dass sie zitterte. Er bot ihr das Brot an und den Krug mit dem Wasser. Madlen aß und trank, aber nur wenig, dann gingen sie behutsam und leise den Weg entlang. Schon bald nahm sie seine Hand. Sie sprach mit einer Stimme, die ihm unvergleichlich zart, ja kindlich erschien. Wie aus einem Engelschor erhob sich diese Stimme. So kam es ihm jedenfalls vor, bis ihm einfiel, dass er noch nie einen Engelschor gehört hatte. Er hatte auch nicht gewusst, wie wunderbar es ist, an der Hand eines Mädchens zu gehen. War er je mit Barbara Hand in Hand gegangen? Niemals.

Martin hatte schon einmal das Wort Glück gehört. In einer Geschichte, glaubte er. Oder in einer Predigt? Er hatte es nie auf sich bezogen, doch jetzt überlegte er, ob er glücklich war.

Er wollte nichts anderes als neben ihr gehen, an Madlens Hand, ewig wollte er so gehen. Er und Madlen, sie befanden sich hinter dem Leben, als wäre ein großes Tuch aus Sackleinen gespannt, vor dem die anderen ihren Tag verbrachten, Vater, Mutter, Jakob, der Bruder, Dorothea und Anna und Berblin und natürlich die Lehrer und die Priester und die Landesherren. Sie alle wollten ständig etwas von ihm, wollten ihn zu etwas bringen, schoben ihn hin und her. Er sollte wachsen, stark werden, klug auch. Doch er war gekränkt, verschüchtert durch den Jähzorn des Vaters, die beiläufige Grausamkeit der Mutter. Daher wusste Martin nicht, wer er eigentlich war. Oder vielmehr, er hatte es nicht gewusst – bis heute.

Jetzt, da er Verantwortung für Madlen trug, wurde ihm klar, dass er zu Hause, in der Schule, in der Kirche und auf den Straßen des Landes nicht respektiert wurde. Er war nur ein Junge. Er war nicht frei. Und Madlen womöglich noch weniger.

Doch mit ihr gemeinsam konnte er hinter dem Tuch, getrennt von allen anderen, sein.

»Wenn du mich bei der Hand nimmst, spüre ich meinen Körper. Und ich weiß, wer ich bin«, sagte Madlen.

Martin war aufgewühlt. Zu aufgewühlt, um zu sprechen.

»Madlen.« Mehr brachte er nicht heraus in der Stille unter dem Himmel. Jesus Christus fiel ihm ein. Er war an ihrer Seite. Und die heilige Anna.

Als sie vor dem Elternhaus standen, spürte Martin, wie Madlen sich verkrampfte. Natürlich. Sie musste Angst haben. So wie er selbst. Doch er war bald vierzehn Jahre alt, und er beglückwünschte sich zum ersten Mal dazu. Er würde sich nicht mehr einsperren und prügeln lassen. Er hatte, auch zum ersten Mal, das Gefühl, er müsse dieses Haus, diese Burg erobern. Für Madlen war er bereit, zu siegen oder zu fallen.

Die Tür seufzte aufsässig in den ledernen Scharnieren.

»Seid leise«, sagte Berblin. Sie hielt Madlen an beiden Armen von sich weg. Schaute auf sie wie in einen Spiegel. Dann streichelte sie ihr ganz leicht über die Wange, so wie sie es in seltenen Momenten auch bei Martin tat. »Kommt, ihr müsst etwas essen«, flüsterte sie und führte Madlen und Martin zum Familientisch, wo Suppe, Brot und ein Stück kalter Braten bereitstand. Und diesmal aß Madlen. Wie ein Fuhrknecht, dachte Martin, und Stolz machte sich in ihm breit. Sein Engel wusste, was jetzt wichtig war. Sie musste stark sein. Genau wie er. In seiner Einsamkeit hatte er sich jemand wie Madlen erhofft, hatte auf sie gewartet, das wurde ihm jetzt bewusst. Sie allein konnte ihm alle Freude geben, von der er bislang nichts geahnt hatte.

Als er am nächsten Morgen erwachte, fielen die Zweifel auf ihn wie Gewichte. Er spürte, wie ihm das Blut in die Wangen schoss. War es klug gewesen, Madlen mit nach Hause zu bringen? Was, wenn der Vater ihr Versteck in Berblins Kammer entdeckte? Oder gar die Mutter?

Doch der Himmel und die guten Geister hatten es glücklich gefügt. Die Eltern waren schon früh aufgestanden, um nach Eisenach zu fahren. Berblin sprach von einem überraschenden Schlagfluss, den der Großvater Lindemann erlitten habe. Sie war sichtlich erschüttert. Die Lindemanns standen ihr so nah, als wären es ihre Eltern.

Hans und Margarethe Luther reisten sonst nur nach Eisenach, wenn große Familienfeste gefeiert wurden, manchmal begleitet von Berblin, Martin und Jakob. Martin war noch nie über eine längere Zeit in Eisenach gewesen, aber er wusste, dass er in der nahen Zukunft dort zur Schule gehen sollte.

Natürlich tat es ihm bitter leid, dass der Eisenacher Großvater ernsthaft erkrankt war. Ein Schlagfluss, das wusste Martin, führte meist zum Tode. Ein reitender Bote hatte in der Nacht den Brief überbracht, der die Eltern veranlasste, nach wenigen Stunden Schlaf die Kutsche einzuspannen. Die kleine Anna nahmen sie mit, weil der Großvater seine jüngste Enkelin noch nicht gesehen hatte.

Martin betete kurz zur heiligen Anna, sie solle dem Großvater beistehen, aber weiter konnte er sich mit diesem Unglück nicht beschäftigen. Er erlebte gerade das schönste und größte Abenteuer seines Lebens. Zwar wusste er noch nicht, wie alles ausgehen würde, aber er war selig und erleichtert, als ihm Berblin mitteilte, Madlen esse nicht nur wie ein Fuhrknecht, sie schlafe auch so tief.

Während Martin seine Morgensuppe löffelte, hatte er schon unfassbare Sehnsucht, und Berblin erlaubte ihm, einen Blick auf Madlen zu werfen. Er näherte sich leise ihrem Lager und beobachtete sie mit seiner alten Schüchternheit. Er bewunderte ihre feinen Züge unter dem verstrubbelten Haar. Wie gern hätte er sich neben ihr ausgestreckt, nur für ein paar Minuten. Doch damit hätte er Berblin als Helferin in der Not verloren. Er wusste, dass seine Welt auf dem Kopf stand, und er sammelte den Rest seiner Vernunft. Immerhin: Es war ein schönes Bett, das Berblin in der Nacht für Madlen hergerichtet hatte. Es hatte sogar einen Vorhang. Wie die Betten der Eltern und das von Berblin selbst.

Er war ihr so dankbar, und er hatte schon eine Idee, wie er ihr das zeigen konnte. Gleich nach der Schule wollte er in die Nussbäume steigen. Sie trugen jedes Jahr gleich schlecht, doch Martin war gewandt im Aufspüren der Nüsse im Gras. Die magere Nussernte war jedes Jahr ein großes Thema. Nüsse schienen in den Augen von Martins Mutter reines Gold, das sie unbedingt zum Haushalten brauchte. Daher schlug sie auch unbarmherzig zu, wenn Martin sie aus der Speisekammer stibitzte. Und Martin wusste, dass Berblin die Schalenfrüchte ebenso liebte wie er.

Die Pendelgewichtuhr in der Stube zeigte ihm an, dass er sich unbedingt auf den Weg zur Schule machen sollte. Berblin hatte ihn schon gemahnt. Sie kümmerte sich gerade um Dorothea, da die Kindsmagd mit Bauchgrimmen darniederlag. Jakob litt ebenfalls an Bauchkrämpfen. Es war offenbar ein ansteckendes Leiden. Hoffentlich würde Madlen nicht angesteckt.

Jesus Christus würde sie sicher vor Ansteckung schützen. Ob es im Himmel Zuständigkeiten gab wie hier auf Erden? Sein geliebter Jesus Christus musste sich auf viele Künste verstehen. Auch auf die Kunst der Heilung von Darmproblemen.

In Gedanken versunken lief Martin über den Markt zur Schule. Er beneidete Berblin, die Madlen den ganzen Tag um sich haben durfte. Auf dem Markt wurde vor der Kirche Musik gespielt.

Schüler standen in einer kleinen Gruppe beieinander mit Flöten und Lauten, die Leute blieben stehen oder gingen rücksichtsvoll und leise vorbei. Ein Mädchen mit einem Korb Gemüse blieb dicht neben Martin stehen, er glaubte, das Leinen ihres Rockes zu spüren, die Wärme ihres Körpers, doch er wollte das nicht. Rasch ging er weiter, und er fragte sich, ob es immer so sein würde, dass er kein anderes Mädchen als Madlen mehr ansehen wollte.

Früher, wenn er durch die Straßen gegangen war, hatte er an den Ecken, am Brunnen und in den offenen Fenstern junge Mädchen gesehen, die kichernd zu ihm hinschauten, und ihm war das Blut in die Schläfen gestiegen. Dann hatte er sich sein Gefühl gemacht. Im Blätternest seines Baumes, im sanften Wind. Und jedes Mal war wie das erste Mal.

Manchmal überlegte er zusammen mit Hans Reinicke und Nicolaus Oemler, welches Mädchen sie besonders hübsch fanden, aber das war sinnlos. Auf den Straßen und in den Gasthäusern waren die Mädchen gegängelt und bewacht von den Eltern oder älteren Geschwistern. Zumindest die Mädchen, die infrage kamen. Hans und Nicolaus schworen, sie hätten schon mal eines geküsst. Aber welches, das wollten sie der Schicklichkeit wegen nicht verraten. Martin wusste nicht, ob er das glauben sollte. Vielleicht hatte Barbara Reinicke Nicolaus geküsst. Früher hätte diese Vorstellung ihn in helle Aufregung versetzt, denn er hätte Barbara auch gern … doch jetzt war er froh, dass er noch kein Mädchen geküsst hatte. Er jubelte innerlich, dass es Madlen sein würde, die er zum ersten Mal küsste.

15

Im Lutherhaus, in der Badestube, wusch Berblin Madlen die Haare. Alles an diesem jungen Mädchen war schön. Und schwer zu handhaben. Allein die Fülle des lockigen Haares zu waschen und durchzukämmen erwies sich als kompliziert. Berblin musste sich jeder Strähne einzeln widmen, und das stellte ihre Geduld auf eine harte Probe. Doch sie wollte dem Mädchen, das ohne Familie allein in der Welt stand, nicht wehtun. Unter keinen Umständen. Martin zuliebe musste sie das Vertrauen des Mädchens gewinnen.

»Die Natur hat sich Zeit gelassen, als sie dich geschaffen hat, Madlen.«

»Wie meint Ihr das, Frau Berblin?«

»Ich meine, sie hat an dir alles sorgfältig zusammengefügt.«

»Hm.«

»Bist du nicht zufrieden mit deinem Aussehen?«

»Es hat mir bislang nur Kummer gebracht. Und Schlimmeres.«

Berblin überlegte, wie sie Madlen dazu bringen konnte, ihr von der jüngsten Vergangenheit zu erzählen. Martin hatte nur Andeutungen gemacht, die Berblin kaum verstanden hatte. Ihr rechtes Ohr war nach oftmaligen schwersten Kopfschmerzen ganz taub, und sie hörte manchmal nichts, vor allem, wenn jemand rasch redete oder flüsterte.

Doch sie musste ein paar Dinge klären, wenn Madlen im Hause Luther bleiben sollte. Wieso kannte das Mädchen diesen Mönch?

Woher kam sie? Martin hatte offenbar keine Zeit gefunden, sie zu fragen. Vielleicht wollte er gar nichts wissen, was für Madlen schmerzhaft zu bekennen war. Berblin hatte sofort gespürt, dass ihr Schützling von seiner jäh erwachten Liebe zu Madlen beherrscht wurde. Er hatte noch nie ein junges Mädchen näher gekannt, obwohl er im November vierzehn wurde. Da lagen andere schon mit Kellnerinnen oder Mägden im Heu.

Berblin setzte sich mit Madlen an den Ofen. Sie hatte das Mädchen nach dem Bad in ein warmes Tuch gehüllt und ihr einen Becher mit heißer Honigmilch gegeben.

Für einen Moment schloss Madlen die Augen und genoss die Behaglichkeit, die Fürsorge Berblins, den zarten Geschmack der Honigmilch an ihrem Gaumen. Sie mochte alle diese Dinge und wünschte, die Zeit möge stehenbleiben. Erinnerungen an früher stiegen in ihr hoch, als sie mit ihren Eltern so fraglos glücklich war wie der Wind, wie die Luft, wie die Pflanzen und Tiere.

Madlen hatte lange, sehr lange nicht mehr von ihrem früheren Leben gesprochen, doch Berblins Güte ließ sie die Scheu überwinden.

»Manchmal träume ich von meinen Eltern, von hübschen Räumen voller Blumen, aber wenn ich aufwache, ist alles düster, weggeweht.«

»Ich weiß noch gar nichts von dir«, sagte Berblin zögernd, und Madlen wusste, dass es ihr nicht schwerfallen würde, mit ihr zu reden. Berblin war neben Martin der einzige Mensch, der sie liebevoll behandelte, und ihre Seele war randvoll mit Schmerzen und Demütigungen. Frau Berblin strahlte eine geheimnisvolle Weisheit aus und wusste vielleicht sogar einen Rat für sie. Ihre Lage war verworren, und sie hatte Angst, wieder abzustürzen in ein Unheil. Aber sie wollte auf den richtigen Zeitpunkt warten.

Berblin machte sich daran, einen Brei aus fein gemahlenem Mehl sowie Milch für Dorothea zuzubereiten. Dann ging sie mit Madlen in ihre Kammer, wo sie einige Kleider auf ihr Bett gelegt hatte.

»Such dir etwas aus«, sagte sie lächelnd, »ich glaube, ich bin eine Handbreit geschrumpft und wiege nur noch die Hälfte von früher. Ich kann diese Sachen nicht mehr tragen.«

Es war eine Freude, Madlen zuzuschauen, wie sie mit entschlossenem Gesichtsausdruck ein Kleid nach dem anderen probierte. Sie schien sich nicht im Geringsten zu genieren. Jedes der Kleider, auch Röcke und Hauben, passten ihr, und wenn etwas zu lang war, steckte sie umstandslos den Saum in den Gürtel; war es zu weit, wusste sie es so geschickt zu raffen, dass es aussah, als wäre es für sie geschnitten.

Berblin nahm sich die Zeit, das junge Mädchen anzuschauen, von dem Martin so stark beeindruckt war. Madlens dunkle Augen unter den kräftigen Augenbrauen waren groß und ruhig auf ihr Gegenüber gerichtet. Obwohl sie sich über die Kleider freute, legte sie jedes Teil sorgsam gefaltet beiseite, als müsse sie alles auf eine Reise mitnehmen. Es war nicht der kleinste Sonnenstrahl in ihren Augen, eher eine seltsame Trauer, die Berblin vertraut war. Hegte sie womöglich deshalb so liebevolle Empfindungen für diese Junge und Schöne, die nirgends hinzugehören schien?

Die kleine Nase über dem geschwungenen vollen Mund war zart und edel gebildet. Im vollen Kinn war ein kleiner Spalt, der eine Linie bildete, die sich über der Oberlippe fortsetzte, was dem Gesicht etwas erstaunlich Ebenmäßiges gab. Außerdem hatte das Mädchen einen ausgesprochen langen Hals, der schlank und doch kräftig war und von einigem Mut sprach. Den hatte sie offenbar nötig gehabt.

»Madlen«, sagte Berblin unvermittelt, »du möchtest doch gern hier bei uns bleiben. Hab ich recht?«

»Das wäre das Schönste für mich!«, entfuhr es ihr. »Ich würde alles tun, was Ihr mir sagt.«

»Dann müssten wir uns aber besser kennenlernen.« Berblin sagte es lächelnd und strich ihr über die Wange.

»Martin hast du längst auf deiner Seite. Aber ich bin der Familie gegenüber verantwortlich. Ich muss etwas mehr über dich wissen.«

Madlen blickte ein wenig ratlos an sich herunter, doch Berblin kam ihr zu Hilfe.

»Wie wäre es«, sagte sie heiter, »wenn du mir ein wenig von dir erzählst, während ich meine Stickerei hier endlich fertig mache?«

Zögerlich, mit leiser Stimme begann Madlen zu erzählen.

»Ich habe meine Eltern früh verloren, bei einem Unfall. Da war ich wohl drei oder vier Jahre alt. Ich kann mich kaum noch erinnern. Nach dem Unglück bin ich zu den Nonnen gebracht worden, bei ihnen bin ich aufgewachsen. Es war eine harte Zeit.«

Erst mit zwölf war sie dem Martyrium des Waisenhauses entkommen. Eine Lehrerin, altershalber aus dem Dienst entlassen, nahm sie in ihre Obhut, und Madlen, erschöpft von den dunklen Jahren bei den Nonnen, wähnte sich im Himmel.

Bemüht, Madlen am Schönen und Guten auszurichten, hatte Hanne, ihre neue Mutter, ein leichtes Amt. Sie schickte das Mädchen in Eisleben zur Lateinschule, wo sie schnell lernte und schon nach einem Jahr zu den Besten in ihrer Klasse gehörte.

Madlens Leben wurde mit einem Mal schön, und auch ihre Mutter Hanne blühte auf. Im Waisenhaus war sie die Stillste unter den Lehrern gewesen. Sie war hübsch, schlank und groß, aber ohne Feuer. Nach Autorität strebte sie nicht, und sie war die Einzige, die niemals ein Kind schlug oder trat oder ihm die Haare in Büscheln ausriss. Nicht ein Mal hatte sie ein Kind in den Karzer gesperrt. Und das war das tägliche Brot der Kinder im Waisenhaus – ein schauerlicher Albtraum.

Dem Waisenhaus war Madlen also entkommen. Und so langsam wichen die Schatten, wurde das Leben für sie lebenswert. Sie und ihre Mutter Hanne versorgten gemeinsam das Haus, dann nahmen sie sich Zeit, die Welt um sich herum zu entdecken. Sie schauten auf den engen Gassen den Leuten zu, die dort ihr Tagwerk erledigten, oder, eher selten, in der Sonne flanierten. Das taten nur die Reichen, und sie fuhren meist in Kutschen, denn die

Straßen waren oft voller Schlamm und Unrat. Man musste aufpassen, dass man auf den dicken Pflastersteinen nicht ausrutschte und im Kot landete. Viele Menschen sahen missmutig aus und beeilten sich, so rasch wie möglich nach Hause zu kommen. Doch manche Handwerker, die auf den zahlreichen Baustellen der Stadt arbeiteten, waren so fröhlich wie die die Vögel im Himmel. Sie pfiffen, arbeiteten auf hohen Gerüsten über der Erde, und es war, als freuten sie sich ihres Lebens.

Wenn Madlen die Kutschen der Reichen sah, die Frauen, die in elegantem Putz vorsichtig ausstiegen, meist mit Hilfe von Dienern, dann dachte sie an ihre Kindheit. Seltsam, Kutschen und schöne Häuser weckten Erinnerungen in ihr, die sie nicht in Worte fassen konnte.

Manchmal fragte Mutter Hanne danach, was Madlen einfalle, wenn sie an ihre Eltern denke. Bislang hatte Madlen ihre Erinnerungen als etwas Geheimnisvolles für sich behalten. Es hatte sich sowieso niemand dafür interessiert. Wenn sie von hellen, schönen Türmen und Toren erzählt hätte, von großen lichten Treppenhäusern mit brennenden Kerzenleuchtern, von Musik und duftendem Blumenschmuck überall – jeder im Waisenhaus hätte sie ausgelacht. Sie wäre wohl noch mehr schikaniert worden. Geschlagen für das, was sie tat, wie für das, was sie nicht tat.

Manchmal, wenn nachts der Mann kam, hatte sie vor Angst ins Bett gemacht. Von da an gab man ihr am Abend nichts zu trinken, und der quälende Durst ließ sie nicht schlafen.

Auch jetzt, wo sie mit ihrer Mutter Hanne so glücklich war, kamen spätestens bei Nacht die bösen Geister aus dem Waisenhaus in ihren Schlaf und sangen Lieder, die sie ängstigten. Doch am Morgen wich alle Furcht, sie holte tief Luft und ging glücklich in die Badestube, die zu ihrem neuen Leben gehörte.

Wenn niemand in der Nähe war, draußen auf den Wiesen, fasste Mutter Hanne sie bei der Hand, und sie tanzten und sangen.

Doch Madlen hatte immer geahnt, dass diese hellen Tage, die ihr Leben so reich machten, nicht von Dauer sein würden. Mutter

Hanne erkrankte schwer. Nichts schien zu helfen, obwohl der Arzt einen Aderlass machte und Madlen aus mehreren Sorten Kräutern einen Sud für die Mutter kochte. Nach einigen Wochen der Qual kam das Ende. Es hatte nichts geholfen, dass die Ziehtochter ihre Mutter liebevoll pflegte, leidenschaftlich und verzweifelt für sie betete, Gott um ihr Überleben anbettelte. Trotz aller Liebe starb Mutter Hanne.

Niemals würde Madlen diesen Abend vergessen. Auf Wunsch ihrer Mutter hatte sie deren Lieblingslied »Fall hin und her – verzweifle nicht und steh wieder auf«, gesungen, und die Mutter hatte sie so fest umschlungen, als wolle sie ewig bei ihr bleiben.

Aber Madlen fühlte, dass sie sterben würde. »Mein Kind«, sagte Mutter Hanne, »lass mich noch diese eine Nacht in meinem Haus bei dir sein. Morgen früh gehst du zum Rathaus und gibst einen Brief ab, der hier in der Schublade liegt. Darin habe ich bestimmt, dass dir mein Haus gehört, dass du meine Erbin sein sollst. Und noch eines: Oben im Haus ist Geld, teile es gut ein, und lass dich in Musik unterrichten. Die Musik ist eine Gabe Gottes, kein Geschenk der Menschen. Sie vertreibt den Teufel und macht uns fröhlich. Man vergisst dabei allen Zorn, alle Unkeuschheit, Hoffart und andere Laster. Ich weiß, mein Kind, nach dem Glauben steht die Musik am höchsten. Lern Flöte spielen und Laute. Dann kannst du als Musiklehrerin Geld verdienen.«

Mutter Hanne war mit ihrer Kraft am Ende, ließ Madlen aus ihren Armen. Sie fiel zurück und flüsterte noch, dass sie diesen Stern verlassen müsse, »aber dich, mein Kind, dich verlasse ich nicht. Ich werde immer bei dir sein.«

Madlen hielt ihre Hand, sie spürte noch kurze Zeit den Puls, dann hörten die schwachen Schläge auf.

Was sollte nun werden? Madlen sah sich in dem freundlichen Schlafzimmer um. Es war schon Ende Februar, ums Haus standen dichte Büschel von Schneeglöckchen und gelbem Krokus. Gestern noch hatte sie für ihre Mutter den kleinen Garten fröhlich geräubert und ihr eine Schale Schneeglöckchen und Krokusse ans Bett gebracht. »Wie schön«, hatte Mutter Hanne gesagt. Immer wieder ging ihr Blick zu dem dichten Gesteck in grün, weiß und gelb.

Madlen holte sich ein paar Decken ins Zimmer und breitete sie neben dem Bett der Mutter aus. Sie wollte bei ihr Totenwache halten. Für eine letzte Nacht wollte sie mit ihrer Mutter allein sein in ihrem Haus. So wie immer.

Am nächsten Morgen lief sie zum Rathaus, in dem festen Glauben, dass man ihr dort helfen würde. Sie hatte ja den Brief der Mutter. Ein Amtmann, der ihr auf dem Flur begegnete, fragte barsch, was sie wolle, und schluchzend übergab sie ihm den Brief. Er riss ihn mit einer ungeduldigen Bewegung auf und las. Madlen war elend, sie wollte zurück nach Hause.

Schließlich räusperte sich der Amtmann und steckte den Brief ein.

»Geh heim«, sagte er. »Ich werde für alles sorgen, das ist meine Aufgabe. Die Frau lasse ich innerhalb der nächsten Stunden abholen.«

Die Frau. So hatte er Madlens Mutter genannt. Es tat ihr weh. Aber sie wollte nicht darüber nachdenken, es zog sie nach Hause. Dort putzte sie die Räume, holte immergrüne Zweige und legte sie auf das Bett der Mutter. Neben ihrem Kopf stand die Schale mit den Frühlingsblumen. Madlen zündete zwei Kerzen an und stellte sie dazu.

Sie überlegte, was sie sonst noch tun könnte für ihre Mutter, da kamen auch schon zwei Männer und holten die Leiche ab. Ohne Worte, ohne einen Blick der Teilnahme, legten sie die Mutter auf ein Brett, warfen die Bettdecken darüber und brachten sie zu der Karre, die vor der Haustüre stand.

Am darauffolgenden Vormittag zog Madlen ein schwarzes Kleid von Mutter Hanne an und ging auf den Friedhof. Allein. Sie hielt den Gedanken schier nicht aus, dass sie nie mehr mit der Mutter in die Stadt gehen würde. Nie mehr zum Markt, um einzukaufen. Nie mehr auf die Wiesen oder in den Wald. Nie mehr. Nie mehr. Nie mehr.

Als die Totengräber die Mutter, immer noch eingewickelt in ihre Decken, herabließen ins Grab, waren außer Madlen nur der Amtmann und der Pfarrer anwesend. Nach dem Gebet und dem Segen begleitete der Amtmann sie in das Haus der Mutter zurück.

Sie wollte ihm einen Becher Wein anbieten, so wie die Mutter Hanne das auch immer gehalten hatte, wenn jemand Wichtiges ins Haus kam.

»Lass den Wein in der Flasche, er geht dich nichts an!« Madlens verständnisloses Gesicht ignorierte er. »Hast du Papiere im Haus?« Madlen schüttelte den Kopf. »Ihr habt doch den Brief der Mutter«, sagte sie, doch er fuhr sie an: »Der Brief hat keinerlei Bedeutung vor dem Gesetz. Er ist ohne jede Amtsperson abgefasst worden. Woher sollen wir wissen, ob du den nicht selbst geschrieben hast? Du bist nicht verwandt mit der Frau. Dir gehört nichts, der Besitz fällt an die Stadt Eisleben.«

Er räusperte sich. Dann fuhr er fort in seinem herrischen Ton: »Du bist erst sechzehn, hast keine Verwandten, wie mir im Waisenhaus versichert wurde. Man hat mir die Vormundschaft über dich angetragen. Du kannst froh sein, dass ich schon eine Stelle gefunden habe, wo du wohnen und arbeiten kannst. Ich habe keine Zeit, mich weiter um dich zu kümmern.«

Es war früher Abend, als der Amtmann sie abholte. Draußen war es neblig und feucht. Er half ihr nicht in die Kutsche. Tränen stürzten ihr aus den Augen, als sie auf der harten Bank saß. Sie hatte geglaubt, ihr Schicksal würde sich mit Mutter Hanne zum Guten wenden, und sie war glücklich geworden. Sogar unendlich glücklich. Und nun, von einem Tag auf den anderen, war sie wieder im Elend.

Wäre sie doch fromm. Warum war sie nicht fromm? Vielleicht hätte Gott ihr dann geholfen. Doch er hatte ihr schon zum zweiten Mal die Mutter genommen.

Der Amtmann hatte Madlen eine Stellung als Magd besorgt. Das konnte nicht gut gehen. Sie wusste es schon am ersten Abend.

Als sie auf dem Hof ankamen, ließ der Amtmann sie aussteigen, warf ihr das Kleiderbündel hinterher und fuhr davon.

Madlen fand die Haustür, trat ein und sah die Stubentür offen. Hier saß die Familie mit den Knechten und Mägden um den Tisch. Jeder schaute gelangweilt in eine andere Richtung. Es ging ihr durch den Kopf, dass diese Leute mit den dumpfen Augen um den Tisch sitzen durften, und ihre geliebte, kultivierte Mutter Hanne musste im kalten Grab liegen.

Der Bauer maß sie mit abschätzendem Blick. Sogar ihre Zähne wollte er sehen, schob ihr mit seinen stinkenden Fingern die Lippen auseinander. Das hatten sie nicht einmal im Waisenhaus getan, dachte Madlen und biss zu.

Der Bauer brüllte wie ein Ochs, stieß sie so heftig vor die Brust, dass sie gegen die Eingangstüre fiel. Eine Magd half ihr auf und fing an zu lachen. Andere lachten mit.

»Schert euch zum Teufel! Raus, ihr dummen Weiber, raus!«

Die Magd, immer noch kichernd, half Madlen mit ihrem Gepäck die Stiege hinauf. Später erfuhr Madlen, dass diese Magd sich einiges herausnehmen konnte, weil sie von dem Bauern einen Sohn hatte, seinen einzigen, den er abgöttisch liebte und dem er seinen Familiennamen gegeben hatte.

Wäre Madlen aus dem Waisenhaus direkt zu dem Bauern gekommen, vielleicht hätte sie ihre Lage nicht so unerträglich gefunden. Aber so, nach der Zeit mit Mutter Hanne, erschien ihr der Hof so schlimm wie das Waisenhaus, nur mit anderem Personal. Nicht allein der Bauer, auch die Tochter des Bauern und vor allem die Bäuerin selbst waren ihr von Anfang an feind. Einzig die Mägde verhielten sich freundlich, vorausgesetzt, sie waren mit ihr allein. Sie gaben ihr zu verstehen, dass der Bauer ein geiler Bock war, vor dem man sich in Acht nehmen müsse.

»Du unnützes Ding, jetzt ist der Brei schon wieder angebrannt!«, schrie die Bäuerin ihre Tochter an und rührte wie besessen in dem rauchenden Topf, aus dem es entsprechend stank.

Madlen erschrak. Hier fingen sie schon morgens das Streiten an.

»Warum hast du mich auch geschickt, Eier aus dem Stall zu holen. Wärst du dazu nicht zu faul gewesen, wäre mir der Brei nicht angebrannt!«, blaffte die Tochter ihre Mutter an.

»Du kriegst gleich was hinter die Ohren!«

»Sieh lieber nach, was mit den Würsten in deinem Topf los ist«, höhnte die Tochter. »Die sind ja alle geplatzt. Alle!«

Sie beschimpften sich weiter, rissen sich an den Haaren, und schließlich rannten beide Weiber zerzaust und heulend durchs Haus.

Als der Bauer kam, gab er beiden umstandslos eine Ohrfeige, und dann setzten sich alle zu Tisch. Sofort waren sich Mutter und Tochter einig, dass es in Wahrheit Madlen gewesen war, die das Essen verdorben hatte.

»Ruhe jetzt«, schrie der Bauer, »sonst lang ich richtig hin!«

Madlen hatte den Eindruck, dass der Bauer seine Autorität lediglich aus seiner Stellung als Hofbesitzer bezog. Er war noch relativ jung – es gab also wenig Hoffnung für das Gesinde auf eine Änderung, auf einen neuen, vielleicht menschlicheren Bauern. Doch solange man keine Arbeit auf einem besseren Hof fand, musste man sehen, wie man mit dieser groben Familie zurechtkam.

Als sie den Mist aus dem Stall karrte, sah sie, wie der Bauer mit undeutbarem Gesichtsausdruck seinen Sohn beobachtete, der gerade die neugeborenen Katzen ertränkte. Die Katzenmutter wollte ihre Kinder beschützen, doch der Junge gab ihr einen Fußtritt, dass sie laut schreiend gegen eine Bank flog.

War es, weil Madlen den Bauern bei ihrer Ankunft bloßgestellt hatte? Jedenfalls kommandierte er sie besonders grob herum.

»Gib das Brot her, blöde Kuh.« Madlen schenkte gerade Wasser aus dem Krug in die Becher, als der Bauer sie in die Seite puffte und anschrie. »Hast du nicht gehört – das Brot!«

Als der halb zu Tode geprügelte Hofhund nach Madlens Füßen schnappte, lachte der Bauer schallend. Doch sie nahm kurzerhand ihren hölzernen Schuh und schlug den Hund auf den Kopf. »Das machst du nicht noch einmal!«, brüllte der Bauer.

»Wer bist du, dass du meinen Hund schlägst? Du musst verrückt sein.«

»Wie soll ich arbeiten, wenn der Hund mir die Füße kaputt beißt?«, sagte Madlen bewusst patzig. Sie zwang sich, ruhig zu bleiben, hielt aber den Holzpantoffel bereit. Der zottige Köter zog winselnd ab, und sie hatte künftig Ruhe vor ihm.

Nach dem Abendessen, in einem Winkel des Flurs, trat der Bauer ihr in den Weg. In seinen Augen glomm es seltsam.

»Denk ja nicht, du wärst was Bessres. Hier bist du ein Nichts, ein Garnichts. Aber ich will dich, und ich krieg jede, hörst du, jede und dich auch.«

Madlen sah ihn zum ersten Mal richtig an. Der Bauer war groß und massig. In seinem derben Gesicht hing die schwere Unterlippe herab, was ihm etwas Debiles, aber auch Bedrohliches gab. Er sah sie mit einem Blick an, bei dem es ihr grauste. Eine so unverhüllte Gier war ihr noch nie begegnet. Der Kerl glaubte tatsächlich, sie gehöre ihm genauso wie sein Vieh.

Aber Madlen hatte bereits Vorsorge getroffen. Sie durfte bei der Großmagd schlafen, die ihr schon am ersten Abend beigestanden hatte. Nicht ohne Stolz hatte sie Madlen berichtet, dass sie es war, die dem Bauern den Hoferben geboren hatte.

»Die Bäuerin hat ja nur eine Tochter auf die Beine gebracht. Jeder weiß, dass die blöd ist und keinen Mann abkriegt.« Das mit dem Verhältnis zu ihrem Dienstherrn war schon dreizehn Jahre her, und die Magd erzählte, dass der Bauer inzwischen in allen Magdzimmern des Hofes gewesen war. Sie konnte ihn nicht mehr ausstehen, und der Bauer war auch längst nicht mehr interessiert an der spindeldürren Mutter seines Sohnes.

Die Großmagd fand es sehr in Ordnung, dass Madlen den Bauern gebissen hatte. »Das geschieht dem Hanswurst recht, dass mal eine nicht vor ihm in die Knie geht.«

Als sie im Einschlafen war, hörte Madlen die Schritte des Bauern, der über den Flur auf ihre Kammer zusteuerte. Als er sie leer vorfand, kam er fluchend ins Zimmer der Großmagd.

»Ich sag es sofort der Bäuerin, wenn du die Madlen nicht in Ruhe lässt«, fuhr die ihn an. »Und deine Frau beschert dir Hölle und Fegfeuer in einem.«

Als die Tür knallte, sah die Großmagd Madlen triumphierend an. »Siehst du, an mich traut er sich nicht heran. Ich bin die Mutter des Hoferben.«

Mutter. Überall sah Madlen Mutter Hanne. Ihr liebes Gesicht. Fühlte ihre Schmerzen, als wären es ihre eigenen. Und als sie endlich hinter dem dürren Rücken der Großmagd einschlief, träumte sie von ihr. Sie stand in einem Blumengarten an einem Brunnen und wusch Madlens Kleider. Jung war sie und so schön, dass Madlen nicht sicher war, ob es wirklich ihre Mutter Hanne sein konnte, die dort am Brunnen stand.

Sie fühlte ein tiefes Verlangen, die Mutter zu umarmen. Aber sie konnte sich nicht rühren, und plötzlich zerfloss das Bild, und sie erwachte.

Als sie vor der Stallarbeit in ihre Kammer ging, um sich umzukleiden, waren die schönen Gewänder, die ihre neue Mutter für sie genäht hatte, zerschnitten. Alle. Und Madlen würde mit den Eulengesichtern der Bäuerin und ihrer Tochter an einem Tisch sitzen müssen und den Mund halten. In ihr wurde es kalt. Sie zog einen der Fetzen an und ging hinunter. Als eine Magd fragte, zeigte sie wortlos auf die Bäuerin und ihre Tochter. Die Bäuerin wollte in falscher Empörung auffahren.

»Halt's Maul«, schrie der Bauer, bevor sie noch ein Wort sagen konnte.

Auf der rückwärtigen Seite des Hauses gab es einen Anbau, der Madlen anfangs gar nicht aufgefallen war. Hier, in einer niedrigen Kammer, lebte die sieche Großmutter, die frühere Besitzerin des Hofes. Als Madlen ihr zum ersten Mal ihren Brei gebracht hatte, den sie morgens, mittags und abends bekam, krächzte die Alte, sie wisse genau, dass die ihrigen schon Holz schlügen für ihren Sarg.

»Ich höre es jeden Tag«, raunte sie Madlen zu. »Droben im Wald – da schlagen sie mit der Axt die Eiche ab. Und dann zimmern sie meinen Eichensarg, damit die Leute nicht sagen, wir seien arme Schlucker und der Sohn habe nichts übrig für die tote Mutter.« Die alte Frau sah, dass Madlen sie entsetzt anschaute, doch sie kicherte: »Wirst es schon sehen, bald graben sie mir die Grube, sie haben einen Spaten, der ist scharf, mit dem graben sie in die Erde, ganz tief und breit.« Wieder kicherte die alte Bäuerin, und Madlen lief aus der Kammer.

Schon bald übernahm sie die Aufgabe, die alte Bäuerin zu pflegen. Sie tat es gern. Die alte Frau war schon wundgelegen, und Madlen rührte eine Salbe an aus Arnika und Fett, doch als die Bauersleute dessen gewahr wurden, verboten sie es ihr. »Was soll die Salberei«, schrie die Bäuerin sie an. »Die stirbt doch sowieso. Du willst dich nur vor der Feldarbeit drücken, und im Haus verdienst du dir das Essen auch nicht.« Künftig ging Madlen in der Nacht zu der Alten, die sie dankbar anlächelte. Sie ließ es sich gefallen, wenn Madlen ihr so behutsam wie möglich die Salbe auftrug.

Hin und wieder kam ein Geistlicher, der auch Arzt war, aus Eisleben zu der alten Bäuerin auf den Hof. Einmal trat er ohne zu klopfen ein, als Madlen das Bett der alten Frau mit sauberen Leintüchern bezog. Sie hatte die Gebrechliche mühsam auf eine kleine Bank gesetzt und beeilte sich mit der Arbeit, als der Mönch unter der Tür erschien.

Der nahm ziemlich grob den Arm der Kranken und fühlte den Puls, doch die alte Frau schlug nach ihm und hielt ihren Arm eng an den Körper gepresst. Dabei schaute sie Madlen aus ihren trüben Augen an. Lag so etwas wie Triumph darin?

Gleichmütig betete der Geistliche, der sich mit dem Namen Bruder Canisius vorgestellt hatte, lateinische Verse herunter. Dann salbte er die Patientin mit geweihtem Öl, denn ihr Tod schien ihm ganz nahe. Jedenfalls sagte er das zu Madlen, und dann packte er teilnahmslos seine Utensilien wieder ein.

Madlen schaute besorgt zur alten Bäuerin, doch die tippte mit ihrem dürren Finger an die Stirn. Immerhin wartete die Kranke, bis der Mönch ihre Kammer verlassen hatte. Dann sagte sie zu Madlen, dass sie ihn nicht leiden könne. »Der soll in seinem Kloster bleiben, ich brauche den nicht, den verlogenen Hund!«

Madlen wunderte sich. Alle Leute, die sie näher gekannt hatte, fürchteten den Tod und das Fegefeuer, wo man nicht mit Holz heizte, sondern mit den Gebeinen der Verstorbenen. Egal ob die von Fürsten stammten oder von Bettlern, ihre trockenen Knochen brannten gleichermaßen gut. Doch viel mehr noch als das Fegefeuer fürchteten die Menschen den Teufel, der sie in seinem Höllenschlund verschlingen würde. Die alte Bäuerin jedoch schien weder den Tod noch das Fegefeuer noch den Teufel zu fürchten.

»In der Hölle kann es auch nicht schlimmer zugehen als auf meinem Hof. Wenn mein seliger Mann wüsste, was für ein Unhold und Heuchler unser einziger Sohn geworden ist. Den holt der Teufel gewiss!«, sagte die alte Frau. »Und den verlogenen Mönch lässt er nur kommen, damit die anderen sehen, was er alles für mich tut.«

Madlen gegenüber war der Geistliche überaus höflich. Einmal bat er sie vor die Tür und machte ihr Komplimente, als sei sie eine Dame und keine Bauernmagd.

»Du gehörst in ein helles, reiches Haus, wo es Harfenmusik gibt und hundert Kerzen zum Tanz. Was tust du in dieser Bauernkate? Weißt du nicht, dass du schön bist wie ein Engel?«

Madlen wollte jetzt nicht daran denken, dass der Hass der todkranken, aber erstaunlich lebensklugen Altbäuerin sie nachdenklich gemacht hatte. Wenn es einem Menschen möglich war, sie von diesem Bauernhof wegzuholen, dann ihm, dem Geistlichen, dem Arzt Canisius, vor dem der Bauer offensichtlich Respekt hatte. Und die Bäuerin auch. Jedenfalls knickste sie jedes Mal unbeholfen, wenn sie ihn sah.

»Ich habe Angst vor dem Bauern«, sagte Madlen zu Canisius. »Und vor dem Sohn noch mehr, denn wer junge Katzen grausam ertränkt, der schreckt vor nichts zurück.« Sie zögerte einen Moment, doch dann vertraute sie dem Geistlichen ihre Notlage an.

Der Bauer lege ihr am Tag die härtesten Arbeiten auf, und in der Nacht stelle er ihr nach. »Könnt Ihr mir vielleicht zu einer anderen Arbeit verhelfen? An einem Ort, an dem ich nicht Tag und Nacht Angst haben muss?«

Canisius schaute sie mitleidig an. Madlen erinnerte sich an die tiefe Abneigung der alten Bäuerin gegen diesen Mönch, und ein leises Unbehagen befiel sie, doch sie hatte keine Wahl.

Canisius hielt ein Treffen für das Beste, um alles zu besprechen.

»Das muss aber weit genug weg sein vom Hof, der Bauer ist zwar halb verblödet vom Saufen, aber er weiß genau, was um ihn herum vorgeht. Und dass er auf dich ein Auge geworfen hat, wundert mich nicht.«

Canisius hatte als Treffpunkt einen Wald im Mansfeldischen vorgeschlagen, nicht zu nah, aber auch nicht allzu weit zu gehen. Er beschrieb ihr genau den Weg dahin, und so war Madlen in ihr giftiges Abenteuer geraten.

»Und was mir da passiert ist, auf dieser Waldlichtung, das hat dir Martin ja schon erzählt«, beendete Madlen ihren langen Bericht.

Berblin hatte zugehört. Manchmal atemlos. Ihre Stickerei hatte sie schon längst neben sich aufs Bett gelegt. Jetzt holte sie tief Luft. Durchs Fenster hörte sie die Kirchenglocken, und sie schienen ihr so laut, dass sie fürchtete, die Ohren würden ihr zerspringen. Sie stand auf, nahm Madlen, die sich auch erhoben hatte, wortlos in die Arme.

So standen sie lange.

16

Es war gegen acht Uhr am Morgen. In der Stube dampfte der Tee, und Berblin hatte für das Frühstück Eier gekocht und Schinken aufgetischt. Auch Erdbeermarmelade, die es sonst nur an Feiertagen gab, stand in einer Schale auf dem Tisch. Madlen rumorte noch in der Badestube.

Martin war gerade zur Schule gegangen, höchst ungern. Zum ersten Mal hatte er versucht, Berblin dazu zu bringen, ihn von der Schule zu befreien. »Kann ich heute nicht mal hier bleiben, bei dir und Madlen. Mistschule!«

Berblin hatte verständnisvoll gelächelt: »Madlen läuft dir nicht davon. Für sie ist alles neu hier. Und sie hat so viel Schlimmes hinter sich. Lass ihr Zeit.«

Martin hatte nachdenklich genickt und sich damit begnügt, an der Tür der Badestube kurz zu klopfen und einen schönen Tag zu wünschen. Dann war er gegangen.

Jetzt saß er im Schulzimmer auf der niedrigen Bank. Wie immer war es turbulent und laut, bis der Lehrer eintrat und einmal kräftig mit der Rute auf sein Pult schlug. Sofort trat Totenstille ein. Martin, der diese Situation kannte, fand sie heute unangemessen.

Impulsiv stand er auf. »Guten Morgen. Warum droht Ihr uns mit der Rute? Wir sind doch alle ruhig.«

Sekundenlang blieb dem Lehrer der Mund offen stehen. Dann beschloss er, die ungehörige Rede seines Schülers zu ignorieren und begann übergangslos mit dem Unterricht.

»Heute werde ich mit euch über die Aussätzigen oder Leprosen sprechen, die in vielen Städten außerhalb der Stadtmauern leben.«

Martin wusste schon viel über diese Menschen. Vor allem aus Gesprächen des Vaters, der als Ratsherr damit befasst war.

Die Ratsherren hatten den Aussätzigen auf einem Feld Siechenhäuser bauen lassen, wo alle Kranken zusammenlebten. Die Stadtväter wollten sich dadurch die Elenden vom Leibe halten, auf immer, denn sie bedeuteten eine Gefahr für Leib und Leben der Bürger. Sie sollten die Stadt nicht betreten, doch auf Sichtweite bleiben. Damit sie niemanden mit der lebensgefährlichen Krankheit ansteckten, hatten sie eine eigene Kapelle, in der sie sich mehrmals täglich zu Gesang und Gebet zusammenfanden. Sogar einen eigenen Friedhof hatten die Aussätzigen. Man musste die Elenden kontrollieren bis zu ihrem Ende. Doch bis dahin war ihre Versorgung zu sichern. Für die Regierenden war das ein guter Handel. Gab es Krisen oder Seuchen, hatte man in den Leprosen die Schuldigen sofort parat.

»In der letzten Woche haben wir über die Armut gesprochen«, sagte der Lehrer jetzt. »Ich will wissen, ob ihr richtig zugehört habt.«

Es war darum gegangen, dass vielerorts Städte und Klöster sich vor Armen kaum noch retten konnten. Doch die Armen gehörten dazu, und das habe schon in der Bergpredigt gestanden.

»He du, Martinus Luther, träume nicht, was haben wir in der letzten Stunde gelernt?«

Martin war mit seinen Gedanken bei Madlen, doch er konnte trotzdem dem Unterricht folgen, und so sagte er rasch: »Wir haben die fünfte Seligpreisung der Bergpredigt gelernt. Sie lautet: ›Selig sind die Barmherzigen, denn sie werden Barmherzigkeit erlangen‹, und dann gibt es noch die andere Versicherung Jesu: ›Was ihr getan habt einem unter diesen meinen geringsten Brüdern, das habt ihr mir getan‹. Die Armen gehören zu unserer Gemeinschaft. Und die Kirche ebenso wie die reichen Bürger geben ihnen Almosen.«

»Jawohl, Martinus Luther. Ganz ordentlich. Und ich dachte schon, ich müsse dir die Rute geben.«

Wenn du mich noch einmal schlägst, dachte Martin in kaltem Zorn, dann schlage ich zurück. Seit er Madlen kannte, seit sie, wenn auch heimlich, sein Liebchen war, fühlte er sich mutig. Niemand durfte ihn demütigen. Nicht einmal von seinen Eltern wollte er sich noch einmal die Rute gefallen lassen. Nein, nicht einmal von denen.

Früher war es ihm manchmal vorgekommen, als trügen sie beide einen Pferdefuß, Vater und Mutter. Überhaupt schien es ihm jetzt so, als sei der Teil seines Lebens, den er ohne Madlen verbracht hatte, nur ein wirrer Traum, an den er sich nicht mehr so recht erinnern konnte, weil Madlen die Türe dazu verschlossen hatte.

Gnade und Friede in Christo, in Ewigkeit. Amen.

Es machte ihm Mühe, diesen Gedanken loszulassen und den Ausführungen des Lehrers zu folgen. Madlen hatte ihn durch das Unrecht, das ihr geschehen war, verändert, das spürte er deutlich. Bisher war er der schüchterne Sohn seiner ergeizigen Eltern gewesen, die offenbar glaubten, durch Schläge einen strebsamen Juristen aus ihm zu machen. Sie hatten jedoch nur erreicht, dass er sich innerlich von ihnen losgemacht hatte.

Und nun gab es Madlen. Ihre Worte, ihre Wärme, der leicht rostige Ton ihrer Stimme machten ihn stark und furchtlos.

Unwillkürlich atmete er tief durch. Er sah, wie Hans Reinicke seinen Vordermann verstohlen mit einer Nadel piesackte, Nicolaus suchte sich eine bequeme Stellung zum unauffälligen Schlaf. Er selbst jedoch verspürte plötzlich Lust auf den Vortrag. Lust zum Lernen. Allerdings nicht in seiner Lateinschule. Er wollte erfahren, was um ihn herum geschah und warum es geschah. Er wollte Wissen anhäufen für die neue Schule in Magdeburg, die die Eltern für ihn vorgesehen hatten. Examina bestehen. Er wollte ein Amt und eine Familie. Mit Madlen.

Wider Erwarten interessierte ihn, was der Lehrer als Nächstes vortrug. Es ging wieder um die Aussätzigen und einen Dichter aus der Bretagne, der eine Geschichte dazu verfasst hatte. Nach einer kurzen Weile fiel ihm auf, dass nicht nur er, sondern auch die anderen Schüler gespannt der Erzählung vom König Marke und seiner jungen und schönen Gemahlin Isolde folgten, die ihn mit einem Jüngling namens Tristan betrogen hatte. Ohne Bedenken hatte der König einen Scheiterhaufen errichten lassen und die gefesselte Königin von sich gestoßen.

»Da kamen hundert Aussätzige, arg missgestaltet, mit zersetztem, über und über weißem Fleisch daher«, fuhr der Lehrer enthusiastisch fort, »auf ihren Krücken kamen sie mit klappernden Rätschen herbei und umdrängten den Scheiterhaufen. Trotz ihrer geschwollenen Lider und der blutunterlaufenen Augen wollten sie das Schauspiel genießen. Doch plötzlich rief Ivain, der hässlichste der Kranken, dem König mit schriller Stimme zu, dass er sein Weib noch nicht sofort in die Glut des Scheiterhaufens werfen solle. ›Sie hat es verdient, oh König, doch währet der Tod nicht lange genug. Das große Feuer wird sie rasch verzehren, der große Wind wird ihre Asche rasch verwehen. Und wenn die Flamme in sich zusammenfällt, sind ihre Leiden vorüber. Willst du eine ärgere Strafe hören, bei der sie wohl lebt, doch in großer Schmach und ständiger Sehnsucht nach dem Tode? Willst du, oh König?‹ Der König entgegnete: ›Sie mag leben, doch in großer Schmach, die schlimmer ist als der Tod. Wer mir eine solche Strafe nennen kann, soll mir lieb und wert sein.‹

›Oh König, siehe, ich habe hier hundert Gefährten. Gib uns Isolde, auf dass wir sie gemeinsam besitzen! Das Leiden schärft unser Begehren. Gib sie uns Aussätzigen. Keine Dame hat je schlimmer geendet. Siehe, unsere Lumpen kleben an unseren schwärenden Wunden. Sie, die an deiner Seite in kostbar besetzten Gewändern juwelengeschmückt einherging, die in marmorverzierten Sälen gewohnt, edlen Wein getrunken und Ehren und Freuden genossen hat, sie wird, wenn sie den Hofstaat der Aussätzigen erblickt, wenn sie in unseren elenden Löchern wohnen und mit uns schlafen muss, ihre Sünde erkennen. Dann wird Isolde, die Schöne, Isolde die Blonde, nach diesem hell lodernden Scheiterhaufen Verlangen tragen.‹

Der König hörte ihn an, erhob sich und stand lange reglos da. Dann trat er rasch auf die Königin zu und fasste sie schroff bei der Hand. Sie schrie: ›Erbarmen, Herr, verbrennt mich lieber, verbrennt mich!‹

Der König stieß sie von sich, Yvain nahm sie, und die hundert Aussätzigen umdrängten sie. Isolde schrie so jammervoll, dass alle Herzen in Mitleid dahinschmolzen. Doch der schauerliche Zug zog zur Stadt hinaus.«

Die Schüler waren stumm, schauten ratlos vor sich hin.

»Nun, was habt ihr zu sagen?« Der Lehrer sah erwartungsvoll um sich, und einer meldete sich.

»Ich finde, dass der König richtig gehandelt hat.« Ein anderer: »Ja, richtig gehandelt!« Alle waren offenbar dieser Meinung. Nur der praktische Hans Reinicke sah noch eine andere Lösung: »Er hätte sie ins Kloster schicken und sich eine treue, jüngere und noch schönere Königin nehmen können.«

Martin interessierte sich nicht für diese Fragen. Sie stellten sich ihm nicht, denn er hatte Madlen. Sie war nicht mit Isolde zu vergleichen, sie war makellos. Wunderbarer als alle Königinnen. Gemeinsam mit Berblin bedeutete sie sein Leben. Wenn er ihre schwarzen Augen betrachtete, dann war er oftmals völlig versunken, hörte nichts mehr von dem, was sie mit Berblin besprach.

Jetzt drang die Stimme des Lehrers wieder zu ihm durch.

»In der Geschichte geht es in erster Linie um die Treue. Aber es geht auch darum, dass es kranke Menschen sind, dass sie nicht aus unserer Stadt ausgestoßen werden dürfen. Es ist unsere Christenpflicht, den Aussätzigen zu helfen, denn auch sie sind das Ebenbild Gottes.«

Martin fand, dass der Lehrer heute einen Edelmut verbreitete, der nicht dem entsprach, was Martin bisher über das Dasein der Kranken erfahren hatte. Im letzten Jahr war ein Bürger von Mansfeld, ein wohlhabender Herrenbauer aus der Nachbarschaft, mit dem Pferd verunglückt. Danach plagten ihn starke Rückenschmerzen, und keiner der Ärzte aus Mansfeld und Eisleben konnte ihn heilen. Selbst nach einem Jahr Krankenlager war er nicht mehr in der Lage, mit Schwert und Schild sein Pferd zu besteigen. Martin hatte einmal zufällig gesehen, wie er es in der Nähe seines Hauses wieder und wieder versuchte. Zuletzt brachte man ihm einen passenden Stein, von dem er hätte aufsteigen sollen, aber es war alles vergeblich. Inzwischen hatte die lange Krankheit sein Vermögen aufgebraucht, ihm wurde sein Haus samt Grundbesitz aberkannt, und er wurde mit Frau und Kindern seines Hofes verwiesen.

Martin entsann sich auch eines verkrüppelten Jungen, der in Möhra auf dem Bauernhof seiner Eltern lebte. Sie waren direkte Nachbarn der Großeltern, Martins Großmutter war sogar die Patin. Es hieß von dem Jungen, dass er blitzgescheit sei, doch durfte er wegen seiner schlaffen Beine nicht der Erbe seiner Eltern werden. Er wurde auf dem Hof zwar noch gelitten, weil er Schreibarbeiten erledigte und geschickt Verhandlungen mit den Ämtern führte, doch Erbe war der jüngere Bruder, der eher ein dumpfer Tor war.

Martin erlebte immer wieder, dass die Erfahrungen, die er machte, dass seine Erlebnisse nicht übereinstimmten mit dem, was ihn die Schule lehrte oder die Kirche. Die Menschen waren nicht gerecht. Und schon gar nicht liebten sie einander, wie es behauptet und verlangt wurde. Sein Vater, einige Lehrer, Hans Reinickes oder Nicolaus Oemlers Väter waren nicht nur streng, sie waren ihren Söhnen gegenüber auch ungerecht und oftmals grausam. Vor allem sein Vater. Auf dem Markt oder in den Räumen der Ratsherren oder der Gräflichen war er ein angesehener Mann, verbindlich und zuvorkommend. Man vertraute ihm. Er sprach höflich mit den Oberen der Kirche und natürlich mit den Adligen, obwohl er daheim nicht aufhören konnte, über sie zu schimpfen. Daheim war der Vater oftmals blass und verkniffen, außer Haus lächelte er wie ein stolzer Sieger.

Vielleicht lebte der Teufel in vielerlei Gestalten auf der Erde, dachte Martin traurig. Doch er, er wollte ein anderes Leben, eines ohne Lüge und Verstellung. Er wollte die Wahrheit sagen, immer und überall.

Nach dem Unterricht schlugen Hans und Nicolaus ihm kräftig zum Abschied auf die Schultern, und er wusste dennoch nicht, ob es Tag oder Nacht war, so sehr freute er sich auf Madlen.

Auf dem Heimweg fiel sein Blick auf die mächtigen Holzkräne, die ihm verrieten, dass wieder ein solides Bürgerhaus, ein neuer Stadtturm gebaut wurde. Jeden Tag wurde in seiner Stadt etwas erneuert, ersetzt oder renoviert, alles war im Werden. Der Schmutz, der geschäftige Lärm des Marktes, Martin sah und hörte es und nahm dennoch nichts richtig wahr. Es schien, als verlöre er die Welt um sich herum, denn er hatte nur den einen Gedanken, der ihn beherrschte, so glücklich beherrschte wie noch nichts in seinem Leben.

Ich heirate Madlen. Ja. Ich werde sie später einmal heiraten.

Er fühlte sich wie in einem Rausch, obwohl er noch nie betrunken gewesen war.

Der heutige Schultag hatte ihm gefallen, es war sein bester und schönster Schultag. Ein Tag von großer Klarheit. Er, Martin Luther, im vierzehnten Lebensjahr, war alt genug zum Heiraten. Madlen und Berblin sollten künftig bei ihm leben, beschloss er. Wenn er erst ein Jurist war und Ratgeber der Grafen oder im Magistrat, dann wollte er sein eigenes Leben haben. Und zwar ohne die Eltern.

Martin rief sich sein bisheriges Dasein in Erinnerung, sein altes, bitteres Dasein, in dem er sich oftmals wie ein Verbrecher gefühlt hatte.

Was waren denn seine Verbrechen gewesen?

Gut, er hatte manchmal die Zeit vergessen und war zu spät heimgekommen, oder er hatte etwas aus der Vorratskammer genommen. Lässliche Vergehen, wie er fand. Aber er war stets mit Schlägen bestraft worden.

Die Mutter hatte er als kleiner Junge viel mehr gefürchtet als den Vater. War der in Geschäften unterwegs, hatte sie das Sagen und kam aus dem Schatten ihrer Küche heraus.

Berblin hatte ihm recht gegeben. »Sie straft härter als dein Vater, der hört meist beim vierten Schlag mit der Rute auf.«

Die Mutter schien das Strafen mechanisch zu erledigen; scheinbar unbeteiligt versetzte sie Martin die kräftigen Schläge, was die Prügel für ihn nur noch schlimmer machte.

Nur manchmal, ein eher seltenes Glück, wenn unverhofft ihre Schwester aus Eisenach zu Besuch kam, hob sie Martins Hausarrest gnädig auf. Martin, Jakob, Dorothea und die weinende Anna störten dann die endlosen Plaudereien der beiden. Die Mutter übergab die Jüngeren dann für den Rest des Tages in die Obhut Martins und der Kindsmagd.

Bedrückt dachte er darüber nach, dass seine Mutter die Menschen einteilte in Wichtige und Unwichtige. Wichtig war ihre Herkunftsfamilie Lindemann. Die sonst so schroffe Miene der Mutter wurde weich und liebenswürdig, wenn jemand aus ihrer Sippe zu Besuch kam. Bei den Luthers war sie nur höflich. Martin spürte genau den Unterschied in Ton und Gebärde.

Gemeinsam klagten sie und die Tante immer wieder über ihre Kinder. Seine Mutter empörte sich vor allem über Martins und Jakobs Ungehörigkeiten. Ihren ersten Sohn dagegen, der als Kleinkind verstorben war, hob sie in den Himmel. Ein Wunder an Schönheit und Wohlverhalten sei der gewesen. Da sei für die Jüngeren wohl nicht mehr genug Gutes geblieben.

Sie vergaß auch nie, sich über ihren Mann auszulassen, der viel zu weich mit Martin und Jakob umgehe. Er strafe die beiden zwar auch, bei genauem Hinsehen aber gar nicht.

Manchmal trüge er sogar die Jüngste herum, wenn sie brüllte. Die Tante mochte das nicht glauben, und sie legte der Schwester ans Herz, ihrem Mann ins Gewissen zu reden. Er werde es bereuen, wenn er seine Kinder nicht beizeiten züchtige. Sie wisse, wovon sie rede. Immerhin habe sie fünf Kinder zu Hause. »Wer seine Kinder liebt, züchtigt sie«, sagte die Tante, und Martins Mutter pflichtete ihr bei.

Warum hatte Jesus Christus nicht ausdrücklich verboten, dass Eltern ihre Kinder prügelten? Martin verstand das nicht. Etwas so Wichtiges konnte er doch nicht einfach vergessen haben. Oder war es ihm nicht in den Sinn gekommen, weil seine Mutter Maria ihn nie geschlagen hatte? Martin hätte das gern gewusst.

Und der Nährvater Josef? Der war zu schwach, einen Jungen zu verhauen. Er schien ja bei der Geburt Jesu schon klapprig gewesen zu sein, und hatte deshalb wahrscheinlich wenig zu sagen gehabt bei Maria und Jesus. Doch im Moment war Martin mit Jesus und allen Heiligen versöhnt. Sie hatten ihm einen Engel geschickt. Von nun an würde er nur noch glückliche Tage erleben. Tage mit Madlen. Wie gut, dass die Eltern einige Tagesreisen weit entfernt in Eisenach waren. Wie es Großvater Lindemann wohl ging? Martin hatte ihn nur selten gesehen, und wenn, dann war er ihm streng vorgekommen. Streng und grau. Völlig anders als der herzliche Großvater Heine in Möhra.

Martin hatte es eilig, nach Hause zu kommen. Er war schon fast daheim, als von oben her eine Schafherde in die Straße hineindrückte und dabei um die Wette blökte. Die Nachbarn schauten verblüfft auf die vielen Tiere, die vor etwas auf der Flucht schienen. Der Schäferhund rannte wie besessen mal vor mal neben den Schafen her, die Tiere drängten sich zwischen den Häusern durch, und Martin flüchtete auf die Treppe eines Nachbarhauses. Er schaute nach unten zu seinem Elternhaus, doch nur beim Gasthof Goldener Ring öffnete sich die Tür, und eine Bedienung trat heraus, wohl um zu sehen, was los war.

In dem Moment rannte ein Schaf an dem Mädchen vorbei ins Gasthaus hinein. Das Mädchen schrie laut auf, und Martin eilte ihr zu Hilfe, versuchte, das Tier von der Eingangstür wegzuscheuchen. Da kam hinter ihnen der Wirt aus der Gaststube und warf es ziemlich unsanft auf die Straße.

Endlich traf der Schäfer ein. Etwas kleinlaut erzählte er, dass er am oberen Ortsausgang nur einen Krug Bier habe trinken wollen. Die Schafe habe er auf einer Wiese zusammengetrieben und seinen Hund bei ihnen gelassen. Er wisse nicht, wie sie freigekommen waren, er habe nicht einmal sein Bier austrinken können, klagte er.

An der Haustüre der Luthers hatte sich Jakob postiert, Berblin und Madlen standen am Fenster. Martin spürte sein Herz klopfen, als er an Jakob vorbei ins Haus ging. Sein Bruder mochte Madlen auch schon sehr gern. Konnte es überhaupt einen Menschen geben, der Madlen nicht liebte?

Das Abendessen war vorbereitet. Die ganze elternlose Familie saß bei Tisch und war guter Stimmung. Schließlich, nach dem Tischgebet, erklärte Berblin, dass Madlen eine Verwandte von ihr sei und für eine Zeitlang im Haus Luther wohnen werde.

»Oh, das ist schön«, verkündete Jakob. Er hätte es gar nicht aussprechen müssen. Sein strahlendes Jungengesicht verriet es allen. Madlen strich ihm über sein lockiges Haar. »Ich hab für dich Eierkuchen gebacken. Sie stehen noch im Ofen, damit sie warm bleiben.«

»Krieg ich vielleicht auch so einen Kuchen«, fragte Martin und tat, als wäre er eifersüchtig.

»Und wie ist es mit mir?«, wollte Berblin wissen, Tine und Jockel schlossen sich an.

Madlen ging in die Küche und kam mit einer heißen Dreibeinpfanne zurück, die sie an einem Stock trug und am Ende des Tisches abstellte. Sie verteilte die duftenden Kuchen. Dazu konnte jeder gestöckelte Milch und Honig nehmen. Es wurde lebhaft und fröhlich am Tisch.

»Du musst bei uns bleiben Madlen«, sagte Martin schließlich so laut, dass alle es hören konnten. »Wer mit Berblin verwandt ist, der gehört zu uns.«

17

Schöne Tage folgten. Trotzdem haderte Martin mit seinem Schicksal. Es war ungerecht, dass er zur Schule musste. Aber Berblin war gnadenlos, alle seine Einwände nützten ihm nichts.

Als er im Schulhaus eintraf, stand der Lehrer schon hinter dem Pult auf dem erhöhten Katheder. Die Rute lag vor ihm, daneben stand ein großer Becher mit Wasser. Martin wurde schlecht. Das war die Strafe für seinen Ungehorsam, heimlich noch ein Stück Speck zu essen. Geduckt und vorsichtig zwängte er sich durch die Menge der Schüler. Seine Freunde Nicolaus Oemler und Hans Reinicke machten ihm verständnisvoll grinsend Platz. Danke Gott, der Lehrer hatte nichts gemerkt. Martin klemmte sich aufatmend auf die Bank. Es roch nach Schweiß und Urin.

Der Lehrer begann, über sein Lieblingsthema, die Hexen, zu sprechen. Während er unablässig redete, die Hitze schien ihm nichts auszumachen, schlug er gewohnheitsmäßig mit der Rute zu.

Martin beachtete seine Ausführungen nicht. Nur das Wort »Hexe« drang immer wieder zu ihm durch. Es blieb in seinem Kopf, und er wusste jetzt, wo er das Wort zuletzt gehört hatte. Im Wald. Der Mönch, der dicke, widerliche Mönch, hatte es gesagt. »Die Hexe soll brennen«, hatte er geschrien, man solle ihr die Brüste ausreißen, sie auspeitschen, in der Folterkammer verrotten lassen.

Madlen – eine Hexe? Sie war ein Engel, dachte Martin mit Zärtlichkeit. Fein war sie, feiner als die Frauen vom Schloss, die er hin und wieder gesehen und plump gefunden hatte. Madlen war eine richtige Prinzessin. Das spürte er. Seit Tagen war dieser Zauber um ihn, ihre Melancholie zog ihn an.

Der Mönch hatte sie verletzt, beleidigt, bedroht. Er war auch einer von denen, die so taten, als seien sie in der Heiligen Schrift empfangen und geboren worden. Dabei hatte dieser Hurenbock nur das Mädchen gewollt.

Martin hätte gern alles über Madlen gewusst. Viel mehr als ihren Namen kannte er noch gar nicht. Halt, doch, ihre Stimme! Madlen sprach eigentümlich rau, wie Martin es noch von keinem Mädchen gehört hatte. Aber für ihn war sie ein Engel. Auch wenn sie zugeschlagen hatte, und zwar mit einem Stein.

Berblin hatte ihm versichert, dass es keine Sünde sei, wenn ein junges Mädchen seine Unschuld verteidigte.

Da schlug die Glocke. Tischzeit. Eine Pause von einer Stunde. Der Lehrer wandte sich um und verließ den Klassenraum.

Vom Schulessen erwartete man nicht viel. Heute gab es ein fades Wurzelgemüse. Man habe mal wieder am Salz gespart, meinte Hans. Oder gar keines verwendet, befürchtete Nicolaus. Martin wusste es nicht. Unter den Blicken eines der strengen Präfekten und auch, weil er hungrig war, aß er die gelben und weißen Wurzeln. Jeder Löffel eine Strafe. Wie gut, dass er einen schönen Nachmittag vor sich hatte. Nicolaus und Hans waren auch ganz aufgeräumt und vergaßen die schlechte Kost. Nach der Pause würden sie noch den jungen Schulmeister hören, der Anfang des letzten Monats hier in Mansfeld seine erste Stelle angetreten hatte. Martin, Nicolaus und Hans freuten sich auf jede Unterrichtsstunde bei ihm. Eigentlich war er ein Mathematiker und lehrte auch dieses Fach. Doch es merkte niemand, wenn er seinen Schülern gelegentlich das Weltgeschehen nahebrachte.

Der Neue war überhaupt anders. Schon äußerlich unterschied er sich von den übrigen Lehrern in ihren Ordenskleidern. Er trug einen schlichten Rock und hatte nie einen Hut auf seinem dichten dunklen Haar, das ganz kurz geschnitten war. Es war so kräftig, dass es wie eine Kappe seinen Kopf bedeckte.

Eine Rute oder gar die Peitsche schien er nicht zu benötigen. Er hatte mit seinen Schülern bisher jede Woche über einen anderen Gegenstand gesprochen, was mit großem Interesse aufgenommen wurde. Und da der Lehrer niemals vorher preisgab, worüber er in der nächsten Stunde sprechen würde, warteten nun alle gespannt.

Heute waren es die Kurfürsten von Sachsen, mit denen er sich und seine Schüler beschäftigte. Johann Herzog von Sachsen wurde vorgestellt mitsamt seinem Bruder Friedrich, Kurfürst von Sachsen. Der Vater der beiden, Kurfürst Ernst, war im Jahr 1486 verstorben, drei Jahre nach Martins Geburt. Damals hatten seine beiden Söhne gemeinsam die Regierung übernommen, Friedrich, als der Älteste, erbte die Kurwürde.

»Was glaubt ihr, kann solch eine gemeinsame Regierungszeit gelingen?«, hatte der Lehrer gefragt.

Schon so eine Frage war unüblich. Meist hielten die Magister ihren Vortrag, und die Schüler hatten demütig zu lauschen.

Martin hatte laut verkündet, dass er von einer solchen Machtteilung noch nie etwas gehört habe. Die anderen hatten ihm zugestimmt. Doch der Lehrer sagte, dass sie als Söhne und künftige Bürger von Mansfeld diese Konstellation schon kennen sollten.

»Eure Stadt ist nicht nur den Grafen von Mansfeld eng verbunden, sondern durch diese Familie auch dem deutschen Kaiser Maximilian, dem Habsburger. Dieser Kaiser hat allerdings keinen allzu guten Ruf. Es heißt, dass er für unser Land nichts tut und sich auch nie hier blicken lässt. Die Deutschen würden ihn gern vom Thron stürzen und sogar in seinem österreichischen Erbland wollen sie ihn loswerden. Er besitzt daher nicht einmal Vermögen, und er leiht sich bei seinen Bürgern Geld.

Deshalb regiert in Deutschland auch nicht der Kaiser, sondern die Landesfürsten.

Das Land Sachsen hat Glück gehabt mit seinen Fürsten«, fuhr er fort. »Der erstgeborene Sohn, Friedrich, ist von Anfang an zum

Nachfolger auf dem Kurfürstenthron erzogen worden. Er liebte seinen jüngeren Bruder, der erst achtzehn Jahre alt war, als der Vater starb. Daher dürfen wir ruhig davon ausgehen, dass die Regierungszeit der beiden Brüder von Zuneigung, lebhafter Diskutierfreude, kooperativer Zusammenarbeit und bestem Einvernehmen geprägt ist.

Und dann gibt es noch zwei weitere Brüder, Albrecht und Ernst, doch sie haben keinen Anspruch auf den Thron und bekamen als Abfindung hohe kirchliche Ämter. Daher werden wir von einem Brüderpaar regiert, das unangefochten von Erbstreitigkeiten unser Land in die Zukunft führt.«

Der Lehrer legte seinen Rock ab und krempelte die Ärmel seines Leinenhemdes hoch. Dann trank er Wasser aus einer Flasche und bot den Schülern davon an. Ungläubig sah einer den anderen an, doch dann tranken sie alle, atmeten tief durch und wischten sich den Mund ab. Martins Staunen über diesen neuen Lehrer nahm noch zu.

Der Neue griff wieder nach seinem Manuskript und lächelte verschmitzt. »Ich will mal sehen, wie gut ihr euch in eurer Heimat auskennt. Denn als Nächstes wollen wir uns mit der Grafschaft Mansfeld beschäftigen.«

Er blickte in erwartungsvolle Gesichter.

»Man kann ja kaum von einem Land sprechen, so klein ist die Grafschaft. Die Brüder Volrad und Albrecht regieren derzeit bei uns. Und sie wohnen beide gemeinsam auf der Burg, die ihr kennt, obwohl sie bitter verfeindet und unheilbar in Zank und Intrigen verstrickt sind. Die Dienerschaft leidet natürlich am meisten darunter und erzählt überall davon. Es heißt, die Grafschaft sei schon jetzt tief verschuldet und ein Ende könne keiner absehen.«

Der Neue machte jetzt eine Pause und musterte seine Schüler freundlich. Dann entließ er sie und trug ihnen auf, bis zur nächsten Stunde bei Eltern, Nachbarn und Freunden zu fragen, was sie über die Grafen zu Mansfeld wüssten. »Das schreibt ihr auf und bringt es zur nächsten Stunde mit.«

Martin erinnerte sich daran, dass Berblin kürzlich einmal darüber geschimpft hatte, dass zwei dicke streitsüchtige Grafen Mansfeld regierten. Das hatte ihn sofort interessiert, aber Näheres hatte sie auch nicht gewusst.

Ob sie nun verstritten waren oder nicht, diesen beiden Grafen Mansfeld gehörte bislang Martins gesamte Welt. Und daher auch sein Baum. Sein Baum war ein gräflicher Baum. Das war kein gutes Gefühl, wenn man erfuhr, dass die Grafen das Land herunterwirtschafteten. Dann würden womöglich eines Tages die gesamten Bergwerke und die Wälder in andere Länder und an andere Herren verkauft. Und Martin samt seiner Familie stünde mit leeren Händen da. Darüber wollte er genauer Bescheid wissen, und er riskierte es, den Vater von Nicolaus danach zu fragen.

»Wir haben unsere schwere Arbeit, und die Grafen haben die Münzrechte«, sagte Oemler. »Außerdem kassieren sie hohe Gewinne aus den Hüttenbetrieben und Schachtanlagen. Aber ob die sich untereinander streiten, das geht mich nichts an. Und euch Schüler und euren Lehrer geht es eigentlich auch nichts an.«

Wenige Tage, nachdem Martin alles aufgeschrieben hatte, was er über die Grafen in Erfahrung bringen konnte, kam der Neue vor dem Unterricht zu ihm. Er nahm Martin freundlich um die Schulter und meinte, dass er eine rasche Hand habe. »Und vor allem hast du ein gutes Gedächtnis, aus dir fließt alles nur so heraus.«

Dieses erste Lob, das Martin nach den langen Jahren in der Lateinschule zu hören bekam, tat ihm unendlich wohl. All die anderen Lehrer waren ihm und seinen Mitschülern verhasst. Aus Wut hatten sie das Kollegium als blöde Figuren gezeichnet. Einer war als Kater im Mönchsgewand dargestellt, der ein Barett trug. Eine tote Maus hing ihm aus dem Mund. Der nächste hatte den Kopf eines Widders, und zwischen den Hörnern klemmte ein Doktorhut. Am gemeinsten war der brutalste Lehrer dargestellt worden. Sie hatten ihn als Papst gezeichnet. Unter seiner Tiara fletschte er wie ein Tiger die Zähne, als wolle er seinen Kollegen, der einen Saukopf mit Kappe aufhatte, sofort auffressen.

Auf Beschluss seiner Mitschüler sollte Martin die Blätter mit den Zeichnungen aufbewahren, und seither schien es ihm, als brenne es in seiner Schultasche. Eines Tages würde er sie dem neuen Lehrer zeigen. Oder lieber doch nicht.

Der Neue schlug gerade ein dickes Buch auf. Daraus entnahm er einige lose Blätter, die oben mit einem dünnen Band aneinandergeheftet waren. Sein helles, junges Gesicht strahlte, als er die einzelnen Blätter vorsichtig vor sich ausbreitete.

»Die neuentdeckten Inseln«, las er vor, »der Brief des Christoph Columbus. Diesem Christoph Columbus«, sagte der Lehrer bewundernd, »dem verdankt unser Zeitalter viel. Ich lese euch jetzt die wahre Geschichte vor über die von ihm jüngst im Indischen Meer entdeckten Inseln. Zu deren Erforschung ist er unter dem Schutz Ferdinands, des unbesiegbaren Königs von Spanien, ausgesandt worden. Dieser Brief ist gerichtet an den erlauchten Herrn Raphaelez Sanxis, Schatzmeister des Königs. Übersetzt hat ihn der edle und gelehrte Aliander de Cosco aus dem Spanischen in das Lateinische am 30. April 1493 im ersten Jahre des Pontifikates Alexanders VI.:

Ich weiß, dass Du mit Freude von dem Erfolg der von mir unternommenen Expedition hören wirst, und ich lasse Dir deshalb die nachstehenden Zeilen zugehen, die Dich über alle Ereignisse und Entdeckungen unserer Reise auf der Santa Maria unterrichten sollen. Am 33. Tag nach meiner Abfahrt von Gades kam ich ins Indische Meer und fand dort sehr viele dichtbevölkerte Inseln, die ich alle für unseren König durch feierliche Proklamation und Hissen der spanischen Flagge, ohne dass jemand Einspruch erhob, in Besitz nahm. Der ersten dieser Inseln, von den Indern Guanahani genannt, gab ich den Namen San Salvador aus Dank gegen den Heiland, unter dessen Schutz wir bis hierhergekommen waren. Auch den anderen Inseln gab ich sämtlich neue Namen, so zum Beispiel Santa Maria de Conception, Fernandina, Isabella, Joana.

Abgesehen von einigen Dörfern und Weilern habe ich an dieser Küste keine Städte gesehen. Auch konnte ich mit den Einwohnern der Dörfer nicht sprechen, da sie bei unserem Anblick sofort die Flucht ergriffen. Doch alle diese Inseln sind von großer Schönheit und außerordentlich fruchtbar, denn große Ströme durchfließen das Land, dessen Gebirgsketten zu bedeutender Höhe ansteigen. Es gibt hier Bäume, die sind so hoch, dass sie schier den Himmel berühren. Die einen stehen in voller Blüte, die anderen brechen fast zusammen unter ihren Früchten. Die Inseln haben außerdem Überfluss an Gewürzen, Gold und anderen Metallen.

Der Lehrer legte sein Manuskript aufs Katheder, sah seine Schüler an. Sie lauschten mit großen Augen. Manchen stand der Mund offen.

»Nun, wollt ihr noch mehr wissen?«

Alle trampelten und riefen, dass sie mehr über diese sagenhaften Inseln hören wollten.

Martin jedoch war von dem Lärm aus seinen Gedanken gerissen worden, die allerdings nicht der Entdeckung Amerikas galten. Er dachte immer noch über die Grafen Mansfeld nach, die seine Heimat regierten.

Was scherte ihn Indien. Das war so weit weg, dass er es sich nicht einmal vorstellen konnte. Er lebte hier, in Sachsen. Er wollte alles darüber wissen, wie dieses Land regiert wurde. Der Lehrer hatte Bilder der sächsischen Fürsten gezeigt. Und Martin sah wohlbeleibte Männer mit seltsamen Bärten an Oberlippe und Kinn, die einander ähnelten. Sie trugen kostbare Roben, Ringe und Ketten aus purem Gold und Edelsteinen. Klug seien sie, hatte der Lehrer gesagt. Friedrich noch mehr als Johann. »Doch wie man vom Hofe hört, tun die Herren gern einen Trunk zu viel. Leider«, hatte er hinzugefügt, »leider ist nicht der kurfürstliche Hof allein, sondern ganz Deutschland vom Sauflaster geplagt. Da kann man den Leuten erklären, dass Saufen krank macht, es hilft nichts. Es ist ein böses altes Herkommen in deutschem Lande, wie der Römer Cornelius Tacitus schreibt. Da sollten Kaiser, Könige, Fürsten und Adel helfen, dass die Trunksucht gesteuert werde.«

Martin hätte gern gewusst, ob die Mansfeldischen Grafen auch Bierfässer auf zwei Beinen waren. Doch heute ging es ja um diesen Columbus und sein neu entdecktes Indien.

Der Neue fuhr jetzt fort mit dem Brief des Columbus.

Auf dieser Insel, wie auf allen, die ich kennenlernte, gehen die Einwohner beiderlei Geschlechts stets nackt, wie sie das Licht der Welt erblickten, außer einigen Frauen, die sich die Scham mit Laub oder mit einem selbstgewebten Baumwolltuch bedecken. Dagegen fehlt den Eingeborenen aller dieser Inseln Eisen und Waffen, zu deren Gebrauch sie nicht geschickt sind. Nicht etwa wegen körperlicher Mängel, denn sie sind wohlgeformt, sondern aus Angst und Furchtsamkeit. Anstelle der Waffen führen sie nur trockene Rohrstäbe, deren Enden sie mit dolchartigen Spitzen aus trockenem Holz versehen. Aber auch dieser Waffen wagen sie sich kaum zu bedienen, denn wenn ich drei Mann meiner Begleitung zur Verhandlung mit den Eingeborenen in ihre Dörfer sandte, so kam ihnen oftmals eine Schar Inder entgegen, die aber schleunigst die Flucht ergriffen, wenn sie die Unsrigen aus der Nähe sahen. Väter ließen sogar ihre kleinen Söhne im Stich. Dabei habe ich die Eingeborenen, wohin auch immer ich kam, beschenkt. Mit feinem Tuch, mit fertigen Gewändern, Schmuck oder Haushaltskram. Ich hingegen habe nie etwas mitgenommen. Aber diese Menschen sind von Natur aus ängstlich. Wenn sie sich jedoch sicher fühlen, überwinden sie diese Furcht, sind zutraulich und freigebig mit allem, was sie besitzen. Sie fordern uns auf, alles zu nehmen, was uns gefällt. Ich verbot meinen Leuten sofort, ihnen wertlosen Plunder zu geben, obwohl die Eingeborenen sich sehr darüber freuten. Sie wollten einem Matrosen für einen Lederriemen und eine Glasscherbe eine Handvoll Gold geben. Für unsere Kupfermünzen zahlten sie

vierzig Pfund Baumwolle. Die kannten sie schon und webten Kleider daraus.
Die Einwohner kennen keine Art Götzendienst. Sie glauben fest, dass alle Kraft, alle Gewalt, alles Gute im Himmel sei, und dass auch ich mit meinen Matrosen und den Schiffen vom Himmel gekommen wäre. In dieser Überzeugung nahmen sie uns alle auf, nachdem sie ihre Furcht abgelegt hatten. Deshalb sind sie keineswegs dumm oder trägen Geistes. Im Gegenteil. Sie sind besonders scharfsinnig. Sie kennen das Meer in allen Gezeiten, aber sie haben noch niemals bekleidete Menschen und Schiffe gleich den unsrigen gesehen. Deshalb ließ ich gleich einige Inder mit Gewalt ergreifen, damit sie von uns lernten und gleichzeitig sie uns lehren konnten, was sie über die Inseln wussten. Und das gelang uns auch, denn bald verstanden wir uns durch Gebärden, Zeichen und Worte …
Die Inder verkündeten überall: Kommt herbei und seht euch die Leute vom Himmel an! So kamen Weiber und Männer, Kinder, Jünglinge und Greise ohne ihre frühere Scheu herbei und umdrängten uns in dichter Schar. Liebenswürdig und freundlich brachten sie uns Speisen und Getränke …

Martin gähnte verstohlen. Die warme Stimme des Lehrers machte ihn müde, doch er riss sich zusammen, er wollte den anderen nicht die Freude am Zuhören dieser fremdartigen Geschichte verderben.

Auf einer der Inseln die wir besuchten, leben Menschen, die äußerst wild sind und Menschenfleisch essen. Sie besitzen zweirudrige Kanus, mit denen sie zu den anderen indischen Inseln fahren, um sie auszuplündern und zu berauben. Äußerlich unterscheiden sie sich von den anderen Eingeborenen nur dadurch, dass sie nach Weiberart lange Haare tragen. Die Einwohner dieser Insel stehen in Geschlechtsverkehr mit Frauen, die allein auf Matennin wohnen, der ersten Insel, die man auf der Fahrt nach Indien antrifft. Diese Frauen widmen sich jedoch keinerlei weiblicher Beschäftigung, sie führen vielmehr, wie ihre Männer, Bogen und Wurfspieß. Ihre Körper schützen sie mit Platten aus Kupfer. Man erzählte mir noch von einer anderen Insel«, hieß es in dem Brief, *»die noch größer sein soll als Espaniola, und deren Einwohner sollen keine Haare haben. Doch gerade diese Insel hat an Gold den größten Reichtum.*

Bei diesem Stichwort erwachte Martin aus seinem Dämmer. Gold, das war der Stoff, der wahren Reichtum brachte. In den Schächten des Vaters fand sich immerhin Silber. Aber Gold, davon konnten die Mansfelder Hüttenmeister nur träumen. Jetzt hörte auch Martin gespannt zu.

Ich bringe von allen diesen Inseln Eingeborene mit als Beweis für die Wahrheit meiner Ausführungen. Ich kann unserem siegreichen Königspaar so viel Gold verschaffen, als sie nur brauchen, und Sklaven, so viele Eure Majestäten nur verlangen mögen. Und so sollen der glückliche König und die glückliche Königin, Euer glückliches Land und alle anderen christlichen Reiche unserem Heiland und Herrn Jesus Christus Dank abstatten, der uns so mit Sieg und Gaben beschenkt hat.

Jetzt wurde Martin endgültig wach. Hellwach. Es gefiel ihm ganz und gar nicht, dass dieser Columbus sich auf Jesus Christus berief. Auf seinen Herrn Jesus Christus. Von dem hatte dieser Seefahrer offenbar keine Ahnung. Es konnte dem Heiland nicht gefallen, dass da einer über die Meere fuhr, vertrauensvolle Menschen auf Schiffe verladen ließ und sie in ein völlig fremdes Land brachte. Wie sollten sich die Armen denn verständigen? Sie würden ohne ihre Freiheit auf den Inseln elend zugrunde gehen, und Jesus Christus würde diesen Columbus verfluchen.

Aber – fluchte Jesus Christus?

Darüber hatte Martin noch nicht nachgedacht. Wahrscheinlich fluchte Jesus nicht. Dennoch war dieser Columbus verdammenswert, denn Martin glaubte zu wissen, worauf alles hinauslief. Dieser tapfere, aber gewissenlose Abenteurer, der sich Präfekt der Ozeanischen Flotte nannte, wollte die gutgläubigen Inselbewohner samt ihren Inseln dem spanischen König schenken. Sie sollten zum christlichen Glauben bekehrt werden und den Spaniern gehorsam sein. Die Inder sollten dem König ihr Gold schenken, ihre Inseln, ihre Freiheit. Denn natürlich sollten sie für die Spanier als Sklaven arbeiten!

Es war Martin schon unheimlich, dass es Männer gab, die auf den Weltmeeren herumsegelten, Seeleute in Lebensgefahr brachten, nur um ahnungslose Eingeborene aus ihren Ländern oder Inseln zu entführen. Warum konnte dieser Columbus nicht daheimbleiben? Wenn er unbedingt segeln wollte, warum berichtete er dann nicht seinen Leuten, was er alles gesehen hatte? Er konnte doch die Meere erkunden, ohne das Leben der Eingeborenen zu zerstören.

Auf dem Heimweg von der Schule steigerte Martin sich noch weiter in seine Kritik an Columbus hinein. Aber dann fielen ihm die Grafen von Mansfeld ein, und er erschrak.

Waren sie nicht aus dem gleichen Holz geschnitzt wie die spanischen Herrscher? Martin hatte oft von Berblin oder den Großeltern gehört, dass die sächsischen Bauern hart arbeiten und Pachtzins entrichten mussten. Entweder an die Klöster oder an die Mansfeldischen, je nachdem. Die Bauern wollten sich das schon lange nicht mehr gefallen lassen. Das hatte Berblin gesagt.

»Die Grafen sind nie zufrieden mit dem Pachtzins. Sie erhöhen ihn in jedem Jahr. Und sie wollen Hühner und Hennen für die fürstliche Küche und lassen Körbe voller Eier abholen. Die Bauern sollen mit ihren Knechten auf ihren Gütern arbeiten, weil die Mansfeldischen alles verkommen lassen. Sie sollen ihr Korn einfahren und dreschen. Den Hopfen sollen sie pflücken. Den Hanf raufen und rösten. Holz schlagen sollen sie auch und die Stämme mit ihren Pferden abtransportieren. Hunderte von Schafen müssen die Bauern ihm scheren, sonst will Graf Volrad sie in Ketten legen. Im Frühjahr ist es ihre Aufgabe, den Mühlgraben beim Schloss von Schlamm und Eis freizumachen. Die Knechte und Mägde laufen den Bauern weg, wenn das nicht aufhört mit der Schinderei.«

Auch der Vater beschwerte sich oftmals. Wenn Kollegen ins Haus kamen, waren sich alle einig, dass die Grafen von Mansfeld den Hals nicht voll bekamen. »Sie wollen die Bauern die Zeche dafür zahlen lassen, dass sie so viele Kinder kriegen. Man hat von Bediensteten auf dem Schloss gehört, dass man bei den herrschaftlichen Familien über die Kinder nur so stolpert. Aber die Bauern haben selbst viele Kinder, und die haben weniger zu essen als die Gräflichen.«

Beklommen dachte Martin an die kleinen schiefen Häuser der armen Leute, in die ihn Berblin oftmals mitnahm. Am meisten fürchtete er den Geruch, die zähe, schimmelige Luft in den Zimmern, wo kein Wind durch die Fenster kam, um den Jahre alten Rauch und den Schweiß durchzulüften. Es stank nach Urin und ranzigem Fett, nach der Angst der Schulkinder und dem grauen Bettzeug, in dem Katzen schliefen. In einigen Häusern hockten hilflose Alte in ihrem Kot und kauten mühsam an einer Brotrinde, scharf beäugt vom Hund, der vor Hunger ausgemergelt war und keinen Herrn mehr respektierte.

Berblin kannte alle diese Leute und sie alle kannten Berblin. Einmal in der Woche kaufte sie mit Martin auf dem Markt ein, buk Brote und kochte süßen Mehlbrei, manchmal auch Gemüse mit Speck, das sie dann auf dem hölzernen Handwagen, der für die Lutherschen Kinder da war, zu den Armen brachten. Martin ging voran und zog den Wagen, Berblin ging nebenher und sorgte dafür, dass nichts herunterfiel.

Im Sommer trafen sie die Kinderschar fast immer allein an. Die Mütter arbeiteten ab Tagesanbruch bei einem der größeren Bauern oder Gutsherrn auf dem Feld, wo sie bei allen anfallenden Arbeiten mithalfen. Sogar beim Pflügen. Erst am Abend gegen

Dunkelwerden kamen die Frauen erschöpft heim. Völlig ausgelaugt. Oftmals waren sie krank oder schwanger. Die größeren Geschwister hatten tagsüber auf die Kleinen aufzupassen, und meistens war nur dünner Brei für alle da. Die Jüngsten saugten an einem Stück Leinen, das mit Mehlbrei gefüllt und zugebunden worden war.

Im günstigsten Fall waren die Felder des Bauern in der Nähe, dann konnten die Geschwister der Mutter das Kleinste zum Stillen bringen. Es gab aber Bauern, die das nicht duldeten.

Die Familienväter arbeiteten meist im Kupferbergbau, wo die Arbeit schwer, der Lohn aber gering war. Sie konnten die Teuerung nicht mehr mit ihrer Hände Arbeit auffangen. Das Brot war schon wieder im Preis gestiegen, Fleisch und Bier konnten sie sich schon lange nicht mehr leisten. Das Leben war unerträglich hart für eine Familie mit vielen Kindern.

Die Väter flüchteten häufig ins Wirtshaus. Dort saßen andere, denen es nicht viel besser ging. Gemeinsam schimpfte man über die Reichen und über die Geistlichen, die es sich gut gehen ließen. Der Zorn über die Ungerechtigkeit war uferlos. Und auch das goldene Gepränge, die kostbaren Altäre in den Kirchen, die von reichen Gläubigen bezahlt wurden, erzeugten bei den armen Leuten Hass. Die Reichen hatten für die Kirchen viel übrig, für die Armen jedoch nichts. Wollte einer die Aufgebrachten zu Ruhe und Vernunft mahnen, gab oft ein Wort das andere, und schließlich prügelten sich die Männer.

Am Ende zahlten die Frauen und Kinder die Zeche. Die Zustände in den Häusern waren oftmals so trostlos, dass Berblin die kleinen Kinder sogar wusch und wickelte.

Wenn Martin an sein eigenes Zuhause dachte, wo für alles gesorgt war, dann tat ihm das Herz weh.

Obwohl die Luthers nicht zu den wirklich Reichen gehörten und äußerst sparsam wirtschafteten, waren sie in punkto Sauberkeit, vor allem, was die Kinder anging, sehr penibel. Die Mutter wandte dafür viel Zeit und Geld auf und sparte lieber am Essen.

Das konnte Martin bezeugen. Er freute sich daher immer, wenn Gäste kamen. Dann war der Mutter nichts zu teuer.

Die Bilder aus den Häusern der Armen verfolgten Martin. Der grausame Unterschied zwischen den Armen und den Begüterten machten ihn wütend und verzweifelt. Und nichts konnte er verändern. Er war ja noch zu jung. Erstmals zweifelte er daran, dass Gott auch die Armen liebte. Offenbar hielt er es doch mit den Reichen, die seine Kirchen schmückten und selber Ringe und Ketten trugen, dazu schwere Pelze. Martin hatte ein Bild des Kurfürsten Friedrich gesehen, der in Pelz und Brokat schier versank. Und jeder konnte sehen, dass er dick war wie eine Tonne. Berblin sagte, das käme vom Prassen, das hieß, vom überreichen Essen und Trinken. Wie konnte es sein, dass der Fürst fett war wie ein schlachtreifes Schwein, und seine Untertanen kamen um vor Hunger?

Was konnten er und Berblin schon ausrichten mit Suppe, Brot und Kraut. Ein paar Familien konnten sich ab und zu mal satt essen. Aber insgesamt blieb alles beim Alten.

Es musste sich etwas ändern in der Welt.

Wussten die Kaiser und Könige überhaupt, wie viele Menschen an Hunger starben? Der Gedanke daran, dass die Mansfelder Grafen sich auf ihrer Burg mit hohen Wällen und Mauern vor dem Volk verschanzten, dass sie sich mit heißem Pech alle unliebsamen Besucher vom Hals hielten, machte Martin sprachlos.

Die Grafen waren Inhaber des Bergregals und des Münzrechts der Bergbau- und Hüttenkonjunktur. Sein Vater zahlte als Hüttenmeister an den Berg- und Landesherrn den Zehnten der Rohkupferausbringung, der an der Waage zu Eisleben einbehalten wurde. Von den sogenannten Herrenfeuern zahlte der Vater einen hohen Geldzins von 100 Gulden pro Feuer. Eine sehr hohe Belastung, die die Familie oft an den Rand ihrer Existenz brachte.

Bauern, Bergleute und sonstige Bürger hatten keinen Zutritt zum Schloss. Auch das machte böses Blut.

Nur ein einziges Mal hatte Martins Vater gemeinsam mit Peter Reinicke das Schloss betreten, als beide Ratsherren in Mansfeld wurden. Da wollte Graf Volrad die beiden Männer mit ihren neuen Pflichten gegenüber den Burgherren vertraut machen.

Hans Luther war völlig überwältigt gewesen von der gewaltigen Schlossanlage auf dem Burgberg. Aus der Nähe betrachtet war sie um so viel mächtiger als von der Stadt aus gesehen. Die Schönheit der Laubengänge, der Erker, der überdachten Treppen und unzähligen Türme hatten ihn verwirrt und irritiert.

In nur einem der vielen Türme oder Häuser hätte er bequem seine gesamte Familie mit allem Vieh unterbringen können, berichtete er später beim Abendessen. Was er den Seinen nicht erzählte, war das Gefühl Ohnmacht, das ihn noch nie so stark befallen hatte wie in der Burg.

Auch wenn Hans Luther und Peter Reinicke nicht viel Zeit in der Burg verbracht hatten, waren sie von der prunkvollen Hofhaltung geradezu erschüttert gewesen. Sein Grimm über den ausgestellten Reichtum hatte Hans Luther schließlich dazu verleitet, den Grafen Volrad zu ermahnen, gegen die Hüttenmeister nicht allzu hart vorzugehen.

»Sie können mit guter Leute Armut nichts gewinnen, die Grafschaft könnte sonst des Segens göttlicher Gnade beraubt werden.«

Peter Reinicke war zu Tode erschrocken über den Mut seines Freundes, und auch Hans Luther hätte sich am liebsten auf die Zunge gebissen, doch gesagt war gesagt.

Aus welchem Grund auch immer, Graf Volrad hatte den Männern lediglich wortlos den Rücken zugekehrt, und ein Diener führte sie mit raschen Schritten zurück zum Haupttor.

Seither wusste Martin, wie stark die Abhängigkeit des Vaters und der anderen Bergleute von den Mansfelds war. Er beschloss, in der Schule noch besser mitzuarbeiten, er wollte studieren und ein Doktor der Jurisprudenz werden. Vielleicht konnte er dann seinem Vater helfen, sich gegen die Mansfelder zu wehren!

18

Während Martin über Columbus und die Mansfelder Grafen belehrt wurde, wendeten Berblin und Madlen sich an Gott. Sie gingen zur Frühmesse, beteten, dass Gott die Luthers freundlich stimmen möge gegen Madlen.

»Heilige Jungfrau Maria, bitte bei Gott für uns, dass Madlen bei uns bleiben kann.« So betete Berblin. Und sie setzte hinzu: »Und steh mir bitte bei, wenn ich jetzt zum Zahnbrecher gehe. Mein Zahn schmerzt, meine Backe ist dick, und ich habe Angst, denn ich bin nicht mehr die Jüngste. Bitte, hilf mir. Amen.«

Madlen sprach direkt mit Gott. »Herr Gott, jetzt kannst Du mir beweisen, dass es Dich gibt. Wenn, dann hast Du mich lange genug geschunden und geschabt. Bin ich nicht Dein Kind? Irgendwo habe ich gehört, dass alle Menschen Gottes Kinder sind. Aber es gibt einige Menschen, die Du vergisst. Dazu gehörte ich auch. Vielleicht, weil ich nicht immer daran glaube, dass es Dich wirklich gibt. Doch jetzt ist dieser Junge in mein Leben gekommen, Martin heisst er, der glaubt nicht nur an Dich, der weiß, dass es Dich gibt. Der liebt Dich, aber auch mich. Ja doch, ich glaube, er liebt mich. Also liebe ich ihn auch. Aber er ist noch ein Junge. Ich weiß nicht, ob er schon eine Stimme hat in der Familie. Seine Tante Berblin ist so, wie meine Mutter Hanne war. Sie ist gütig zu mir und zu dem Jungen. Bitte mach, dass seine Eltern mich aufnehmen. Wenigstens so lange, bis ich einen sicheren Platz auf dieser Welt gefunden habe. Amen.«

Der Zahnbrecher übte seinen Beruf im Vorraum seines Hauses aus, und nicht selten hatte er Zuschauer, wenn die Leidenden allzu laut jammerten. Berblin hatte schon einmal den Jockel dorthin begleitet. Sie wusste, was einen an diesem Ort erwartete.

Ein Backenzahn war es, in dem es seit Tagen pochte und schmerzte. Berblin konnte fühlen, dass er ziemlich locker im Kiefer saß. Das sah der Zahnbrecher auch so.

Barsch wies er Madlen an, »die Frau Mutter« auf den Schoß zu nehmen, sie fest zu umfangen. Dann sperrte er mit der Linken Berblins Mund weit auf, mit der rechten Hand fuhrwerkte er mittels einer Zange in ihrem Mund herum.

Mittlerweile hatten sich einige Kinder angesammelt. Sie ließen sich selbst von dem finsteren Zahnbrecher nicht wegscheuchen. Er fuhr fort in seinen Bemühungen, und plötzlich, nach einem Schmerzenslaut Berblins, hielt er stolz den kranken Zahn in die Höhe. Johlend sprangen die Kinder davon. Der Zahnbrecher gab ihr einen Becher mit Branntwein.

»Den könnt Ihr trinken oder den Mund damit spülen. Ganz wie Ihr wollt.«

Berblin entschied sich fürs Spülen, zum Ausspucken ging sie hinters Haus.

Madlen nahm Berblin um die Taille und führte sie langsam und vorsichtig ins Lutherhaus zurück. Sie sah ziemlich zerrauft aus. Haarsträhnen hingen ihr ins Gesicht, um den Mund hatte sie Blutspuren, und sie war sehr blass.

So erbarmungswürdig Berblins Zustand auch war, so gehörte er doch zu der Strategie, die Martin, Berblin und Madlen entwickelt hatten.

Berblin wollte den Luthers weismachen, dass Madlen aus dem Haushalt ihres Vetters in Zerbst Anhalt komme, wo sie die Frau des Vetters so gut gepflegt habe, dass die Fünfzigjährige wieder vollkommen gesund geworden sei. Und da Berblin sich in der letzten Zeit oftmals müde und krank fühlte, habe sie den Vetter gebeten, ihr Madlen für ein paar Wochen zu schicken.

Ja. Das klang doch nicht schlecht. Dafür, dass Berblin selten log, hörte es sich gut an.

»Du siehst wirklich zum Erbarmen aus«, sagte Martin, der nach Berblin schaute. »Da erschrickt man sich ja zu Tode.«

Er bestand darauf, dass sie sich auf ihr Bett legte. »Nach dieser Tortur musst du dich ausruhen. Außerdem sollen die Eltern sehen, dass du schwach bist, wenn sie später zurückkommen.«

Um Hans und Margarethe Luther vollends gewogen zu stimmen, hatten Berblin und Madlen ein Festessen vorbereitet. Spanferkel mit Dörrobst gefüllt. Täubchen, die Margarethe Luther besonders liebte. Dazu wollten sie selbstgebackenes Weißbrot reichen und Brei aus Erbsen, Linsen und Bohnenkernen. Ein Kraut aus dem Fass gab es ebenfalls. Und Birnenkompott.

Der Knecht Jockel hörte das Pferdegetrappel zuerst und lief auf die Straße, wo ihm der Kutscher das Gepäck herunterreichte. Martin ging rasch zum Wagenschlag.

Jesus, hilf, dachte er, als er das verschlossene müde Gesicht der Mutter sah. Jesus, hilf. Dann folgte Hans Luther, die schlafende Anna auf dem Arm. Tine lief herzu und nahm ihm die Kleine behutsam ab. Der Vater verhandelte mit dem Kutscher, und Martin richtete weitere Stoßgebete gen Himmel. Er dachte schon den ganzen Tag nichts anderes als Jesus, hilf.

Wenn Berblin, Madlen und ich heute die Eltern belügen, betete Martin innerlich, geschieht das nur aus Not. Wir müssen Madlen helfen. Wo soll sie denn hin? Jesus, hilf, lass die Eltern nicht allzu sehr wüten. Wenn sie ihr die Tür weisen, muss ich mit ihr gehen.

Am Hauseingang stand Berblin – ein Bild des Jammers. Sie sah noch kränker aus als am Morgen, als sie vom Zahnarzt gekommen war. Die Behandlung hatte sie mehr mitgenommen, als sie zugeben wollte. Jetzt sah sie aus wie das Leiden Christi in Person.

Hans Luther war als Erster bei ihr. »Berblin! Was ist los? Du siehst elend aus.«

Margarethe stand hilflos daneben. »Was ist denn passiert, Berblin, ist die Pest in Mansfeld? Bitte sag, dass es nicht die Pest ist.«

Berblin konnte sich kaum noch auf den Beinen halten. Martin sah es, lief hin und stützte sie. »Nein, Mutter, es ist nicht die Pest. Berblin war beim Zahnbrecher. Sie hat viel Blut verloren. Es geht ihr aber schon die ganze Woche schlecht. Sie musste immer das Bett hüten.«

Die kleine Prozession ging in die Stube. Am Ende des Tisches stand Madlen. Sie war sehr blass, sagte aber mit klarer Stimme guten Abend und machte die Andeutung eines Knickses.

Martin stürzten fast die Tränen aus den Augen. Er konnte sich kaum beherrschen, wollte aber um nichts in der Welt weinen. Schließlich kam ihm sein Zorn zuhilfe. Wieso musste er Angst haben, dass die Eltern Madlen aus dem Haus wiesen? Wieso musste er in seinem Elternhaus immer und überall Angst haben?

»Wer ist das?«, fragte Margarethe Luther. Ihre Stimme war schrill.

»Ja, wer ist das Mädchen?«, wollte auch Hans Luther wissen.

Mit matter Stimme sagte Berblin ihren Spruch auf vom Vetter aus Zerbst, seiner kranken Frau. Sie könne eine Hilfe im Haushalt gut gebrauchen. Schon vor einer Woche habe sie dem Vetter geschrieben, und der habe ihr dann Madlen geschickt. Der Vetter habe aber ausdrücklich mitgeteilt, dass Madlen jederzeit zurückkommen könne.

»Berblin, ich will keine Fremde im Haus haben«, erklärte Margarethe scharf. »Gerade jetzt, in meinem Zustand.«

»Du siehst doch, dass die Berblin krank ist«, sagte Hans Luther ungeduldig. »Und du hast auch jeden Tag ein anderes Leiden. Wer soll denn den Haushalt führen, wenn du dich wieder hinlegen musst? Jetzt sei doch mal vernünftig. Wenn Berblin uns jemanden ins Haus holt, ist das schon recht.«

Hans Luther wandte sich an Madlen und fragte ziemlich barsch, ob sie schon einmal einen Haushalt geführt habe. »Hier gibt es einen Haufen Arbeit. Du siehst nicht aus, als wärst du besonders kräftig.«

»Die Madlen hat Berblin heute zum Zahnbrecher begleitet. Sie hat auf dem Markt eingekauft und dann das ganze Haus geputzt. Alles sollte für Eure Ankunft vorbereitet sein. Das ganze Essen hat sie gekocht. Tine hat geholfen, aber das meiste hat Madlen gemacht.« Martin hatte sich fast in Wut geredet, weil die Eltern Madlen so grob behandelten.

»Wie du aufsprichst! Was fällt dir ein!«, empörte sich Margarethe. »Und wie du sie verteidigst. Hat sie dich vielleicht verhext?«

Berblin, die halb liegend auf der Bank saß, richtete sich mühsam auf. »Madlen ist geschickt und fleißig. Dazu sehr sauber. Sie kocht besser als ich. Ich verbürge mich für sie. Wollt ihr noch mehr?«

Glücklicherweise meldete Tine in diesem Moment, dass der Braten aus dem Ofen müsse. »Das Fleisch ist schon ganz braun.«

Mit einem Mal spürten alle, wie hungrig sie waren, und Madlen, Martin und Tine trugen das Essen auf. Während des Festmahls vergaß Hans Luther alle Vorbehalte und nahm sich mehrfach vom Braten und vom Gemüse. Margarethe knabberte an einem Täubchen und hatte Mühe, weiterhin streng auszusehen, so gut schmeckte es ihr. Doch sie fand es trotzdem angemessen, abweisende Blicke auf Madlen zu richten.

»Hans«, fragte Berblin matt, aber deutlich, »Hans, kann das Mädchen bleiben?«

»Wie – und mich fragst du nicht?«, fuhr Margarethe auf. »Schließlich bin ich hier die Hausfrau!«

»Das schon«, erklärte Berblin ruhig, »das schon, aber du bist in anderen Umständen.«

19

Mit dröhnender Stimme polterte der Großvater in die Diele. Er begrüßte Margarethe und Berblin, dann schlug er Martin auf die Schulter. »Du bist ja schon wieder gewachsen, du willst wohl der längste Luther werden. Ja – und Jakob, du bist auch ein richtiger Luther. So wie ihr haben meine Söhne als Kinder auch ausgesehen.«

Hinter ihm stand sein Sohn Klein Hans. Auch er begrüßte alle mit ziemlicher Lautstärke. Wahrscheinlich wollte er mit seinem Vater mithalten.

Der Großvater sah Madlen aufmerksam an. Auch Klein Hans war neugierig, aber sein Blick war mehr ein dumpfes Glotzen.

»Wer ist sie?«, fragte der Großvater schließlich seinen Sohn Hans, und der erklärte ihm, dass es sich um eine Verwandte von Berblin handle. Sie werde aber bald das Haus wieder verlassen, sie sei nur als Aushilfe da.

»Sie ist tüchtig«, sagte der Großvater fachmännisch. »Ich sehe das auf den ersten Blick. Wenn ihr sie nicht mehr braucht, nehme ich sie mit. Meine Frau würde sich freuen über eine so anstellige Hilfe.«

Das grobe, fast ausdruckslose Gesicht von Klein Hans hellte sich auf. »Oh ja, Vater, wir nehmen sie mit.«

Martin fragte sich, ob die beiden aus Möhra denn noch ganz bei Troste waren. Er hatte seinen Großvater wirklich gern, aber wenn der Madlen als Dienstmagd mitnehmen wollte, würde Martin das zu verhindern wissen. Madlen war doch kein Stück Möbel, und außerdem auch keine Dienstmagd! Er schaute Berblin an und wusste, dass sie dasselbe dachte.

»Du hältst deinen Mund. Lerne du erst mal, dich anständig zu benehmen«, wies der Großvater seinen jüngeren Sohn zurecht.

»Hans, ich bin gekommen, um dich um deine Unterstützung zu bitten. Vielleicht können die Frauen und Kinder uns allein lassen, wir müssen reden.«

Als auch Martin sich vom Tisch erhob, rief der Großvater: »Du bleib da! Ich habe gehört, dass du genauso gut Lateinisch sprechen kannst wie Deutsch, dass du in der Schrift gewandt bist und man mit dir reden kann wie mit einem Alten. Bleib bei deinem Großvater.«

Ungeschönt erzählte er, dass Klein Hans sich in Möhra und Umgebung nicht mehr sehen lassen könne. Er besaufe sich nur noch. Lege sich mit jedem an, dessen Nase ihm nicht passe. »Ich kann die Schlägereien nicht mehr zählen, die er vom Zaune bricht. Und für die Schäden muss ich aufkommen.«

Klein Hans blieb nichts anderes übrig, als sich die Tirade seines Vaters anzuhören. Es schien ihm jedoch in keiner Weise peinlich zu sein.

»Wie glücklich bin ich«, fuhr der Großvater fort, »dass meine drei anderen Söhne wohlgeraten sind. Du, Groß Hans Luther, hast es in Mansfeld weit gebracht und überall in der Stadt ein Wort mitzureden. Daher bitte ich dich um deine Unterstützung.«

Martin sah, wie das Gesicht seines Vaters sich verschloss. Das war ihm sehr vertraut. Auch der Großvater konnte im Gesicht seines Sohnes lesen und wandte sich an seinen Enkel: »Ich bin erleichtert, Martin, dass du inzwischen gelernt hast, die Schule zu lieben. Als du noch jünger warst, hast du immer auf die Schule geschimpft. Ich weiß noch jedes Wort. ›Glaub mir, Großvater‹, hast du gesagt, ›glaub mir, ich gehe nicht in eine Schule, sondern in einen Eselstall. Wir sitzen da von morgens bis abends, schon allein davon tut der Hintern weh. Und der Rücken. Im Winter ist es eiskalt. Im Sommer drückend heiß. Es stinkt nach Hölle und Fegefeuer. Das Schlimmste sind unsere Lehrer. Alles Tyrannen und Stockmeister.‹«

Martin hörte dem Großvater verblüfft zu. Der hatte sich ja offensichtlich jedes Wort gemerkt.

Nun klopfte er Martin fröhlich auf die Schulter. »Sei froh, dass du eine Schule besuchen darfst. Es gibt einen Haufen Leute, die nie ein Schulhaus von innen gesehen haben. Doch wir Luthers haben wenigstens anständig lesen und schreiben gelernt. Und die Rute haben wir auch ordentlich zu spüren gekriegt.«

Liebevoll lächelnd grub der Großvater in seinem Geldbeutel. Er holte einige Geldstücke heraus und gab sie Martin. »Die Zeit, als du wehrlos gegen die Lehrer warst, die ist längst vorbei. Du bist ein Luther. Und zwar ein besonders kluger. Aus dir soll einmal etwas Großes werden.«

Klein Hans mischte sich ein. Martin solle sich nichts mehr sagen lassen. Die Lehrer seien armselige Hunde. »Vor denen musst du keinen Respekt haben. Und wenn sie dich schlagen, dann nimmst du ihnen die Rute aus der Hand und haust zurück!«

»Das hat doch der Teufel gesehen«, unterbrach ihn der Großvater, und seine Stimme wurde immer lauter. »Bring dem Jungen bloß nicht deine Manieren bei! Ich höre, er lernt gut, er wird von den Lehrern respektiert. Nimm dir an ihm ein Beispiel! Du hast nur Saufen und Spielen gelernt. Machst mir nichts als Verdruss!«

Klein Hans schien vom Zorn seines Vaters nicht beeindruckt. Er fragte nach einem Bier, aber Berblin beriet sich mit Margarethe Luther, und das ging nicht gut aus für Klein Hans. Er bekam Wasser und hatte sofort schlechte Laune. Er haute auf den Tisch. Nicht so fest wie im Wirtshaus, aber doch deutlich hörbar. Er hatte Lust, seinem Vater zu widersprechen.

»Schule und Scheiße. Fängt beides mit ›Sch‹ an. Da hat sich nichts geändert. Hört man doch überall. Immer noch die alten, rissigen Schiefertafeln, immer noch die alten Nichtskönner hinter dem Katheder, immer noch dieselbe …«

Noch ehe er fertig war mit seiner Suada, hatte Klein Hans die schwere, abgearbeitete Hand seines Vaters im Gesicht, und nun war er offenbar damit beschäftigt, seine Zähne durchzuzählen. Jedenfalls hockte er sich in eine Ecke und hielt die Hand vor den Mund.

In Martin regte sich Mitleid mit seinem Onkel. Es war ihm klar, dass Klein Hans sein Elternhaus verlassen und im Mansfelder Bergwerk als Häuer arbeiten sollte. Martin hatte auch keinen Zweifel daran, dass der Großvater froh wäre, wenn Groß Hans seinem Bruder im Schacht eine Arbeitsstelle besorgen könne.

Großvater Luther wandte sich erneut an seinen Ältesten, und seine sonst polterige Stimme war leise und bittend: »Für mich wäre es wirklich eine große Beruhigung, wenn Klein Hans bei dir wohnen könnte. Du hast ja neu und schön gebaut und viel Platz. Weißt du, Klein Hans braucht den Rückhalt in der Familie, unbedingt. Du sollst es auch nicht umsonst tun.«

Martin musste in die Schule zum Nachmittagsunterricht. Doch heute, wo im Elternhaus so viel entschieden wurde, schien es ihm wie ein Strafe. Dann hörte er, dass Berblin Madlen auf den Markt schickte. Und er dachte an nichts anderes mehr, als sie zu begleiten. Er würde draußen am Haustor auf sie warten. Die Schule konnte ihm gestohlen bleiben.

Berblin erklärte Madlen Einzelheiten vom Markt: wo heute eine Bäuerin von bestem Ruf frische Butter und ebenso frische Eier feilbot. Sie gab ihr ein schönes Tuch, das sie ihr über dem Hauskleid auf der Schulter befestigte. »Scheue dich nicht, an der Butter zu riechen, und frage nach, wann die Eier aufgesammelt wurden! Auf dem Markt muss man sich Recht verschaffen, sonst wird man von hinten und von vorn betrogen!«

Als die Tür hinter Madlen zufiel, schwiegen die Männer für einen Moment. In die Stille hinein bemerkte Großvater Luther, was für eine vornehme Person im Hause seines Sohnes wohne.

»Du hast irgendwas von Verwandtschaft mit Berblin gesagt. Aber sie arbeitet in der Küche, oder habe ich das falsch beobachtet?«, fragte er seinen Ältesten. Hans Luthers Mund wurde zu einem schmalen Strich, wie immer, wenn ihm etwas nicht passte. Er hatte aber so viel Respekt vor seinem Vater, dass er ihm Auskunft gab.

»Die Madlen ist ein Waisenkind. Bevor sie zu uns kam, war sie im Dienst bei einem Vetter von Berblin. Aber du hast schon recht, sie spricht nicht wie eine Magd, und sie kann auch lesen und schreiben. Sogar auf Lateinisch. Sie redet nicht über ihr Herkommen, und wir zwingen sie nicht. Unsere Berblin hat sie unter ihre Fittiche genommen. Mehr gibt es dazu nicht zu sagen.«

Margarethe Luther, die an der offenen Kochstelle jedes Wort gehört hatte, rechnete rasch aus, was man vom alten Luther für die Logis seines Mistkerls von Sohn verlangen könne. Sie ging in die Stube und baute sich vor den Männern auf, um den Preis in die Waagschale zu werfen. Doch Hans Luther führte sie mit einer sanften, aber entschiedenen Bewegung zu ihrem Schlafraum, bat sie, sich ein wenig auszuruhen.

»Ich regele alles mit meinem Vater, das ist eine Angelegenheit, die meine Familie betrifft.«

Er hätte auch sagen können, dass Margarethe sich gefälligst heraushalten solle. Aber Hans Luther war ihr gegenüber meistens höflich, das hatte er sich vermutlich in Margarethes Elternhaus abgeschaut.

Margarethe widersprach nicht. Sollte sich ihr Mann doch selbst um den nichtsnutzigen Klein Hans kümmern. Ihr größeres Problem war dieses hergelaufene Mädchen. Gerade jetzt, wo sie sich plump und hässlich fühlte, wo sie jeden Tag ängstlicher wurde, hatte sie auch noch ein so schönes und feines Mädchen im Haus. Niemals würde sie das laut sagen, aber es schmerzte sie, wie das Mädchen in den letzten Wochen unter Berblins Obhut aufgeblüht war. Ihr verfilztes Haar wurde immer seidiger und voller, die fleckige Gesichtshaut von Tag zu Tag reiner. Als Madlen ihrem Ältesten eines Tages ein leuchtendes Lächeln schenkte, da begann sie innerlich zu frieren.

Dieses Mädchen führte eine Sprache, wie sie nur in guten Häusern gesprochen wurde. Es gab keinen Zweifel, diese Madlen war von feinem Herkommen. Doch Margarethe würde sich eher die Zunge abbeißen, als das irgendwo zu erwähnen. Sie musste aus dem Haus, ehe alle Männer der Familie sich in sie verliebt hatten. Martin brannte für das Mädchen. Das war ihr nicht entgangen, und Hans, ihr Ehegespons, behandelte sie höflich und zuvorkommend wie eine Adelige. Und erst die Berblin! Die war doch bisher Margarethes Vertraute gewesen, sie gehörte zu den Lindemanns, also zu ihr. Doch seit Madlen im Haus war, schien sie selbst hintangestellt. Martin dagegen war immer noch Berblins Augapfel, und nun hatte sie offenbar auch dieses Mädchen an Kindesstatt angenommen. Sie war wie eine Mutter zu ihr. Nähte Kleider und mischte Salben und Kräuter für sie. Nicht mehr lange, und sie würde aussehen wie eine der Mansfelder Prinzessinnen. Nur schöner, denn die Mansfeldischen waren zwar in Pelze, Samt und Seide gekleidet, mit Edelsteinen und Perlen behängt, aber hübsch waren sie nicht. Margarethe verbot sich strikt die Vorstellung, wie schön Madlen in der Pracht der Mansfeldischen aussehen würde.

Nein! So konnte das nicht weitergehen. Madlen musste aus dem Haus. Sollte doch der Klein Hans sie nehmen. Er hatte das Mädchen ja schier mit den Augen aufgefressen!

Margarethes Stimmung hellte sich auf. Was machte sie sich eigentlich für Kummer! Sie hatte doch die Lösung! Die Madlen und der Klein Hans! Fast hätte sie laut gelacht. So einfach war das. Gott im Himmel, hab Dank. Dir will ich dienen und eine große Kerze anzünden. Eigentlich war Margarethe nicht allzu fromm, aber für diese Fügung musste sie sich bedanken. Da würde sie gern in Kauf nehmen, dass der Saufkopf von Klein Hans für eine Weile im Hause Luther blieb. Sie wollte ihm das Leben schon schwermachen. Und dann sollte er verschwinden mitsamt der Madlen.

Ihr fiel ein, dass Madlen gar nicht im Haus bleiben konnte, wenn Klein Hans hier wohnte und um sie warb. Das schickte sich nicht.

Ganz und gar nicht. Man würde Madlen anderswo unterbringen müssen bis zur Hochzeit. Aber egal – auch dafür würde man eine Lösung finden. Schließlich hatte man ja zwei Häuser.

Wie erlöst ging Margarethe zu Berblin, die in ihrer Kammer an einem blauen Überkleid für Madlen nähte. Sie hatte den Stoff selbst eingefärbt, ebenso die zartgrüne Seide für das Innenfutter. Ein Kleid für eine Prinzessin, das ist doch nicht erlaubt, dachte Margarethe. Aber der Gedanke tat schon nicht mehr so weh, denn schon bald würde Madlen aus dem Hause Luther verschwinden. Und das nächste Kleid, das Berblin nähen würde, sollte wieder ihr gehören. Gnade und Friede in Christo.

Im Übrigen hatte die Angelegenheit auch eine praktische Seite. Eine Hilfe konnte sie zurzeit gut gebrauchen. Erstens war Berblin sehr angeschlagen. Zweitens war sie selbst mehr als erschöpft. Sie war mit dem fünften Kind schwanger, den Tod ihres Erstgeborenen und die Fehlgeburten nicht mitgerechnet. Margarethe fürchtete sich vor der Geburt. Davor, dass ihr Kind sterben könnte. Oder sie selbst. Oder beide.

Gnade und Friede.

Als der Großvater wieder abgereist war, kümmerte sich Hans Luther darum, seinem Bruder eine Arbeitsstelle zu vermitteln. Es klappte überraschend schnell. Peter Reinicke würde Klein Hans in einem der zahlreichen Schächte seiner Familie unterbringen und ihm scharf auf die Finger sehen.

Großvater Luther hatte für Klein Hans im unteren Teil der Stadt eine Wohnung gemietet. Für die ersten sechs Monate wollte er die Miete entrichten. Danach musste Klein Hans in der Lage sein, die Wohnung von seinem Lohn zu bezahlen.

»Und wer putzt die Wohnung? Wer kümmert sich um meine Kleider? Wer kocht mir mein Essen?«, hatte Klein Hans gejammert, geschimpft und geflucht – doch sein Vater war hart geblieben.

»Wenn du für dich sorgen musst, hast du vielleicht keine Zeit, ins Wirtshaus zu gehen. Zeige mir endlich einmal, dass aus dir ein Mann wird, für den deine Mutter und ich uns nicht ständig schämen müssen!«

Anfangs hörten die Luthers nichts von Klein Hans. Doch eines Tages meldete Jakob, er habe den Onkel auf dem Weg in den Goldenen Ring gesehen.

»Er war es ganz bestimmt. Es war noch ein anderer Mann dabei. Ich wollte sehen, ob sie wieder rauskämen. Aber dann wurde mir das Warten zu langweilig.«

Sonntags war er nun öfter zu sehen, und es war bald klar, dass er versuchte Madlen zu treffen, rein zufällig natürlich. Nach einigen vergeblichen Anläufen hatte er Glück. Madlen war gerade allein im Garten, um die Blumen zu gießen, denn es war die ganze Woche sehr warm und trocken gewesen.

Umstandslos sprang Klein Hans über den Zaun, und Madlen erschrak, als er vor ihr auftauchte.

»Da staunst du, was? Komm, wir gehen in den Goldenen Ring. Ich zahle dir ein Bier!«

»Ich mag kein Bier«, sagte Madlen und sah sich um. Wo war Martin? Wo war Jakob? Berblin? Irgendeiner musste doch in der Nähe sein. Neben diesem widerlichen Großmaul konnte sie es nicht aushalten.

»Was – du willst nicht mitkommen? Ich bin ein Luther aus Möhra. Hast du das begriffen? Wer bist du denn? Nichts bist du!«

Schon diese Stimme! Sie war laut in Madlens Ohren, hämmerte in ihrem Kopf. Es war, als hörte sie die Stimme von Canisius.

Klein Hans griff nach ihrem Arm, riss sie an sich. Sie spürte seinen Atem, der nach Bier roch. Ihr Herz schlug dröhnend bis in den Hals.

»Martin!!! Berblin!!!«

Martin stürzte in den Garten, gefolgt von Jakob. Er versetzte Klein Hans einen Stoß, dass der in ein Gesträuch fiel. Jakob lachte. Wütend rappelte Klein Hans sich auf, wollte Martin angreifen, doch der gab ihm nochmals einen gehörigen Stoß, und Klein Hans landete wieder im Gebüsch.

Am liebsten hätte Martin seinen Onkel verprügelt. Er war sich aber keineswegs sicher, ob er diesen Kampf gewinnen würde, auch wenn der offensichtlich betrunken war.

In diesem Moment kam Berblin. Sie zeigte Klein Hans, wo das Gartentor war. Wütend, voller Blätter und Dreck, verließ er den Garten.

20

Es war herrliches Wetter, und Martin wollte Madlen auf den Markt begleiten. Heute mussten die Lehrer auf ihren Schüler Martinus Luther verzichten. Er war in einer so glücklichen, ja kämpferischen Stimmung, dass er sich vornahm, seinem Lieblingslehrer gelegentlich zu erklären, er habe mit seiner Braut zum Markt gehen müssen, da sie sich in Mansfeld noch nicht auskenne.

Madlen atmete tief durch, als sie aus dem Haus gingen. Gegenüber lag der Gasthof Goldener Ring still in der Sonne. Seine Stunde schlug erst am Abend, wenn die durstigen Bergleute einkehrten und mit ihnen der Gesang und später das Grölen, das manchem Nachbarn den Schlaf raubte. Madlen hörte den Lärm auch, aber er machte ihr nichts aus. Sie war froh, ein Bett im Hause Luther zu haben. Margarethe hatte durchgesetzt, dass sie im Neubau untergebracht wurde. Den hatte Hans Luther für Verwandtenbesuche, aber vor allem als Lagerhaus bauen lassen.

Madlen fühlte sich wohl dort. Es gab für sie keinen Schmerz vor Kälte oder Hitze. Auch keinen Hunger oder Tränen. Sie war fürs Erste in Sicherheit. Durfte bei Martin und Berblin sein, gehörte zur Familie. Niemand tuschelte über sie.

Gut, es gab auch Menschen, die sie weniger mochte. Die Leute aus Möhra. Der Großvater in seinem Stolz gefiel ihr. Dieser eklige Klein Hans dagegen passte nicht in das Lutherhaus, obwohl er den Namen der Familie trug. Und dann war da Margarethe, Martins Mutter, die immer missmutig dreinschaute und Madlen mit ihren

Blicken abtastete. Was wollte sie entdecken? Martins Vater, dessen Blicke sie am wenigsten deuten konnte, schien sich nicht groß um die Gasttochter zu kümmern. Aber wenn er im Haus war, fühlte sie sich trotzdem beschützt. Er hatte die Macht, allen anderen den Mund zu verbieten.

Berblin und Martin waren die Sonnenseite. Sie verschafften ihr die Leichtigkeit, die ihr über alle Hindernisse hinweghelfen würde, da war Madlen sicher. Die beiden waren das Leben und die Liebe, mehr brauchte sie nicht. Ihre Mutter Hanne hatte immer gesagt, das Leben sei kurz, und die ewige Verdammnis dauere ewig. Doch wenn Madlen an die Zeit im Waisenhaus dachte oder an die Bauernfamilie, dann glaubte sie nicht daran, dass Jesus Christus auch für sie, Madlen, am Kreuz gestorben war. Allein Martins Gebete, seine Gedanken und Worte, schenkten ihr einen Frieden, wie sie ihn mit Mutter Hanne erlebt hatte.

Die Legende um ihre angebliche Herkunft als Haustochter des Vetters aus Zerbst gefiel Madlen außerordentlich. Es machte ihr Spaß, eine Geschichte zu erzählen, die der Phantasie Berblins entsprungen war, und sie machte sie sich rasch zu eigen.

Berblin und Martin. Auf diese beiden Menschen ging alles zurück, was mit ihrer neuer Freiheit zusammenhing. Nur manchmal, in der dunklen Höhle der Nacht, vor allem, wenn der Sturm draußen die Bäume peitschte, bangte Madlen, dass die Gefolgsleute des Höllenfürsten stärker waren. Auch ohne aufrichtig an Gott und den Teufel zu glauben, fürchtete sie beide.

»Hörst du eigentlich in der Nacht den Lärm aus dem Gasthaus?«, fragte Martin gerade, nur um etwas zu sagen. Er spürte, dass Madlen mit ihren Gedanken nicht bei ihm war, und wusste nicht recht, wie er ein Gespräch beginnen sollte.

Madlen lachte schuldbewusst. Martin schwänzte ihretwegen die Schule, er begleitete sie auf den Markt, weil er nicht wollte, dass sie von Männern angegafft oder gar belästigt wurde. Sie genoss es, dass er so um sie besorgt war. Schließlich wusste sie nur zu gut, dass es überall Rüpel gab.

»Die Männer grölen schon ziemlich laut«, beantwortete sie lächelnd seine Frage. »Und wenn Frauen zu viel trinken, kreischen sie auch nicht schlecht. Früher hatte ich Angst vor Betrunkenen. Doch in eurem Haus fühle ich mich sicher.«

Martin half ihr, wenn sie über Bretter, Leitern, Holz- oder Lehmhaufen klettern mussten. Immer wieder wichen sie stinkendem Kot oder den Bauernfuhrwerken aus, die, von Ochsen oder Pferden gezogen, durch die Tore in die Stadt einfuhren, um ihre Waren zu verkaufen. Kleine Kinder liefen herum, spielten mit ihren Reifen oder schossen mit kleinen Armbrüsten. Madlen zog ein Mädchen in letzter Minute vor einem Fuhrwerk zurück, unter dessen Rädern ihre Puppe zermalmt zu werden drohte.

Es fiel Madlen auf, dass die Bauern und ihre Frauen, die neben ihren Pferden, Eseln oder Karren zum Markt gingen, klein gewachsen waren und fast gebückt daherliefen. Sie sahen abgearbeitet aus und schauten verdrossen oder hoffnungslos drein. Vor allem die Frauen, die an langen Stangen Körbe oder Ballen trugen. Eine Bäuerin ritt mit nackten Füßen auf einem mageren, müden Pferd. Vor ihr und hinter ihr klammerte sich ein kleines Kind an der Mutter fest. Der Bauer, der neben dem Pferd ging, hatte eine geflickte Leinenjoppe an, sein Hemd, das unter der Joppe herausschaute, hing in Fetzen.

Auf Madlen hätte ein ähnliches Schicksal gewartet, wenn sie Martin nicht begegnet wäre.

Sie erinnerte sich daran, wie sie bei den Bauern manchmal ohne Besinnung gearbeitet hatte, ohne zu denken. Das schien ihren Kopf auszuschalten, und dann schwang sie mit aller Kraft den Besen oder schweifte die schweren Wäschestücke, während sie an ihre Eltern und an Mutter Hanne dachte, ihre Erinnerung an sie festzuhalten versuchte. Doch langsam wurden die Bilder immer blasser, und Madlen fürchtete sich vor dem Moment, wo ihre Erinnerungen an die Eltern und an ihre liebevolle Mutter Hanne völlig in sich zerfallen würden.

Sie holte tief Luft, musste an all die schlimmen Dinge denken, die ihr widerfahren waren. »Ich kann es einfach noch nicht vergessen, Martin. Verzeih mir. Alles kommt immer wieder zurück, wie in einer Prozession gehen sie an mir vorbei. Ich höre ihre Stimmen: die der finsteren Nonnen im Waisenhaus, die des Bauern mit seinem vom Brüllen nassen Maul, und dann Canisius' Stimme, die Stimme des Teufels in der Kutte.

Seit dieser Zeit«, sagte sie leise, »seit dieser Zeit habe ich meinen Stein immer bei mir.«

Martin sah sie an. Ihr schönes Gesicht mit der hellen, schimmernden Haut war jetzt eine starre Maske. Ihre Augen blickten an ihm vorbei, und das tat ihm weh. Er wollte sie zurückholen zu sich. In diesen schönen Tag. Er deutete auf ein Gebäude, das gleich hinter der Kirche lag.

»Schau, Madlen, das da hinten ist meine Schule. Ich war noch nicht mal fünf, als ich eingeschult wurde, und Berblin hat mich oft hingebracht, weil sie sich Sorgen machte um mich.«

Martin machte einen Bogen um die Schule und führte Madlen in Richtung Kirche.

»Nicht dass der Lehrer uns sieht. Eigentlich sollte ich dort drinnen jetzt Singen üben und Lateinisch. Mir macht beides Spaß, und ich bin ein guter Schüler. Aber noch nicht lange. Früher war ich schrecklich schüchtern und traute mir nichts zu. Da haben sie mich oft mit der Rute gestrichen. Weißt du, mein Vater und der Bergvogt Peter Reinicke gehörten zu den Gründern. Und sie haben auch verfügt, dass wir Schüler täglich in die Kirche gehen zum Chorgesang.«

»Das heißt, ihr müsst dort täglich singen. Macht dir das Freude?«

»Ja doch, durchaus. Es ist auf alle Fälle besser als Kurrende-Singen. Das kommt mir immer wie Betteln vor. Da singe ich schon lieber in der Kirche. Unsere Chorgesänge gefallen mir am besten.«

»Darf ich mal mit dir in die Kirche gehen? Schon, um dich singen zu hören. Betet und singt ihr auf Latein?«

»Ja. Der Priester singt vor, und die Schüler folgen. Manche von uns singen ziemlich unrein, aber mit der Zeit lernen es alle.«

Mit wenigen Schritten waren sie bei der Kirche.

»Sie ist schon sehr alt und wird bald abgerissen«, erklärte Martin, »und dann bekommen wir eine neue, größere.«

Madlen beobachtete das Treiben auf dem Marktplatz. »Wie lebendig hier alles ist, und wie bunt. Weißt du, wie viele Menschen in Mansfeld wohnen?«

»Oh je«, sagte Martin lachend. »Da müssen wir meinen Vater fragen, der interessiert sich für solche Zahlen. So um die zweitausend Bürger werden es wohl sein.«

»In dem Bauernnest bei Eisleben, in das sie mich verschleppt haben nach Mutter Hannes Tod, da war es sehr einsam«, erklärte Madlen. »Es gab drei Bauerngehöfte und eine kleine moosbedeckte Kapelle. Mehr nicht. Aber davor, in Eisleben selbst, da gab es Laternen an den Hauptstraßen, die Häuser hatten Fenster wie offene Augen. Es waren Menschen in den Straßen, viele Kinder und Tiere, vielleicht noch mehr als hier in Mansfeld.«

Martin war glücklich, Madlen seine Stadt zeigen zu können. Früher hatte er oft das Gefühl gehabt, ein Nichts zu sein. Nicht mal ein Taugenichts, sondern ein Nichts. Als Sohn ein Nichts. Als Schüler ein Nichts. Diese Zeiten waren endgültig vorbei.

Auf den Straßen schaute man ihnen nach. Madlen war unbekannt im Ort, dabei auffallend schön. Für Martin war sie die Schönste in der Stadt. Sie waren aneinander gebunden durch ein Geheimnis. Niemand wusste etwas davon.

Er war noch jung, oftmals fand er es schrecklich, dass er noch so jung war. Aber er hatte einen Plan, und sein Plan war ehrgeizig. Stimmen wollten ihm einflüstern, dass er ihn nie verwirklichen könnte. Doch seit er Madlen bei sich hatte, kümmerte ihn das nicht mehr. Er war der künftige Jurist Doktor Martin Luther, und als solcher würde er Madlen zum Altar führen.

Er atmete tief durch. Wie sollte er ihr sagen, dass er in wenigen Wochen nach Magdeburg übersiedeln würde. Was sollte dann aus ihnen werden?

Berblin! Sie würde einen Rat wissen.

Bei der Marktfrau, die Butter und frische Eier feilbot, bestellten sie, was Berblin ihnen aufgetragen hatte: zwei Pfund Butter und fünfundzwanzig Eier.

»Wir holen alles in etwa einer Stunde ab. Wir verlassen uns darauf«, betonte Martin. »Es ist für den Ratsherrn Luther.«

Er nahm entschlossen Madlens Hand in die seine. Sie hob den Kopf und sah ihn an. Ihre Augen schienen jetzt fast schwarz. Martins Herz klopfte heftig. Könnte er doch für immer Hand in Hand mit ihr gehen. Er wusste noch, wie hart und trocken die Hand Madlens gewesen war, als er sie aus dem Wald geführt hatte. Und nun hatte sie Hände wie eine reiche Frau. Zart und weich.

Sie gingen langsam die Gasse bergan, sahen den Bierbrauer in seiner hohen Halle an den Bottichen und Fässern arbeiten. Ein Feuer brannte unter einem kupfernen Bottich, und es roch stark nach Malz. Der Papiermacher, der Martin kannte, lud sie ein in seine Werkstatt, schöpfte das Papier aus einem Holzfass. Er trug Martin Empfehlungen auf an die Frau Berblin.

»Sie kauft mein feinstes Papier. Schreibt Briefe in sehr schöner Schrift. Wie ein Kunstwerk sieht das aus; mein Papier und die Schrift der Frau Berblin. Sie könnte sogar an den Papst schreiben.«

»Da habt Ihr recht«, sagte Martin stolz.

Bald kamen sie aus dem Ort heraus, gingen an Bauernhäusern vorbei, an Scheunen und Speichern. Sie hörten die Tiere in den Ställen, es roch nach Heu. Kinder balgten sich, und man sah, wie üblich, den nackten Hintern unter ihrem Hemd hervorschauen.

Am höchsten Punkt der Straße blieb Madlen stehen, schaute ungläubig: »Martin, sieh nur, das Schloss! Man meint, man müsste nur einen Sprung machen, und schon sei man da. So etwas Schönes habe ich noch nie gesehen.«

Martin kannte den Anblick der Kirchen und Paläste, die sich hinter der Festungsmauer malerisch zusammendrängten. Ihn überkam etwas wie Stolz, obwohl er gegen die hemmungslose Prachtentfaltung der Mansfeldischen viele Vorbehalte hatte. Doch damit wollte er Madlens Entzücken nicht beeinträchtigen.

»Martin, wie schön«, sagte Madlen glücklich. »Ich muss nichts tun, gar nichts. Wir dürfen zusammen sein. Miteinander reden. Uns gegenseitig ansehen. Weißt du überhaupt, dass du schön bist? Ein schöner junger Mann.«

Martin war furchtbar verlegen. Er konnte sich dieses oder jenes von sich vorstellen, aber schön war er bestimmt nicht.

Zu seinem Glück kam ihnen eine junge Frau entgegen, die so reich gekleidet war, dass es ihnen den Atem verschlug. Ein bodenlanger Faltenrock, unter dem noch weitere Röcke hervorsahen, verdeckte fast völlig die Füße der jungen Dame. Ebenso auffallend war der Perlen- und Goldschmuck am Oberteil des Kleides. Aber das Prächtigste schien Martin eine Art Krone auf dem Haar der jungen Frau. Damit sah sie aus wie eine Königin. Begleitet wurde sie von zwei Herren, die ebenso auffallend gekleidet waren.

Das war bestimmt eine Patrizierbraut mit Bräutigam und Vater. Martin wollte auch ein Bräutigam sein. Madlens Bräutigam. Aber so üppig geschmückt würde er niemals und nirgends herumlaufen.

Madlen flüsterte ihm etwas zu. Martin verstand es erst nicht, und sie wiederholte es: »Furchtbar schön.« Dabei lächelte sie ihn an ohne jeden Arg, und Martin spürte wieder, wie ähnlich sie einander in vielen Dingen waren.

Hatte sie ihn schon einmal so offen angesehen, so unbefangen und fröhlich?

Von weitem hörten sie jetzt Hörnerblasen, das Getrappel von Pferden. Sie waren inzwischen am Fuß des Burgbergs angelangt und schauten zu den Wohnsitzen der Grafen von Mansfeld empor. Aus dem Tor der riesigen Burganlage kam ein langer Zug mit prächtig geschmückten Pferden.

»Das sind die Gräflichen«, sagte Martin leise, und Madlen hörte den spöttisch-kritischen Unterton, der ihr an Martin bisher noch nicht aufgefallen war. Sie würde ihn später fragen, was das zu bedeuten hatte. Sie bewunderte die Pracht, mit der diese Menschen ausgestattet waren.

Der junge Mann, der den Zug anführte, war ganz gewiss ein

Prinz. Er trug ein weißes Gewand mit einem roten Überkleid, das von einer goldenen Schärpe gehalten wurde. Dicht hinter ihm ein ebenfalls junger Vornehmer, der ein schwarzes Pelzbarett gewählt hatte zu einem azurblauen Umhang über dem schwarzen Unterkleid. Die Adeligen führten die Pferde zweier Prinzessinnen. Madlen war sich zumindest sicher, dass es Prinzessinnen waren, denn sie trugen so schöne hellgrüne Kleider mit azurblau gefütterten Ärmeln, und das waren Farben, die nur Prinzessinnen tragen durften. Berblin hatte es Madlen erklärt, aber auch gesagt, dass sie sich daran nicht halten werde. Jedenfalls nicht, wenn es sich um Madlens Kleider handle. »Grün und Blau kommen so unterschiedlich aus der Färbung, dass man notfalls bestreiten kann, dass es sich um Azur handelt oder Mintgrün.«

Wunderbare Berblin. Sie war so klug, so lebensklug und dabei liebevoll. Madlen konnte ihre Dankbarkeit nicht in Worte fassen.

Fasziniert schaute sie die jungen Frauen an, die den berittenen Damen zu Fuß folgten. Sie trugen weiße Schleier in den hochgesteckten Haaren. Andere hatten dem Schapel den Vorzug gegeben, dem grünen Kranz der Jungfräulichkeit, dazu trugen sie goldene Schärpen, dicke lange Ketten und Broschen aus Gold oder Edelsteinen. Alles war kostspielig, phantasievoll und farbenfroh.

Mutter Hanne hatte ihr vom Leben dieser jungen Adeligen erzählt. Es hieß, dass sie miteinander sangen, bei prächtigen Bällen tanzten oder einander Gedichte vorlasen, die gerade in Mode waren. Die jungen Männer fochten Turniere aus, luden zu Jagden ein, und alle wohnten in wunderschönen Burgen und Schlössern.

Aber Madlen hatte auch von den Schattenseiten gehört. Hinter der Fassade der Ritterlichkeit, romantischer Liebe und persönlicher Eleganz lag eine andere Welt. Sie war voller Grausamkeit gegen die Armen, bestand aus Intrigen und Raffgier.

Madlen wusste auch, dass die schönen jungen Mädchen nicht nur glänzende Zeiten hatten. Die Eltern bestimmten, wen die Tochter heiratete. Das richtete sich nach dem Nutzen der Eltern. Folgte eine Tochter nicht den Wünschen der Familie, so brachte man sie ins Kloster. War sie nicht demütig oder wollte sie dort nicht bleiben, konnte sie ein Martyrium erleben, wie man es sich lieber nicht vorstellen wollte.

Die Nonnen im Waisenhaus hatten es sichtlich genossen, die Leiden und Qualen dieser jungen Mädchen immer wieder zu schildern.

Madlen gestand sich heimlich ein, dass sie trotz aller möglichen Nachteile lieber zu den Reichen und Adeligen gehören wollte. Insgeheim glaubte sie, dass ihre verstorbenen Eltern ebenfalls vornehm gewesen waren. Hätte sie als deren Nachkomme nicht auch ein Anrecht auf ein Leben in Reichtum? Doch diese Gedanken würde sie niemals preisgeben. Schon gar nicht vor Martin, der seinen eigenen Weg gehen würde. Madlen war überzeugt, dass er in zehn Jahren, wenn nicht zu den Reichen, doch zumindest zu den Wohlhabenden zählen werde. Sie, Madlen, wollte dann gern an seiner Seite sein. Nur – sie wäre dann sechsundzwanzig. Die Prinzessinnen, die sie soeben gesehen hatte, waren noch keine zwanzig Jahre alt. Eher sechzehn, so wie Madlen jetzt.

Sie sah zu Martin hinüber. Der säbelte gerade an einem Stück runden glatten Holzes. Bestimmt für Jakob, der so gern eine Flöte haben wollte. Martin war geschickt mit den Händen, er würde eine Flöte fertigbringen.

Ach, Martin. Er war für sie auch ein Prinz. Zumindest, was sein Äußeres anging. Er glich seiner Mutter. Nur war sein Gesicht jung und anziehend, dunkle Augen lagen unter feingezeichneten Brauen, die Nase war schmal, der Mund klein und voll. Bei Margarethe Luther waren die Züge verhärmt, oftmals verbissen. Am Abend, im Kerzenlicht, wurde sie manchmal schön. Zumindest in Madlens Augen, die ihr in diesem Moment die Feindseligkeit verzieh. Sie war schließlich Martins Mutter.

Madlen wusste, dass sie anders war und anders dachte als die meisten Menschen, obwohl sie das nicht erklären konnte. Ich bin ich, das wusste sie, das hatte sie begriffen, aber in Martin erkannte sie einen Teil von sich. Sie fühlte ihn in sich.

Martin schnitzte immer noch an seinem Holz herum und war von der gräflichen Gesellschaft weit weniger beeindruckt. Madlen wusste, dass er ihr Entzücken über die Farben der Stoffe nicht unbedingt teilte. Trotzdem fragte sie ihn: »Wie stellt man nur solch prächtige Farben her? Vor allem dieses herrliche Blau? Ich muss Berblin danach fragen.«

Martin hob den Blick von seiner Schnitzerei, sein Gesicht wurde ernst und sachlich. »Das wird aus Lapislazuli hergestellt, einem Stein, den man Azurstein oder Blauer Stein nennt. Der ist sehr teuer, denn er kommt aus dem Orient. Es gibt auch ein Blau aus unserem Land, das aus Kobalterzen in unseren Bergwerken gewonnen wird.«

»Und das Grün? Dieses wundervolle Grün? Woher kommt das?«

»Das ist auch mineralischen Ursprungs«, antwortete Martin. »Wir haben das in der Schule gelernt. Man nennt es ›das Grün aus Ungarn‹, und es wird aus Malachit gewonnen, einem grünen Kristall aus Kupferkarbonat!«

»Du bist ja ein richtiger Gelehrter«, sagte Madlen bewundernd, doch Martin wiegelte ab: »Das weiß hier so ziemlich jeder. Jedenfalls die, die im Bergwerk arbeiten. Ich könnte dir jetzt vorbeten, wie das Irisgrün hergestellt wird, nämlich aus den Blättern der Iris, und wenn du wissen willst, wie Zinnoberrot entsteht, dann bitte: Ein Teil Quecksilber wird mit zwei Teilen Schwefel erhitzt …«

»Ist schon gut, Martin, danke, ich will nicht in diesem Fach den Doktor machen!« Madlen lachte unbekümmert. In diesem Moment war sie wie mit Sonnenstrahlen übergossen, und Martin wünschte sich, dass er für sie eine Welt schaffen könne, wo sie für immer fröhlich wäre.

Da kam ihm Magdeburg in den Sinn, der nahe Abschied, die unvermeidliche Trennung. Die Unbeständigkeit in seinem künftigen Leben, in das er Madlen nicht mitnehmen konnte. War die Liebe zwischen ihm und Madlen am Ende nur Illusion?

Madlen sah ihn forschend an, deutete sein verschlossenes Gesicht jedoch falsch. »Du schaust aber sehr kritisch, seit wir die Mansfeldischen gesehen haben«, meinte sie. »Kannst du mir das auch so gut erklären wie die Farben?«

Sie setzten sich auf einen kleinen Wiesenhang, und Madlen rückte nah zu Martin und sah ihn aufmerksam und erwartungsvoll an.

Martin war erleichtert, dass er heute noch nicht mit ihr über die baldige Trennung reden musste. Lieber würde er ihr die in der Stadt und im Bergbau herrschenden Konflikte schildern.

»Es ist ungerecht«, begann er. »Mein Vater hat es mir vor kurzem genau erklärt. Die Mansfelder vergrößern ihr Vermögen mit den Einnahmen aus der Münzprägung, den Hütten und Bergwerken. Und wenn die gräfliche Familie so weitermacht, sagt Vater, dann wirtschaftet sie alles herunter. Die Grafen streiten sich, wie man es bei so vornehmen Leuten nicht für möglich hält. Die Mansfelder nehmen den Menschen, die in ihren Bergwerken arbeiten, viel zu viel von ihrem Lohn weg. Das ist wirklich schlimm. Ein einfacher Häuer hat so wenig Verdienst, dass er davon kaum seine Familie satt kriegt. Er muss aber von morgens bis in die Nacht Schwerstarbeit leisten.

Wir müssen los«, sagte Martin unvermittelt. Besser, sie erregten keinen Unmut durch zu langes Ausbleiben. Butter und Eier mussten abgeholt werden, sonst verkaufte die Bäuerin ihre Ware am Ende noch anderweitig. Doch ihm war nicht bange. Berblin war eingeweiht und würde notfalls zu ihm stehen, wenn sein Schulschwänzen aufkäme. Sie hatte Madlen, die so viele schwere und düstere Tage erlebt hatte, eine Freude machen, ihr einen fröhlichen Ausnahmetag schenken wollen. Berblin, das wusste Martin, sah genau die Schatten, die auf Madlen zukamen.

Als sie Butter und Eier sorgsam in der Küche abstellen wollten, wartete das Jüngste Gericht auf sie. In der Stube stand Margarethe mit wirrem Haar und hochroten Flecken im Gesicht.

»Stimmt es, was Berblin erzählt?«, fragte sie anklagend. »Was soll dieses Geschwätz von der großen Liebe? Was soll das für eine Liebe sein? Ich werde nicht zulassen, Martin, dass du eine Hergelaufene nimmst. Außerdem hast du schon eine Braut!«

Hans Luther stand neben seiner Frau. Er war bleich, seine Lippen zusammengepresst. Doch jetzt öffnete er den Mund.

»Was bist du für ein Sohn? Was bildest du dir ein?«, schrie er Martin an.

Berblin stand hilflos im Türrahmen und hatte die Augen weit aufgerissen.

Hans Luther fuhr zu ihr herum. »Wie kannst du es dulden, dass die beiden von Liebe reden? Martin hat eine Braut, und du weißt es!«

»Aber ich weiß nichts davon«, rief Madlen laut und verzweifelt. »Und Martin auch nicht. Er liebt mich!«

»Das werden wir ja sehen«, brüllte Hans Luther und griff nach der Rute.

Martin stürzte aus den Höhen seines Glücks geradewegs ab in die Hölle. In seinem Kopf brauste, heulte und zischte ein unbarmherziges Orchester, und als der Vater die Rute gegen ihn und Madlen schwang, da bat er den Himmel um Kraft. Er entwand dem Vater die Rute mit solcher Wucht, dass der taumelte und fast zu Boden ging.

Mit Madlen auf der einen, Berblin auf der anderen Seite, schrie er seine Eltern an, dass sie niemals der himmlischen Seligkeit teilhaftig würden.

»Euch hat der Teufel in seinen Klauen. Er kennt Eure Verwandtschaft mit ihm. Ihr werdet niemals von Engeln geleitet ins Himmelreich eingehen. Jesus Christus hat es uns versprochen, aber nur den Mitleidigen, den Frommen. Ihr seid nichts davon. Und ich sage Euch, die Ungeheuer der Hölle, die mit ihren großen gierigen Mäulern die Menschen verschlingen, sie werden Euch herausholen aus dem Zug der Reinen und Gottgefälligen. Ohne jedes Erbarmen, ohne Mitgefühl werden sie ihre Zähne in Euch schlagen. So grausam, wie Ihr heute mit Madlen und mir umgeht. Das wird der Himmel Euch nie verzeihen!«

Aufgestört von dem Lärm war Jakob in die Stube gekommen, Dorothea an der Hand, die verstört ihren Daumen tief in den Mund steckte. Die Kindsmagd mit der kleinen Anna kam ebenfalls zaghaft näher. Berblin ließ Martin los und ging mit der Kleinen in die Badestube.

Margarethe Luther sah den beiden mit schreckgeweiteten Augen nach. Sie war kreideweiß im Gesicht, und Madlen sprang hinzu, als die Mutter zusammensackte. Doch Vater Luther schob Madlen beiseite, hob seine Frau hoch und trug sie in den Schlafraum. Martin bedachte er mit einem wutentbrannten Blick.

»Die eigenen Eltern verdammen. Das wirst du bereuen. Du glaubst wohl, du wärst ein ganz Kluger. Gehst ja auch oft genug in die Kirche. Aber das vierte Gebot, das kennst du nicht!«

Da waren sie wieder, die Drohungen, die er nur allzu gut kannte. Doch er musste sich eingestehen, dass auch er seine Eltern hart angegangen war. Dennoch – er hatte sich geschworen, sich nie, nie wieder von seinem Vater mit der Rute züchtigen zu lassen. Und schon gar nicht, wenn Madlen dabei war. Diesen Schwur bereute er jetzt nicht und er würde ihn nie bereuen.

Später saßen sie im Garten. Berblin mit der kleinen Anna, die sie in Tücher gehüllt und auf ihren Schoß gesetzt hatte. Madlen kauerte auf einem dicken Stein, der ein Beet begrenzte. Martin hatte sich neben Berblin und seine kleine Schwester gehockt. Ab und zu nahm er das Händchen der Kleinen und küsste es vorsichtig und zärtlich.

»Warum ist es so schwer, ein Sohn zu sein? Ich bin doch hier daheim. Aber oft fühle ich mich wie in einer Anstalt.«

Berblin sagte leise, aber doch deutlich hörbar, dass Eltern ihre Kinder oftmals hineinzwingen wollen in ihre eigenen Vorstellungen von dem, was richtig ist.

»Madlen und ich hatten keine Eltern. Wir wurden hin – und

hergeworfen von denen, die Macht über uns hatten. Daran gemessen, hast du es besser, Martin. Deine Eltern meinen es im Grunde gut.«

Martin nagte an einem Gras.

»Manches, was der Vater will, verstehe ich ja. Aber warum diese Strenge, diese Wut? Ich tu doch sonst, was er sagt. Warum darf Madlen nicht meine Braut sein? Ich fühle mich schon erwachsen. Und ich möchte auch meine Träume haben.«

Berblin sah Martin mit ihrem liebevollen Blick an, der ihr Gesicht so schön und jung aussehen ließ. »Warum solltest du nicht träumen, Martin? Vielleicht sind deine Eltern so engherzig, weil sie nie träumen konnten? Versuche, sie zu verstehen, aber bewahre dir deine Träume.«

Ja, dachte Martin. Ich will der sein, der ich bin.

21

Was Berblin über das Träumen zu ihm gesagt hatte, beschäftigte ihn. Sie meinte natürlich das Träumen am Tage, wenn man sich sein künftiges Leben vorstellte, seine Arbeit und die Menschen, die man gern um sich hätte.

Auf die Träume in der Nacht, auf die hätte er gern verzichtet. Sie kamen oft und waren so widerlich und primitiv, dass er weder Madlen noch Berblin davon berichten wollte. Sein Leben war seit jeher umlagert gewesen von Unholden und Unheil, von tückischen und boshaften Geistern, Dämonen und Teufeln. Die Lehrer, aber auch die Familie erzählten ständig davon. Einmal hatte der Vater von einem Häuer im Bergwerk zu Mansfeld berichtet, dem die Boten des Teufels den ganzen Rücken zerfleischt hatten, sodass er unter den grässlichsten Schmerzen sterben musste.

Doch Hans Reinicke, dem Martin die Geschichte in der Schule erzählte, glaubte ihm nicht. Der wiederum hatte von seinem Vater gehört, dass der verunglückte Bergmann von einem schweren Stein getroffen worden war. Die scharfen Spitzen und Kanten hatten dem Armen den Rücken zerfleischt.

»Ach, die Boten des Teufels sollen das gewesen sein«, spottete er. »Wenn das mal nicht Boten des Geizes gewesen sind. Mein Vater sagt, dass im Bergwerk viel zu sehr gespart werde an Stützen aus Holz. Das Holz ist denen zu teuer, sie brauchen es dringend für ihre Schmelzöfen, sonst wird nicht mehr genug verdient, wenn sie alles unten im Thüringer Wald schmelzen lassen müssen.«

Martin war verunsichert gewesen. Das Wort seines Vaters galt im Hause Luther. Doch Peter Reinicke war auch eine Autorität, die Martin respektierte. Wem also sollte er glauben? Sollte er es halten wie Nicolaus, der mit den Schultern zuckte und meinte, dass es ihm egal sei, ob es Boten des Teufels gebe. Oder Boten Gottes. Solange beide ihn, Nicolaus, in Ruhe ließen, wolle er sich nicht darüber den Kopf zerbrechen.

Gott, der Teufel und die Menschheit. Es war alles verworren und im Grunde ein einziger Widerspruch. Würde Martin nicht fest an Gott glauben, an Jesus Christus, seinen Sohn, an den Heiligen Geist und an Maria, die Mutter Gottes, dann wäre er ohne jede Gewissheit. Ohne jeden Halt. Er glaubte auch an die guten Kräfte in Anna. Sie war doch die Schutzpatronin der Bergleute.

Ohne Glauben wäre er verloren. Das spürte er. Die einzige Sicherheit des Menschen ist die Religion. Das hatte er in der Kirche gehört und in der Schule auch. Es hätte auch heißen können, die einzige Sicherheit des Menschen ist Gott, ist Jesus Christus, sein Sohn. So hieß es ebenfalls in der Kirche. Nur das Wort Gottes konnte den Menschen ihren Weg zum Glauben zeigen.

Mit Hans und Nicolaus sprach Martin manchmal über diese Dinge. Vor allem die Meinung von Hans, der von den Lehrern als wacher, aber störrischer Geist bezeichnet wurde, war ihm wichtig. Aber der hatte eher Zweifel an allem Göttlichen. Einmal hatte Martin ihn gefragt, was er von Gott halte.

»Wieso?«, fragte Hans. »Was soll ich von ihm halten? Hast du Gott schon mal irgendwo gesehen? In der Kirche? In der freien Natur? Ich nicht. Und mein Vater sagt, Gottesdienst ist nur etwas für die alten Mütterchen, wir selbst müssen uns um die Menschen kümmern, und darum, dass sie Arbeit und etwas zu essen haben.«

»Man geht eben in die Kirche«, brummte Nicolaus gutmütig. »Das war schon immer so. Und weil meine Leute hingehen, gehe ich auch. Dann habe ich Ruhe, denn alle sind zufrieden.«

Martin war enttäuscht. Er hatte seine Freunde gern, er wollte nicht auf sie verzichten, und er wollte vor ihnen auch nicht predigen, doch ihre Sicht auf seinen geliebten Gott mochte er nicht teilen. Dächte er wie Hans und Nicolaus, dann würden Tod und Teufel noch ungezähmter in seinem Kopf herumtoben. Für Martin war und blieb Gott der König. Auch Jesus Christus war sein König und seine Rettung. Manchmal noch mehr als Gott, den er zuweilen als Rächenden und Strafenden fürchtete. Jesus Christus dagegen war für ihn die reine Liebe.

Auch Madlen gehörte eher zu den Zweiflern. Das hatte Martin schon bemerkt. Auf die Frage, was Gott ihr bedeute, hatte sie nach einer Weile des Überlegens entschieden gesagt: »Für mich hat die Welt schon lange Zeit nichts Göttliches mehr. Und schon gar nichts Menschliches. Mein Horizont ist begrenzt. Wie zugemauert. Ich finde keinen Gott. Nirgendwo.«

Darüber war Martin zunächst verstört gewesen. Aber je länger er über Madlen und ihr Leben nachdachte, desto besser verstand er sie. Er musste ihr Zeit lassen. Auch wenn er jung war, wusste er, dass man keinem anderen Menschen den Glauben an Gott aufdrängen konnte. Und doch hätte er mit Madlen über das Licht der Welt reden mögen, über Christus, seinen geistlichen, innerlichen Priester.

Er sitzt im Himmel, tritt für uns ein, und er tut, was ein Priester tun muss zwischen Gott und den Menschen. So hatte sein Lieblingslehrer über Jesus Christus geredet, als der Pfarrer in ihrer Klasse Visite machte. Martin hatte sich alles aufgeschrieben.

»Warum hat Gott geduldet, dass Jesus Christus gefoltert und ans Kreuz geschlagen wurde?«, hatte Madlen ihn einmal gefragt. »Jesus war doch sein Sohn! Es war doch genug an Opfer, dass er als junger Mann diese Welt verlassen musste. Er hätte für die Menschen noch so viel sein können. Warum durfte er nicht gehen, wie wir alle gehen, durch einen natürlichen Tod.«

In Madlens dunklen Augen hatten Abwehr und Nichtbegreifen gestanden. Und Martin fand nicht die richtigen Worte, ihr zu erklären, dass auch ihm der Kreuzestod nicht ohne weiteres verständlich war. Aber das Johannesevangelium erklärte es ihm immer wieder neu: »So sehr hat Gott die Welt geliebt, dass er seinen einzigen Sohn für euch dahingegeben hat.«

Er versuchte, Madlen diesen schwierigen Sachverhalt zu erklären, doch sie sagte leise, dass sie keinen Jesus Christus fände, in den sie sich hineinfallen lassen könne, so wie es Martin offenbar möglich wäre. Dann, lauter, fast aggressiv: »Dafür ist dir im Himmel ein Platz gewiss. Nur schade, dass ich dorthin nicht mitkommen kann.« Sie lachte kurz auf, dann fuhr sie fort: »Wahrscheinlich sollte ich mir schon deshalb Mühe geben mit der Frömmigkeit, sonst muss ich eine Ewigkeit lang ohne dich sein.«

Martin wusste nicht, ob er auch lachen oder wütend werden sollte. Er hatte schon des Öfteren gespürt, dass Madlen selbstbewusster war als er. Oder härter. Trotz allem Widrigen, das sie bisher hatte ertragen müssen, zweifelte sie offenbar nie an sich selbst.

»Wenn ich auch nichts besitze, wenn ich auch kein Herkommen habe, bin ich doch ich.«

Martin hatte erst in der letzten Zeit angefangen, sich zu vertrauen und zu behaupten. Zuletzt gegenüber dem Vater. Zu seiner Erleichterung hatte Berblin es geschafft, Hans Luther nach dem großen Streit wieder zu versöhnen.

Berblin hatte ihm erklärt, was Madlen durchgemacht hatte. Sie hatte ihm auch berichtet, dass das Mädchen eine sehr gute Bildung genossen habe und wahrscheinlich aus einem guten Haus stamme. Sie könne es im Haushalt der Familie Luther gut gebrauchen.

»Ich fühle mich manchmal so alt, Hans, alt und müde. Als würde ich bald sterben. Dann muss sich jemand in der Wirtschaft auskennen. Mit den Kindern. Mit der Küche. Die Madlen hat schon früh gelernt, zu schaffen, und sie ist eine gute Kindsmagd. Das habe ich in den wenigen Tagen, seit sie bei uns lebt, gesehen.«

Hans Luther hatte ein Einsehen. Nach der Zahnbrecherei hatte Berblin besonders blass und hinfällig ausgesehen. Ohne Zweifel – sie arbeitete zu viel. Das durfte nicht sein. Wenn ihr dieses Mädchen eine so große Hilfe war, wenn sie dadurch mehr Ruhe fände, dann wollte er ihr diesen Wunsch erfüllen. Seine Frau war ja auch angegriffen von den Geburten und Fehlgeburten, die sie hinter sich hatte. Und schließlich – ohne Berblin konnte er sich die Familie nicht vorstellen. Damit war der Krieg beendet gewesen.

22

Die Eltern waren mit den anderen Vierherren gemeinsam nach Eisleben gefahren, wieder einmal. Im Auftrag der Stadt Mansfeld. Martin hatte mitbekommen, dass es um die Abraumhalden ging, die um Mansfeld, Eisleben und Hettstedt die Landschaft bestimmten. Dort sollte es angeblich überall von Teufeln wimmeln. Das war ihm ausnahmsweise gleichgültig, denn ihm kam die Reise der Eltern gelegen. Sie würde ihm und Madlen zwei Tage in Freiheit bescheren. Er wollte ihr das größte Geschenk machen, was er zu vergeben hatte. Sie sollte seinen Baum kennenlernen.

Es war ihm eine liebe Gewohnheit, dass er vor seinen Unternehmungen zunächst der Vorratskammer seine Aufwartung machte. Heute, in Abwesenheit der Mutter, musste er das nicht einmal heimlich tun. Berblin brachte ihm ein Leinensäckchen, und Martin füllte es mit frischgebackenem Kuchen, Rosinen und einigen Haselnüssen, die er aufgeknackt hatte. Dann machten sie sich auf den Weg, und er ging so rasch, dass Madlen kaum hinterherkam.

»Du hast es gut, du trägst Hosen, doch ich kann meine Röcke nicht so schnell raffen, wie du rennst!«, sagte sie empört, aber sie lachte glücklich dabei. Erwartungsvoll sah sie Martin an, denn sie wusste nicht, wohin er sie führen wollte.

Trotz aller Vorfreude machte er sich Sorgen um Berblin. Sie war so anders gewesen als sonst. Auch, als sie ihm zum Abschied über den Kopf gestrichen hatte. War es so etwas wie Wehmut? War Berblin unglücklich? Oder hatte sie Bedenken, die beiden nachts aus dem Haus gehen zu lassen?

Sobald sie zurück waren aus dem Wald, würde er mit ihr reden.

Als sie in das Waldstück eintraten, war es mit einem Male still um sie. Aber nicht ganz. Sie hörten von weitem Hundegebell, das Rumpeln eines Karrens, alles ganz gedämpft, unwirklich, wie geträumt. Von dem nahen Teich, an dem Martin manchmal seine Freunde traf, hörten sie das Quaken der Frösche, Madlen ahmte es nach, und sie lachten. Nachtvögel flogen geisterhaft umher, eine Fledermaus berührte Martin an der Wange, wenig später berührte sie Madlen wie im Spiel und flog dann wieder hoch.

Von einer kleinen Lichtung aus schauten Martin und Madlen in den pechschwarzen Himmel mit den Bildern der Sterne und Wolkenfetzen, die schnell vorüberzogen. Martin zeigte ihr die schönen Sträucher, die dicken Mooskissen und die Gräser, auf denen er als Kind immer trompetenhafte Laute geblasen hatte, bis seine Lippen taub und fühllos geworden waren.

Und dann standen sie vor seinem Baum. Sie hörten das leise Rauschen der Blätter. Das sei ein Flüstern, sagte Martin. Der Baum freue sich, dass er nicht mehr allein sei.

Madlen schlang ganz selbstverständlich ihre Arme um Martins Hüften und legte den Kopf an seine Schulter.

Er spürte, wie das Blut in seinem Körper kribbelte, sein Herz schlug hart, ihm war schwindlig. Was sollte er tun, was wünschte sich Madlen, was dachte der Baum von ihm. Er konnte nicht mehr klar denken, Hitze stieg in ihm hoch, die etwas mit seinem Gefühl zu tun hatte.

Was hätte Jesus an seiner Stelle getan? Er war auch ein geschlechtliches Wesen, hatte Freundinnen gehabt, sogar unter den Huren.

Madlen öffnete den breiten Gürtel, mit dem ihr Kleid verschlossen war, und der Stoff glitt von ihrem Körper herab auf den Waldboden. Martin starrte sie fassungslos an. Mit hochgerecktem

Kopf, nur im Unterhemd, stand sie vor ihm und schaute in den Wipfel des Baumes, als erwarte sie von dort eine Entscheidung, eine Erlaubnis.

»Madlen«, flüsterte Martin, »Madlen?« Er schien in Flammen zu stehen. Dann wieder glaubte er zu frieren, und plötzlich stieg ein Weinen in ihm auf, es schüttelte ihn, und Madlen nahm seine Hände und legte sie auf ihre kleinen, hoch angesetzten Brüste, die sich unter dem dünnen Hemd abzeichneten. So standen sie in der Kühle der Nacht. Sie nahm Martins Kopf in die Hände und küsste ihn.

Seine Gedanken waren undeutlich und schwer wie im Traum. Nur dass dieser Traum nicht hart und grausam war wie sonst. Hier, in der dunklen, weichen Nacht, erfüllte sich für ihn das Wunder, und sein mächtiger Freund beugte sich zu ihnen herab und umgab sie mit seinen schützenden Blättern und dem süßesten Duft, den er spenden konnte.

Im Lutherhaus ging Berblin durch alle Räume und schaute nach den Fenstern und Türen, damit auch kein Dieb in der Nacht hineinkäme. Dann zündete sie in der Stube frische Kerzen an. Ehe sie ins Bett ging, warf sie noch einige Scheite Holz in den Ofen. Martin und Madlen sollten es warm haben und vor allem hell, wenn sie heimkamen.

Wie immer setzte sie sich angezogen auf das Bett, um noch zu nähen oder zerrissene Kleider der Kinder zu flicken. Heute jedoch wollte ihr nichts gelingen. Immer wieder zurrte sich das Genähte zusammen. Sie war nicht so sorgfältig wie sonst. Sie dachte an Martin. Machte sich Sorgen um ihn. Schließlich wusste sie, wie es um ihn stand. Die Eltern wussten es auch, blickten aber anders auf diese Liebe als Berblin. Völlig anders. Wenn doch nur alles gut ging.

Dass Berblin Martin hergeben musste, war das eine. Er musste raus aus Mansfeld, sollte andere Städte, andere Schulen, andere Menschen sehen. Das ja. Aber dass sie ihn verlieren würde, an eine große, unglückliche Liebe, das hatte sie nicht erwartet. Darauf war sie nicht vorbereitet.

Berblin hörte den Nachtwächter. Er rief die elfte Stunde aus, und sie erschrak, dass es schon so spät war. Es drängte sie, aus dem Fenster zu sehen, wo sie nur schemenhaft die zarten Wolkenfetzen wahrnahm und das Funkeln von Sternen. Ganz vorn, unter dem Fenster, sah sie undeutlich die Obstbäume. Es war, als würden sie atmen.

23

Auf dem Marktplatz zu Mansfeld war eine Bühne aufgebaut. Martin berichtete davon, als er aus der Kirche nach Hause kam. Er hatte gesehen, dass viele Mansfelder dabei halfen, das hölzerne Podest zu errichten, und offenbar sollte schon am Nachmittag die erste Vorstellung beginnen.

Es war Sonntag, und die Eltern waren am gestrigen Abend zurückgekommen aus Eisleben. Sie hatten aber kaum etwas erzählt, und auf Fragen von Berblin und Martin, ob interessante Neuerungen auf den Bergbau zukämen, gaben sie nur knapp Antwort.

Zur Feier des Tages rumorte Hans Luther gehörig in der Badestube herum. Beim sonntäglichen Narrenspiel durfte er nicht fehlen. Das erwartete man von ihm, und das war er seinem Stand schuldig. Und die ganze Familie durfte mit. Berblin liebte Narrenfestspiele, das wusste er, und vor allem ihr wollte er eine Freude machen. Jakob, dem oft langweilig war, würde ganz bestimmt mitkommen. Der Knecht, die Kindsmagd, Martin und sogar Madlen.

Hans Luther hielt inne in seinen Gedanken. Martin und Madlen? Wieso ärgerte er sich immer noch so darüber, dass die beiden verliebt waren? Hatte das Mädchen auch ihm den Kopf verdreht? Sie konnte einen aber auch ansehen.

Hans Luther wollte einfach nicht, dass sein Sohn dieses Mädchen liebte. Er hatte andere Pläne mit ihm. Die Tochter der Patrizierfamilie in Eisenach würde Martin viele Türen öffnen. So hübsch wie Madlen war sie allerdings nicht.

Madlen war ungewöhnlich schön, das musste er zugeben. Volles Haar, feine Gesichtszüge. Sie war ziemlich groß und schmal, hatte einen schönen Busen und einen Hintern, wie es sich gehörte. Sechzehn Jahre war sie wohl alt. Und sein Sohn war immerhin bald vierzehn. Er war groß und kräftig. Wieso sollte er dieses Mädchen nicht anhimmeln? Doch mehr durfte daraus nicht werden. Martin sollte alle Kräfte in sein Studium stecken, und sobald er ein Doktor der Jurisprudenz war, würde Hans Luther in Gottes Namen nochmals für seinen Sohn auf Brautschau gehen. Wenn Martin die Eisenacherin partout nicht wollte, würde er eine andere finden für ihn. Eine Tochter aus bestem Haus, der Vater sollte mindestens Ratsherr, Medicus, oder ein Graf sein. Warum nicht. Die Luthers konnten sich überall sehen lassen.

Hans Luther atmete tief durch, richtete sich innerlich hoch auf. Er hatte große Pläne mit seinem Martin. Erst neulich war er einem der Lehrer begegnet. Martin sei der Beste in seinem Jahrgang, ließ der ihn wissen. Er fasse alles leicht auf und sei zu eigenen klugen Gedanken fähig.

Hans Luther wusste, dass er seinen Ältesten oftmals ungerechterweise gezüchtigt hatte. Er, der sich jeden Tag schinden musste, hatte in seinem Sohn einen Träumer gesehen, der den Tag und die Zeit mit Grübeln und Flötenspiel vertat. Hans Luther verstand sich plötzlich selbst nicht mehr. Was hatte ihn dazu berechtigt, Martin so zu verurteilen? Ja, dessen Nachdenklichkeit hatte ihn böse gemacht. Dabei war ihm entgangen, dass er erwachsen geworden war. Ihm war bewusst, dass sein Sohn sich von ihm zurückgezogen hatte. Er spürte es jeden Tag, und es tat ihm weh. Aber er wollte Versäumtes wiedergutmachen. Martin sollte weiterlernen, kostete es, was es wolle. Alles würde Hans Luther dem Sohn ermöglichen, alles, damit er der Familie Ehre machte. Die Luthers sollten einmal ein ähnliches Ansehen genießen wie die Lindemanns.

Vom Flur drangen Stimmen zu ihm, Berblin rief zum Frühstück. Dann war jetzt Schluss mit der sonntäglichen Reinigung. Hans

Luther hatte rechtschaffenen Hunger. Zuvor wollte er aber nach seiner Frau sehen, die sich ziemlich elend fühlte und einen empfindlichen Magen hatte. Diese Schwangerschaften waren voller Tücke.

Es war Berblins Idee gewesen, dass Madlen im Garten einen Strauß Blumen pflücken sollte, um ihn den Luthers beim Frühessen zu überreichen. Gemeinsam hatten sie in aller Frühe eine kräftige Mehlsuppe mit Klößen gekocht und frisches Brot gebacken. Schinken war da. Auch Kompott für die Süßmäuler. Es duftete gut in der Stube, und alle warteten ungeduldig auf das Essen. Jakob war feiertäglich gesäubert, Dorothea auch, die Kindsmagd und der Knecht trugen ihr Sonntagsgewand, und die Jüngste hatte ein sauberes langes Hemdchen an.

Noch vor dem Zurüsten fürs Frühstück hatte Berblin Madlen geholfen, sich in der Badestube die Haare zu waschen, ihren Körper und vor allem Hände und Füße zu schrubben. Jetzt trug sie einen leichten Kittel mit einer hellblauen Schürze. Die Haare waren mit einem ebenfalls blauen Band zurückgebunden.

Martin sah im Raum plötzlich überall Sonnenflecken auf und ab tanzen. Hatte er andere Augen im Kopf, seit Madlen in sein Leben getreten war? Wäre es ihm sonst entgangen, dass heute so schönes Wetter war?

Doch Madlen überstrahlte alles.

Er hütete sich, laut zu denken. Im Hause Luther war es nicht üblich, seine Gefühle zu zeigen. Das wusste Martin. Damit hatte er sich schon früher unbeliebt gemacht.

Als die Eltern sich an den Tisch setzten, wurden alle ganz ruhig. Wieso starrte sein Vater Madlen so an? Es schien ihn zu verblüffen, dass sie wie selbstverständlich aufstand und Mutter Margarethe den Blumenstrauß überreichte.

So ein schönes Bild, dachte Martin, wie Madlen da stand mit seiner kleinen Schwester, die sonst so viel brüllte, jetzt aber den

Kopf an Madlens Schulter schmiegte. Und wie Madlen den Strauß überreichte, mit einer Bescheidenheit, die Martin überraschte. Denn bescheiden war sie nicht. Trotz ihrer schlimmen Lage war sie stolz und hatte ein schnelles Mundwerk. Doch wenn sie im Unrecht war, dann entschuldigte sie sich ehrlichen Herzens. Dann sah sie aus wie einer der Engel auf den Bildern in der Kirche.

Martins Mutter schien das ganz und gar nicht zu finden. Sie verwandelte die erwartungsvolle Stimmung am Frühstückstisch in eine lähmende Stille, als sie zischte:

»Was will diese Hexe denn immer noch hier?«

Sie warf den hübschen Strauß auf den Boden, trampelte darauf herum. Dann riss sie Madlen Anna vom Arm und rannte mit der Kleinen hinaus.

Alle Blicke richteten sich auf Hans Luther. Der schaute für einen Moment Berblin an, die fast unmerklich den Kopf schüttelte. Doch Martin nahm es wahr, und es tat ihm gut.

Sein Vater sagte ruhig, dass man jetzt frühstücken werde. »Ob ich in Möhra bin oder in Eisenach oder in Eisleben – nirgends bekomme ich ein so gutes Frühstück wie daheim.« Er setzte sich auf seinen Platz. Bald war nur noch das eifrige Klappern der Löffel im Raum, gelegentliches Rülpsen, und die heitere Stimmung kehrte zurück.

Als die Luthers später zum Marktplatz gingen, hielt Madlen sich eng bei Berblin. Sie bot der Frau, die sie ohne jedes Wenn und Aber aufgenommen hatte, ihren Arm, und Berblin hängte sich ein. Sie hatte aus ihrem Fundus ein noch gut erhaltenes Sommerkleid herausgesucht, das Madlen nun trug. Berblin hatte sogar noch ein geflochtenes Band gefunden, das, eng um Madlens Taille geschlungen, dem Kleid einen fast vornehmen Akzent gab.

Hans Luther ging mit Martin voraus, er genoss die Blicke, die seiner Familie, aber vor allem Madlen galten. Seine Frau war verstimmt gewesen. Mit dem Bemerken, dass sie mit dieser Madlen nirgendwohin gehen wolle und schon gar nicht zum Narrenspiel, war sie daheim geblieben.

Hans Luther war das nicht unrecht. Er spürte, dass Margarethe ihm am liebsten verboten hätte, zum Narrenspiel zu gehen. Doch das wagte sie nicht. Ganz sicher grollte sie ihm, aber er kannte ihre Launen und wusste, dass ihre Verstimmung nicht nur der Schwangerschaft geschuldet war.

Margarethe kochte, das spürte er. Es wurmte sie, plötzlich ein so schönes Mädchen im Haushalt zu haben. Ausgerechnet jetzt, wo sie sich jeden Tag miserabel fühlte. Und hässlich dazu. Sie machte kein Hehl daraus, dass sie, als geborene Lindemann, sich Madlen weit überlegen fühlte, so wie sie sich ihm überlegen fühlte.

Dass Madlen aus gutem Hause stammte, daran zweifelten weder Berblin noch Martin. Doch Margarethe versuchte immer, sie als eine Hergelaufene zu bezeichnen. So eine hatte nichts zu suchen in einem Haus, in dem sie, Margarethe Luther, die Hausfrau war.

Obwohl Hans Luther die Gedanken seiner Frau kannte, war er nicht gewillt, ihr nachzugeben. Er selbst musste zugeben, dass sein Haus ihm heller und freundlicher erschien, seit das Mädchen da war. Martin und Jakob, Jockel und Tine lachten öfter und waren fröhlich. Halfen freiwillig den beiden Frauen. Selbst die kleine Anna, das Sorgenkind der Familie, schien sich in Madlens Armen rasch zu beruhigen. Seine Frau würde sich schon einkriegen. Wenn sie in den nächsten Monaten noch schwerfälliger wurde, wäre sie auf die Hilfe von Madlen angewiesen. Das Mädchen war tüchtig und eine volle Arbeitskraft.

Hans Luther gestand sich ein, dass er sich ohne seine Frau oftmals wohler fühlte. Im Grunde konnte ihr niemand etwas recht machen. Auch er nicht. Und so freute er sich einfach, mit dem Rest seiner Familie ein paar lustige Stunden zu erleben.

Sie hatten auf einer Bank Platz gefunden. Martin hatte einen Platz zwischen Madlen und Berblin ergattert, denn Hans Luther war im Gespräch mit einem Ratsherrn, und die beiden setzten sich erst, als ein Narr auf die roh gezimmerte Bühne trat. Er trug ein rotes

Kostüm mit einer Kappe, auf die goldene Schellen aufgenäht waren. Dazu hielt er einen Schellenkranz in der Hand, den er kräftig schlug, um mit seinem Lärm die Aufmerksamkeit der Leute auf sich zu ziehen. Bald begann er zu tanzen, er drehte sich und trug vor, was er zu sagen hatte.

Heuschrecken hütet an der Sonnen
Und Wasser schüttet in den Bronnen,
wer hütet die Frau, die er gewonnen.
Viel Narrentage und viel Verdruss
hat, wer der Frauen hüten muss;
Denn welche wohl will, tut selbst recht,
die übel will, die macht bald schlecht,
wie sie zu Wege bring all Tag
ihre böse Absicht und ihren Anschlag.
Legt man ein Mahlschloss schon dafür
und schließ all Riegel, Tor und Tür
und setzt ins Haus der Hüter viel
So geht es dennoch, wie es will.
Was half der Turm, drein Danae ging
Dafür, dass sie ein Kind empfing
Penelope war frei und los
Und hat um sich viel Buhler groß,
ihr Mann blieb zwanzig Jahre aus,
und sie blieb brav in ihrem Haus.
Der sprech allein, dass er noch sei
von Weiberlist und Trug ganz frei,
Und halt die Frau auch lieb und hold
den seine Frau nie täuschen wollt.
Eine hübsche Frau, als Närrin geboren,
Gleicht einem Ross, dems fehlt an Ohren;
Wer mit demselben ackern will
Der macht der krummen Furchen viel.

Der Narr sprang und lachte, dass sein Schellenkranz schier zersprang. Die Zuschauer freuten sich, vor allem natürlich die Männer, die ihren Frauen eine lange Nase machten. Doch die ließen sich den Spaß nicht verderben, zumal der Narr jetzt damit begann, die Selbstgefälligkeit der Männer zu geißeln. Sogar die Kinder bekamen ihr Fett ab, weil der Narr sie mahnte, Vater und Mutter zu ehren.

Hans Luther wusste, dass diese volkstümlichen Narreteien ausgesprochen harmlos waren im Gegensatz zu dem, was Narren an den kleinen oder sogar winzigen Höfen zu Füßen der Herren verbrachen. Manchmal war der Hofnarr klüger als sein Gebieter. Oder aber er war ein Halbidiot wie sein Fürst. Einer war zu höchsten Würden aufgestiegen – der Hofnarr Kaiser Maximilians, Kunz von der Rosen, der zum geheimen Reichskanzler avancierte, weil der Kaiser ihn für außerordentlich klug hielt. Kunz von der Rosen soll zu großem Vermögen gekommen sein, denn Maximilian dankte ihm großzügig für seine Ratschläge.

Auch die Phantasie des Kunz von der Rosen, den Hof zu amüsieren, war grenzenlos. Einmal leistete er sich bei einem Reichstag ein Spektakel, das roh und unbarmherzig war, aber dennoch belacht wurde. Man erzählte diese Geschichte landauf landab, und auch im Haus der Lindemanns war davon berichtet worden. Hier lachte allerdings niemand, und der alte Lindemann tadelte seinen Sohn, dass er dazu beitrage, diese üble Geschichte zu verbreiten.

Es war so gewesen, dass Kunz von der Rosen die Blinden der Stadt versammelte. Jeder von Ihnen bekam einen Prügel in die Hand. Man sagte ihnen, dass auf dem Marktplatz ein lebendiges Schwein an einem Pfahl angebunden sei. Es würde dem gehören, dem es gelänge, das Schwein zu töten.

Die Blinden begannen sofort, um sich zu schlagen. Sie trafen aber nie das Schwein, sondern schlugen sich gegenseitig blutig.

Hans Luther erinnerte sich deutlich daran, wie diese Geschichte ihn angeekelt hatte. Dass es Leute bei Hofe gab, die derart grausam waren, mochte er ungern glauben. Aber es blieb ihm nichts anderes übrig. Der Schwager Lindemann war kein Schwätzer. Wenn der eine Geschichte zum Besten gab, stimmte sie auch. Er hatte sie berichtet, um seine Leute aufzuklären über das wahre Gesicht vieler Adliger, die sich in Samt und andere feine Stoffe kleideten, sich mit Gold und teuren Steinen schmückten, um sich vom Volke abzuheben. Die in Wahrheit jedoch dumpfer und brutaler waren als viele der einfachen Leute, die sich damit zufriedengaben, die kleinen Bosheiten eines Narren anzuhören.

Dieser Narr, der jetzt mit bescheidenem, freundlichem Lächeln durch die Reihen ging und seine Narrenkappe aufhielt, dieser Narr war lediglich seinem Beruf nachgekommen, ohne List und Arg. Hans Luther konnte sich sogar vorstellen, dass er die Menschen liebte. Dass es ihm Freude machte, sie zum Lachen zu bringen.

Madlen und Tine wären gern noch geblieben, aber Hans Luther bestand darauf, die Mädchen und Berblin nach Hause zu begleiten. Nur Martin durfte noch bei Hans Reinicke und seinen Schulfreunden bleiben. Er drückte ihm sogar ein paar Münzen in die Hand, damit er ein Bier trinken konnte.

Im nahen Wirtshaus prasselten die Fragen auf Martin herunter.

»Wer ist eigentlich die Madlen?« »Warum versteckst du die vor uns, die ist doch schon länger in eurem Haus?« »Woher kommt sie? Ist sie eine Fremde?« »Sie sieht gar nicht aus wie wir!«

»Haltet euer ungewaschenes Maul!«, rief Martin erbost!

Die anderen stichelten weiter: »Ist sie vielleicht ein Findelkind?«

»Versucht doch mal, es rauszukriegen. Von mir erfahrt ihr nichts. Geht euch doch gar nichts an!«

»Spielverderber! Du willst sie ja nur für dich behalten!«

Martin wusste, dass sein Vater niemals Rede und Antwort stehen würde. So würde er es auch halten. Die Lust auf ein Bier war ihm vergangen, und er machte sich auf den Heimweg.

Als Martin und Madlen am nächsten Tag im Garten arbeiteten, schien eine kräftige Spätsommersonne auf sie herunter. Madlen schaute in den Himmel, der wie ein großes, blaues Gewölbe über ihr hing. Waren dort oben ihre Eltern, in diesem unendlichen Blau? Konnte das sein? Irgendjemand hatte ihr einmal gesagt, dass die Eltern im Himmel wären. Und war der Himmel so herrlich wie heute, war es eine tröstliche Vorstellung, sie dort oben zu wissen. Wenn es dagegen stürmte und der Himmel zerrissen war, schien er Madlen ein Reich des Bösen.

Martin folgte ihrem Blick in das Blau des Firmaments und hätte gern gewusst, woran sie gerade dachte. Er begann, mit seiner Hacke die trockene Erde aufzubrechen, und Madlen tat es ihm nach, so gut sie konnte. Martin hatte diese Arbeit schon oft gemacht, das sah man. Seine Bewegungen waren mechanisch. Warum schien ihr sein Gesicht heute so anders als sonst? Madlen fand es abweisend, verhärtet. Sonst war es immer gut und freundlich. Sein Löffel verhedderte sich im großen Suppentopf immer mit ihrem. Dann lachten sie sich verstohlen an, und Madlen war fröhlich. Wenn auch nur insgeheim. Doch heute schien Martins Gesicht ihr fremd. Wahrscheinlich bedrückte ihn seine baldige Abreise nach Magdeburg, und damit die Trennung. Madlen verstand das. Doch sie fand, dass Martin es immerhin leichter haben würde als sie. Er kam aus einem guten Haus und wurde von einer vornehmen Magdeburger Familie erwartet. Sogar sein Freund Hans Reinicke begleitete ihn. Sie dagegen stand ganz allein da.

Leise seufzend begann sie, wieder in den Boden zu hauen, doch sie kam nicht weit und ließ bald erschöpft die Hacke sinken. »Martin, ich kann nicht mehr. Meine Handgelenke tun weh. Es ist, als hackte ich in einen Felsen.«

Martin sah prüfend zum Haus hinüber. Doch durch die dichten Büsche konnte niemand in den Teil des Gartens sehen, in dem er mit Madlen arbeitete. »Lass nur, Madlen, du hast genug gearbeitet. Ich mache das Beet noch zu Ende.«

Madlen schob sich neben ihm her, als würde sie ebenfalls arbeiten. Sie nahm aber nur die trockene Erde in die hohle Hand, schnupperte daran.

»Bevor ich Berblin und dich getroffen habe, fühlte ich mich, als sei ich gerade auf die Welt gekommen«, sagte sie. »Als wäre ich ein nackter Mensch, den niemand kennt. Ich wusste nicht recht, woher ich komme, mein ganzes früheres Leben war nur ein vergessener Traum. Durch unsere Gespräche kommt meine Erinnerung immer mehr zurück. Darüber bin ich sehr froh.«

Martin schwieg. Er hatte das Gefühl, als wollte Madlen etwas loswerden, also wartete er, wartete mit klopfendem Herzen, denn er brannte darauf, zu wissen, woher sie kam, was sie fühlte.

Leise begann sie zu sprechen.

»Ich kann mich jetzt an ein Haus erinnern, es war groß und hell. Aus dem Schornstein stieg Rauch. Das war schön, denn ich wusste, jetzt werden die Öfen geheizt. Es war mein Elternhaus, ich weiß es ganz sicher.«

Martin legte behutsam seine Hacke ab, drehte sich zu Madlen und legte den Arm um sie. Madlens Kopf drückte er sanft an seine Schulter. So standen sie, und Martin roch den Duft in ihrem dichten Haar. Er roch auch die Erde, die er aufgehackt hatte, und dachte, dass er sein Leben lang diese Erde bebauen wollte, wenn nur Madlen bei ihm wäre.

Er sah mit einem Mal, wie hell der Garten war. Wie groß und bunt. Sonnenflecken überall. Vögel, die auf und niederschossen. Und eine Amsel sang wie toll.

Sie setzten sich Rücken an Rücken auf die Erde, als hätten sie das schon immer so gemacht, und Madlen redete weiter:

»Wir saßen in der Kutsche, und es gab Kuchen. Meine Mutter hatte ihn gebacken aus weißem Mehl und vielen Eiern. Der Kuchen war süß und innen ganz gelb. Auch mein Vater nahm davon. Er erzählte von der Stadt, in die wir reisen würden. Er freute sich, das sah ich ihm an. Er war glücklich. Und er erzählte mir von den Farben der Häuser und dass sein Elternhaus recht groß und weiß sei, es sei immer weiß gewesen, und dort würden wir wohnen. Mein Vater hat noch mehr gesagt, aber ich habe nichts mehr verstanden, denn auf einmal tat es einen Schlag, und ich habe gedacht, dass jetzt mein Kopf platzt. Es hat so schlimm gekracht, gesplittert. Die Pferde schrien, du kannst es dir nicht vorstellen.

In meinem Kopf war nur Sausen und Brausen. Einer sagte: Deine Eltern sind tot. Ich verstand nichts. Alles war dunkel in meinem Kopf. Ich wartete auf meine Eltern.

Doch sie kamen nicht wieder. Und sie hatten alle Liebe für mich mitgenommen.«

Martin verstand. Madlen hatte seit diesem Unglück auf die Eltern gewartet. Auf ihre Liebe. Die freundlichen Worte. Darauf, dass sie ihre Wange streichelten und küssten. Darauf, dass der Vater sie auf dem Arm herumschwenkte. Vergeblich.

Er nahm ihre Hand. Drückte seinen Rücken gegen ihren. Es war ihm gleichgültig, ob jemand sie beobachtete.

»Im Waisenhaus gab es Kinder, die so alt waren wie ich, doch sie spielten nicht mit mir«, fuhr Madlen fort. »Es gab noch kleinere, die ständig weinten, aber schlimm waren die größeren, die mich schlugen, an den Haaren zogen und herumschubsten.« Oft, wenn sie einen gefüllten Teller an ihren Platz trug, vorsichtig balancierte, denn es gab Schläge, wenn man etwas verschüttete, dann versetzten ihr die Großen einen Stoß, sodass sie stolperte und ihr Essen zu Boden fiel. Sie verstand schnell, dass sie keine Gefühle zeigen durfte. Es kam ihr ohnehin niemand zu Hilfe. Bald nahm sie das Essen ungerührt mit den Fingern vom Boden auf, und aß es. Bald danach verloren die anderen den Spaß daran, sie zu schubsen.

Aus Madlens Herzen quoll dennoch Hass gegen die Kinder, aber sie wehrte sich nicht. Sie wusste, sie würde immer nur gegen die Stärkeren verlieren.

»Außerdem« sagte sie zu Martin, »brachten mir die Nonnen bei, dass ich ein ekelhaftes Tier sei, das vom Boden fresse. Dumm und böse. Dass ich ihnen zu viel Arbeit machte. Ich sei zu faul, in der Küche zu helfen, hieß es. Böswillig zerschlüge ich immer Geschirr, putze das Gemüse schlecht. Jeden Tag fanden sie neue Gründe, mich zu beschimpfen.«

Alles, was Martin selber an Ungutem geschehen war, schien ihm jetzt harmlos. Berblin war immer für ihn da gewesen. Sie hatte ihn getröstet, wenn Vater oder Mutter ihn wieder einmal unbarmherzig gestrichen hatten.

Madlen dagegen war nicht getröstet worden. Sie wurde nur gepeinigt. Dieser Gedanke drückte Martin fast die Kehle zu.

Wie er es genoss, Madlens Rücken in seinem zu spüren. Er spürte ihre Wärme, und wenn sie sich bewegte, schien sein Blut rascher zu pulsieren. Er würde sich am liebsten immer an sie lehnen. Noch nie hatte er sich einem Mädchen so nahe gefühlt. Es war ihm ohnehin alles verboten. Und nun schlug sein Wunsch nach Madlens Nähe wie eine Welle über ihm zusammen.

Ab und an blinzelte Martin zum Haus hinüber, ob die ungebührlich lange Arbeitspause schon bemerkt worden war. Doch im Haus blieb es still. Nur die Vögel, vor allem die Krähen, stocherten frech in den Furchen herum und stritten sich.

Jetzt sprach Madlen wieder, und was er hörte, nahm ihm den Atem.

»Er hat uns angefasst«, begann Madlen zögernd.

»Wer hat euch angefasst?«

»Der Mann. Er kam nachts in den Schlafsaal.«

Martins Kopf drehte sich langsam zu ihr. Er sah, dass ihr Rücken gekrümmt war, ihr Kinn lag auf der Brust.

»Er hat sich ganz leise bewegt, nur seinen Atem konnte ich hören und das leise Klimpern seines Kreuzes an der Kette. Ich habe gesehen, wie er von Bett zu Bett ging. Ich habe vor Angst gezittert, als er sich über mich beugte. Er hat meine Decke zurückgeschlagen und die Hand unter mein Nachthemd geschoben. Zuerst war ich wie gelähmt. Doch dann habe ich meine Hand auf meinen Leib gepresst, ich wollte mich einsperren in mich selbst, meinen Körper fest abschließen. Doch der Mann flüsterte, ich wisse doch, dass er ein Doktor sei und mich untersuchen müsse. Es täte doch auch nicht weh. Aber sprechen dürfe ich mit niemandem darüber. Niemals. Das wüsste ich ja!

Er kam mir ganz nah. ›Der Teufel kommt sonst und nimmt dich

mit in die unterste Hölle. Da wirst du gebunden und ans Kreuz gehängt. Da martern sie dich und dann verbrennt dich das Feuer. Bei lebendigem Leib.‹

Dann schob er seine Finger in mich hinein, und es tat weh.

Ich habe mich zusammengerollt und meine Arme eng um die Schultern gespannt.«

Martin verstand sie kaum noch, so leise war ihre Stimme.

»Habt ihr das nicht den Nonnen erzählt?«

Unwillkürlich flüsterte auch er, und Madlen versicherte ihm, dass sie es schon am nächsten Morgen der Aufseherin gesagt habe. »Sie hat mich beschimpft, ich sei eine kleine verlogene Hure, und sie hat mir mit Arrest gedroht, wenn ich weiter solche Geschichten erzählen würde.«

24

Am Morgen verteilte Berblin einen Haferbrei mit Honig, Rosinen und gehackten Haselnüssen auf sieben Teller. Dazu gab es heiße Ziegenmilch, die in Bechern zum Abkühlen bereitstand.

Der Esstisch war gut besetzt. Neben Martin saß Jakob, der die von Martin geschnitzte Flöte dabeihatte, und alle mussten seinen klagenden Tönen applaudieren, taten es aber gutmütig. Auch Jockel, der Knecht, klatschte in seine schwieligen Hände. Madlen hielt Anna auf dem Schoß, die es sichtlich genoss, von ihr gewiegt zu werden. Die Augenringe der Kindsmagd verrieten, dass Anna viel geweint hatte in der Nacht. Doch Tine sang auch das Kriegslied mit: »Hört ihr den Trommelschlag, van diri dom.« Weitere Strophen wusste niemand, aber das war nicht wichtig. Immer wieder »Van diri dom« reichte vollkommen. Der Knecht, heute mal nicht kritisch beäugt, langte ordentlich zu beim Essen und schnitt vom Brot und vom Schinken dicke Scheiben.

Es war eine heitere Stimmung im Raum. Berblin hatte schon oft beobachtet, dass Margarethe und Hans mit ihrer Strenge alle im Haus beschwerten, meist gab es schon am Morgen Schelte, Befehle und Mahnungen mit auf den Weg.

Sie nahm an, dass besonders Hans Luther gern weniger streng gewesen wäre. Aber er hatte in die Familie Lindemann eingeheiratet. Er wollte seiner Frau bieten, was bei ihr daheim selbstverständlich war. Das bedeutete für ihn selbst, aber auch für seine Kinder, sich anzustrengen, das Äußerste zu geben. Und vor allem bedeutete es, untadelig zu sein, niemand sollte einem etwas Übles nachsagen können.

Margarethe war in Berblins Augen eine verhinderte Gelehrte. In der Schule hatte sie oftmals bessere Noten als die Brüder gehabt, aber eine Universität war für sie als Frau nicht in Frage gekommen. Für keine Frau, die Berblin kannte. Früher waren Margarethe und sie sich viel näher gewesen, doch je älter Margarethe wurde, desto mehr glich sie ihrem Vater. Nicht nur äußerlich. Auch in ihrem rasch hochfahrenden Wesen.

Warum machte sie Martin und Madlen das Leben so schwer? Berblin tat das doch auch nicht, obwohl sie selbst niemals verliebt und hoffnungsvoll mit einem jungen Mann zusammen gewesen war. Doch wenn sie die beiden anschaute, wenn sie die verstohlen liebevollen Blicke sah, die Versuche, sich unbemerkt bei den Händen zu halten, gab es ihr einen Stich.

Traurig dachte sie an ihre Jugend im Haus der Lindemanns. Im großzügig ausgebauten Dachgeschoss hatte damals ein Vetter der Familie gewohnt, ein Junggeselle, der Jurist war und wohlhabend. Es hieß, dass der Teil des Hauses, den er bewohnte, sein Eigen war. Und dass er sich großzügig an Umbauten oder Reparaturen beteiligte. Er gehörte ganz selbstverständlich zur Familie dazu, beschenkte die Kinder an Namenstagen oder wenn Jahrmarkt war reichlich. Oftmals traf er sich mit den Honoratioren der Stadt.

Berblin mochte ihn nicht. Mehr noch, sie hasste ihn regelrecht, ihn mit seinem schmalen, vom Barbier immer frisch rasierten Gesicht. Vor allem die Augen, die sie mit undefinierbarem Ausdruck ansahen. Fischaugen.

Einmal, als sie mit Margarethe auf der Gartenbank saß, kam er dazu und nahm neben ihr Platz. Niemals würde sie diesen Nachmittag im Frühling vergessen. Margarethe war erst sechs oder sieben Jahre alt gewesen. Berblin war zwölf oder dreizehn. Sie hatte Margarethe ein Kränzchen von Stiefmütterchen und Krokus gemacht. Der Vetter lobte das Kränzchen, lobte Berblin und legte ihr den Arm um die Schulter. Langsam glitt seine Hand auf Berblins Brust, und er fuhr immer wieder über den dünnen Stoff des Kleides, bis Berblin aufsprang, Margarethe mit sich riss und ins Haus lief.

Ihr Gesicht hatte gebrannt. Ihr war schlecht gewesen. Von dieser Zeit an hatte sie den Vetter verabscheut. War ihm aus dem Weg gegangen. Er tat immer freundlich, wenn andere dabei waren. Doch wenn sie ihm allein über den Weg lief, versuchte er immer, ihr zwischen die Beine zu langen oder an die Brust.

Es war wenige Tage nach ihrem vierzehnten Geburtstag, als er das erste Mal in ihre Kammer schlich. Sie dürfe ihn nie verraten, er wisse genau, dass Berblin ihm zugetan sei. Sie wäre immer so liebevoll und fürsorglich mit ihm und wünsche sich ganz sicher, mit ihm zusammen zu sein. Er wünsche sich das auch. Wenn Berblin wolle, würde er sie später einmal heiraten.

Nein, nein, nein, nie, nie, nie! Als er ihre Gegenwehr mit seinem miesen Lächeln ignorierte, ihr den Mund zuhielt, als sie um Hilfe rufen wollte, als er sich auf sie warf und in sie eindrang, da war es ihr, als stürze sie in ein tiefes schwarzes Loch, in dem das Nichts war, das absolute Nichts. Sie wollte schreien, ihr Nichtbegreifen, ihr Entsetzen herausschreien, doch er hielt ihr mit beiden Händen den Mund zu.

Er redete auf sie ein, sprach davon, dass er bei den Lindemanns immer ein gutes Wort für sie eingelegt habe. Er sei es gewesen, der immer wieder darauf bestanden habe, dass man sie zur Schule schicke. Er habe sogar das Schulgeld für sie bezahlt. Da könne sie ihm doch jetzt auch ein wenig dankbar sein.

Als er ging, wusch Berblin sich wie in Trance und zog sich frisch an. Dann packte sie leise ein bisschen Wäsche zusammen und verließ das Haus.

Doch sie hatte nicht mit der Wachsamkeit des Mannes gerechnet. Auch nicht mit seiner kaltblütigen Phantasie. Er hatte ihre Vorbereitungen belauscht und folgte ihr. Ließ sie bis zum Stadttor gehen, dann hielt er sie fest und führte sie zurück zum Haus Lindemann. Was, wenn sie Lindemanns alles erzählen würde? Und wenn schon. Lindemann und er seien schon als Kinder Freunde gewesen. Er würde sagen, dass Berblin es auf ihn abgesehen habe. Ihn verführt habe.

Doch die Lindemanns bekamen von all dem nichts mit. Oder sie taten so. Als der Vetter mit Berblin ins Haus zurückkam, war alles still. Nur der Hund schlug kurz an. Doch niemand reagierte.

Berblin hätte nie gewagt, jemandem von ihrem Martyrium zu berichten. Wem denn auch. Auf gar keinen Fall wollte sie sich den Lindemanns anvertrauen, die sie vom ersten Tag an wie ein Kind im Haus behandelt hatten. Margarethe kam auch nicht als Vertraute in Frage, denn sie liebte und verehrte den Vetter, der ihr Patenonkel war.

Guter Gott. Wie lange war das alles her. Doch manche Wunden heilen nicht. Daher hatte sie sich früher oft gewünscht, zu sterben. Martin zuliebe hatte sie schließlich einen Scherz daraus gemacht. Aber was den Vetter anging – dem hatte sie den Tod gewünscht. Durch die Pest. Durch Räuber. Ganz egal.

Und wahrhaftig – Gott hatte ihr Gebet erhört. Ihr Peiniger, der gern mit seinem Geld geprahlt hatte, wurde eines Tages auf dem Heimweg nach einem Gelage von Räubern überfallen und brutal erschlagen.

Berblin bat den Himmel um Entschuldigung, dass sie von Herzen erleichtert war über den schmählichen Tod des Vetters.

Wenn die Bilder von damals zurückkamen, und sie kamen eigentlich nur, wenn Margarethe Luther mit ihr über die gemeinsame Kindheit sprach, dann war Berblin noch bedrückt. Heute jedoch war sie mit den Kindern und den Hausgenossen allein, und es kam ihr vor, als blühten sie auf. Alle lachten und neckten sich untereinander. Berblin holte aus ihrem Zimmer ihren begehrten Kirschlikör und schenkte dem Knecht und sich selbst davon ein. Die Kindsmagd hielt auch gleich ihren Becher hin. Für die Kinder verdünnte Madlen Himbeersirup mit Wasser, das gab es sonst nur an Feiertagen.

Nach dem Frühstück bat Berblin Martin, eine Frau aufzusuchen, die im Sterben lag. Walburga habe es auf der Brust und bekäme schlecht Luft.

»Bitte, tu mir den Gefallen, mein Rücken peinigt mich mal wieder. Madlen, begleite Martin doch, du weißt sicher besser mit der Frau umzugehen. Zieh sie frisch an, koche ihr einen Kräutersud und reibe ihr die Brust mit dieser Arnikasalbe ein. Und du, Martin, hilfst ihr. Ich verlass mich auf dich.«

»Die Walburga? Der Mann ist doch Gerber, ich kenne die beiden. Es heißt, dass er seine Frau schlechter als eine Magd behandelt. Stimmt das?«

»Leider ja«, sagte Berblin, und man spürte, dass sie zornig war. »Die Walburga ist eine gute Frau. Und gar nicht dumm. Aber er hat das Geld und lässt es sie spüren. Er gibt ihr viel zu wenig für den Haushalt, für das Essen. Und wenn es ihm dann nicht passt, schlägt er sie auch. Und jetzt, wo sie krank ist, kümmert er sich nicht um sie. Ich hätte nicht übel Lust, einmal mit ihm zu reden. Aber das ist zwecklos. Für den zählt eine Frau nicht. Erst recht, wenn sie so krank ist wie jetzt die Walburga.«

Für Madlen war das nichts Neues. Sie hatte es am eigenen Leib erlebt. Und auch sonst brauchte man nur Augen und Ohren aufzumachen, dann sah man, dass die Männer ganz selbstverständlich immer alles nach ihren Wünschen regelten. Die Frauen hatten sich damit abzufinden, auch wenn es ihnen dabei schlecht erging.

»Warum sagen sie dann in der Kirche, dass es keinen Unterschied zwischen Mann und Frau gibt, was die Stellung vor Gott angeht?«, fragte Martin. »Beide sind um den gleichen Preis des kostbaren Blutes Jesu Christi erkauft; sie haben gleichen, ungeschmälerten Anteil an der Erlösung, am ewigen Leben, an den Segnungen in Christus. So steht es geschrieben.«

Madlen machte ein ungläubiges Gesicht.

»Doch, glaub mir«, ereiferte sich Martin »es steht wortwörtlich im Neuen Testament, Galater 3,28, dass da weder Jude noch Grieche ist, weder Knecht noch Freier, weder Mann noch Frau; alle sind eins in Christo Jesu.«

Madlen schaute Martin bewundernd an. »Wie du aus der Heiligen Schrift zitierst, kannst du sie vielleicht auswendig?«

»Du musst eben öfter mit mir in die Kirche gehen.« Martin lachte.

Am Vortag hatte sein Lieblingslehrer über die Ehe gesprochen. Er sagte, dass die Ehe von Gott gewollt werde, durch alle Schwierigkeiten hindurch. Martin und seine Mitschüler waren überrascht gewesen. Von dem, was sie täglich zu Hause erlebten, war da nicht Rede.

»Da hat dein Gott aber einen hohen Anspruch an die Ehe. Was ich allein in der Familie des Bauern gesehen habe«, meinte Madlen kopfschüttelnd. Martin hatte auch gehört, dass Männer ihre Frauen schlugen, die sich oft nicht dagegen wehren konnten. Das war bei den Armen so, aber vielleicht ja auch bei den wohlhabenden Bürgern. Gewalt schien zu einer Ehe dazuzugehören.

Am Ende einer Gasse, kurz vor dem Haus des Gerbers, hörten sie plötzlich schrilles Geheul. Es war so hoch und grell, dass Martin und Madlen sich erschrocken umsahen. Eine Haustüre öffnete sich mit lautem Knarren, und eine junge Frau stürzte heraus, gefolgt von einem Mann, der hemmungslos auf sie einschlug. Er schien vor Wut außer sich zu sein. Die Frau stolperte, und Martin versuchte ihr aufzuhelfen, doch der Mann schubste ihn weg.

»Schluss! Aufhören!«, rief Martin und versuchte, den Mann von der Frau wegzureißen. Madlen nahm die Frau in den Arm, die sich auch gleich an ihr festklammerte.

Der Mann blickte Martin ungläubig an, jetzt erkannte er ihn, und auch Martin sah, dass er einen Häuer aus der Mine seines Vaters vor sich hatte. Er war klein gewachsen und schief, jedenfalls kleiner als seine Frau, die groß war und dürr. Die dunkle Hautfarbe des Mannes, seine blutunterlaufenen Augen zeigten, dass er zu viel getrunken hatte. Die Frau klammerte sich immer noch an

Madlen, wischte sich mit dem Ärmel das Blut aus dem Gesicht und sah Martin ängstlich und fragend an.

»Du bist klug«, sagte der ruhig. »Du bist klug, weil du nicht zurückschlägst. Du kannst dich beherrschen, dein Mann nicht.«

Martin wusste, dass die Frau ihn nicht verstand. Er verstand es ja selbst nicht recht. Er hatte es erst gestern in der Schule gehört und noch nicht ausreichend darüber nachgedacht.

»Glaubst du an Gott?«, fragte Martin den Mann, der mürrisch die Schultern zuckte und Martin ansah, als sei er ein seltenes Tier. »Weißt Du, dass es Gott war, der Mann und Frau zur Ehe bestimmt hat?«, fragte er weiter, doch der Häuer schaute jetzt stur auf den Boden, und Martin wusste, dass er nichts ausrichten würde. Er konnte in dieser Straße von Tür zu Tür gehen und predigen, keiner der Männer würde es unterlassen, seine Frau zu verprügeln, wenn ihm danach war.

Doch er wollte sein neues Wissen anbringen, denn die Frau tat ihm leid, und er wollte ihr helfen. »Gott hat gesagt, dass der Mann das Weib nicht verachten darf, sonst gehört er dem Teufel. Hast du verstanden? Du bist des Teufels, wenn du nicht aufhörst, deine Frau zu schlagen. Der Teufel und seine Hilfsgeister werden dich holen und in den Höllenschlund stopfen. Dann ist es aus mit dir. Du bist am Ende. Gnade und Friede.«

Die Augen des Bergmanns schienen vorzutreten, und der Mund blieb ihm offen stehen, so überrascht war er. Die Frau wirkte zufrieden. Sie legte Martin kurz die Hand auf den Arm, machte einen kleinen höflichen Knicks vor Madlen und ging humpelnd die Treppenstufen hoch, zurück ins Haus.

»Was muss das für ein Leben sein«, sagte Madlen nachdenklich und rieb mit einem Taschentuch das Blut der Frau von ihrem Arm.

»Nur gut«, meinte Martin im Weitergehen, »dass es das bei uns nicht gibt. Mein Vater hat Respekt vor der Mutter, auch wenn sie ihn mit ihren Nörgeleien manchmal wütend macht.«

Früher war der Vater liebevoller mit seiner Frau umgegangen, erinnerte Martin sich. Sein Gesicht war weicher gewesen, wenn er die Mutter ansah. Und wenn die Eltern allein beieinandersaßen, hatte der Vater manchmal ein zögerndes Lächeln in den Mundwinkeln gehabt. Das hatte ihn gerührt, aber ihm auch wehgetan, denn die Eltern waren zu ihm und Jakob niemals zärtlich gewesen.

Einst hatte der Vater die Mutter sogar manchmal um Rat gefragt, über ihre Antworten respektvoll nachgedacht. Doch inzwischen war er oftmals ungeduldig mit der Mutter. Offenbar fand er ihren Rat nun nicht mehr nötig, es war ihm lästig, wenn sie in seine Geschäfte hereinredete. Oder ein Urteil über seine Familie in Möhra abgab, das ihm nicht gefiel. Dann konnte er sogar zornig werden und die Mutter scharf anreden.

Aber dass der Vater die Mutter schlagen oder sonst wie misshandeln würde, das war undenkbar. Wahrscheinlich war ihre Ehe so, wie der Lehrer sie seinen Schülern vorgestellt hatte.

Der hatte auch erklärt, dass Gott die Menschen in zwei Teile geteilt hat, dass es Mann und Frau oder ein Er und eine Sie sein sollten. Diese Schöpfung müsse als göttliches Werk geehrt werden, der Mann dürfe das Weibsbild nicht verachten noch ihrer spotten, umgekehrt das Weib den Mann nicht verachten.

Das hatte Martin eingeleuchtet. Noch viel besser hatte ihm der Spruch aus dem ersten Buch Mose gefallen, den der Lehrer zitiert hatte: »Als er Mann und Weib gemacht hatte, segnete er sie und sprach zu ihnen: ›Seid fruchtbar und mehret euch!‹«

Und der Lehrer erläuterte, dass Mann und Weib zusammenkommen müssen, damit sie sich mehren. »Es ist ein nötiges und natürliches Ding, dass alles, was ein Mann ist, muss ein Weib haben, und was ein Weib ist, muss einen Mann haben.«

Martin lachte und nahm Madlen in seine Arme. »Madlen, der Lehrer meint dich und mich! Er hat von uns gesprochen, nur von uns.«

Inzwischen waren sie beim Haus des Gerbers angekommen. Martin klopfte, und der Gerber kam, um die Tür zu öffnen.

»Du bist doch der Sohn von Hans Luther«, sagte er erstaunt.
»Berblin schickt uns. Und das ist meine Braut«, sagte Martin und wies mit einer selbstbewussten Handbewegung auf Madlen. »Wir sind gekommen, um Walburga beizustehen.«

Das passte dem Gerber ganz und gar nicht. Doch er wagte nicht, die beiden jungen Leute wegzuschicken.

Walburga lächelte, als sie Martin sah. »Ich kenne dich ja von Kind auf«, flüsterte sie. »Du bist oft mit Berblin gekommen, und sie hat mir Kräutersud mitgebracht. Der hat mir immer geholfen.«

»Halts Maul, Alte«, schnaubte ihr Mann. »Halts Maul, sonst bist du nachher wieder erschöpft und ich kann dich bedienen.«

»Aber Ihr wisst doch, dass Eure Frau sehr krank ist«, sagte Madlen.

»Ach die, die hatte jeden Tag eine neue Krankheit. Konnte nicht arbeiten. Kinder hat sie auch nicht gekriegt. Da hab ich ein schlechtes Geschäft gemacht. Dabei hätte ich genug starke gesunde Frauen kriegen können.«

Der Gerber strich sich selbstgefällig über den Bauch, dann ging er aus dem Zimmer, und man hörte ihn in der Küche rumoren und laut fluchen.

»Er lügt«, sagte Walburga schwach. »Ich war nicht immer krank. Ich hatte auch ein gesundes Kind. Einen Jungen. Ich war schon einmal verheiratet. Mit einem Berghäuer hier aus der Stadt. Er war ein braver, tüchtiger Mann. Und immer sehr gut zu mir.

Als unser Kind noch klein war, ist mein Mann verunglückt. Im Schacht. Von einem Stein erschlagen.«

Walburga erzählte weiter, dass der Gerber schon bald, als sie wegen des Todes ihrer Mutter verreisen musste, ihren kleinen Sohn ins Waisenhaus gebracht habe. Da sei das Bübchen innerhalb weniger Tage gestorben

»Seither bin ich nicht mehr gesund geworden. Nur die Berblin steht mir noch bei.«

Sie lachte bitter, ließ sich dann aber willig von Martin und Madlen waschen, salben und mit frischer Wäsche versorgen.

Als sie sich verabschiedeten, versprachen Madlen und Martin, bald wiederzukommen.

Auf dem Heimweg war Martin bedrückt. Er wusste, dass er Walburga in der nächsten Zeit nicht mehr besuchen konnte. In wenigen Wochen würde er sich nach Magdeburg aufmachen. Er musste es Madlen endlich sagen.

»Ich muss weg«, platzte es aus ihm heraus. »Die Schule wechseln. Meine Eltern wollen es so. Sie haben mich auf der Lateinschule in Magdeburg angemeldet.«

Seine Worte klangen schroff und kalt, obwohl er das keineswegs wollte. Ihm war schlecht, richtig übel, und er wagte kaum, Madlen anzusehen. Er hatte Angst.

Madlen schwieg. Ihr Gesicht war wie erloschen, und Martin glaubte ihren Zorn zu spüren. Und ihre Liebe.

Bis zum Haus der Eltern gingen sie schweigend. Martin atmete unbewusst tief durch und nahm Madlen bei der Hand. Er hatte mit einem bitteren, wütenden Ausbruch von ihr gerechnet, doch sie wandte sich lediglich um und ging durch den Keller hinüber in ihr Zimmer.

Martin hoffte verzweifelt, dass jetzt nicht jede Verbindung zwischen ihnen zerrissen war. Er verstand sie gut, doch was sollte er machen. Als er sich auf sein Bett warf, kam es ihm vor wie ein Haufen von Kieselsteinen. Dass Madlen nur wenige Schritte von ihm entfernt den Wind in den Bäumen rauschen hörte, marterte ihn. Der Gedanke, sich trennen zu müssen, nicht nur von Madlen, sondern auch von Berblin und seiner Familie, ließ ihn nicht mehr los. Er klammerte sich an die Tatsache, dass es sehr junge Männer und noch jüngere Frauen gab, die einander heirateten, und die Welt gab den Segen dazu. Gott hatte das so gewollt, sein Lehrer sagte die reine Wahrheit.

Warum nur wollten seine Eltern nicht, dass aus ihnen ein Paar wurde. Ihre verletzenden Worte hatte Martin noch im Ohr. Es gab keinen Zweifel. Sie wollten Madlen nicht in der Familie haben.

Er fühlte sich, als hätten seine Eltern ihn um seinen kostbarsten Besitz gebracht.

Er würde sich von ihnen lossagen.

Martin sprang auf. Er hatte das Gefühl, dass sein Zimmer vergiftet war, ihm die Luft nahm. Er lief in die Badestube und steckte den Kopf in den Badezuber, der mit kaltem Wasser gefüllt war. Er wollte vergessen. Sich selbst und alles, was er geliebt hatte. Den Schmerz, von Madlen getrennt zu sein, würde er nicht ertragen.

Als die Kerzen und Lichter im Haus gelöscht waren und die Nachtruhe sich über das Haus gelegt hatte, sah er wieder hinüber zu dem neuen Gebäude, und auch dort war alles dunkel und still.

Ob Madlen schon schlief?

Er verließ sein Bett ohne einen Laut und lauschte in den nächtlich dunklen Hof hinein. Er hörte die Tiere wie alle Nächte zuvor, den leichten Druck des Windes und das sanfte Zittern der Blätter an dem jungen Baum, der inmitten des Hofes gepflanzt worden war und mit jedem Jahr kräftiger wurde. Wie zart und klein er doch ist gegen meinen Baum. Martin packte die Sehnsucht nach seinem Freund, der so unverrückbar im Wald stand. Gerade jetzt hatte er die besten und schönsten Tage. Den ganzen Sommer lang waren alle Hügel und die niedrigen Berge von leuchtendem Grün überzogen und man hörte in der Stille viele Vogelstimmen. Einmal hatte Martin einen großen dunklen Vogel fast senkrecht von einem Ast auf die Erde schießen sehen. Das musste ein Habicht gewesen sein, denn die jagten im Wald.

Er wollte zu seinem Baum. Und Madlen sollte mitkommen. Martin sah zu dem Fenster hinüber, hinter dem sie schlief. Vielleicht war sie wach und dachte darüber nach, wie groß die Distanz zwischen ihr und den Luthers war. Doch bei seinem Baum gab es keine Distanz – er machte für ihn und Madlen den Wald zu einer großen Kathedrale.

Was tut der Mensch in einer Kathedrale? Martin gab sich gleich selbst die Antwort: Er betet – und er heiratet dort.

Ein Glücksgefühl machte sich in ihm breit, das nach den Qualen der vergangenen Stunden umso stärker in ihm auflebte. Leise lief er durch den Keller zu Madlens Zimmer. Vor Glück meinte er in seinen Ohren Glockentöne zu hören, doch das war natürlich Unsinn. Der schönste Unsinn, den Martin sich vorstellen konnte. Die Glockentöne nahmen ihm die Angst vor den Eltern, sie hüllten ihn förmlich ein und machten ihn unangreifbar.

Er klopfte zart an Madlens Tür.

Später, als sie nebeneinander inmitten der starken Äste seines Baumes saßen, nahm Martin seinen ganzen Mut zusammen.

»Madlen, willst du meine Frau werden?«

Sie sah ihn ernsthaft aus ihren schwarzen Augen an. »Musst du denn nicht die aus Eisenach heiraten?«

»Bisher hat mich noch keiner gefragt. Und wenn sie fragen, dann sage ich ihnen, dass ich schon versprochen bin, nämlich dir.«

Madlen blieb lange stumm. Ihr Blick war in die Ferne gerichtet. Als sie sich ihm endlich wieder zuwandte, wusste Martin die Antwort, noch bevor sie die Worte aussprach.

»Ja, Martin, ich will deine Frau werden.«

Martins Herz machte einen Sprung. »Halt mich fest, damit ich bei dir auf der Erde bleibe, sonst fliege ich noch davon«, sagte er. »Ich spüre schon, wie ich schwebe.«

»Ich auch«, sagte Madlen und schmiegte sich eng an ihn. »Aber dann fliegen wir eben zusammen weg.«

»Ich bin so froh, dass ich dich getroffen habe«, sagte Martin. »Du bist wie ich. Du bist der einzige Mensch, mit dem ich meinen Baum teilen will, mein ganzes Leben teilen will.«

25

Margarethe Luther richtete sich im Bett auf, noch benommen von einem schweren Traum. Sie hatte Madlen geschlagen, das Mädchen war vor ihr geflohen, doch sie, Margarethe, hatte fliegen können, hatte Madlen wieder eingeholt und erneut auf sie eingeschlagen.

Gefangen von den mächtigen Traumbildern fiel ihr das Atmen schwer, sie hörte ein Käuzchen schreien und bekreuzigte sich. Wenn ein Nachtvogel schrie, dann gnade Gott. Was, wenn Gott sah, was sie im Traum getan hatte, gern getan hatte. Sie war beflügelt gewesen von ihrem Wunsch nach Rache, sie wollte Madlen schlagen, immer wieder, weil sie allen gefiel. Allen, sogar ihrem Mann.

Gnade und Frieden in Christo, Margarethe hatte in ihrem Traum nicht an Gott gedacht, dabei wusste sie doch, dass ihm nichts entging. Vielleicht richtete er schon in diesem Augenblick über die Sünderin. Bitte, Gnädiger Gott, betete sie. Es war doch nur ein Traum! Nie würde ich die Madlen schlagen, nie! Glaube mir, das ist die Wahrheit.

In diesem Moment schrie wieder das Käuzchen, und Margarethe fuhr zusammen. Das war ein Zeichen!

Sie weckte ihren Mann. Bloß jetzt nicht allein sein. »Hörst du den Nachtvogel, Hans, sein Schrei bringt Unglück. Als beim Pfeiffer das Haus abgebrannt ist, hat vorher auch ein Käuzchen geschrien!« Margarethe schlug wieder das Kreuz vor ihrer Brust, rüttelte ihren Mann, der wieder eingeschlafen war. »Hör doch, Hans, der Nachtvogel … dem Pfeiffer sein Haus …«

»Was willst du mit dem Pfeiffer-Haus, das ist weit weg von uns«, brummte Hans Luther ungehalten. »Was geht uns das an?

Lass mich endlich schlafen. Der Morgen bringt viel Arbeit für mich.«

Margarethe war inzwischen hellwach. Aber ihre Angst, dass Madlen im Haus mehr geliebt werde als sie selbst, dieser Albtraum ließ sie nicht los. Wieder schüttelte sie ihren Mann an der Schulter, und als er unwillig knurrte, sagte sie mit harter Stimme, es sei höchste Zeit, dass das Mädchen aus dem Haus komme.

Hans Luther richtete sich halb auf im Bett. »Können wir das nicht morgen klären?«

»Nein, nein«, beharrte Margarethe. »Seit sie im Haus ist, ist alles anders. Sie hat Martin verhext.«

Margarethe drängte sich dicht an ihren Mann und zischte ihm ins Ohr: »Du willst doch nicht, dass am Ende unser Martin die Madlen schwängert! Alle hier sind verliebt in diese Hexe, du ja auch!«

Hans Luther hatte genug gehört. Er schob seine Frau mit einem kräftigen Stoß von sich weg. »Seit du wieder schwanger bist, wirst du mit jedem Tag verrückter. Mach nur weiter so. Nicht einmal schlafen kann man neben dir!«

Leicht verunsichert überlegte Margarethe, ob sie einlenken sollte. Nein, sie war eine Lindemann. Sie hatte ihre Rechte. Und Augen im Kopf. Sie sah und hörte mehr, als ein Mensch ertragen kann. Ich sterbe, dachte sie, ich sterbe, und meine Liebe, mein ganzer Besitz wird mir genommen. Etwas Dunkles, Heißes würgte sie im Hals, und sie begann, verzweifelt zu schluchzen.

»Warum willst du, dass sie im Haus bleibt? Sie ist eine Hexe, sie hat auch meine kleine Anna verhext.«

Jetzt hatte Hans Luther genug. »Schluss jetzt! Von unserer Nachbarin hast du auch behauptet, dass sie deine Kinder verhext hat. Man hätte sie längst gefangen gesetzt, wenn ich sie nicht mit allen meinen Kräften verteidigt hätte. Nimm dich endlich zusammen, sonst schlafe ich künftig im neuen Haus. Und alle sollen es sehen, wenn ich dort mein Bett aufschlage. Das ist mein heiliger Ernst!«

Am nächsten Tag sprach er mit Berblin über Margarethe. »Sie ist hysterisch, krank vor Eifersucht. Du musst mit ihr reden, unbedingt. Wenn Margarethe draußen auf den Gassen erzählt, dass Madlen eine Hexe ist, dann ist sie in Gefahr. Und nicht nur sie, wir alle. Sag bitte auch Martin, dass er seine Mutter beruhigen soll.«

Als Berblin Martin von dem Ausbruch seiner Mutter berichtete, musste er fast lachen. Madlen – eine Hexe? Sie ist ein Engel, dachte er zärtlich. Fein war sie, feiner als die Frauen vom Schloss, eine richtige Prinzessin. Ob der Vater auf seiner Seite war? Gott sei Dank teilte er die Vorwürfe der Mutter nicht. Das hatte Berblin ihm versichert.

Zur Nacht, als alle im Haus schliefen, saß Berblin am Tisch und schrieb einen Brief. Sie musste etwas tun, sonst hatte sie keine Ruhe mehr. Sie dachte wieder öfter an den Tod, der bald kommen würde, dabei war sie nur wenige Jahre älter als ihre Ziehschwester Margarethe.

Im Grunde hatte sie nie verwunden, dass sie kein eigenes Kind hatte. Bewerber, auch gutsituierte Männer, hatte es gegeben. Aber Berblin hatte jeden höflich abgelehnt. Früher waren die Gedanken an ein Kind nicht so oft aufgetaucht. Aber in den letzten Jahren musste sie immer wieder daran denken. Hätte sie einen Jungen bekommen? Ein Mädchen? Hätte das Kind ihr ähnlich gesehen? Ein Junge wäre vielleicht nach seinem Großvater, dem Geistlichen, gekommen.

Dafür hatte sie Martin. Es schien ihr, dass sie in ihm ihr nie geborenes Kind liebte. Und wohl auch in Madlen, die sie innigst ins Herz geschlossen hatte. Niemals würde sie das Mädchen im Stich lassen. Sie musste für sie sorgen, sie beschützen. Martin allein konnte das unmöglich schaffen, auch wenn er für Madlen alles tun würde. Aber er wäre ja schon bald in Magdeburg. Und was dann?

Da kam ihr eine Idee. Sie hatte doch den Vetter in Zerbst, von der Mutter her. Ihr Vetter Valentin Hofer war Notar und Amtsrichter. Berblin hatte ihn nur wenige Male getroffen, und da war er ihr vertrauenswürdig und liebenswert vorgekommen. Er hatte eine gute und herzliche Frau, aber, soweit Berblin wusste, keine Kinder. Ihm würde sie schreiben. Sie hatte ihn ja schon als Notlüge benutzt. Margarethe war offenbar zu allem fähig. Ihr Hexenglaube war nichts Neues, aber er war noch nie so stark zu Tage getreten wie in letzter Zeit. Nichts davon durfte nach außen dringen. Aber dafür wollte Berblin schon sorgen, und sie wusste Hans Luther auf ihrer Seite. Dennoch wäre es für Madlen besser, so schnell wie möglich eine andere Bleibe zu finden.

Berblin war im Grunde erleichtert, dass ihre beiden lieben Kinder die Stadt verlassen würden. Denn in Mansfeld sprach man davon, dass die Pest, die schrecklichste aller Seuchen, ausbrechen könnte. Die Ärzte waren besorgt und trafen bereits Vorsichtsmaßnahmen.

Berblin betastete vorsichtig ihre Leisten und die Achselhöhlen. Die Angst aller, die an ihrem Körper Schwellungen aufspürten, teilte auch sie. Sie waren der Anfang der mörderischen Krankheit, die immer wieder in Teilen des Landes aufflackerte. Männer Frauen und Kinder waren gleichermaßen betroffen und völlig schutzlos dem Tod preisgegeben.

Sie wusste, dass von diesen Schwellungen, die manchmal so groß waren wie ein Taubenei, die todbringenden Pestbeulen in kürzester Zeit auf die anderen Körperteile übergingen. Bald erschienen schwarze oder blau unterlaufene Flecken auf den Armen, den Schenkeln, und der Schwarze Tod oder das Große Sterben, wie es hieß, schlug zu.

Sie erinnerte sich daran, wie Martin ihr als kleiner Junge aufgeregt von der Pest erzählt hatte. Er war noch keine zehn Jahre alt gewesen, als der Lehrer den Schülern ohne jede Schonung von der Lungen- und der Beulenpest berichtet hatte. Martin war ganz verstört gewesen. Er war heimgerannt, so schnell er konnte.

»Berblin!« Er nahm sich nicht einmal die Zeit, sich hinzusetzen. Er stand vor ihr, suchte ihre Augen, ihre Aufmerksamkeit. Dann stürzten die Worte aus ihm heraus. »Der Tod, Berblin, der Tod ist ein Sensenmann, der hat die Macht über unser Leben, der mäht ganze Dörfer nieder, ganze Täler, ganze Städte. Es gibt große Städte in Italien, Berblin, da sind fast alle Einwohner gestorben. Und in Köln und in Mainz auch. Und, stell dir vor, man konnte all die Leichen nicht richtig beerdigen, weil es zu viele waren. Deshalb haben die Leute auf den Kirchhöfen große Gruben ausgehoben, und da wurden die Toten reingelegt, aufgeschichtet, mit ein wenig Erde bedeckt, bis die Grube ganz voll war. Und die Ärzte, Berblin, sie konnten gegen die Seuche nichts tun. Sie hatten selbst Angst davor.«

Berblin hatte Martin damals ruhig erklärt, dass der Tod durch die Pest alle getroffen habe: »In jedem Haus hat die Pest gewütet. Beim Bäcker wie beim Kürschner, beim Maler wie beim Priester, beim Ratsschreiber wie beim Lehrer, beim Bauern wie beim Grafen. Der Tod«, sagte sie, »ist der große Gleichmacher. Ihm ist es egal, ob arm oder reich, er holt alle.«

Dann schenkte sie aus dem Krug für Martin und sich einen Becher Apfelsaft ein. Sie nahm Martins Hand und erklärte ihm, dass es am besten sei, wenn man von Anfang an den Tod auch als seinen Freund annehmen könne.

»Der Tod kommt so oder so«, sagte sie. »Er hat meine Mutter geholt, als sie mich auf die Welt brachte. Und meinen Vater ließ er sterben, als ich noch ein Kind war. Da fühlte ich mich schrecklich einsam. Aber der Tod hat auch gute Seiten. Er erlöst die Menschen, die schwere Krankheiten haben. Weißt du, Martin, es wird dir nichts nützen, wenn du ihn als bösen, unheimlichen Gesellen aus deinen Gedanken wegschiebst. Er sucht alle heim, auch in diesem Haus.«

»Aber dich, Berblin, dich darf der Tod nicht holen!«, hatte Martin damals gerufen, und dann saßen sie Hand in Hand da und schwiegen.

Fast fünf Jahre war das her, In der Zwischenzeit hatte es tatsächlich zwei Pesttote gegeben in Mansfeld.

Leise seufzend legte Berblin ihre Schreibutensilien zusammen. Den Brief an ihren Vetter legte sie in ihre Markttasche. Morgen wollte sie ihn einem Boten mitgeben. Sie musste ohnehin in die Apotheke. Ihr Rücken schmerzte höllisch. Das würde eine lausige Nacht werden.

Am nächsten Tag kam sie nur mühsam aus dem Bett. Madlen half ihr in die Badestube und verließ dann eilig das Haus. Sie wollte zur Apotheke. Als sie die Offizin betrat, erklang ein voller Glockenton. Madlen atmete den Kräutergeruch ein, den sie so mochte. Der Gehilfe, der an einem großen Mörser stand und trockene Kräuter zu Pulver zerstieß, grüßte sie freundlich. Der Herr Apotheker sei nicht da, er sammle in seinem Garten frische Kräuter. Nein, heute komme er nicht mehr in die Offizin.

Ausgerechnet, dachte sie, denn wenn einer Rat wusste, dann war es der Apotheker. Sie zögerte. Der Gehilfe durfte ihr keine Arznei aushändigen, das wusste sie. Aber vielleicht würde er ihr Auszüge von Arnika verkaufen. Bei den Nonnen im Waisenhaus hatte sie gelernt, wie man mit Auszügen aus der Arnikapflanze Umschläge machen konnte. Madlen trug dem Gehilfen ihre Bitte vor.

»Aber nur, weil es für Berblin ist«, sagte er nach kurzem Zögern. »Die stellt sicher keinen Unfug damit an.«

Während Madlen mit Arnikasud getränkte Tücher auf Berblins Rücken legte, beschloss sie, ihr von Martins Heiratsantrag zu erzählen. Sie wusste zwar nicht, ob es Martin recht war, doch sie konnte sich nicht zurückhalten. Es musste heraus, sonst würde ihr der Kopf platzen.

»Martin will mich heiraten, aber er ist noch so jung, Berblin!

Er will studieren –

Jura –

Er ist verständig.

In allem.

Er weiß genau, was er will.
Er schwört –
Er ist so sanft –
Ich will, was er will
sag mir die Wahrheit, Berblin –
kann ich Martins Frau werden?«

Sie stieß die Worte hervor. War vielleicht doch alles nur ein Traum, eine verrückte Idee von Martin. Madlen fühlte sich so viel älter als er, obwohl es nur zwei Jahre waren, knapp zwei Jahre. Aber die hingen wie ein Mühlstein an ihr.

Berblin wusste, dass Madlen stark war. Sie kannte kein anderes junges Mädchen, das so frei war in ihren Gedanken und so genau wusste, was sie wollte. Und ehrlich war sie. Alles Unbeständige und Boshafte, das Berblin im Laufe ihres Lebens von Frauen erlebt oder beobachtet hatte, lag diesem Mädchen fern. Und ihre Liebe zu Martin war geradezu kindlich, leuchtete aus allen ihren Worten und Gesten heraus. Im Grund war sie mit ihren sechzehn Jahren ja auch noch ein Kind. Auch wenn sie eigentlich keine Kindheit gehabt hatte.

Sosehr sie sich über die Liebe ihrer Schützlinge freute, sosehr sie ihre Kräfte für sie einsetzen wollte, sie musste Madlen jetzt etwas sagen, das deren Traum unbarmherzig zerstören würde.

»Martin ist schon versprochen«, sagte sie. »Das hat Hans Luther damals nicht nur im Zorn behauptet. Martin soll ein Mädchen aus der Verwandtschaft der Lindemanns heiraten. Er hat davon nichts gewusst. Das Mädchen auch nicht. Nicht einmal ich selbst hatte eine Ahnung. Die beiden haben sich noch niemals gesehen, aber die Eheverabredung ist von den Eltern beiderseits getroffen und hat Gültigkeit. Das hat mir Hans Luther versichert.«

Madlen schwieg. Sie fasste nach Berblins Hand. Die ganze Berblin war in arnikagetränkte Tücher eingewickelt und atmete tief durch.

»Ich habe das Gefühl, dass die Arnikatinktur schon hilft. Die kühlen Bandagen tun mir richtig wohl. Ich danke dir von Herzen.«

»Du hast mir schon so viel geholfen. Ich bin glücklich, dass ich auch einmal etwas für dich tun kann.« Madlen beugte sich zu ihr und legte die Wange an ihr Gesicht.

Schließlich sagte Berblin in die Stille. »Du musst wissen, dass man dich verheiraten kann. Das ist durchaus üblich bei Mädchen, die keine eigene Familie haben. Hans Luther hat dich zwar als Haustochter bei der Stadt angemeldet. Aber ich weiß, dass Margarethe ihm keine Ruhe lässt. Sie will, dass du die Werbung von Klein Hans annimmst. Dabei darf der sich hier gar nicht mehr sehen lassen. Ich habe versucht, ihr das auszureden. Doch sie meint allen Ernstes, dass es keine bessere Lösung für dich geben könne. Schließlich seiest du dann sogar mit den Luthers verwandt und hättest eine gute gesellschaftliche Stellung. Das sei doch wohl mehr als gut genug für jemand, der kein Herkommen habe und auch sonst nichts als ein freches Mundwerk.«

»Auf die Verwandtschaft mit Margarethe Luther kann ich gut verzichten«, sagte Madlen trocken, und Berblin musste lachen.

26

Als sie in der Schule Mittagspause hatten, fragte Hans Reinicke, ob Martin sich wohl heimlich verlobt habe.

Martin gab sich ahnungslos.

»Jetzt hör schon auf!«, sagte Hans. »Du weißt es ganz genau. Beim Narrenspiel hab ich euch beobachtet. Sie hat sich immer nach dir umgeschaut. Und du hast sie angeschmachtet.«

Nicolaus Oemler kaute schwer an einem knorpeligen Stück Speck und spuckte den Rest aus dem Fenster. »Das hat ja ein Blinder gesehen, und gestern wollten wir dich zum Kurrende-Singen abholen, da ist nur der Jakob mitgekommen.«

»He«, sagte Martin zu Nicolaus. »Ich frag ja auch nicht, ob du in die Barbara verliebt bist. Und dich, Hans, dich frag ich auch nicht, ob du endlich eine abgekriegt hast. Ihr seid schlimmer als zwei alte Nonnen.«

»Jawohl«, pflichtete ihm Hans grinsend bei, »jawohl, das sind wir, und deshalb haben wir euch neulich beobachtet, als ihr im Garten gesessen seid. Du und die Madlen.«

»Was heißt hier ›gesessen‹? Die haben aneinandergeklebt wie zwei Blätter in der Bibel! Nun sag schon, Martin – ist die Madlen deine Braut?«

Die Vermutungen seiner beiden engsten Freunde machten Martin glücklich. Er wusste nicht, was ihn erwartete, aber er hatte jetzt ein Ziel vor Augen, auf das er zusteuern wollte. Das war die einzige Gewissheit, die er besaß.

Als er am Abend von der Schule heimkehrte und die Tür zur großen Stube öffnete, sah er sie im Kreis knien: seinen Vater, die Mutter, Berblin, Madlen, den Knecht, die Kindsmagd. In der Mitte lag, in weißen Stoff eingewickelt, Anna. Ihr Gesichtchen war so weiß und schön, dass in Martins Herz eine Flamme der Liebe zu seiner kleinen Schwester emporschoss. Doch ebenso jäh wurde ihm klar, dass er von ihr Abschied nehmen musste. Hier und jetzt.

Stumm kniete er sich zwischen Berblin und Madlen. Bilder stiegen vor ihm auf. Anna, wie sie in ihren Kissen lag, blass und schwer atmend, erschöpft vom Schreien.

Martin musste an den leidenden Jesus Christus und seine Worte denken: »Ich hatte Angst, und ihr habt mich nicht getröstet. Ich hatte Durst, und ihr habt mir nichts zu trinken gegeben. Ich hatte Schmerzen, und ihr habt mich nicht geheilt.«

Die Mutter kniete starr wie ein Bild aus Stein. Der Vater hielt sich die Ohren zu, obwohl alles schwieg. Als Madlen endlich Martins Blick erwiderte, weinte sie so leise, dass Martin nicht wusste, ob es nicht doch Berblin war, die um Anna weinte. Aber deren Augen waren wie erloschen, tränenlos.

Beide hatten sie Anna geliebt, Berblin und Madlen. Martin sah jetzt ein Bild, das ihn weniger schmerzte als das erste: Madlen mit Anna auf dem Arm. Wie Anna ihr Köpfchen an Madlens Hals legte und wie sie lächelte für einen leisen schönen Moment. Beide Bilder, das wusste er, würden ihn nie wieder loslassen.

Der eiserne Klöppel an der Haustür schlug an und riss alle aus ihrer Starre.

»Berblin«, sagte Hans Luther fast unhörbar, doch sie verstand und holte den Priester herein.

Als er Anna segnete, stimmte Berblin die Totenlieder an und empfahl Anna in die Arme Jesu. Ihre Stimme zitterte wie nie zuvor, und Martin wurde bewusst, dass sie vielleicht am meisten litt unter dem Tod der kleinen Anna, die sie in ihre Obhut genommen hatte.

Madlens sonst so weiches Gesicht schien ihm versteinert. Und doch war es ihm noch nie so schön erschienen. Er wusste, dass sie die kleine Anna ebenso geliebt hatte wie Berblin.

Martin wünschte sich, jetzt in seinem Baum zu sein. Nirgends sonst. Wenn er nur seine Wange an die kühle, duftende Rinde legen konnte, war er ohne Wünsche. Der Baum tröstete ihn.

Als der Priester das Haus wieder verlassen hatte, erhoben sich alle langsam aus dem Kreis. Madlen wollte das weiße Bündel aus der Mitte behutsam aufheben, da schrillte die Stimme Margarethe Luthers durch den Raum, so unverhofft laut, dass alle erschrocken innehielten.

»Rühr mein Kind nicht an, du Hexe! Du bist schuld an ihrem Tod. Du hast meine Anna verhext!«

Madlen starrte einen Moment lang auf die hysterisch schreiende Frau, dann drehte sie sich um und rannte durch die Diele aus dem Haus. Martin lief hinter ihr her. Rasch hatte er sie eingeholt, und Madlen warf sich in seine Arme, schnappte nach Luft. Ungeschickt hielt er sie fest, sein Gesicht landete an ihrem Hals, in einer kleinen weichen Kuhle, er drückte seinen Mund hinein. Madlen wurde jetzt ruhig, und Martin streichelte sie, obwohl er verzweifelt war.

Wenn die Mutter Madlen als Hexe verschrie, war alles zu spät. Das konnte für Madlen Folter und Tod bedeuten. Umso fester drückte er sie an sich, und Madlen atmete jetzt ruhiger, streichelte ihm Kopf und Schulter. Dann sprang sie mit einem leisen Aufschrei zurück. Die einäugige Katze der Nachbarn glitt ihnen um die Füße, und auch Martin wusste wieder, wo er war. Sie konnten nicht hier stehen bleiben. Nicht hier und anderswo auch nicht.

»Komm, Madlen«, hörte er sich sagen »komm mit mir zu meinem Baum. Rasch, sonst finden sie uns.«

Es erstaunte ihn nicht, dass Madlen den Baum ebenso mühelos erklomm wie er. Sie saßen beieinander in der Gabelung des Stammes, und das Licht der untergehenden Sonne schimmerte auf Madlens Gesicht und ließ ihre Augen grün glänzen. Zum ersten Mal sah Martin, dass sie kein Mädchen mehr war, sondern eine junge Frau.

»Ich habe gedacht, es wird langsam hell um mich«, sagte Madlen leise. »Und nun ist das Licht wieder erloschen.«

Es klang wie eine Feststellung, undramatisch, fast kühl. In ihrer Stimme war Festigkeit, Kampfgeist, und Martin dachte, dass es der Trost des Baumes sein musste, der sie stärkte. Sie lehnte sich an seine Brust und sah in den Wipfel des Baumes. Madlen und der Baum – Martin würde keinen von beiden hergeben.

»Sprichst du mit dem Baum, wenn es dir schlecht geht?«, wollte Madlen wissen und strich sanft über die Rinde. Sie schaute in die mächtigen Äste.

Martin war verwundert, wie rasch sich Madlen von dem bösen Angriff seiner Mutter zu erholen schien. Vielleicht fühlte sie sich im Schutz des Baumes sicher. Aber sie musste wissen, dass sie in Gefahr war, wenn Margarethe Luther sie öffentlich als Hexe verschrie.

»Ich hatte Anna lieb und Berblin und dich«, sagte Madlen ruhig und legte ihren Kopf in derselben Weise an seine Schulter, wie die kleine Anna es bei ihr immer getan hatte.

»Aber was soll aus mir werden, wenn du nach Magdeburg gehst? Und was wird mit uns? Berblin hat eine Stelle in Zerbst für mich in Aussicht, aber wer weiß, ob die Verwandten mich haben wollen? Im Grunde bin ich wieder da angekommen, wo wir uns damals im Wald begegnet sind.«

27

Es war früher Morgen, eigentlich noch Nacht, als Martin erwachte. In der unauslotbaren Tiefe zwischen Traum und Wirklichkeit war Madlen an seiner Seite und schmiegte sich an ihn. Weiter ging der Traum nicht, aber es war sein kühnster Traum, den er jeden Tag träumte und besonders jetzt, da seine letzten Tage in Mansfeld angebrochen waren. Wann sie genau aufbrechen würden, hing auch von Hans Reinicke ab, der noch seinen Patenonkel besuchen wollte, von dem er sich ein ordentliches Reisegeld erhoffte.

Martin würde sich heute von Mansfeld verabschieden. Rasch stieg er aus dem Bett und zog sich an. Dann machte er sich auf den Weg. Es war kühl geworden, und der Atem schwebte als Wolke von ihm weg. Auf den Feldern waren nur noch Stoppeln zu sehen. Die Luft roch nach Herbst. Martin fühlte sich matt.

Es war so viel Schmerzliches in seinem Leben passiert. Anna hatten sie inzwischen zu Grabe getragen. Neben den Luthers waren einige Nachbarn gekommen, sogar Martins Lehrer und der Arzt der Familie. Als man den kleinen Leichnam in die Erde versenkte, fühlte sich Martin, als würde man ihn bestehlen. Er sah zu seiner Mutter, die mit zusammengepressten Lippen allem zusah. Der Pfarrer betete für Anna, hatte es aber eilig wegzukommen. Der Arzt begleitete die Familie zurück in ihr Haus, das Martin leer und öde erschien, obwohl die Herbstsonne es mit ihrem Licht erhellte. Gemeinsam setzten sie sich an den Tisch und aßen das schlichte Mahl, das Berblin und Madlen vorbereitet hatten.

»Anna hätte wahrscheinlich nie laufen gelernt«, sagte der Arzt. »Ihr Herz war offenbar sehr klein und schwach. Ich habe von Anfang an geahnt, dass sie nicht lange leben würde, habe es aber nicht über mich gebracht, es euch zu sagen. Ich hatte das Kindchen ja selbst liebgewonnen.«

Alle kämpften mit den Tränen. Auch Martin. Dennoch konnte er den Groll gegen seine Mutter nicht unterdrücken.

»Anna hat die Madlen geliebt. Und du traust dich, sie zu verschreien. Was du tust, ist nicht nur böse, sondern gefährlich. Entschuldige dich bei ihr. Das bist du der kleinen Anna schuldig.«

Niemand aß, niemand sprach. Bis der Vater sagte, dass Martin recht habe.

»Margarethe, tu, was Martin sagt. Alles andere bringt uns Unglück.«

Eine Entschuldigung wollte ihr nicht über die Lippen kommen. Aber sie stand auf, schaute zu Madlen und sagte: »Ich werde nicht mehr darüber sprechen.«

»Es ist gut, Frau Luther«, erwiderte Madlen ruhig. Sie tat es für Anna. Im Grunde wusste sie, dass gar nichts gut war.

Während Martin durch die Felder um Mansfeld lief, plagten ihn trübe Gedanken. Er hatte Angst, Madlen über allem, was auf ihn wartete, zu verlieren. Aber er konnte sie nicht mitnehmen nach Magdeburg. Er würde sich auf seine Studien konzentrieren müssen und aufs Kurrende-Singen, er musste weiterkommen. Und wovon sollten sie leben? Es ging einfach nicht.

Als er zurückkam, war im Haus immer noch alles still und dunkel. Martin legte sich leise in sein Bett, und bald kamen seine Träume wieder zu ihm. Doch sie blieben nur an der Oberfläche seines Bewusstseins, denn er hörte die Schritte Berblins, die er so gut kannte. Er wusste, dass auch sie oftmals am frühen Morgen nicht mehr schlafen konnte, und dann stand sie auf und zündete den Ofen an. Bald würde das Holz brennen und duften. Ein Geruch, den Martin liebte. Er hoffte, nein, er wusste, dass Berblin auf einem Blech Äpfel in den Ofen schieben würde, und er freute sich auf den Augenblick, wenn sie zerplatzten und noch intensiver dufteten als das brennende Holz.

Es hatte keinen Zweck, noch liegenzubleiben. Er würde die Zeit vor dem Frühessen nutzen und in den Garten gehen. Martin wollte auch etwas tun, um Berblin eine Freude zu machen. Schon gestern hatte er sich Äste und alte Tücher zurechtgelegt, um die Rosen, Kamelien, Lavendel und die jungen Obstbäume vor dem Winterfrost zu schützen. Das war seit längerem seine Aufgabe, und er machte sie gern, weil ihm der Gedanke gefiel, liebgewonnene Pflanzen zu beschützen, die sonst erfrieren würden. Als er einen jungen Obstbaum mit Sackleinen umwickelte, hörte er zwei drei Schritte, Arme legen sich um seinen Hals, ein Körper schmiegte sich an ihn. Wie lange hatte er sich das gewünscht. Madlen sprach mit ihm, er sah ihre vollen Lippen, ihre dunklen Augen, und er war so verzaubert, dass er kaum verstand, was sie ihm zuflüsterte.

»Magdeburg tut weh. Aber es muss sein. Für unsere Zukunft. Du musst ein Mann werden, Martin, musst deinen Geist bilden, nur dann können wir Hoffnung haben.«

»Hoffnung? Kann ich wirklich Hoffnung haben auf ein Leben mit dir? Willst du mir das sagen?« Martin fühlte sich plötzlich ganz leicht.

Madlen nickte. »Ich habe dir mein Jawort gegeben, und das war mir ernst. Ich werde Tag für Tag an dich denken. Und sonst werde ich mich an Berblin halten, was sie auch plant, ich werde ihr gehorchen. Deine Eltern werden mich niemals als Schwiegertochter dulden. Deine Mutter wird mich bei nächster Gelegenheit erneut als Hexe verschreien. Ich kann und will nicht länger in diesem Haus bleiben.«

Madlen schaute zum Himmel und Martin folgte ihrem Blick, sah das Farbenspiel in verwehendem Blau, einem zögernden Rot mit schwarzgrauen Streifen dazwischen. Er verstand sie so gut. Und er glaubte in diesem Moment, dass es immer einen Ausweg für ihn und Madlen geben würde.

Martin war glücklich. Er wollte nichts anderes mehr spüren, als Madlens Körper an seinem. Zwischen ihnen gab es keine Heuchelei, und alle Pläne seiner Eltern konnten ihm gestohlen bleiben. Mansfeld und Magdeburg dazu. Er, Martin Luther, ließ sich nicht aus dem Paradies vertreiben. Eine Zeit würde kommen, wo er wohlbestallter Jurist war und sein eigener Herr. Dann würde er für Madlen, Berblin und sich ein Haus bauen, sie hätten eine Kutsche, und alles wäre unbeschwert, einzig und groß.

28

Berblin und Madlen hatten am Vortag schon alles für das große Abschiedsessen vorbereitet. Ein riesiger Braten vom Kalb war in den Ofen gekommen und heute zusammen mit dem Kraut nochmals erhitzt worden. Dazu gab es dunkles und weißes Brot, und wer wollte, konnte einen Linsenbrei haben. Eigens für Martin war eine süße Dinkelspeise mit gehackten Haselnüssen, Rosinen und Dörrpflaumen zubereitet worden. Jockel rollte ein Fässchen mit Mansfelder Wein heran.

Alles, was im Haus an Bänken und Hockern vorhanden war, stand um den großen Tisch. Madlen legte noch Decken und Kissen darauf. Sie stellte drei dicke Kerzen auf den Tisch und zündete sie an. Dann schmückte sie den Tisch mit einer Handvoll schöner Blätter aus dem Garten.

Als sie in der Vorratskammer das Salzfass holen wollte, traf sie auf Margarethe Luther, die den gleichen Gedanken gehabt hatte.

»Du benimmst dich, als wärest du hier die Hausfrau«, stieß sie hasserfüllt hervor. »Aber du bist nichts. Gar nichts. Ohne uns kannst du betteln gehen oder als Hure dein Leben bestreiten.«

Es war Madlen, als höre sie das Geheul von Wölfen ganz nah, streunende Katzen schrien, das Haus wankte und drohte über ihr zusammenzustürzen. Sie war verloren, ihr war speiübel, sie wandte sich ab.

Hans Luther tauchte aus dem Gang auf, schaute von Madlen zu Margarethe.

»Was ist los, die Madlen sieht ja aus wie ein Gespenst.«

»Sie spielt sich auf, als hätte sie hier das Sagen«, sagte Margarethe erbost. Ihr Gesicht war hochrot und fleckig.

»Dass du dich nicht schämst«, sagte Hans Luther schneidend. »Die Madlen nimmt dir alle schwere Arbeit ab, und zum Dank pöbelst du sie an. Was ist nur aus dir geworden?«

»Du hältst zu ihr? Das wagst du?« Margarethe warf den Salztopf auf den Boden und rannte davon. Madlen holte den kleinen Küchenbesen und kehrte das Salz auf. Der Napf war trotz des Sturzes nicht zerbrochen, und Hans Luther füllte ihn mit frischem Salz. Als er sich umdrehte, stieß er mit Madlen zusammen, die sich gerade vom Boden aufrichtete.

Sie standen Körper an Körper. Unvermittelt. Als müsse es so sein. Doch Madlen konnte nichts anderes denken, als dass draußen ein Hund bellte. War es der Hund vom Goldenen Ring? Der war ein Mistvieh.

»Madlen«, sagte Hans Luther mit rauer Stimme und erschrak offenbar selbst darüber. Flüsternd wiederholte er: »Madlen«, und er griff ihr in die Haare. Behutsam. Liebevoll. Er zog sie an sich.

»Madlen! Hans!« Berblin stand unter der Tür. »Kommt zu Tisch!«, rief sie laut.

In der Stube war die Stimmung gedrückt. Man sprach immer wieder von der kleinen Anna. Was für ein schönes Kind sie gewesen sei. So freundlich. So brav. Und nun hatte Gott sie zu den Engeln geholt. Die zweijährige Dorothea wurde hochgenommen, von einem zum anderen gereicht. Sie sollte vom Tod Annas ablenken. Jeder wollte sie dazu bringen, ihr Lieblingswort zu sagen: »Warum?« Dorothea sagte zum Entzücken aller »Wallum?«

Hans Reinicke war mit seinen Eltern und seiner Schwester Barbara gekommen, Nicolaus Oemler ebenfalls mit der Familie.

Als alle um den Tisch saßen, der Wein eingeschenkt war, erhob der Hausherr das Glas und sagte, dass heute ein besonderer Tag sei für die Familien Luther, Reinicke und Oemler. Die ältesten Söhne würden ihr Elternhaus verlassen und zum weiteren Studium in die Welt hinausgehen. Hans und Martins Weg führe nach Magdeburg, Nicolaus gehe nach Eisenach. Und alle drei wollten, in nicht allzu ferner Zukunft, weiterziehen nach Erfurt, an die berühmte Universität. Darauf, und dass sie alle gescheit und gesund zurückkämen, wollte er nun mit der versammelten Familie anstoßen. Seine Frau ließe sich entschuldigen, ihre Schwangerschaft zwinge sie ins Bett.

Nun ging erst einmal ein geräuschvolles Tafeln los. Besonders der große Braten wurde freudig begrüßt. Das Brot bekam einhelliges Lob, das Kraut ebenfalls. Vor dem Nachtisch brachten die Kurrende-Sänger noch ein Abschiedsständchen zu Gehör. Berblin hatte es sich gewünscht, und sofort waren Hans, Nicolaus, Martin und Jakob aufgestanden und hatten nach kurzer Beratung ein Lied angestimmt.

In Gottes Namen fah-ren wir, nach seiner Gnad begehren wir.
Verleih uns die aus Gü-tig-keit, oh heilige
Dreifaltigkeit – Ky-ri-e-lei-son.
In Gottes Namen fah-ren wir, zu Gott dem Vater rufen wir.
Behüt uns, Herr, vorm ewgen Tod, und sei uns Hilf in aller
Not – Ky-ri-e-lei-son.
In Gottes Namen fahren wir, zu Jesus Christus flehen wir,
dass er durch all die Marter sein, uns mache von der Sünde
rein – Ky-ri-e-lei-son.

»Danke, und jetzt noch mein Lieblingslied«, bat Berblin, und die vier sangen nur für sie.

Dat du min levsten büst,
dat du voll weest.
Kumm bi de Nacht, kumm bi de Nacht,
seeg, wo du heest!
Kumm bi de Nacht, kumm bi de Nacht,
seeg, wo du heest!

Dann ergriff Nicolaus Oemler das Wort. Nicht ohne eine gewisse Tücke im Blick auf die Eltern verriet er, dass Martin und Hans in Magdeburg Großes vorhätten.

»Großes? Hoho, da bin ich aber gespannt!«, rief Vater Reinicke. »Nun schieß mal los, spann uns nicht auf die Folter!«

»Tja«, sagte Nicolaus, und schaute zufrieden um sich. Es fehlte noch, dass er sich die Hände rieb. »Also – sie wollen eine ›Weltgeschichte des Prügelns‹ schreiben. Ich mache natürlich auch mit.«

Nicolaus genoss die beredte Gesprächspause, die nun entstand, dann fuhr er, scheinbar unbefangen, fort: »Das erste Kapitel wird Martin verfassen. Es heißt ›Eselsstall und Teufelsschule‹.«

Hans Luther und Peter Reinicke sahen sich mit deutlich gemischten Gefühlen an. Doch Hans Luther war im Moment von seinen eigenen Problemen so in Anspruch genommen, dass er nur ein leichtes Zucken der Schulter zustande brachte. Peter Reinicke entschloss sich daher, das Vorhaben amüsant zu finden und vor allem zu ignorieren, dass er gemeinsam mit Hans Luther einer der Gründer des besagten Eselstalls war.

»Das zweite Kapitel lautet: ›Tyrannen und Stockmeister‹.«

Nicolaus sah um sich, ob jemand protestierte, doch da kam kein Laut. Alle schauten auf ihn, und das war ihm gerade recht. Die Väter hatten an ihren Söhnen viel gutzumachen, fand er, sehr viel sogar, und heute schlug die Stunde, dass man den Vätern mal eine kleine Predigt halten konnte. Normalerweise hatten sie das Predigen ja für sich gepachtet.

»Also«, sagte Nicolaus heiter, »ich kümmere mich um das Spionage- und Denunziantenwesen an unserer Schule. Es muss einmal gesagt werden, dass es für die Seelen der Schüler schädlich ist, wenn sie aufgefordert sind, ihre Mitschüler zu denunzieren. Wer bei uns nämlich Deutsch statt Lateinisch spricht, wird mit dem Ruf ›Wolf‹ angezeigt. Manchmal ist ›Wolfgebrüll‹ ziemlich widerlich. Ich nenne mein Kapitel deshalb ›Sinn oder Unsinn des Wolfszettels‹.«

»Danke, Nicolaus«, sagte Martin bescheiden. »Ich werde mich

noch weiter qualifizieren, indem ich über ›Sinn und Unsinn der Prügelstrafe‹ schreibe.«

»Und ich knöpfe mir den Eselskragen vor«, meldete sich Hans Reinicke zu Wort. »Den kennt zwar jeder, aber nicht jeder denkt darüber nach, wie hundsgemein es ist, einem Schüler so ein hölzernes Marterinstrument umzuhängen. Es ist eine Schande, von der man sich nicht mehr erholt.«

In die betretene Stille hinein sagte Hans Luther spitz: »Immerhin habt ihr alle drei in dieser miesen Schule eine feine und deutliche Handschrift kultiviert, und euer Latein ist vom Besten, soviel ich weiß.« Dann setzte er noch schärfer hinzu: »Vaterunser und Ave-Maria hat man euch auch beigebracht. Aber ein Dankgebet für die Eltern war wohl im Lehrplan nicht vorgesehen.«

Vater Oemler nahm es wie Vater Reinicke mit Humor.

»Ich bin gespannt auf jedes Kapitel. Und ich erlaube mir, auf unsere Söhne zu trinken. Was mich betrifft, bin ich stolz auf sie und neugierig darauf, was sie in Zukunft noch alles anstellen werden!« Er hob sein Glas, und nach und nach prosteten sich alle zu.

Die drei Schulfreunde standen am Fenster, und Nicolaus nahm Abschied von Hans und Martin. Er konnte die Tränen nicht unterdrücken und wollte es auch nicht.

»Könnte ich doch nur mit euch nach Magdeburg kommen. Aber die Eltern wollen mich unbedingt in Eisenach zur Fortbildung sehen.«

Schließlich standen sie, einer den Arm auf der Schulter des anderen, stumm da. Vater Oemler trat zu ihnen.

»Na?«, sagte er. »Drei junge Männer vor dem Aufbruch ins Leben! Ihr werdet der Welt schon euren Stempel aufdrücken.«

Es war schließlich Berblin, die sanft zum Aufbruch mahnte, und die Familien gingen auseinander.

Berblin half Martin beim Packen seines Rucksacks und berichtete ihm leise, dass sie soeben durch einen Boten die Antwort ihres Vetters in Zerbst bekommen habe.

»Er hat dem Boten gleich eine Nachricht mitgegeben, und nun

habe ich die Zusage, dass Madlen in seinem Haushalt Aufnahme findet. Sie wissen, dass ich nur jemanden schicke, der eine angesehene Familie, das gute Geschirr und die Möbel schätzt. Die Hausfrau hat einen bösen Husten. Man hofft, dass Madlen sie liebevoll pflegt. Der Vetter und seine Frau freuen sich auf sie«, sagte Berblin erleichtert.

Martin beobachtete, wie Madlen unter dem Geklapper des Geschirrs in ihr Zimmer ging. Unauffällig folgte er ihr. Als er ihre Kammer betrat, stand sie vornübergebeugt da, schüttelte ihr Haar und bürstete es. Ihr Kleid hatte sie ausgezogen. Ein frisches lag parat. Martins Kehle zog sich zusammen, er spürte, wie ihm die Tränen kamen.

Madlen richtete sich auf, erschrak. Dann stand sie mit hängenden Armen vor ihm. Ihre Schönheit tat Martin weh, zum ersten Mal. Verzweifelt umarmten sie sich. Der Kuss, den sie ihm gab, war wie flüssiges Feuer. Und Martin wusste, dieses Gefühl sollte er nach Magdeburg mitnehmen.

III

29

Hans Reinicke holte Martin ab. Vom Turm schlug es zwölf. Die Mittagstunde. Bis sechs Uhr konnten sie noch gut unterwegs sein. Das Wetter war nicht schlecht. Trocken. Noch nicht so kalt. Manchmal kam sogar ein wenig Sonne aus den Wolken. Sie wollten es bis Sandersleben schaffen. Sich dann ein Nachtlager suchen.

Fürs Erste waren beide mit Geld gut ausgestattet. Martin hatte von seinem Vater unter vielen Ermahnungen ein Säckchen mit Hellern, Spitzgroschen, Kreuzern, Pfennigen und einigen Gulden bekommen. Von Berblin – ohne jede Ermahnung – eine selbstgenähte Börse mit Sächsischen Gulden. Er verstaute diesen Schatz zuunterst in seinen Reisesack. Er fühlte sich reich.

Berblin hatte geweint. Sie hatte ihm die Hand auf den Kopf gelegt und ihm gesagt, dass er ihr Lebensinhalt sei, vom Tag seiner Geburt an sei er das gewesen. Und dass er das immer bleiben werde, gleichgültig, was passiere. »Aber nun musst du hinaus und erst einmal dich selbst kennenlernen. Und dann die Welt, in der du leben willst. Du bist mutig und bereit für Ungewöhnliches. Solche Menschen liebt Gott.«

»Das hoffe ich«, hatte Martin gesagt. »Jesus Christus hat sich auch nicht vor dem Leben gefürchtet.«

»Meine Hoffnung ist, dass du ein Jurist wirst zu Mansfeld«, sagte Berblin. »Das Leben ist so kompliziert, da sollte man die Rechte studiert haben. Sonst wird man überall betrogen.«

Jetzt war der Moment des Abschieds tatsächlich gekommen.

Seine Mutter stand an der Tür, sie hielt die kleine Dorothea an der Hand. »Sag deinem Bruder Ade.« Sie schob die Kleine in Martins Arme, und Dorothea fragte »Wallum?«

Dann kam Jakob. Er wollte tapfer sein, aber seine Augen standen voller Wasser. Berblin hatte ihm ebenfalls einen Beutel mit Proviant vorbereitet, einen kleinen allerdings, denn Jakob wollte seinen Bruder unbedingt ein Stück begleiten. Gerührt umarmte Martin den Jüngeren.

»Aber nur eine halbe Stunde Wegs, höchstens!«, sagte die Mutter streng. »Dann kehrst du um!«

Martin sah seinen Vater an, der stumm im Hintergrund blieb und sich jeder weiteren Mahnung und jeden Ratschlags enthielt. So hatte Martin ihn noch nicht erlebt. Er war gewohnt, dass der Vater bei allem, was wichtig war, Anweisungen gab, Verbote austeilte. Forderungen stellte. Heute schwieg er.

Martin ging rasch noch einmal in sein Zimmer. Er hatte Papier gekauft für die Schule in Magdeburg und hätte es um ein Haar vergessen. Sein Blick ging durch den Raum, in dem er fortan nicht mehr wohnen würde. Ein Blatt Papier lag auf seinem Kopfkissen.

»Ich bin in Deinem Baum, dort bin ich Dir nahe. Nur Dir. Deine Madlen«, las Martin.

Hans und er gedachten, von Mansfeld aus über Hettstedt nach Sandersleben zu laufen. Beide waren als Schüler schon einmal dorthin gewandert. Damals hatten sie bei der Kirche Vesperpause gemacht, und Martin meinte sich auch an ein Wirtshaus zu erinnern.

Die Landschaft um Mansfeld war von sonntäglicher Stille geprägt. Familien, die mit ihren Kindern spazieren gingen, Reisewagen, in denen die Fahrgäste in warmen Kleidern und Hüten aus dem Fenster schauten. Alles schien langsamer und stiller vor sich zu gehen als an den Arbeitstagen.

Jakob lief erstaunlich gut und schnell. Vielleicht strengte er sich besonders an, um Martin und Hans nicht aufzuhalten. Manchmal schauten sie zurück auf die Burgen und Schlösser der Grafen von Mansfeld, die so hoch über dem Land lagen, dass man sie noch sehen konnte, wenn man schon weit aus Mansfeld heraus war.

Martin hätte seinen Bruder am liebsten bei der Hand genommen. So wie früher, als sie beide noch klein waren. Da waren sie immer Hand in Hand gegangen. Obwohl Martin nur zwei Jahre älter war als Jakob, hatte er sich um den Jüngeren immer Gedanken gemacht. Jakob konnte sehr zärtlich sein zu Menschen und Tieren. Er selbst hatte vieles, was ihn bewegte, zu Berblin getragen oder zu seinem Baum. Was aber ging hinter Jakobs dunklen fragenden Augen vor? Martin hätte ihn so gern unterstützt. Doch er wusste von sich, dass er sich trotz Berblins Nähe manchmal unendlich einsam gefühlt hatte. Besonders in der Nacht, wenn er von gehörnten Teufeln und blutrünstigen Tieren bedroht wurde. Hin und wieder hatte er Jakob nachts weinen hören. Dann hatte er sich zu ihm gelegt und ihn in den Arm genommen.

Jetzt umarmte er ihn und sagte. »Jakob, du bist schon zwölf, und ich weiß, dass du sehr klug bist. Bitte, pass auf unsere Mutter auf. Sie ist wieder schwanger, und der Tod unserer kleinen Anna hat sie sehr mitgenommen.

Trage es ihr nicht nach, wenn sie dich schimpft oder haut. Ich glaube, sie meint es nicht so, sie sieht oft nur das Schlechte. Das macht die Menschen elend, und sie wissen sich nicht mehr zu helfen.«

Im Stillen war Martin zwar anderer Meinung, aber das behielt er für sich.

Jakob hatte ruhig zugehört. Dann sagte er ernsthaft und überzeugt, dass er wohl mithelfen wolle, auf die Mutter achtzugeben. »Aber die Berblin kann das am besten von uns allen. Sie muss ja nicht mehr auf dich aufpassen und auf die Madlen auch nicht. Weil die auch fortgeht. Also hat sie jetzt ganz viel Zeit für unsere Mutter.«

Jakob sah Martin so treuherzig an, dass der ihn am liebsten abgeküsst hätte. Aber das war in der Familie Luther nicht üblich, und, soweit Martin wusste, in den befreundeten Familien auch nicht. Er beugte sich zu seinem Bruder hinunter, gab ihm einen Kuss auf die Stirn und bat ihn, umzukehren. »Ich habe sonst keine Ruhe. Du sollst im Hellen heimkommen, solange noch Leute auf den Wegen sind.«

Nur ungern zog Jakob ab. Martin spürte, dass sein Bruder gern bei ihm geblieben wäre. Das tat ihm weh, und zugleich war er glücklich darüber, von Jakob geliebt zu werden.

Martin und Hans gingen jetzt in etwas beschleunigtem Tempo weiter. Nach mehr als einer Stunde kamen sie in die Bergbauregion Hettstedt, wo Bergwerke und Hüttenwerke standen, die heute, am Sonntag, eigentümlich leer und verlassen dalagen.

»Ich werde einmal Hüttenmeister und Bergvogt wie mein Vater und mein Großvater«, sagte Hans voller Stolz, als sie zu einer der trichterförmigen Abraumhalden gingen, um dort unter einer Baumgruppe kurz Rast zu machen. Sie suchten sich einen kräftigen Baum, lehnten sich an den Stamm und ruhten sich aus.

Martin musste daran denken, dass Madlen bei seinem Baum gewesen war, als er von zu Hause aufbrach. Er versuchte, sich ihre letzten Blicke vorzustellen, doch es gelang ihm nicht. Vielleicht halfen ihm später die Dunkelheit und die Einsamkeit der Nacht, ihr Bild zurückzuholen.

»Du wirst ja einmal Jurist werden«, sagte Hans in Martins Gedanken hinein. »Dann kannst du mich beraten, wenn ich die Hütten meines Vaters übernehme und die Mansfeldischen mir das Fell über die Ohren ziehen wollen. Die Hütten deines Vaters kann ja der Jakob übernehmen.«

Beide hatten Brot und Wurst aus ihren Ranzen gezogen, wortlos tauschten sie ihren Proviant aus, wie sie es in der Schule auch immer gemacht hatten.

»Die Berblin backt doch das beste Brot«, sagte Hans und kaute beglückt an dem duftenden Weißbrot, das Berblin mit Butter und Schinken belegt hatte.

Schweigend aßen sie. Martin spürte an seinem Hinterkopf die

Rinde des Baumes, die ihm anders erschien als die Rinde seines Baumes in Mansfeld. Auch der Wipfel, zu dem er hinaufschaute, war ganz anders. Doch gerade weil er seinen Baum zu Haus so liebte, fühlte er sich von diesem bescheidenen Baum an der Abraumhalde getröstet.

Hans war inzwischen zu dem schwarzbraunen Trichter der Abraumhalde geschlendert. Mit den Füßen zerteilte er die Erde, und plötzlich stieß er auf einen keilförmigen Stein. Er klopfte ihn an seinem Stiefel ab und kam zu Martin zurück.

»Sieh her, ich hab ein schönes Stück Kupferschiefer gefunden. Siehst du das Kupfer? Das glänzende schmale Band hier, das ist der Stoff, von dem wir leben.«

Martin nahm den keilförmigen Schiefer in die Hand. Er sah edel aus mit dem etwas helleren Kupferband, das ihn in zwei fast gleich große Teile zerlegte. Martin wusste, dass es die Aufgabe der Häuer war, die Schieferstücke mit ihren Schlägeln und Eisen zu zerkleinern. Die erzreichen Stücke wurden dann im Ofen geschmolzen.

Martin stieg jetzt auch auf die Halde. Er wollte nach einem Stück Schiefer graben, das er für Jakob aufheben konnte.

Er wusste, dass Stücke, die wenig Erz enthielten, und die Schlacke, die zurückblieb, zu Hügeln wie diesem aufgeschüttet wurden. Überall im Land sah man die dunklen Riesengräber, und Martin konnte von diesem hier hinüberschauen in den Harz. Er sah in der Weite dieser sanften Landschaft Berge, die um die tausend Meter hoch sein mochten.

Im Süden des Heiligen Römischen Reiches deutscher Nation, in Bayern, sollte es Berge geben, Alpen genannt, die noch viel höher waren als die Berge im Harz. So hoch, dass die Menschen sich nicht trauten, in diese Gebirgsmassive hineinzusteigen. Auf manchen gab es ewigen Schnee, und im Winter mussten die Menschen fürchten, dass die Schneemassen mit fürchterlichem Gebrüll zu Tal donnerten. Sie rissen alles mit sich, was ihnen im Wege war. Tannen, Steine, Häuser und Menschen.

Einer seiner Schulmeister, der in Bayern aufgewachsen war, hatte seinen Schülern davon erzählt.

Martin war froh, dass er nur auf einer Abraumhalde stand und in aller Ruhe wieder hinuntersteigen konnte. Es verlangte ihn nicht nach hohen düsteren Bergen, in denen mit Sicherheit Geisterwesen und Ungeheuer hausten. Nein, er war dankbar dafür, dass sein Schicksal ihn nach Mansfeld geführt hatte.

»Wenn wir heute noch nach Sandersleben kommen wollen, sollten wir so langsam aufbrechen«, meinte Hans. Aber er wollte Martin trotzdem alles zeigen, was er gefunden hatte. Außer dem Kupferschieferkegel hielt er ein Stück Schiefer in den Händen, das Spuren von Silber enthielt. Stolz zeigte er es Martin, der das seltene Stück pflichtbewusst bewunderte.

»Bei mir zu Hause habe ich noch bessere Steine, mit richtigen silbernen Adern darin! Und manchmal findet man sogar Steine, da sind genaue Bilder von Pflanzen und Tieren zu erkennen, wenn man sie zerschlägt.«

Hans' Augen leuchteten begeistert. Martin freute sich, dass sein Freund eine solche Leidenschaft für all das Gestein entwickelte. Er selbst war da weniger enthusiastisch.

»Ich hätte nicht übel Lust, schon gleich bei meinem Vater im Bergbau zu arbeiten«, sagte Hans, als hätte er Martins Gedanken gelesen. Dann gingen sie weiter durch die von Abraumhalden dominierte Landschaft, in der kleine und größere Gehöfte und Kirchlein, umgeben von Bäumen und Sträuchern, standen.

Kurz vor Hettstedt begegnete ihnen ein Priester mit seinem Ministranten. Es war klar zu erkennen, dass die beiden einen Versehgang machten. Mit gebeugtem Kopf ließen Martin und Hans den noch jungen Priester mit seinem kindlichen Ministranten an sich vorbeigehen. Der Priester trug auf seinen hellen Locken einen hohen Hut und über seinem Mantel die weiße faltenreiche Albe mit silbernem Besatz. Die mit Stoff verhangene Monstranz hielt er vorsichtig an seine Brust gedrückt, denn darin lag die Hostie.

Er würde dem Kranken die Beichte abnehmen und ihm die Hostie zur Heiligen Kommunion reichen. Danach folgte die letzte Salbung mit Öl. Martin kannte sich aus.

Mühsam mit dem Priester Schritt haltend, trug der kleine Ministrant das Licht in einer schön verzierten Laterne. Er war ähnlich gekleidet wie der Priester, nur trug er in der anderen Hand eine Glocke. Als er des Hauses ansichtig wurde, in dem der Kranke lag, begann er die Glocke zu läuten.

Nun liefen Frauen und Kinder dem Geistlichen entgegen, und sie geleiteten ihn und seinen Ministranten den Rest des Weges zum Sterbehaus.

»Herr, sei der armen Seele gnädig«, sagte Hans. So hatte er das gelernt. »Herr, gib der armen Seele die Ewige Ruhe und das Ewige Licht leuchte ihr. Herr, lasse sie ruhen in Frieden«, fiel Martin in das Gebet ein.

Beiden waren die Sterbegebete vertraut. Als Ministranten hatten sie mit dem Mansfelder Pfarrer Versehgänge gemacht. Martin erinnerte sich noch gut daran, wie sie in ein Haus gerufen worden waren, in dem eine Landstreicherin im Sterben lag. Die Hausfrau, fromm und mildtätig, hatte die regungslos an der Straße liegende Bettlerin aufgenommen, gewaschen und frisch gekleidet. Dann war sie zur Kirche gelaufen und hatte den Pfarrer bestellt.

Als der die Sterbende so reglos daliegen sah, machte er sich bereit, ihr die letzte Ölung zu geben. Während Martin betete: »Der Herr, der dich von Sünden befreit, rette dich, in seiner Gnade richte er dich auf. Amen«, packte der Pfarrer das kleine Gefäß mit dem Öl aus und begann, es vorsichtig auf die Stirn der Sterbenden zu streichen und auf die Hände, die er vorher gefaltet hatte.

»Durch diese heilige Salbung helfe dir der Herr in seinem reichen Erbarmen, er stehe dir bei mit der Kraft des Heiligen Geistes, Amen.«

Sie wollten gerade wieder gehen, da öffnete die Sterbende ihre Augen, strich sich wie staunend über die Stirn und über ihre gesalbten Hände. »Ja wenn das so ist«, sagte sie mit klarer Stimme, »wenn ich hier so fein gehalten werde, sterbe ich lieber nicht.«

Martin wusste nicht, ob die mildtätige Hausfrau die Landstreicherin damals für immer in ihrem Haus aufgenommen hatte. Wie lange war das her?

Ihre Herberge in Sandersleben war eher eine ärmliche Hütte, die aus Holz, Lehm und Gras zusammengefügt worden war. In der Mitte des größten Raumes war eine Vertiefung, in der Holz brannte, in einem weiteren Raum standen Betten an den Wänden. »Vier Schlafstellen«, sagte die Wirtin stolz. »Bei mir gibt es keine Wanzen und keine Flöhe, alles ist sauber. Und Ihr seid nur zu zweit, das ist gut. Ich glaube, heute kommen keine Gäste mehr. Es ist ja schon dunkel.«

Die Wirtin, eine noch junge Frau mit einem Kind an der Brust, bot ihnen an, einen Haferbrei zu bringen und ein paar gebratene Singvögel.

»Mein Mann ist ein guter Vogelfänger. Der geht mit Schlingen und Netzen los, und dann bläst er auf seiner Lockpfeife. Der kommt nie ohne Vögel zurück. Und er rupft sie für mich. Ich brauche sie nur zu braten.«

Die Grape, der dreibeinige irdene Topf mit dem hohlen Griff, war Martin von daheim vertraut. Die Wirtin steckte ebenfalls einen festen Stab in den hohlen Griff, wie man es im Hause Luther machte, damit man keine Brandwunden davontrug. Über der Grape mit dem Brei hing der Spieß mit den Vögeln.

Alles war schon fertig und duftete vertraut, als Hans und Martin sich am Brunnen gewaschen hatten und ins Haus zurückkamen. Die junge Frau verlangte von jedem im Voraus vier Kreuzer. »Sonst seid Ihr morgen früh über alle Berge«, sagte sie. Als die Jungen ungläubig schauten, meinte sie, leider gäbe es das gar nicht so selten. Und sie lasse sich nicht gern übers Ohr hauen.

Sie lud ihre Gäste ein, am Tisch der Familie zu essen. Dann legte sie jedem ein Messer und einen Löffel neben den Teller und holte die Grape aus dem lebhaft flackernden Feuer. Man hörte das Blubbern des duftenden Getreidebreis.

Kleine Vögel wie diese wurden im Hause Luther ebenfalls am Spieß gebraten. Die Wirtin riss einem Vogel, der vielleicht einmal ein Buchfink gewesen war, resolut ein Bein aus, pustete und probierte – der Vogel war gar.

Das Essen schmeckte gut. Das musste man sagen. Hans und Martin waren Experten, was das Fangen und Braten von Vögeln betraf. Sie benutzten ebenfalls Lockpfeifen, außerdem Schlingen und Netze. Das Fangen von Vögeln war die einzige Form der Jagd, die von den Mansfelder Grafen erlaubt war. Niemand, der nicht von Adel war, durfte anderes Wild erjagen. Wurde einer beim Töten eines Rotwildes erwischt, drohte ihm die Todesstrafe.

Ärmere Leute hielten es wie die Wirtsleute – sie gingen auf Jagd, um die gerupften Vögel auf dem Markt zu verkaufen. Selten, dass sie es sich leisten konnten, das Fleisch mit ihrer Familie zu essen.

Am nächsten Morgen waren Hans und Martin früh auf den Beinen. Sie hatten gut geschlafen und waren auch nicht von Flöhen gebissen worden. Nach dem Frühstücksbrei, den die Wirtin sich nicht gesondert bezahlen ließ, verabschiedeten sie sich. Sie wollten an der Saale weiterwandern.

»Geht immer am Fluss entlang, da könnt Ihr Euch nicht verirren«, sagte der Wirt. »Bis Alsleben sind es nur ein paar Stunden, die schafft ihr heute leicht, und dann könnt ihr weiter die Saale entlang gehen über Grona nach Bernburg, von da nach Nienburg, Calbe, Groß Rosenburg. Danach stößt man auf die Elbe, der könnt ihr folgen bis Magdeburg. Groß Rosenburg ist ein wunderschöner Ort. Es gibt da eine preiswerte Herberge, die mein Bruder führt. Meine Familie stammt daher, und ich habe bis zu meiner Heirat dort gelebt. Dort könnt Ihr nächtigen, oder zumindest einen Brief von mir abgeben.«

Offenbar hatte der Wirt ein wenig Heimweh, so wie er von Groß Rosenburg schwärmte. Martin konnte es ihm nachfühlen, aber er verbot sich, an Mansfeld zu denken.

Sie machten sich auf den Weg und versprachen, auf dem Rückweg wieder vorbeizukommen.

»Dann kann mein Söhnchen Euch schon entgegen laufen«, sagte die Wirtin stolz.

Hoffentlich, dachte Martin.

Er musste an seine Mutter denken. Daran, dass sie schon zwei Kinder verloren hatte. War die Mutter wirklich wieder schwanger, wartete das Kindbett mit seinen Todesgefahren auf sie. Der Gedanke, heimzukommen und die Mutter wäre nicht mehr da, machte ihn traurig. Woher kamen diese Gefühle bloß. Die Mutter hatte ihm und Madlen schließlich das Leben zur Hölle gemacht. War es die Fremde, die Unsicherheit über seine Zukunft, die ihn plötzlich so milde stimmten?

30

Vor Nienburg wanderten sie durch ein schönes Waldgebiet, das sie anlockte, weil ein breiter Weg hindurchführte, der ihnen ein rasches Weiterkommen versprach. Außerdem nieselte es leicht, und sie hofften, unter den Bäumen weniger nass zu werden als auf der Landstraße.

Besonders Martin genoss es, auf den moosigen, von kleinen Tännchen bewachsenen Waldboden zu schauen. Das Grün der Moose tat seinen empfindlichen Augen gut, die heute mal wieder tränten, sodass er ständig blinzeln musste, um einigermaßen gut zu sehen. Hans hatte ihm schon mitfühlend ein frisches Tuch angeboten.

Als sie zu einer umgestürzten Tanne kamen, in deren Nähe ein schmaler Bach murmelte, beschlossen sie, Rast zu machen. Sie luden ihre Mäntel, die sie zusammengerollt hatten, vom Rücken, und legten alles auf eine trockene Stelle unter einen Baum. Gleich daneben setzten sie sich auf den weichen Waldboden und begannen, ihre Vorräte auszupacken.

Hans war schon zu dem von Moosen umwachsenen Bach gegangen. Er wusch sich die Hände und das Gesicht. »Komm her, Martin, das Wasser ist kühl und frisch. Es schmeckt, wie Wasser schmecken soll.«

»Lass uns gleich mal unser Geschirr spülen«, meinte Martin praktisch und holte aus dem Sack, den sie beim Marschieren abwechselnd trugen, einen Kochtopf, zwei Teller aus Zinn, zwei

Becher aus demselben Material. Sie besaßen auch Löffel und Messer, außerdem hatten sie Schlingen und ein Netz, womit sie schon zwei Mal Vögel gefangen und gebraten hatten. Doch bei dem Nieselwetter heute konnten sie nicht einmal ein Feuer machen.

Martin legte das Essgeschirr auf dem Boden zurecht.

»Wollen wir nicht lieber erst essen und nachher spülen?«, fragte Hans. »Dann haben wir wieder Ruhe für zwei Tage. Jetzt haben wir ungefähr die Hälfte geschafft«, brachte er kurz darauf mit vollem Mund hervor. »Bei diesem Wetter heute suchen wir uns am besten eine Herberge. Und wenn wir dann in Groß Rosenburg beim Bruder des Wirts von Sandersleben einkehren, haben wir nur noch zwei Übernachtungen bis Magdeburg. Wie sieht es mit deinem Geld aus?«

»Gut. Sehr gut«, sagte Martin zufrieden. Er hatte von dem Geld der Eltern und Berblin noch kaum etwas aufgebraucht.

»Dann kann ich dich demnächst ja mal anpumpen.«

Martin lachte. Er wusste, dass Hans von seinen Eltern und vor allem vom Großvater Claus Reinicke in Thal-Mansfeld ebenfalls Reisegeld mitbekommen hatte. Es gab im Moment noch keinerlei Probleme. Unterwegs kaufte jeder das, was er haben wollte. Jeder gab dem anderen vom Seinigen ab. So einfach war das. Doch ewig würde das Geld nicht reichen, und dann mussten sie wieder Kurrende-Singen. Davor graute Martin schon jetzt.

»Hörst du die Vögel?«, sagte Hans gerade, und er zeigte auf eine nahe Lichtung, wo ein paar Büsche und kleinere Bäume standen, zwischen denen die Vögel hin und herflogen und wie verrückt zwitscherten. »Sollten wir nicht noch mal auf die Jagd gehen?«

In diesem Moment brachen drei Männer so rasch durch die Büsche, dass Martin und Hans erschrocken aufsprangen. Ein vierter Mann folgte, hielt sich aber im Hintergrund. Im ersten Moment dachte Martin, es wären Bauern, die so verkommen waren, dass sie Reisende ausraubten. Sie trugen schmutzige Kittel über zerfetzten Beinlingen, um den Kopf hatte einer alte Tücher gewickelt, der andere trug eine sackartige Mütze, der dritte einen zerknüllten Hut mit Krempe.

»Raus mit dem Geldsack«, brüllte einer, ein anderer, mit struppigen roten Haaren und einer breiten Narbe über der Stirn, zerrte schon das Reisegepäck der Jungen an sich.

»Bleib bei uns, oh Herr«, brachte Martin gerade noch hervor. Und obwohl er wusste, dass Jesus sich nie gewehrt hatte, griff er den Roten mit seinem Wanderstock an und verletzte ihn im Gesicht. Hans tat es ihm nach, doch die Kerle waren stärker und schlugen jetzt mit dicken kurzen Knüppeln auf sie ein.

»Geld her. Los. Gebt euer Geld her!«

Hans, von einem Hieb getroffen, hielt sich die blutende Stirn, Martin ging weiter mit aller Kraft auf die Männer los, bis er in der Hand des einen ein Messer blitzen sah. Im nächsten Moment spürte er es an seiner Kehle.

»Dein Geld, oder ich erstech dich.«

Hans wollte Martin helfen, doch die anderen hielten ihn fest. Beide Jungen hatten jetzt Todesangst, und Martin schaute verzweifelt zu dem vierten der Bande der sich bisher zurückgehalten hatte und ihn nun seltsam anstarrte.

»Lasst die Jungen los«, sagte er pötzlich zu seinen Kumpanen. »Sofort. Das ist ein Befehl!«

Mit offenen Mündern, krebsrot vor Wut und Anstrengung, sahen die Männer ihren Anführer an.

»Ich habe gesagt, ihr sollt sie loslassen!«, schrie der. »Sonst baumelt ihr morgen am Galgen. Alle drei. Ihr wisst, dass ich ernst mache.«

Unwillig und knurrend, mit drohenden Gebärden gegen Martin und Hans, trollten sich die drei.

Die Jungen setzten sich zitternd auf einen Baumstamm. Ihr Retter stellte ihr Reisegepäck wieder vor sie hin. Dann schaute er Martin an.

»Ich kenne dich. Du und deine Mutter, ihr habt mir geholfen, als ich ganz am Ende war. Ich lag in einer Höhle, war kurz vor dem

Verrecken, und ihr habt mir Essen und Trinken gebracht, sodass ich wieder auf die Beine kam. Das habe ich nie vergessen. Ich hab dich an deiner Stimme erkannt. Heute kann ich dir helfen. Das ist nur gerecht. Meine Bande hat hier ihr Revier. Meidet künftig die Wälder und geht auf der Landstraße. Wohin wollt ihr überhaupt?«

»Nach Magdeburg«, brachte Martin mit Mühe hervor. Er fürchtete sich genauso wie Hans, der seine Tücher an die blutende Stirn drückte.

Ihr Retter ging auf Martin zu, legte ihm die Hand auf die Schulter. »Ich werde auf euch aufpassen. Meine Leute werden euch nicht mehr angreifen. Darauf könnt ihr euch verlassen.«

Dann hob er grüßend die Hand an seine Mütze und ging langsam und würdevoll zu den anderen, die ihn am Rand der Lichtung erwarteten.

Hans erinnerte sich mühsam an den Nachmittag vor geraumer Zeit, als Nicolaus unbedingt in die Höhle wollte und dann wie ein Geschoss wieder herausgekommen war, das Grausen im Gesicht. Und Martin erzählte ihm, dass Berblin und er noch einmal zur Höhle zurückgekehrt waren.

»Jetzt begreife ich«, sagte Hans und holte tief Luft. »Also hat der Bettler von damals uns heute das Leben gerettet. Sogar unser Geld durften wir behalten.« Er war fassungslos und begann zu weinen.

Martin fühlte sich noch zittrig, aber er erholte sich rasch. Den Bettler hatte ihm Jesus Christus geschickt. Daran hatte er keinen Zweifel. Berblin hatte in Mansfeld für ihn gebetet, und Jesus hatte alles andere geregelt.

Martin legte den Arm um Hans. »Komm, wir haben Glück gehabt. Jesus Christus wird auf uns aufpassen. Und sobald wir in Nienburg sind, kaufen wir uns eine Kutscherpeitsche.«

Sie gingen jetzt schon eine Ewigkeit auf der Landstraße, jedenfalls war das ihr Gefühl, und ihr Leinensack mit den Essvorräten war fast leer. Doch die Jungen waren bester Laune. In den Orten, durch die sie gekommen waren, hatte es meist übel gestunken. Das war in Mansfeld, besonders in der Sommerhitze oder nach einem starken Regen, nicht anders. Sie freuten sich, mal wieder Landluft zu schnuppern. Der Wald begann sich schon zu färben, aus Spalten in den Felsen wuchsen Gräser heraus, Farne, Blumen und Moose. Martin rieb sie vorsichtig zwischen seinen Fingerkuppen, schnupperte den feinen Duft, aber er riss nichts ab. Die Luft roch frisch nach den Bäumen und Kräutern, die der Spätsommer verzaubert hatte. Martin fragte sich, ob Jesus Christus wohl auch schon einmal durch einen so schönen Wald gegangen war, wie man ihn in Deutschland überall finden konnte. In seiner Vorstellung war der immer nur in der Wüste und in den Städten des Orients unterwegs. Vermutlich hatten sie da keinen Wald. Womit wurde wohl dort geheizt, gekocht und gebaut?

Martin dachte an seinen geliebten Baum. Wie mochte es ihm gerade ergehen. Er sah den Freund vor sich in seiner stolzen Einsamkeit. Wann würde er wohl das nächste Mal in seiner Blätterhöhle sitzen? Und wie ging es Madlen und Berblin? Als könnte er sie am Firmament ausmachen, schaute Martin nach oben. Der Oktoberhimmel war hell, zeitweise kam die Sonne durch, und Magdeburg war nicht mehr weit. In wenigen Stunden würden sie dort sein. Sobald es ging, würde er einen Brief schreiben. Nein. Zwei Briefe. Einen hatte er schon begonnen, den für Madlen. Sobald er einen stillen Raum für sich hatte, wollte er ihn zu Ende bringen.

Die Landstraße war mittlerweile etwas belebter. Alle strebten offensichtlich in die Elbestadt. Bauern, Handwerker, Schüler wie Martin und Hans. Auch vornehme Kutschen hielten auf Magdeburg zu, Reisewagen und Bauernfuhrwerke.

»Endlich kommen wir in eine richtige Stadt«, sagte Hans, und seine Stimme verriet Freude und Furcht zugleich.

»Hoffentlich finden wir unser Quartier«, erwiderte Martin. Er zögerte einen Moment und sagte dann, dass er sich vor dem Hauswirt ein wenig fürchte.

»Und wieso?«, fragte Hans verblüfft.

»Na ja, Paulus Moßhauer ist immerhin erzbischöflicher Offizial, Vertreter des Magdeburger Erzbischofs.«

»Ja, und? Soviel ich weiß, ist er Jurist von Beruf. Und du willst auch einer werden. Das trifft sich doch gut. Ihr werdet euch bestimmt verstehen.«

Sie hörten die Räder eines Fuhrwerks und schauten sich um. Ein Bauer saß auf seiner Karre und winkte ihnen mit der Peitsche.

»He, ihr da, kommt mal her.« Er hielt den Wagen an und kletterte herunter. »Habt ihr vielleicht einen Becher Wasser übrig? Mein armer Gaul ist so durstig, dass er keinen Schritt mehr tun will.«

»Mit einem Becher Wasser kommt Ihr nicht weit«, sagte Martin. »Aber dort hinten ist ein Bach. Da kann der Gaul saufen, so viel er will. Wir bleiben gern hier und bewachen Euren Wagen.«

Offenbar hatte der Bauer Vertrauen zu den Jungen gefasst. Er führte sein stämmiges Arbeitspferd nach der Beschreibung von Martin über die Wiese. Dabei schaute er sich nicht ein einziges Mal um nach seiner Karre, auf der Säcke standen, neues Handwerkszeug und Ackergeräte.

»Der Bauer hat wohl bei einem Schmied eingekauft, und bei einem Müller«, überlegte Hans.

»Wahrscheinlich kauft er seine Ware auf dem Land ein und verkauft sie dann teuer in der großen Stadt«, meinte Martin.

»Gut möglich«, stimmte Hans zu. Ihm war alles gleichgültig, wenn er nur auf diesen weichen Säcken nach Magdeburg kutschiert würde.

Sie kletterten auf die Karre und schoben sich die Säcke wie Sitzbänke zurecht. Der Kutschbock, das dicke Brett, auf dem der Bauer gesessen hatte, könnte durchaus für drei Leute reichen.

»Vielleicht fährt der Bauer ja nach Magdeburg«, sagte Hans sehnsüchtig. »Ich habe das Laufen satt.«

Und sie hatten Glück. Kurz darauf saßen sie auf dem Kutschbock des Bauern und legten die letzte Strecke ihrer Reise fahrend zurück. Martin hatte dem Mann erklärt, dass er gern zum Dom wolle. Seine Tante in Mansfeld habe ihm berichtet, dass es dort ein Jungfrauenportal gebe, das er unbedingt ansehen müsse.

»Das Stadttor, wo es zum Dom geht, das kenne ich«, sagte der Bauer lebhaft, »aber Jungfrauen an einem Tor habe ich noch nie gesehen.« Er blickte Martin ratlos an. »Dabei komme ich immer wieder nach Magdeburg, verkaufe Getreide und Werkzeug.«

Der Bauer war den Jungen dankbar. Sein Pferd war tatsächlich vor dem Verdursten gewesen. Er selbst auch. Daher war es für ihn selbstverständlich, die beiden feinen jungen Herren mitzunehmen. Sie sprachen nach der Schrift, manchmal sprachen sie sogar Latein wie in der Kirche. Dabei waren sie kein bisschen hochnäsig. Er würde sie bringen, wohin auch immer sie wollten.

»Wie war das mit den Jungfrauen? An welchem Tor wollt ihr sie treffen?«

Martin verbot sich das Lachen. Wenn nicht Berblin gewesen wäre, die ihm die Geschichte von den klugen und den törichten Jungfrauen erzählt hatte, dann wäre er genauso ahnungslos.

»Wollt Ihr die Geschichte von den Jungfrauen hören?«, fragte er. »Sie stammt aus dem Evangelium nach Matthäus, und ich finde sie sehr schön.«

»Evangelium ist immer schön, unser Pfarrer erzählt uns auch davon. Am Sonntag in der Predigt. Aber von zehn Jungfrauen hat er noch nie erzählt«, sagte der Bauer.

»Lass hören«, sagte Hans, »wir brauchen sicher noch eine halbe Stunde, bis wir in Magdeburg sind.«

»Wohl«, bestätigte der Bauer und knallte mit der Peitsche, sodass der Gaul eine Zeitlang etwas schneller trabte.

»Im Himmelreich wird es sein wie mit zehn Jungfrauen, die ihre Lampen nahmen und dem Bräutigam entgegengingen«, begann Martin.

»Das verstehe ich nicht«, sagte Hans. »Ein Bräutigam und zehn Jungfrauen? Das gibt doch Ärger.«

»Es ist ein Gleichnis. Hör doch erst einmal zu.

Also: Fünf von den Jungfrauen waren töricht und fünf waren klug. Die törichten nahmen ihre Lampen mit, aber kein Öl. Die klugen aber nahmen außer den Lampen noch Öl in Krügen mit. Als nun der Bräutigam lange nicht kam, wurden sie müde und schliefen ein.

Mitten in der Nacht aber hörte man plötzlich laute Rufe: ›Der Bräutigam kommt! Geht ihm entgegen!‹ Da standen die Jungfrauen auf und machten ihre Lampen zurecht. Die törichten aber sagten zu den klugen: ›Gebt uns von eurem Öl, sonst gehen unsere Lampen aus.‹ Die klugen erwiderten ihnen: ›Dann reicht es weder für uns noch für euch; geht doch zu den Händlern und kauft, was ihr braucht.‹

Während sie noch unterwegs waren, um das Öl zu kaufen, kam der Bräutigam; die Jungfrauen, die bereit waren, gingen mit ihm in den Hochzeitssaal, und die Tür wurde zugeschlossen.

Später kamen auch die anderen Jungfrauen und riefen: ›Herr, Herr, mach uns auf!‹ Er aber antwortete ihnen: ›Amen, ich sage euch: Ich kenne euch nicht.‹ Seid also wachsam! Denn ihr wisst weder den Tag noch die Stunde.«

Da Hans schwieg, meldete sich der Bauer zu Wort, der interessiert zugehört hatte. »Ich meine, der Bräutigam hätte die törichten Jungfrauen auch in den Hochzeitssaal reinlassen sollen. Zehn Jungfrauen – das ist etwas Wunderbares, egal, ob sie klug oder töricht sind.«

Hans nickte. »Da habt Ihr recht. Auf Eurem Hof könntet Ihr sicher eine Menge Jungfrauen brauchen.«

Martin ärgerte sich, dass Hans den Bauern nicht ernst nahm. Der Mann war vielleicht nicht gebildet, aber er war klug auf eine praktische Art. Dazu hilfsbereit.

»Es ist ein Gleichnis. Das habe ich ja schon erklärt. Mit dem Himmelreich oder mit dem König ist eigentlich Gott gemeint.

Die klugen Jungfrauen stehen für die Gerechten, die christlichen Seelen, die sich Gott zuwenden. Die törichten symbolisieren fleischliche Lust und Verdammnis, also die Sünder ...«

Während sie redeten, hatte sich die Landschaft um sie immer mehr verändert. Und je näher sie der Stadt kamen, desto mehr Menschen, Tiere und Fuhrwerke sammelten sich. Die Landstraße war mit einem Mal richtig belebt. Laute Rufe, Schimpfworte oder Lachen wechselten sich ab. Ochsen, vor einen Wagen gespannt, brüllten und brachten damit einige Hunde zum Bellen und Winseln. Dürre Grasflächen wichen sorgfältig eingezäunten oder eingemauerten Gärten, in denen Weinstöcke geschnitten oder Schafe gehütet wurden. In der Ferne waren Windmühlen zu sehen, doch der Bauer zeigte mit seiner Peitsche auf die Stadtmauer. »Wir sind da«, sagte er, und jetzt steuerte er den Karren langsam und achtsam zwischen den anderen Fuhrwerken hindurch.

Nahe der Stadtmauer sahen sie Spaziergänger in den großen Wiesen. Die Kleider der Frauen leuchteten aus dem Grün. Vornehme Paare oder junge Menschen in prächtigen Gewändern glänzten im Licht der Sonne. Die Männer trugen enganliegende Beinlinge mit ebenso engem Oberteil, dazu einen kurzen weiten Umhang. Andere hatten eine Art bauschigen Rock an. Es waren aber offensichtlich Beinkleider, unter dem Knie zusammengebunden. Martin fiel auf, dass alle Männer Degen oder Schwerter trugen. Ob es in der Stadt auch so viele Räuber gab wie im Wald? Aber diese Herrschaften lebten sicher in einer Burg oder in einem Schloss. Sie statteten Magdeburg wohl lediglich einen Besuch ab. Er sah eine würdige Dame in reicher roter Seide mit weißen Spitzen. Hinter ihr, fest an sie gedrängt, ein junges Mädchen.

Madlen. Ihr würde es gefallen, all das zu sehen. Martin hatte sich schon überlegt, wie er ihr in dem Brief alles berichten wollte. Sollte er ihr von den Räubern erzählen? Aber dann bekam sie vielleicht Angst um ihn. Nein. Er würde von seiner Sehnsucht schreiben. Davon, dass er so oft an sie dachte.

»So, meine jungen Herren, hier sind wir!«

Sie standen mit dem Karren vor einem Stadttor und sahen im Hintergrund bereits den Dom.

Sie waren am Ziel. Am Dom zu Magdeburg! Sie hatten es geschafft!

Hans und Martin beglückwünschten sich und dankten dem Bauern, der nun eine andere Richtung einschlagen würde. Der drückte den beiden fest die Hand. Nicht ohne Stolz sagte er, dass diese Fahrt mit den jungen Herren für ihn sehr lehrreich gewesen sei. Er wies mit dem Peitschenstiel in die schöne bäuerliche Siedlung: »Wenn Ihr einen Wagen braucht und ein Pferd, fragt nach mir. Und an Weihnachten«, fügte er noch hinzu, »an Weihnachten gehe ich mit meinen Leuten auch zu den Jungfrauen.«

31

Eigentlich wollten sie gleich zu ihrem Quartier laufen. Aber sie konnten es kaum erwarten, die große Stadt zu erkunden, von der sie so viel gehört und der sie sich in den letzten Tagen Schritt für Schritt genähert hatten. Martin sagte, er könne es kaum erwarten, die Jungfrauen anzuschauen, und Hans stimmte gutmütig zu, obwohl ihn diese zehn Jungfrauen mit ihren Ölproblemen nicht interessierten. Wenn er ehrlich sein sollte, war ihm der Sinn des Gleichnisses nicht aufgegangen.

Bislang hatten sie Gotteshäuser in Mansfeld, Eisleben, Möhra und anderen ländlichen Orten gesehen. Doch jetzt würden sie erstmals eine ehrwürdige, riesige Kathedrale kennenlernen. Beide hatten sie keine Ahnung, ob man überhaupt ohne weiteres hinein durfte in dieses berühmte Bauwerk. Deshalb folgten sie einigen gutgekleideten Leuten, Männern, Frauen und Kindern, Mönchen und Schülern, die zielstrebig zu einem schmiedeeisernen Tor gingen, es öffneten und eintraten. So einfach war das also.

Sie standen nun auf einem großen freien Platz, der, begrenzt von der Stadtmauer, mit buschigen Bäumen bepflanzt war und eine majestätische Ruhe ausstrahlte. Fand Martin jedenfalls. Dahinter hörte man den Lärm der Stadt, aber am Domplatz schien er Halt zu machen. Oder man vergaß ihn vor lauter Ehrfurcht.

Andächtig schaute Martin an der Kathedrale hinauf. Wie selbstverständlich sie dalag in ihrer Majestät. Der zweite der Türme, die trutzig nebeneinanderstanden, war entweder noch nicht vollendet, oder er musste repariert werden. Ein hohes Gerüst war aufgestellt. Träger mit Steinen auf den Schultern kletterten die Leitern des Gerüsts auf und ab. Martin bewunderte sie, und auch Hans war beeindruckt, wie kühn und ohne jede Sicherung sie in den schwindelnden Höhen herumkletterten.

Jetzt, wo sie nahe beim Dom standen, sahen sie auch die Bauhütten an der Stadtmauer und an den Mauern des Doms. Es waren vor allem Steinmetze, die mit Hammer und Meißel Gesteinsbrocken in Form schlugen. Man brauchte nicht nur für die Mauern Steine, sondern auch für die Fenster, die Säulen, die Schwellen – im Wesentlichen bestand der Dom aus Stein und Schmiedeeisen. In der Mitte des großen Platzes stand sogar eine eigene Schmiede. Durch die offene Tür konnte man das Feuer sehen, man hörte den Klang von Hammer und Amboss.

Dieses Haus Gottes wird für die Ewigkeit gebaut, dachte Martin. Manchmal berührte ein flüchtiger Sonnenstrahl den Dom und tauchte ihn in ein geheimnisvolles Licht. Dann sahen sie es – das Jungfrauenportal. Hans lachte respektlos.

»Die klugen Jungfrauen sehen reichlich doof aus mit ihrem Grinsen im Gesicht. Und die törichten können von mir aus weiter heulen, aber bitte ohne mich.«

Martin urteilte nicht so grob. Er sah die schwere Arbeit der Bildhauer und ihre große Kunst, die Röcke in Falten zu legen, die Wellen und Locken der Haare zu meißeln, die Arme, Hände und Finger zu modellieren. Arbeit ohne Ende. Und da die Gelehrten und Priester sich auch heute noch mit dem Gleichnis von den klugen und törichten Jungfrauen beschäftigten und es auslegten, war es wohl doch ein hohes Gut.

Aber jetzt wurde es Zeit, ihr Quartier zu suchen. Es lag, gut eine Viertelstunde vom Dom entfernt, in der Nähe der Elbe. Die Familie bewohnte ein Steinhaus in einer der etwas breiteren Straßen der Stadt. Doch bis sie dorthin gekommen waren, lernten sie, dass Magdeburgs Gassen meist ziemlich eng waren und stark bevölkert von Menschen, Tieren und Transportkarren.

Es war kaum ein Durchkommen. Sie mussten so vielen Hindernissen ausweichen, so oft fluchend den Mist von den Schuhen klauben, dass Hans sich sehnsuchtsvoll an die sauberen Waldwege und Landstraßen erinnerte. Aber es half nichts. Sie waren jetzt Bewohner einer Großstadt, und dazu gehörte offenbar immer der Dreck.

Sie hatten sich Magdeburg anders als die kleinen Städte und Orte vorgestellt, die sie kannten. Großzügiger und gepflegter. Martins Vater hatte keinen Ton davon gesagt, dass in dem schönen Magdeburg mit den großartigen Kirchen und Klöstern, den vornehmen Palästen und schmucken Steinhäusern, dass hier, wo es viele Vornehme und Reiche gab, die Gassen und Straßen so schmutzig und voller Kot waren wie überall. Und der Gestank! Man musste nicht nur vorsichtig gehen, sondern auch noch höllisch aufpassen, dass nicht in dem Moment, in dem man daherkam, jemand seinen Abfall aus dem Fenster auf die Straße herunterschüttete.

Glücklicherweise war das Haus ihres Wirts wunderbar gelegen. Und dass man von dort in wenigen Minuten auf einer der Elbbrücken war, begeisterte die Jungen.

Der Hausherr war etwas beleibt und nicht sonderlich groß von Statur. Jedenfalls überragten Martin und Hans ihn um einen halben Kopf. Sein eher gutmütiges, weiches Gesicht bekam durch einen dunklen Lippenbart, der in das buschige Grau eines Backenbartes überging, einen Anflug von Strenge. Die hellen Augen blickten beim Willkommen freundlich, doch die Jungen sollten bald lernen, dass seine Stimmungen sich rasch änderten.

Er begrüßte Hans, fragte nach dem Ergehen der Eltern und wandte sich dann Martin zu.

»Es ist ein Brief für dich angekommen«, meinte er und musterte ihn skeptisch. »Erwartest du einen?«

Was geht ihn das an?, fragte sich Martin, besann sich aber sogleich. Oheim Paulus, so wollte er genannt sein, ging es durchaus etwas an. Immerhin vertrat er die Stelle der Eltern, also durfte

Martin keine Geheimnisse vor ihm haben. Er sagte ruhig, dass er keinen Brief erwartet habe. »Aber wenn einer da ist, würde ich ihn gern haben.«

Paulus Moßhauer sah ihn schweigend an. Dann zog er einen zusammengefalteten Brief mit Siegel aus der Tasche, und Martin musste sich zusammennehmen, um ganz gleichgültig zu tun. Er nahm den Brief, steckte ihn ohne hinzuschauen in seine Tasche, wohl wissend, dass er von Madlen war. Nur Berblin besaß so ein Petschaft, sie hatte Madlens Brief versiegelt. Plötzlich brannte es ihn unter den Schuhen, er spürte auch noch den kleinsten seiner Nerven. Er wollte allein sein, aber er riss sich zusammen. Der Oheim sollte nicht gleich am ersten Abend einen Beschwerdebrief an seine Eltern abfassen.

Hinter Paulus Moßhauer hielt sich ein junges Mädchen schüchtern im Schatten. Sie wartete, bis Moßhauer sich an sie wandte. »Elisabeth, bring die jungen Herren in ihr Zimmer. Zeige ihnen auch die Badstube. Und sag deiner Tante Marta, sie soll anschüren. Es ist nötig.«

Wo er recht hatte, hatte er recht. Martin und Hans sahen sich verstohlen an. Sie wussten, dass sie verdreckt waren, ihre Haare hart wie Stroh. Jacken und Hosen sahen aus wie altes Leder, von den Hemden nicht zu reden. Und wie sie für die Nasen ihrer Mitmenschen rochen, wollten sie gar nicht wissen.

Bevor Martin seinem Freund und Elisabeth zur Treppe folgen konnte, nahm ihn Moßhauer beiseite.

»Eins will ich von vornherein klarstellen: Liebeleien dulde ich nicht in meinem Haus.«

Martin bemühte sich, gleichmütig zu wirken, wenn auch sein Herz wie wild schlug. Wahrscheinlich sehe ich dämlich aus wie ein Schaf, dachte er, aber das war ihm egal. Seine wilde Freude auf den Brief gehörte ihm allein. Höchstens noch Jesus Christus, wenn der neugierig darauf war. Hatte er wohl je so was wie einen Liebesbrief bekommen?

Elisabeth ging ihnen voran. Sie trug ein langes, hellbraunes

Kleid aus einem leichten Stoff, das einen weiten Rock hatte, den Elisabeth vorn etwas raffte. Genauso machte es Madlen. Das Haus hatte eine schön geschwungene Treppe mit breiten Stufen. Im ersten Stock gingen einige Türen von dem hellen, geräumigen Flur ab. Elisabeth ging eine zweite Treppe hoch. Sie war etwas schmaler, aber auch noch bequem zu ersteigen, und führte in das Obergeschoss, wo Elisabeth eine der drei Zimmertüren aufschloss.

Sie blieb unter dem Türstock stehen, ließ Martin und Hans ins Zimmer ein. Beide gingen sofort zum Fenster, das ziemlich groß war und eine spitzgiebelige Dachgaube verschloss.

»Wie schön«, sagte Hans zu Elisabeth. »Von hier aus können wir die ganze Stadt sehen.«

Ernst schaute sie ihn an. »Nicht die ganze Stadt«, sagte sie. »Was Ihr hier seht, ist nur die Hälfte.«

»Und die andere könnt Ihr uns dann ja zeigen. Ich meine, demnächst …« Hans fühlte sich durch das ernsthafte Kindergesicht des Mädchens verunsichert. Wie alt mochte sie sein? Er beschloss, ihr so bald wie möglich Blumen vom Markt mitzubringen. Natürlich würde er zu Herrn Moßhauer sagen, der Strauß sei für die gesamte Familie bestimmt, aber Elisabeth würde schon verstehen. Wenn nicht, wollte Hans es ihr gern klarmachen.

Zunächst zählte er sein Geld. Er suchte in seinem Rucksack, schüttete alles auf den Boden. »Ich glaube, einer der Banditen hat mir doch Geld gestohlen.«

»Wie viel fehlt dir denn?«, fragte Martin, und Hans erklärte, dass er in einem kleinen Ledersack etwa 300 kleine Silbermünzen versteckt hatte. »Es war Geld mit geringem Silbergehalt, aber ich hätte dafür mindestens vierzig Pfund Butter kaufen können. Oder dreihundert Eier. Oder fünfzig Pfund Hühnerfleisch.«

»Gut, dass mein Geld noch reicht, den Beutel von Berblin habe ich noch gar nicht angerührt«, sagte Martin. »Das gehört ab sofort uns beiden. Ein Teil davon investieren wir in das Hausmädchen. Sie soll unsere Kleider wieder in Ordnung bringen. Schade, dass wir sie nicht der Tine geben können. Sie würde die Sachen so lange waschen und bügeln, bis sie wie neu aussehen.«

Elisabeth stand noch in der Tür. Warum konnten die beiden ihn nicht allein lassen, damit er endlich den Brief lesen konnte.

Und was war, wenn er sich täuschte? Wenn Madlen sich von ihm trennen wollte? Wenn seine Liebe nicht mehr als eine Erinnerung wäre und Madlen schon gar nicht mehr zu ihm gehörte?

»Schau doch mal ob das Badewasser schon warm ist, Hans. Du kannst zuerst in die Badestube gehen. Ich warte hier, bis du fertig bist.«

Nur zu gern lief Hans hinter Elisabeth her. Während die beiden die Treppe hinuntergingen, spürte Martin, dass er fröstelte. Mit einem Mal hatte er Angst davor, Madlens Brief zu öffnen. Er tat es schließlich aber doch. Und er las ihn wieder und wieder.

Lieber Martin!

Berblin geht gerade fort, um den Reisewagen auszukundschaften. Morgen soll es losgehen nach Zerbst. Und vorher will ich Dir noch schreiben. Martin. Ganze Nächte kann ich nicht schlafen. Es dauert noch so lange, bis wir uns sehen können. Das ist schwer auszuhalten. Der Gedanke, dass Du mein bist und mein bleibst, der ist doch wahr? Auch wenn unsere Trennung länger dauert? Versprich mir, dass Du derselbe Martin bleibst, der Du warst, als wir uns zum letzten Mal gesehen haben.
Letzthin hatte ich einen herrlichen Traum, den ich um nichts hergeben würde. Du standest an Deinem Baum, strecktest Deine Arme nach mir aus. Ach, wäre es doch kein Traum.
Mich kann nichts von Dir trennen. Kein Unglück, kein Schicksal. Nur Dich und eine Hütte, so schlecht sie auch sein möge, mehr wünsche ich mir nicht. Sie wäre mir ein Königreich.
Die Tochter aus dem Goldenen Ring, Du weißt, die Jüngste, wird das Band der ewigen Treue knüpfen, ich beneide sie. Wenn sie nur glücklich wird!

Es waren lange Tage ohne Dich. Hoffentlich kommt der nächste Bote bald und nimmt den Brief mit.

Leb wohl, Martin.
Ewig Deine Madlen.

Am liebsten hätte Martin so stinkend und verdreckt wie er war, Madlens Brief beantwortet. Aber. War das wirklich Madlen, die diesen Brief geschrieben hatte? War sie jemals so unruhig gewesen, so schmerzlich um Martins Liebe besorgt? Das klang ja fast, als hätte sie Angst, ihn zu verlieren. War es nicht eher umgekehrt? Martin spürte, dass ihm die Tränen übers Gesicht rannen. Vor Rührung? Vor Verwirrung? Er wusste es nicht. Es war ihm mit einem Mal gleichgültig, wie verdreckt er war. Er nahm einen Bogen seines kostbaren Papiers, das Berblin ihm mitsamt Tinte und Federkiel geschenkt hatte, und schrieb ihr zurück.

»Was für ein Brief, liebe Madlen. Du müsstest sehen, wie ich hier sitze und heule. Deine Worte, die von unserer großen Liebe sprechen, machen mich so glücklich, verwirren mich aber auch. Du bist für mich die Kluge, Erfahrene, die mich, den Schulbuben, liebhat. Ich war immer unaussprechlich glücklich darüber.
Auch jetzt, hier in Magdeburg. Für unsere Liebe will ich alles tun: lernen, studieren, einen Beruf haben. Alles für uns. Der Gedanke, dass Du in der ganzen Welt auf nichts anderes blickst als auf mich, der berauscht mich. Aber Deine Angst, dass irgendetwas auf dieser Welt uns trennen könnte, die ist neu. Jedenfalls habe ich sie niemals an Dir verspürt, und Du solltest sie vergessen.
Liebste Madlen, wie schön wäre es, könntest Du bei mir sein in dieser bedeutenden Stadt. Sie würde Dir gut gefallen. Es gibt hier vornehme Ritter und Edeldamen, Jäger mit ihrer Beute auf dem Rücken, reiche Bürger und kostbar gekleidete Frauen und Mädchen. Im Grunde ist alles wie in Mansfeld, nur viel größer. Überall wimmelt es von Menschen.

Der Ort Zerbst, wo Du bald wohnen wirst, ist nicht allzu weit weg von Magdeburg. Berblin hat mich dessen versichert, auch, dass Du dort willkommen bist. Hoffentlich ist Deine Reise unbeschwert. Ohne Überfall oder Wagenbruch. Ich werde mich hier sicher bald einleben. Sobald ich kann, reise ich zu Dir.

Ewig Dein Martin.

32

Beim Abendbrot erklärte Moßhauer den hungrig kauenden Schülern, in welch wichtiger Stadt sie von nun an lebten. »Wisst ihr, dass Magdeburg eine Bischofsstadt ist? Aber darüber erzähle ich euch demnächst mehr. Schließlich gehöre ich zur kirchlichen Obrigkeit.

Morgen müsst ihr erst einmal bei eurer Schule vorsprechen. Bei der ›Schule der Brüder vom Gemeinsamen Leben‹. Sie ist übrigens erst so alt wie ihr, jedenfalls ungefähr. Im Jahr 1482 wurde sie gegründet. Wusstet ihr, dass man die Brüder vom Gemeinsamen Leben auch Troilusbrüder oder Nullbrüder nennt?«

Der Name, so erklärte ihnen Moßhauer, gehe auf eine Reformbewegung zurück, die zunächst nichts Mönchisches hatte. Die Angehörigen der Bewegung lebten von der Schultätigkeit oder von ihren sonstigen Berufen. In ihren Klöstern unterhielten sie meist eigene Schulen.

»In der Schule sagen sie euch, wo und wann das Kurrende-Singen stattfindet. Ich nehme doch an, dass ihr beide teilnehmen werdet. Ihr braucht doch das Geld. Oder sollen eure Väter alles allein bezahlen?«

Moßhauer sah sie forschend an, doch beide hüteten sich, von Martins geheimem Schatz zu reden. Stattdessen erzählte Hans, dass ihm bei einem Überfall im Wald ein Säckchen mit Silbergeld gestohlen worden sei. Nun drängte Elisabeth ihn, von dem Überfall zu erzählen. »Musstet ihr wirklich um euer Leben bangen?«

Hans witterte die Chance, Elisabeths ganze Aufmerksamkeit auf sich zu ziehen, und er ließ sich nicht bitten. Aus den vier Räubern machte er eine große Bande, und am Schluss gingen Hans und Martin als große Helden hervor. Eben erst habe er bemerkt, dass seine Börse mit dem Silbergeld nicht mehr da sei.

»Nun ja«, sagte Moßbauer ungerührt, fast aufgeräumt, »das ist der Lauf der Welt. Die Schurken nehmen überhand, sie werden immer dreister, bis sie irgendwann hängen, gerädert oder geköpft werden. Je nachdem, wen sie beraubt haben und wie viel. Wenn du willst, Hans, können wir morgen ins Rathaus gehen und Anzeige machen.«

Hans zuckte schwach mit den Schultern. Anzeige machen? Er wollte lieber mit Elisabeth spazieren gehen.

Am nächsten Morgen, auf dem Weg zur Schule, unterhielten sich Martin und Hans darüber, was sie dort wohl erwartete.

»Vielleicht werden wir zur Begrüßung erst einmal gestrichen«, meinte Hans pessimistisch. »Oder sie packen uns mit Hausaufgaben so voll, dass wir keine Zeit mehr haben, uns Magdeburg anzusehen«, sagte Martin, auch nicht gerade hoffnungsfroh.

Kurz vor dem Schulgebäude fiel ihnen ein Mann auf, der, gefolgt von einigen Kindern und Neugierigen, auf sie zukam. Es war ein Büßer, das sahen sie gleich. Er trug die Betteltasche über seinem schmutzigen Franziskanerhabit und konnte sich kaum auf den Beinen halten. Der Mann war abgemagert zum Skelett. Der musste ja unablässig gefastet haben.

Eine Frau ging mit ihrem Kind an der Hand hinter dem Büßer her und redete beschwörend auf ihn ein. »Durchlaucht müssen essen, Durchlaucht sterben sonst. Ihr seid doch ein Fürst von Anhalt. Denkt doch an Eure Familie.« Sie bot ihm Brot an, Äpfel und Käse, doch der Büßermönch wehrte heftig ab. Er wollte offenbar nur seiner Wege gehen.

Martin und Hans mussten sich sputen. Es war kaum mehr ein Schüler auf dem Vorplatz der Schule zu sehen. Am ersten Tag zu spät kommen – das wollten sie nicht riskieren. In Mansfeld hatte es dafür die Rute gegeben.

Ihre Mitschüler in der Klasse wirkten keineswegs so bedrückt und ängstlich wie die in Mansfeld. Das sahen Hans und Martin auf den ersten Blick. Sie jagten sich durch den Raum, einer blies seelenruhig die Flöte, ein anderer schrieb ohne Hast die Schulaufgaben vom Nachbarn ab.

Martin atmete unwillkürlich tief durch. Moßhauer hatte ihnen gesagt, in den meisten Fächern würden sie vom Rektor der Schule unterrichtet. Ob das der war, der gerade mit einem schweren Folianten beladen hereinkam? Er ließ ihn mit Schwung auf das Katheder fallen. Staub wirbelt auf. Na und.

»Ich freue mich sehr, so viele hoffnungsvolle neue Schüler zu sehen«, sagte der Lehrer. »Wir werden sicher interessante Stunden miteinander verbringen.« Diese Worte, dieser Tonfall erinnerten Martin an seinen Lieblingslehrer aus Mansfeld, den einzigen, an den er gern zurückdachte.

Der Lehrer hier schien vom selben Schlage zu sein. Er trug die Tracht der Brüder vom Gemeinsamen Leben. Martin fand ihn höchst eigenwillig gekleidet. Vor allem diese eng den Kopf umschließende Gugel über dem Mönchshabit – die gab ihm ein fast weibliches Aussehen. Seine weichen Gesichtszüge unterstrichen diesen Eindruck noch.

Hans haute Martin die Faust in den Oberschenkel. »Der schaut ja aus wie die Kräuterweiber am Markt in Mansfeld!«, flüsterte er.

Martin schlug zurück. »Du bist eben ungebildet«, sagte er ebenfalls flüsternd. »Was der da anhat, ist eine Gugel oder auch Kapuze. Die tragen nur Männer. Das ist modern heutzutage. Aber davon hast du natürlich keine Ahnung.«

Der Lehrer schaute die beiden freundlich an. »Wie schön, dass einige junge Herren schon eifrig im Diskurs sind«, meinte er. Dann streckte er sich, nahm fast unmerklich die Schultern zusammen. »Also, für die Neuen, ich bin Frater Egidius. Ich lehre Latein, Griechisch, Mathematik und Musik. Wer will, den kann ich auch in Hebräisch unterrichten. Und wenn ihr Fragen habt, nur zu.«

Martin meldete sich, und der »Cucullus«, wie Martin seinen neuen Lehrer schon jetzt bei sich nannte, nickte ihm aufmunternd zu.

»Ich habe soeben auf der Straße einen Menschen gesehen, der sah aus wie ein halbverhungerter Bettler, aber ihm folgte eine Frau, und die schien ganz um ihn besorgt. Sie nannte ihn Fürst von Anhalt. Ich wollte fragen, Frater Egidius, wie es sein kann, dass ein Fürst von Anhalt derart verkommen aussieht und als Bettelmönch auf den Straßen herumzieht.«

»Wie schön, dass du darüber nachdenkst, warum ein Mitmensch arm und krank ist, obwohl er eigentlich gesund und reich sein müsste. Nun, ich habe den Fürsten auch schon gesehen, und ich habe nur eine Erklärung gefunden.

Also. Wir machen jetzt gemeinsam eine Reise. Und zwar im Kopf. Ihr müsst mich begleiten in die Zeit des vierten Jahrhunderts, die Zeit, wo sogenannte Asketen ihren Körper massiv ablehnten. Das grenzte schon an Menschenfeindlichkeit.

Ihr müsst wissen, dass das Christentum die Geschlechtlichkeit schon immer problematisierte. Man wollte diesen durchaus gesunden und notwendigen menschlichen Trieb eindämmen oder zumindest in feste Normen pressen. Deshalb sind geschlechtliche Handlungen ausschließlich innerhalb der Ehe erlaubt. Und auch nur, wenn Kinder gezeugt werden sollen.«

Hans schlug Martin schon wieder gegen den Schenkel. »Hör nur gut zu. Das gilt auch für dich und eine bestimmte Dame.«

»Du hast es gerade nötig«, empörte sich Martin. »Wenn man dich mit Elisabeth allein lassen würde, wär Matthäi am letzten.«

Der Lehrer warf ihnen einen kurzen Blick zu, fuhr aber in seinem Vortrag fort.

»Mit dieser Haltung steht das Christentum zwar in seiner Leibfeindlichkeit in der Tradition bis zurück zum Platonismus. Die Theologen der Alten Kirche haben mit der Forderung nach

Askese eine Steigerung bewirkt, die bis in die Gegenwart zu spüren ist.

Es begann schon früh eine Polemik gegen Schmuck und Körperpflege. Sie steigerte sich ins Skurrile, sodass Ungepflegtheit, Schmutz und jede Art von Körpervergessenheit seit mehr als tausend Jahren zum Erscheinungsbild vieler Heiligen gehörte. Alle Zeiten hindurch war die Selbstqual ein Zeichen christlicher Vollkommenheit.«

Diesmal schlug Martin als Erster zu. »Na, wenn's um Schmutz und Ungepflegtheit geht, fehlt dir zur Heiligkeit nur noch wenig.«

Hans machte schon den Mund auf und ballte die Faust. Da traf sie beide ein strenger Blick. Hans schloss den Mund wieder und setzte sich ordentlichst in seiner Bank zurecht. Martin tat es ihm nach.

»Vielen Dank«, sagte der Cucullus beiläufig und fuhr fort:

»Allerdings mussten schon die Wüstenasketen erfahren, dass jemand, der auf den Kampf gegen den Sexus fixiert ist, auch unausweichlich vom Sexus beherrscht wird. Ob er sich nackt, wie Makarios, in einen Ameisenhügel wirft, oder sich wie Benedikt in Dornen wälzt, oder den Körper peitscht und geißelt: Je rigoroser die Natur bekämpft wird, umso ungestümer sucht sie den Asketen heim.«

Der Lehrer machte eine Pause, sah sich um in den Reihen der Schüler, die zu seinen Füßen saßen. Einige an kleinen Tischen, andere auf den Stufen, die um das Katheder herum verliefen.

»Also – mir ist klar, dass dieses Thema euch bisher fremd war, weil kaum ein Lehrer darüber sprechen will. Es ist ihnen entweder zu komplex oder sie genieren sich.

Ich habe beide Hemmungen nicht. Ich weiß, dass der Sexus für das Leben des einzelnen Menschen, also auch für euer Leben, enorm wichtig ist. Je mehr ihr darüber lernt, desto besser wird euer Leben verlaufen. Vor allem euer Leben als Ehemann.

Unser Fürst von Anhalt will als Heiliger gelten. Daher quält er sich Tag für Tag und Nacht für Nacht. Er tötet alles in sich ab, was zum menschlichen Leben gehört. Er wäscht sich nicht, isst offensichtlich nur das Allermindeste und schläft nicht. Er richtet sich, für alle sichtbar, auf den Tod ein und wünscht, danach als Heiliger verehrt zu werden.

Er kann, dessen bin ich sicher, nur als Beispiel dafür gelten, wie ein Christ nicht leben soll.

Ich bitte euch alle, mir bis morgen aufzuschreiben, wie ihr den Fürsten von Anhalt einschätzt. Und wie ihr an seiner Stelle euer Leben einrichten würdet.«

Der Lehrer kletterte freundlich lächelnd vom Katheder herab. »Jetzt sind zehn Minuten Pause. Danach wollen wir sehen, wie es mit eurem Wissen um die Religion steht.«

Nachdem der Lehrer den Raum verlassen hatte, wurde Martin sofort von einigen der Schüler umringt. »Du hast uns das eingebrockt. Jetzt müssen wir über den Idioten einen Sermon schreiben.« Ein anderer meinte: »So eine schwere Aufgabe. Jetzt musst du mir helfen. Allein kann ich das nicht. Mein Kopf ist schon jetzt leer.«

Immer mehr Schüler drängten sich um Martin. Er ärgerte sich über sich selbst. Warum musste er das mit dem verrückten Fürsten vor der Klasse erzählen. Warum musste er überhaupt am ersten Tag schon den Mund aufmachen?

Hans, der künftige Hüttenmeister, blieb kühl. Er schlug vor, die Aufgabe gemeinsam zu lösen. »Der Lehrer hat ja nicht ausdrücklich gesagt, dass er von jedem von uns eine Geschichte haben will. Er hat gesagt, dass wir alle die Geschichte aufschreiben sollen. Also fassen wir das so auf, dass wir das gemeinsam machen.«

»Und wie soll das gehen?«, fragte der erste Schüler. Man sah, dass er nicht mehr wütend war, sondern neugierig.

»Wir warten, bis der Lehrer aus dem Haus ist, und dann setzen wir uns zusammen. Es wird ja wohl jeder von uns einen vernünftigen Gedanken beitragen können, und Martinus fasst dann alles zusammen. Und morgen bekommt der Lehrer unser Memorandum.«

Alle sahen fragend auf Martin. »So machen wir das«, sagte er knapp und nickte.

»Martinus soll unser Anführer werden«, schlug einer der Jungen vor. »Der traut sich, den Mund aufzumachen. Der sagt einfach, was er denkt. So einen brauchen wir.«

»Aber der Hans traut sich das auch«, meinte ein anderer.

»Ich habe nichts dagegen, Anführer zu sein«, stimmte Hans zu.

»Das ist genau das Richtige für dich«, sagte Martin lachend.

Am Fenster in Martins Zimmer rankte Efeu. Als er sich ins Bett legte, fand er auf seinem Kopfkissen einen Zweig mit besonders kleinen, hellgrün geäderten Efeublättern. Wie kam der dahin? Hans kam für so etwas Feinsinniges nicht in Frage. Vielleicht Elisabeth?

Sie gab sich ihm gegenüber eher abweisend.

Martin war todmüde. Wie hatte er sich nach seinem Bett gesehnt. Nach einem Ort, wo ihn niemand störte. Er konnte von dort aus sogar ein Stück Himmel sehen. Den Ruf des Nachtwächters hören. Der offene Fensterladen bewegte sich ein wenig, und er stellte sich vor, dass der Wind glücklich sei und die Luft, der Efeu und die Katze, die es sich auf seinem Bett bequem gemacht hatte.

War auch er glücklich? Er dachte an Madlen. An wen sonst, wenn es um Glück ging. Wann würde sie wohl in Zerbst ankommen? Den Tag der Abreise wusste er nicht. Aber er sah sie überall vor sich. In seinem nächsten Brief würde er ihr viel zu erzählen haben. Von der Schule, vom Lehrstoff, von den Lehrern. Vor allem von Frater Egidius, ihrem Cucullus, wollte er ihr berichten. Auch darüber, wie ähnlich Cucullus seinem Lieblingslehrer aus Mansfeld war. Der hatte Martin zum Abschied gesagt, dass er ein wacher Geist sei.

»Es ist richtig, dass du dein Talent nicht in den Stollen des Bergwerks vergräbst. Du hast der Welt viel zu sagen.«

Martin hatte noch nicht darüber nachgedacht, was ein Lehrer

ihm damit sagen wollte. Und im Moment gehörten seine Gedanken Madlen. Er brannte darauf, ihr die Häuser Magdeburgs zu zeigen. Die bunten Märkte. Vor allem der Stoffmarkt würde ihr gefallen. In allen seinen Farben. Der Himmel war so weit in dieser Stadt.

Madlen! Wenn er an sie dachte, würde er gut schlafen.

Oder auch nicht.

33

Madlen würde nun doch allein nach Zerbst reisen. Berblins Rücken hatte eine empfindliche Verschlimmerung erfahren, und die Schmerzen waren kaum zu ertragen. Da half auch kein Arnika mehr. Sie musste im Bett liegen und sich warmhalten. So der Arzt, der von Hans Luther gerufen worden war.

»Rückenschmerzen gehen von allein wieder weg«, hatte er ruhig gesagt. »Eine Medizin, die wirklich hilft, gibt es nicht. Man muss Geduld haben und darf keine schwere Arbeit machen. Und was die Reise nach Zerbst angeht, da rate ich strengstens ab. Das Rütteln und Schütteln in der Kutsche ist Gift für den Rücken älterer Leute.«

Er hatte wohlgefällig Madlen angeschaut, die Berblin behutsam mit Kissen im Bett hochgelagert hatte. Gerade brachte sie ihr Tee von Minze und eine kleine Schale mit süßem Brei.

»Wer wird Euch denn versorgen, Berblin, wenn das Mädchen nicht mehr im Hause ist?«

»Natürlich ich«, meldete sich Margarethe. Sie war sichtlich verärgert. »Als die noch nicht im Haus war, sind wir auch gut zurechtgekommen.« Margarethe vermied es, Madlen mit ihrem Namen anzureden. Wenn sie etwas von Madlen wollte, sagte sie meist »he du«.

Der Arzt schaute die Frauen an, dann offerierte er ihnen, Madlen nach Zerbst zu begleiten. »Jederzeit! Man lässt eine so schöne junge Frau nicht allein verreisen. Das ist viel zu gefährlich.

Also, Madlen, Sie haben mein Wort. Mein Haus kennen Sie. Die Wirtschafterin ist immer da, sie richtet mir alles aus.«

Nachdem der Arzt gegangen war, giftete Margarethe, dass der Kerl immer noch unverheiratet sei. »Dabei ist er schon um die dreißig. Und man weiß, dass er es mit leichten Frauen hat.« Über die Schulter sagte sie zu Madlen: »Bilde dir nur nichts ein. Der hat so viele Frauen. Heiraten würde der dich sowieso nicht.«

»Margarethe, du wirst langsam unerträglich«, sagte Berblin in tadelndem Ton. »Madlen kann nichts dafür, dass viele Männer sich für sie interessieren.«

»Kann sie doch. Sie macht allen schöne Augen. Auch den Arzt hat sie angesehen, als wollte sie ihm gleich in die Arme fallen. Du merkst das nur nicht, Berblin, du bist viel zu vertrauensselig.«

Aber Madlen hatte den Arzt gar nicht als Begleiter haben wollen. Wenn nicht Berblin, dann niemanden.

Unter den wütenden Augen seiner Frau schnappte sich Hans Luther Madlens Reisesack und ihre schwere Tasche. Nun musste sie selbst nur noch den Korb mit Proviant für die Reise tragen. »Ich möchte Madlen auch begleiten«, bettelte Jakob seinen Vater an.

»Also gut, komm mit«, sagte Hans Luther, und machte eine Bewegung mit dem Kopf in Richtung Tür. Margarethe stampfte wütend aus der Stube. Sie tat Madlen leid.

Jakob trug den Proviantkorb, und Hans Luther ging neben Madlen die Straße hoch. Er wurde respektvoll gegrüßt und genoss sichtlich die erstaunten Blicke, die ihn und die schöne junge Frau an seiner Seite trafen. Madlen trug einen großen Hut, der früher mal Berblin gehört hatte. Das resedafarbene Reisekostüm kam auch aus Berblins Schrank. Sie war sich durchaus bewusst, dass alles nur geliehen war. Dass sie ohne die Hilfe Berblins diese Reise gar nicht machen könnte und noch immer den einzigen Rock und die zerschlissene Jacke tragen würde, in der sie aus dem Haus des Bauern geflüchtet war.

Alles, was sie heute war, hatte sie ihr zu verdanken. Sie spürte die Freude, mit der Berblin sie beschenkte, und konnte sich daher ebenfalls freuen.

Hans Luther war geradezu enttäuscht, dass die Kutsche schon wartete. Er hätte sich gern noch länger als Begleiter von Madlen bewundern lassen. Jakobs Anwesenheit dämpfte die Gerüchte sicher etwas, doch der Klatsch in Mansfeld würde aufblühen.

Der Kutscher verstaute Madlens Gepäck bis auf den Proviantkorb, den er in die Kutsche unter der Sitzbank abstellte. Hans Luther wollte wissen, wer noch mitreiste, und der Kutscher wies auf eine Gruppe von Leuten, die sich gerade von einem Mann und drei Kindern verabschiedete.

Madlen nahm Jakob in den Arm. Sie streichelte sein Haar und küsste ihn verstohlen auf die Wange. Jakob schmiegte sich fest an sie. Er weinte nicht, aber er war traurig. Hans Luther nahm ihn an der Hand, als müsse er sich an ihm festhalten. Mit der freien Hand zog er Madlen kurz heran, traute sich aber nicht, ihr einen Kuss zu geben. Dann riss er sich los, und ging mit Jakob rasch die Straße hinunter.

Der Kutscher half ihr beim Einsteigen. Der Mann und die drei Kinder saßen schon auf ihren Plätzen, und Madlen setzte sich auf den freien Platz neben ihm. Er rückte höflich zur Seite, so weit er konnte. Als die Kutsche mit einem Ruck anfuhr und Madlen fast mit dem Kopf des größeren Mädchens zusammengestoßen wäre, lachten alle fröhlich. Es konnte losgehen. Sie hatte es gut getroffen mit der Reisegesellschaft.

Der mitreisende Herr stellte sich als Doktor Conradus Cantus vor, Apotheker in Zerbst. »Ich bin die Grete«, rief das älteste Mädchen sofort und schaute Madlen erwartungsvoll an. »Sicher bist du auf den Namen Margarethe getauft, oder?« fragte Madlen, und das Mädchen nickte. Hoffentlich macht sie sich das Leben einmal nicht so schwer wie Margarethe Luther, dachte Madlen.

Sie war erleichtert, dass sie Martins Mutter so bald nicht wiedersehen würde. Vielleicht kam ja einmal die Zeit, da sich Martins

Wunsch erfüllte, gemeinsam mit Berblin und ihr zu leben. Aber mit der Mutter? Niemals. Nicht einen Tag.

Die geschlossene Kutsche rollte recht zügig aus Mansfeld hinaus. Durch lichte kleine Waldstücke erreichten sie die weiten Felder, und die Landstraße machte sich durch heftigeres Rütteln bemerkbar.

»Diese Kutsche verfügt über eine neuartige Federung«, sagte der Apotheker zufrieden. »Ihr werdet bald merken, dass das erheblich bequemer ist.«

»Ich reise nicht oft«, sagte Madlen, »das letzte Mal bin ich als Kind in einer Kutsche gefahren. Seitdem nicht mehr.«

Der Apotheker wollte etwas erwidern, schwieg aber. Madlen sah ihn zum ersten Mal bewusst an. Unter einem schwarzen Barrett quoll dichtes, braunes Haar hervor. Das Gesicht des Mannes war schmal und blass, die dunklen Augen unter kräftigen Brauen schienen nachdenklich zu sein. Er hatte einen kleinen Jungen von zwei bis drei Jahren auf dem Schoß, der eingeschlafen war. Der Vater bettete ihn vorsichtig auf eine Decke, die neben ihm auf der Sitzbank lag.

Madlene beugte ihren Kopf zu dem Mann vor und fragte flüsternd: »Wie heißt der Kleine?«

»Lucas«, antwortete der Apotheker ebenso leise.

Der größere Junge, der sich als Paulus vorstellte, zog aus seiner Tasche eine Handvoll Murmeln. Er zeigte sie stolz Madlen.

»Wie schön! Die werden aus Ton gemacht, stimmt's?«, sagte sie zu dem Jungen der selbstbewusst erzählte, dass er geholfen habe, sie zu formen.

»Das macht man so«, sagte er eifrig, legte eine Kugel zwischen seine Handflächen und machte kreisende Bewegungen mit den Händen. »Und wenn die Murmeln rund sind, dann werden sie im Ofen gebrannt.«

Paulus hielt Madlen seine Hand mit der Murmel hin, und Madlen nahm sie, schnupperte daran, warf sie von einer Hand in die andere, warf sie in die Luft – und konnte sie wegen des Schaukelns der Kutsche nicht wieder einfangen. Die Kinder lachten, und der Vater legte den Finger an die Lippen. Daraufhin bemühten sich die beiden sofort, leise zu sein. Sie warfen einen liebevollen Blick auf den schlafenden Bruder.

Unweit von Hettstadt kamen sie durch ein Waldgebiet, in dem sie Männer in Bäumen herumklettern sahen.

»Ah, die Zeidler sind am Werk.« Der Apotheker schaute interessiert aus dem Fenster und sagte zu Madlen, dass er Honig kaufen wolle für seine Apotheke und auch für die Kinder. Er wollte gerade den Kutscher bitten, anzuhalten, als die Kutsche von selbst hielt.

»Kurze Pause«, posaunte der Kutscher, der offenbar ebenfalls den Wunsch hatte, Honig zu kaufen.

Leise, um den Kleinen nicht zu wecken, stiegen alle aus. Man ließ die Tür der Kutsche offen, und die Kinder wurden verpflichtet, hin und wieder nach dem Bruder zu sehen. Madlen überlegte, ob sie auch eine Honigwabe erwerben sollte für den Vetter Berblins und seine Frau. Vielleicht tat der Honig der kranken Frau Hofer gut.

Gemeinsam mit dem Kutscher gingen sie zu der Baumgruppe, in der die Zeidler arbeiteten. Madlen hatte sich noch nie über das Sammeln von Honig Gedanken gemacht. Sie hatte ihn einfach genossen. Doch nun sah sie, wie mühsam die Arbeit dieser Männer war.

Die Baumgruppe bestand aus alten, ziemlich dicken Stämmen. In etwa sechs Metern Höhe hatten die Zeidler künstliche Höhlen in die Bäume geschlagen. Diese Höhlen waren durch ein Brett verschlossen, in das man ein Flugloch gebohrt hatte. Sie erklärten Madlen, dass es Glücksache war, ob die Bienen die Fluglöcher anflogen oder nicht. Den Reisenden war das egal. Hauptsache sie konnten eine große Wabe voller Bienenhonig mitnehmen. Auch die Kinder bekamen ein kleines Stück und lutschten es andächtig aus.

»Ich weiß gar nichts über die Zeidler«, sagte Madlen. »Gibt es diesen Beruf schon lange?«

»Schon fast so lange wie die Menschheit«, sagte der Apotheker lächelnd und erklärte ihr: »Sie haben früh Zünfte gebildet und eine eigene Gerichtsbarkeit. Es ist ihnen sogar erlaubt, eine Waffe zu tragen, da die Arbeit im Wald nicht ungefährlich ist.«

Sogar der kleine Lucas durfte an einem Stück Bienenwabe lutschen. Das gefiel ihm. Er hatte jetzt ausgeschlafen und war bester Laune. Sein Vater hielt ihn auf den Knien und ließ ihn immer wieder rumhopsen. Seine Geduld mit dem Kleinen schien unerschöpflich.

Madlen hatte aus ihrer Tasche eine Mappe mit Papier gekramt. Sie nahm einen Bogen und faltete daraus konzentriert einen Vogel. Das hatte sie von ihrer Mutter Hanne gelernt, die diese Vögel mit bunter Farbe bemalt und als Kinderspielzeug verkauft hatte.

Grete und Paulus staunten, nahmen vorsichtig den fertigen Vogel in die Hand und ließen ihn fliegen, ohne ihn loszulassen. Damit beschäftigten sie sich lange, und sogar der kleine Lucas wollte den Vogel fangen.

In Bernburg an der Saale machten sie Halt. Das war so vereinbart. Für alle sechs Gäste war in einem schönen Gasthaus Quartier gemacht worden. Die großen Kinder hatten eine Kammer für sich, der Vater mit dem Jüngsten auch, und Madlen würde gleich neben dem Zimmer der Kinder schlafen. Der Apotheker bestellte Essen für alle, und dann gingen sie gemeinsam spazieren. Der kleine Lucas hatte bald keine Lust mehr, zu laufen. Da nahm Madlen ihn auf den Arm, und der Apotheker war dankbar.

»Tut Euch denn nicht der Rücken weh?«, fragte er mit schmerzlich verzogenem Gesicht. »Doch, ja, aber nicht zu schlimm«, sagte Madlen.

»Ich habe eine Salbe dabei. Mit der werde ich mich vor dem Zubettgehen einreiben«, meinte der Apotheker. »Wenn Ihr wollt, werde ich Euch etwas davon geben.«

»Danke«, sagte Madlen. »Ich habe gehört, dass Rückenschmerzen auch ohne Medizin wieder verschwinden. Daran halte ich mich.«

»Nun«, meinte Cantus lächelnd, »ich werde mir diese Weisheit lieber nicht zu eigen machen.«

»Wäre ich Apotheker, wäre ich auch für die Salbe«, sagte Madlen.

Beide mussten lachen. Die etwas steife Höflichkeit zwischen ihnen wich einer erfrischenden Offenheit. Die Kinder schienen das auch zu spüren. Sie sprangen um Madlen herum und zeigten ihr Blumen und Steine, die sie gefunden hatten. Lucas patschte ihr freundlich ins Gesicht. Madlen war froh über die spontane Zuneigung der Kinder. Sie lenkte sie ab von den Schmerzen ihres Abschieds und von ihrer Sorge, ob die Hofers sie freundlich aufnehmen würden.

Nach einer Weile übernahm Cantus wieder seinen Jüngsten, und Madlen, gehörig zerrauft, versuchte ihre Haare wieder hochzustecken.

Bald hatten die Großen das Rumrennen satt und kamen zu Madlen. Jeder nahm eine Hand, und sie marschierten miteinander, als täten sie das schon immer. Grete hatte in der Schule die Tonleiter gelernt, aber wieder vergessen.

»Kannst du die Tonleiter?«, fragte sie Madlen, und Madlen sang sie rauf und runter. Sogleich fiel Grete alles wieder ein und sie sang mit. Das klang nicht schlecht, und da sie auf dem Weg allein waren, sangen auch Paulus und sein Vater mit. C D E F G A H C, C H A G F E D C! Bald bemühten sich alle, möglichst hoch und künstlich zu singen, und die Kinder hatten ihren Spaß.

»Vater! Sing noch mal!«, rief Grete, und er gab sein Bestes. »Die Kinder haben ihren Vater noch nie als Sänger erlebt«, meinte er fröhlich.

Später, nachdem der Apotheker sich mit seinen Kindern zur Nacht verabschiedet hatte, ging auch Madlen leichten Herzens ins Bett. Sie hatte den Tag genossen. Cantus war höflich, sorgte für Madlens Wohlergehen so selbstverständlich, wie sie sich der Kinder annahm. Und seit die Fremdheit zwischen ihnen einem freundschaftlichen Umgang gewichen war, fühlte sie sich wohl.

Dabei war Madlen vor der Reise beklommen gewesen. Beklommen? Sie wollte sich nichts vormachen. Angst hatte sie gehabt. Angst, mit der Kutsche zu verunglücken. Natürlich hatte sie von Überfällen gehört oder von Mitreisenden, die junge Frauen belästigten. Aber ihre tiefste Furcht war gewesen, ihr Schicksal könnte sich wiederholen. Es könnte etwas geschehen wie damals, als die Kutsche mit ihr und ihren Eltern verunglückte.

Wo die Mutter der Kinder wohl war? Niemand hatte von ihr gesprochen. Und wo waren Madlens Gedanken an Martin? Es konnte doch nicht sein, dass sie während der ganzen Reise nicht an ihn gedacht hatte. Sie kam ihm jeden Tag näher. Wäre sie erst einmal in Zerbst, war es nicht mehr allzu weit nach Magdeburg. Und umgekehrt.

Morgen sollten sie gegen Abend dort ankommen. Zerbst war nun kein leeres Wort mehr für sie. Es bedeutete Grete, Paulus und Lucas, es bedeutete Conradus Cantus, und es bedeutete die Verwandten Berblins, Valentin Hofer und seine Frau Johanna.

Beim Frühstück in der Herberge saß Madlen zwischen Paulus und Grete. Die beiden hatten schon zeitig in der Gaststube Plätze für die Familie belegt. Den Kindern schmeckte der Brei nicht, doch der Vater mahnte, dass sie etwas essen sollten, sonst bekämen sie auf der Reise Hunger. Madlen probierte etwas von dem Hirsebrei, der nach alter Milch schmeckte, und das sagte sie dem Apotheker.

Als jeder eine Scheibe Brot mit Schinken aß, biss Paulus schmerzhaft auf einen Stein und legte das Brot hin. Der Apotheker beschwerte sich bei dem Wirt, doch der zuckte nur mit den Schultern. Madlen schnitt daraufhin die Brotscheiben der Kinder in sehr kleine Würfel, den Schinken ebenfalls.

Da fiel ihr ein, dass in ihrem Proviantkorb noch Vorrat sein musste. Sie hatte gestern nur ein Stück Weißbrot mit etwas Hühnerfleisch gegessen. Aber es gab noch Brot, Butter und einen Topf mit Erdbeermarmelade. Auch von dem Hühnerfleisch war noch reichlich da. Die Kinder probierten vorsichtig, doch dann wollten sie alles auf einmal. Hühnchen und Marmeladenbrot. Madlen verteilte gerecht und erzählte ihnen von ihrer Freundin Berblin, die ihr viel zu viel Proviant mitgegeben hatte. Nun ließ es sich auch der Apotheker schmecken. »Ich habe lange nicht so ausgezeichnetes Brot und so ein zartes Huhn gegessen«, sagte er anerkennend.

Madlen wollte daran denken, Berblin im nächsten Brief von dieser fröhlichen Mahlzeit zu berichten, die sie ihr zu verdanken hatten.

Der Kutscher ließ auf sich warten. Madlen fragte den Apotheker, ob sie mit Grete und Paulus nach draußen gehen solle. Das Wetter war zwar unfreundlich, es nieselte und war kühl, aber die Kinder wollten trotzdem raus.

Madlen spielte mit ihnen Katz und Maus. Sie war die Katze und die Kinder waren die Mäuse, die immer vor der Katze davonrannten. Paulus und Grete kannten das Spiel nicht, aber sie machten eifrig mit. Sie konnten gut rennen, alle beide, und Madlen stellte fest, dass sie selbst auch recht schnell war.

Als die Kutsche dann endlich vorfuhr, verteilten sie sich darin wie am Tag zuvor, obwohl Grete und Paulus gern neben Madlen gesessen hätten. Doch der Vater verwehrte es ihnen. Lucas strebte beharrlich auf den Boden der Kutsche, und der Vater legte dort eine Decke aus und ließ den Kleinen gewähren. Der betrachtete zunächst neugierig die Schuhe der Erwachsenen und versuchte dann, die Schnürbänder zu lösen.

Grete holte einen Pfeifvogel aus der Tasche und blies recht geschickt in diese Flöte aus gebranntem Ton. Dann wollte Paulus es versuchen. Lucas horchte auf. Er wollte die Flöte unbedingt haben. Großzügig gab der Bruder sie her. Lucas blies mit aller Kraft, aber der Vogel gab keinen Laut von sich.

Auf Bitten Gretes holte Paulus seine schönen Murmeln aus der Tasche. Die ganze Handvoll. Sie rollten die Decke zusammen und positionierten ihre Kugeln auf dem Boden der Kutsche. Das war mühsam genug, denn die beiden dicksten Kugeln, von denen eine Grete gehörte und die andere Paulus, rollten immer wieder raus aus ihrer Position. Doch die Kinder versuchten trotzdem, mit je einer Kugel die gegnerische Kugel abzuschießen.

Hinterher wusste niemand, wie es passiert war. Ob der Vater kurz eingenickt, ob Madlen aus dem Fenster gesehen hatte, jedenfalls schrie Grete plötzlich laut und Paulus stimmte ein.

Lucas war am Ersticken.

Sein Köpfchen lief blau an, er ächzte, würgte, die Augen traten aus ihren Höhlen. Der Vater schrie nach dem Kutscher, er solle anhalten, nach einem Arzt laufen, sofort.

Sie befanden sich kurz vor einer Ortschaft. Der Kutscher rannte los. Unterdessen versuchte der Apotheker, einen Finger in den Mund seines Söhnchens zu stecken, vergeblich. Er schüttelte das Kind, und plötzlich kam Madlen ein Gedanke, sie wusste nicht, woher.

»Der Kopf muss nach unten«, sagte sie bestimmt. »Stellt ihn auf den Kopf.«

Der Apotheker gehorchte, und Madlen klopfte auf den Rücken des Kindes, immer in Richtung des Nackens. Dann übernahm der Apotheker, klopfte noch kräftiger, und Madlen schob vorsichtig ihren kleinen Finger in den Mund des Kindes.

»Ich spüre etwas«, sagte sie zu dem Apotheker, der kreideweiß war und sie anstarrte, ohne das Klopfen zu unterbrechen.

»Das könnte der Kehlkopf sein«, sagte er verzweifelt, doch Madlen schob ihren Finger noch weiter in den Rachen des Kindes. Da war etwas, ganz bestimmt, und nach verzweifeltem Flehen, Gott möge ihr helfen, fiel plötzlich eine kleine Kugel in die Mundhöhle des Kindes.

Es war eine Murmel.

Sie stellten den Kleinen wieder auf die Füße. Dann legten sie ihn auf die Sitzbank, und der Vater drückte behutsam auf den kleinen Brustkorb, leicht, immer wieder, bis Lucas zu atmen begann.

Erschöpft blickte Madlen zu Grete und Paulus, die sich fest aneinandergeklammert hatten und sich nicht rührten. Sie nahm beide Kinder in den Arm und streichelte ihre Köpfe. Der Apotheker saß in der Ecke der Kutsche, hielt Lucas im Arm. Er streichelte den Kleinen, der jetzt ruhig schlief.

34

Liebe Madlen!

Es ist so wunderbar, mit Dir ein Geheimnis zu haben. Berblin, die Kluge, weiß natürlich alles. Aber sie liebt uns, sie sieht uns mit klaren Augen. Ach, ich vermisse Dich unendlich. Nur gut, dass Du mittlerweile in Zerbst sein musst, und damit näher bei mir. Dennoch denke ich manchmal, dass die ganze Welt zwischen uns liegt.
Du bist meine Liebe, meine Madlen.
Der Hauswirt hier, der Erzbischöfliche Offizial Doktor Paulus Moßhauer, ist, so glaube ich, bereits misstrauisch wegen Deines ersten Briefes. Wer hat ihn da wohl informiert?
Doch es gibt auch eine überraschende Freude in diesem Magdeburg für Hans und mich. Es ist die Schule der Brüder vom Gemeinsamen Leben, die wir seit unserem ersten Tag hier besuchen. Ich glaube wirklich, das ist die Blüte und Krone aller Schulen. Hier finde ich alles, was ich in meiner alten Schule vergebens gesucht habe.
Jeder Tag hier ist spannend und angefüllt mit Wissen. Eines weiß ich: Nirgends kann es eine bessere Schule geben als diese. Immer wieder tut sich eine neue Welt auf. Dabei gibt es hier 600 Schüler. Kannst Du Dir das vorstellen – 600 Schüler.
Und das Beste – weit und breit keine Rute.
Wir, Hans und ich und noch viele andere, haben einen großartigen Lehrer. Er heißt Frater Egidius, und Hans sagt, er

sehe aus wie die Kräuterweiber auf dem Markt in Mansfeld. Das kommt aber nur von der Gugel, die er trägt. Daher nennen wir ihn auch den Cucullus. Egidius ist ein großer Gelehrter, dem können weder Hans noch ich jemals das Wasser reichen. Liebste Madlen, seit wir uns trennen mussten, bin ich ein anderer Mensch geworden, zumindest kommt mir das so vor. Und Du bist ein Teil von mir.

Für immer,
Dein Martin

Am liebsten wäre Martin jetzt durch die Stadt gelaufen und hätte seinen Gedanken an Madlen freien Lauf gelassen. Doch es wurde allerhöchste Zeit, an die Eltern zu schreiben. Aber was? Worüber sollte er an sie schreiben? Martin seufzte. Er musste einfach beginnen.

Liebe Eltern!

Ich möchte Euch mitteilen, dass ich in Magdeburg gut angekommen bin. Bei Offizial Moßhauer habe ich gute Herberge. In der Schule bin ich jeden Tag und lerne viel. Heute zum Beispiel hat der Rektor, Frater Egidius, zu uns über die Hussiten gesprochen. Das sind die Anhänger von Jan Hus, einem berühmten Priester und Prediger aus Böhmen. Von dem hatte ich noch nie gehört. Diesem Mann ist Ungerechtigkeit widerfahren, davon muss ich Euch berichten und hoffe, demnächst Eure Meinung dazu zu hören.
1369 ist Jan Hus in Südböhmen geboren worden. Der Himmel weiß, in welcher Ecke der Welt das liegt. Er war zunächst Sängerknabe, dann studierte er bei berühmten Philosophen und im Jahre 1400 wurde er Priester und später Prediger an der Prager Bethlehemskapelle, wo er zum ersten Mal Kritik am Papsttum übte.
Die Einwohner von Böhmen müssen diesen Mann geliebt haben. Sie haben ihn zu ihrem Wortführer gemacht. Sein Lehrer war

übrigens ein Engländer namens John Wyclif, der ebenfalls Kritik an der Kirche übte. Es war ihm nicht einsichtig, wie die Kirche das Ideal der Armut predigen konnte, aber andererseits Reichtümer anhäufte.
Vielleicht fragt Ihr Euch jetzt, wie der Prediger aus Böhmen an die Schriften eines englischen Theologen gelangt ist? Das kam so: Damals studierten viele böhmische und deutsche Studenten in Oxford, und so lernte Jan Hus auch die Schriften von Wyclif kennen.
Später wurden alle Bücher Wyclifs auf Befehl des Erzbischofs von Prag verbrannt. Und Jan Hus kam in Acht und Bann. Stellt Euch vor, es wurde ihm verboten, jemals wieder zu predigen. Ende Oktober 1414 hat er sich dem Konzil in Konstanz gestellt und im Jahr darauf hat man ihn verbrannt. Frater Egidius hat uns erklärt, dass Jan Hus aufrecht gestorben sei. Er habe sogar für seine Gegner gebetet und dabei Jesus Christus und die Jungfrau Maria angerufen.
Niemand kam ihm zu Hilfe! Nur der Landtag protestierte gegen seinen Feuertod.
Liebe Eltern, Frater Egidius hat mir vorgeschlagen, vor der Klasse über Jan Hus und Wyclif zu sprechen.
Gnade und Friede in Christo. Darauf muss ich mich gut vorbereiten.

In respektvoller Liebe
Euer Sohn Martinus

35

Sie gingen häufig zum Kurrende-Singen. Gleich nach ihrer Ankunft im Oktober hatten sie damit begonnen. Besonders an den Weihnachtstagen waren die Einwohner Magdeburgs genau wie die in Mansfeld freigebig und milde gestimmt. Doch jetzt, in der Osterzeit, gingen die Spenden merklich zurück. Es kamen auch, sobald das Wetter freundlich und trocken war, sehr viele Kurrende-Schüler zusammen. Doch Magdeburg war groß, und die meisten Schüler kannten die Gegenden und die Häuser, vor denen es sich zu singen lohnte. Die Sänger waren es alles in allem zufrieden.

Sogar Martin, früher eher widerwillig beim Kurrende-Singen, stellte nun fest, dass er oft Spaß daran hatte, gemeinsam mit den anderen zu singen. Er hatte außerdem das Gefühl, dass seine Stimme hier in Magdeburg kräftiger und wohlklingender geworden war.

Martin und Hans legten abends, nach dem »Betteln«, wie Martin es nannte, ihre ersungenen Almosen zusammen und teilten wie immer. Die Unterkunft sowie das Schulgeld in Magdeburg zahlten die Eltern, für ihr Essen und die Kleider mussten Hans und Martin selbst aufkommen. War Paulus Moßhauer nicht zu Hause, und er war oftmals nicht da, luden Elisabeth und ihre Tante Marta die Schüler zum Essen ein. Sonntags waren sie offiziell die Gäste der Moßhauers, ebenso Weihnachten und Ostern.

Paulus Moßhauer achtete darauf, dass die ihm Anvertrauten

regelmäßig zur Kirche gingen. Auch das kannten die beiden Mansfelder von daheim, obwohl sie dort nicht vom Elternhaus gedrängt wurden, sondern von der Schule. Aber Martin liebte Kirchen ohnehin und Messen ebenfalls. Ob er im riesigen, kostbar ausgestatteten Magdeburger Dom war oder in der ebenso schönen Johanniskirche – er fühlte sich zu Hause.

Manchmal, wenn er beim Gottesdienst kleine, unbeholfene Messdiener sah, kam ihm der Tag in den Sinn, als er in der Mansfelder St. Georgskirche selbst Messdiener geworden war. Als er zum ersten Mal auf den Stufen des Altars den Gottesdienst begleiten musste. Er genierte sich immer noch dafür.

Fünf oder sechs Jahre alt musste er damals gewesen sein. In der Sakristei hatten sie ihm einen roten Talar angezogen, darüber ein etwas kürzeres weißes Chorhemd. Eine Altarschelle hatte man ihm auch in die Hand gedrückt. Damit hatte er hilflos auf den Stufen des Altares herumgestanden. Nicht, dass ihm der Pfarrer oder der Messner vorher etwas erklärt hätten. Das Einzige, was Martin tun konnte, war, mit der Altarschelle zu klingeln. Die immerhin war aus schönem Messing und hatte vier verschieden große Glocken: von ganz klein bis groß. Um die Schelle hatte Martin die Messdiener beneidet, seit man ihn mitnahm zum Gottesdienst.

Als der Vater ihn gefragt hatte, ob er Messdiener werden wolle, hatte er sofort ja gesagt. Und dann stand er auf den Stufen des Altars. Der Jüngste. Da er nicht genau wusste, wann geklingelt werden musste, schellte er immer dann, wenn die anderen das auch taten. Aber er konnte seine Schelle nicht so schnell zum Schweigen bringen, wenn die anderen aufhörten.

Dann drehten sie sich nach ihm um und schüttelten den Kopf. Dennoch dachten sie nicht daran, dem Jüngsten zu helfen.

Nach und nach hatte er die Einzelheiten mitbekommen. Er half dem Priester beim Anlegen seines Gewandes. Zunächst nur durch Zurechtzupfen des Saumes, dann wurde er geschickter. Der

Priester sprach das Stufengebet, danach stieg er die Altarstufen hoch und küsste den Altar. Martin hatte zu all diesen ihm wichtig erscheinenden Schritten klingeln wollen. Beim Kyrie eleison, das neun Mal gerufen wurde, hielt er es für angemessen, wenigstens einmal zu klingeln. Oder gar beim festlichen Gloria in excelsis.

Als sich an das Evangelium die Predigt anschloss, machte Martin zum ersten Mal alles richtig. Er hob instinktiv seine Schelle nicht auf, sondern bemühte sich, zuzuhören. Er war stolz, diesmal nicht falsch geklingelt zu haben.

Wenn der Chor sang, klingelte Martin auch nicht. Das war ja klar. Beim Dominus vobiscum ging es auf den Schluss zu, auch das wusste er. Ite missa est und Deo gratias bestätigten das, und es war vorbei mit dem Klingeln.

Mittlerweile sang er im Chor des Magdeburger Domes mit. Er hatte ja schon im Schulchor und bei der Kurrende erfolgreich geübt. In diesen herrlichen Kirchen war die Wirkung des Gesangs unvergleichlich. Am liebsten sang er mit kräftiger Stimme »Halleluja, Halleluja, Halleluja und Kyrie eleison. Christe eleison. Kyrie eleison.« Erhebend empfand Martin das, groß und göttlich, und er dachte dabei an seinen Baum, der auch groß war und göttlich. Er erinnerte sich daran, wie die Blätter sich im sanften Wind wogen und wie die Äste sich leicht bogen. Martin war fröhlich, er dachte an Gott, der ihm so viel geschenkt hatte. Und natürlich dachte er im schönen Magdeburg an seine Madlen mit ihrem zarten Gesicht.

Manchmal wurde hier Berblins Lieblingslied gesungen. Martin konnte es auswendig, und als es im Gottesdienst in St. Johannis angestimmt wurde, sang er es nur für sie.

Mitten wir im Leben sind
mit dem Tod umfangen.
Wer ist, der uns Hilfe bringt,
dass wir Gnad erlangen?
Das bist du, Herr, allein.

Uns reuet unsre Missetat,
die dich Herr, erzürnet hat.
Heiliger Herre Gott,
heiliger starker Gott,
heiliger barmherziger Heiland, du ewiger Gott,
lass uns nicht versinken
in des bittern Todes Not.
Kyrieleison.

Während er sang, während er immer sicherer und kräftiger sang, war er Berblin nahe. Er meinte, ihren feinen Duft nach Veilchen zu riechen, ihre abgearbeitete Hand flüchtig an seiner Wange, auf seinem Kopf zu spüren. Von ihr kam alles, was ihn beruhigte. Ihre geheimnisvolle Weisheit half ihm, hatte ihm immer geholfen, seit er denken konnte.

36

Beim Kurrende-Singen lernten Hans und Martin zwei Schüler der Domschule kennen, die ihnen sogleich sympathisch waren. Sie waren oftmals in den Singpausen beisammen und verabredeten sich auch an Feiertagen – immer wenn sie freie Zeit hatten. Claus Storm, so hieß der größere, kräftigere, der neben Martin beim Diskutieren das erste Wort hatte. Er war freundlich und jederzeit bereit, seine Freunde durch sein geliebtes Magdeburg zu führen. Er kannte jeden Winkel der Stadt, schimpfte über Missstände und schrieb Eingaben an die Ratsherren und an den Bürgermeister. Die ließ er, der stärkeren Wirkung wegen, seine Freunde und auch die Lehrer unterschreiben. Einmal war er schon ermahnt worden. Das hatte ihn keineswegs gestört. Im Gegenteil. Er ließ seine Freunde wissen, dass er später einmal Bürgermeister seiner Heimatstadt werden wolle. Mit der Bewerbung könne er gar nicht früh genug anfangen.

Sein Freund, der zarte, schmächtige Andreas Proles, hatte ein Lungenleiden. Der Arzt hatte das vermutet, weil Andreas sehr schmächtig war, wenig aß und rasch ermüdete. Er hatte oftmals einen Husten, der ihn vollends erschöpfte. Selbst lautes Sprechen war ihm nicht möglich.

Aber er war ein politischer Kopf. Das sagte jedenfalls Claus Storm, und es stimmte. Claus, Martin und Hans lauschten aufmerksam, wenn Andreas seine Gedanken aussprach. Was er sagte, verblüffte seine Zuhörer, und Martin war es oft, als habe er schon einmal dasselbe gedacht, sich aber nicht getraut, das auszusprechen.

Sie saßen im Pausenraum der Domschule, aßen ihr mitgebrachtes Brot und horchten auf, als Andreas sagte, dass es nicht mehr so weiterginge mit Rom.

»Wir deutschen Katholiken können nicht länger hinnehmen, dass wir vom Papst in Rom aus dirigiert werden. Die Kirche soll nicht länger welsch, sondern deutsch sein. Wir können nicht länger zusehen, dass einem fremden Herrscher der größte Teil unserer Steuergelder zufließt.«

»Welchem fremden Herrscher?«, fragte Claus, obwohl er genau wusste, wen sein Freund meinte. Er wollte aber auch, dass Hans und Martin alles verstanden.

Andreas antwortete barsch: »Du weißt genau, dass ich den Papst in Rom meine, den Beherrscher des Kirchenstaates. Ich glaube, der kennt nicht einmal die Bibel, das Evangelium. Darin steht nämlich nichts von der Macht der Klöster und Mönche, von Prälaten und Bischöfen, von Messen und Wallfahrten, Beichten und Ablässen. Die letzte Komponente, der Ablass, ist das größte Unrecht, der unmenschlichste Betrug und die dreisteste Lüge, die sich je ein Papst erlaubt hat. Dazu kommen dann noch die Dogmen, die unsere Kirche in tausendjähriger Arbeit aufgebaut hat. Ich sage euch, da muss eine Umwälzung her, und zwar bald.«

»Ich habe Sebastian Brants ›Narrenschiff‹ gelesen«, sagte Hans Reinicke vergnügt. »Mir fällt zur Kirche jetzt nur ein Spruch ein, den ich, mit Verlaub, hier aufsage: ›Man schätzt die Priesterschaft gering, als ob es sei ein leichtes Ding. Drum gibt es jetzt viel junge Pfaffen, die so viel können wie die Affen, und Seelsorg' sieht man treiben die, die Hüter wären kaum fürs Vieh‹.«

Martin dachte nach den Worten von Andreas wieder an die Ablassprediger, die ihm so häufig über den Weg liefen. Jedes Mal hatte er sich geekelt vor den Lügen, die diese Prediger gutgläubigen Menschen aufgetischt hatten, um an ihr Geld zu kommen.

»Man begreift es einfach nicht«, sagte er aufgebracht, »dass der

Papst so hinter dem Geld der Christen her ist. Als ließe Gott sich bestechen! Schon für diese Beleidigung Gottes müsste er in Acht und Bann. Man sollte ihm dann beizeiten den Hals herumdrehen. Gott, der seinen Sohn für die Menschen geopfert hat, muss mitansehen, dass diese Menschen in seinem Namen andere betrügen. Schlimmer noch, dass sie den Reichen das Himmelreich versprechen. Für die Armen ist demnach wohl die Hölle zuständig, weil sie den Papst nicht angemessen entlohnen können.«

»Was mich anwidert«, sagte Claus Storm, »ist die Anbetung der Reliquien. Das ist nichts als die Ausbeutung von Aberglauben. Wer durch das Anbeten eines halbverwesten Haarbüschels von irgendeinem Leiden geheilt wird, der wäre auch geheilt worden, wenn er einen alten Knochen vom nächstbesten Straßenköter angebetet hätte.«

Martin war, wie häufig, mitgerissen von den Thesen Storms. Er berichtete den anderen, was er über die Verbrennung von Jan Hus gelesen hatte.

»Er beruft sich ja auf den Engländer Wyclif und hat dessen Thesen zitiert. Der lehrte unter anderem, dass keine Bilder angebetet werden sollen, Reliquien sollen nicht heilig gehalten werden. Nicht der Papst, sondern Gott allein kann Sünden vergeben. Der Segen von Papst und Bischöfen hat keinen Wert. Priestern soll die Ehe gestattet sein. Wein und Brot des Abendmahls verwandelt sich nicht in den wahren Leib Christi; wirkliche Christen empfangen den Leib Christi durch ihren Glauben. Man kann ebenso gut an anderen Orten beten als in der Kirche. Und so geht es weiter.«

Claus Storm und Andreas Proles sahen Martin aufmerksam an. Andreas fragte, ob Martin dem Wyclif und dem Hus Recht gebe.

»Sie bringen mich zum Nachdenken. Ich möchte, dass unser Leben als Katholiken schöner und glaubwürdiger wird, wir brauchen eine Art Reinigung. So habe ich Hus und Wyclif verstanden. Wir müssen Vollkommenheit erstreben, dürfen sie aber nicht herrisch verlangen. Ich kann es noch nicht so gut ausdrücken.«

Claus Storm meinte, dass Martin sein Wissen und seine Ansichten lieber für sich behalten solle, wenn er gedächte, sich an einer Universität zu immatrikulieren.

Doch Andreas ermutigte ihn: »Geh weiter auf dem Weg«, sagte er, »gehe unbedingt weiter, aber hänge es nicht an die große Glocke. Man ist schnell ein Ketzer hierzulande. Und anderswo auch. Also sei klug. Ich bin fest davon überzeugt, dass für euch eine neue Zeit kommt. Ich werde sie wohl nicht mehr erleben. Doch sobald ich den Tod kommen spüre, werde ich allen sagen, dass wir den Papst stürzen müssen! Dann können sie mich zum Tode verurteilen. Oder zum Strang. Oder zum Rad. Zu was immer sie wollen.«

37

Martin war immer noch jeden Tag glücklich in der Schule. Da gab es kein einseitiges Traktieren, wie er es aus der Mansfelder Schule kannte. Schüler und Lehrer gingen gleichberechtigt miteinander um. Frage und Antwort. Jeder wurde ernst genommen. Es gab kein Schimpfen und Brüllen und schon gar nicht kannte man hier die Rute. Das hatte Martin bereits am ersten Tag festgestellt, und dabei war es geblieben.

Lehrer und Schüler sangen sehr viel miteinander. Dass die Schulstunden mit einem gemeinsamen Lied begannen, war Martin bald eine liebgewordene Gewohnheit.

Morgenglanz der Ewigkeit,
Licht vom unerschaffnen Lichte,
schick uns diese Morgenzeit
Deine Strahlen zu Gesichte.
Und vertreib durch Deine Macht
unsere Nacht.

Frater Egidius zitierte oftmals aus der Bibel, und Martin wurde zum ersten Mal bewusst, dass er noch nie eine Bibel in Händen gehabt hatte. Er fragte Hans, dem es ebenso erging. Aber er hatte auf Martins Frage gemeint, dass er warten könne, bis er wieder nach Hause käme. Man hätte dort eine Bibel. Dann, nach kurzem Bedenken, nahm er seine Behauptung zurück: »Du, Martin, vielleicht irre ich mich. So ein Buch der Bücher kostet sicher so viel wie ein halbes Haus. Mindestens. Nein, ich habe mal wieder zuerst geredet und dann erst nachgedacht. Ich nehme das zurück. Auch meine Eltern haben keine Bibel.«

In Martins Elternhaus gab es keine Heilige Schrift. So viel wusste Martin. Aber hier in der Schule gab es bestimmt eine. Woher sollte Frater Egidius sonst seine Zitate haben. Er konnte sie unmöglich alle im Kopf speichern. Es musste hier eine Heilige Schrift geben. Martin würde versuchen, daranzukommen. Er wollte sie nicht nur ansehen, wie in der Kirche, sondern sie selbst in der Hand halten. Unbedingt.

Die kleine Bibliothek der Schule lag im ersten Stock und war stets abgeschlossen. Nur, wenn Brüder vom Gemeinsamen Leben dort arbeiteten, war sie geöffnet. Martin hatte beim zweiten Versuch Glück. Ein Bruder fragte ihn sofort, was er wolle. Martin gab sich verlegen. Er habe noch nie eine Bibel in den Händen gehalten. Nun sei er schon vierzehn und Schüler der Brüder vom Gemeinsamen Leben, und immer noch habe er keine Bibel angefasst. Das Wort Gottes. Er wolle ja einmal Theologie studieren.

Martin wusste später nicht mehr, was er dem Frater noch alles erzählt hatte. Der sah ihn mit einer Art verdrossenem Mitleid an, und Martin hätte nicht sagen können, ob er ihm glaubte. Am Ende jedenfalls übergab er ihm ein dickes, in braunes Leder gebundenes Buch. »Rühr dich nicht vom Fleck«, mahnte der Bruder. »Hast du saubere Hände?«

Auch damit hatte Martin Glück. Verunsichert durch die Strenge des Fraters, schlug er eine Stelle auf. Evangelium nach Johannes.

»1. Im Anfang war das Wort, und das Wort war bei Gott, und Gott war das Wort.

2. Dasselbige war im Anfang bei Gott.

3. Alle Dinge sind durch dasselbige gemacht, und ohne dasselbige ist nichts gemacht, was gemacht ist.

4. In ihm war das Leben, und das Leben war das Licht der Menschen.«

Der Frater räusperte sich, und Martin, angespannt und nervös, überflog die Zeilen bis er am Ende der Seite bei etwas ganz Unerhörtem hängenblieb:

»14. Und das Wort ward Fleisch, und wohnte unter uns, und wir sahen seine Herrlichkeit, eine Herrlichkeit als des eingebornen Sohnes vom Vater, voller Gnade und Wahrheit.

16. Und von seiner Fülle haben wir alle genommen, Gnade um Gnade.«

»Jetzt muss Schluss sein«, rief der Frater und nahm Martin die Bibel wieder aus der Hand.

Martin fühlte sich wie verwaist. In seinem Hirn rotierte es: »Und das Wort ward Fleisch, und wohnte unter uns. Und das Wort ward Fleisch, und wohnte unter uns.«

Immer wieder sagte Martin sich diese Stelle vor. Wenn er allein war, sprach er den Vers laut und ganz langsam: »Und das Wort ward Fleisch, und wohnte unter uns. Und das Wort ward Fleisch, und wohnte unter uns.«

Martin begriff es nicht. Er hätte sich vorstellen können, dass das Wort Staub würde. Also dass es zart und zerbrechlich würde und dann zu Staub zerfiel. Oder dass das Wort zum Blitz würde, aufblitzte und dann dem nächsten Blitz Platz machte. Dass das Wort Donner würde, war für Martin auch noch vorstellbar. Ein Wort donnert laut auf und vergeht dann wieder. Aber dass das Wort Fleisch wurde und unter uns wohnt – dann müsste das Wort ein Mensch werden. Menschen waren aus Fleisch gemacht.

War das ein Traumbild?

Oder könnte das Wort am Ende Jesus Christus sein?

Bald würde er Madlen sehen. Es waren die Tage nach Pfingsten, und Martin zitterte innerlich vor Aufregung und Freude. Claus Storm, den er ins Vertrauen gezogen hatte, verhalf ihm zu einem Platz in der Kutsche, die jede Woche nach Zerbst abging. Das konnte Martin sich nur deshalb leisten, weil er von Berblins Reisegeld noch einen Teil übrighatte. Martin wusste, dass Berblin einverstanden wäre. Sie war die Einzige, die seinen Plan guthieß. Hans war natürlich auch eingeweiht. Er versuchte gerade, Elisabeth zu einem Tanzvergnügen einzuladen. Sie habe durchaus Lust dazu, hatte Hans stolz berichtet, aber Moßhauer und die Tante Marta bewachten sie wie einen Kronschatz. So sah es Hans, und Martin teilte diesen Eindruck.

Auch er war von Moßhauer peinlich befragt worden.

»So so, nach Zerbst willst du. Darf ich fragen, warum?«

»Nein«, sagte Martin. Dann stotterte er: »Ja, doch, natürlich.«

Schließlich erklärte er, dass er dort die Verwandten einer Tante besuchen wolle.

»Davon haben mir die Eltern nichts berichtet. Ich habe schließlich die Verantwortung für dich.« Moßhauer war sichtlich verärgert.

»Ich bin sicher, dass meine Eltern nichts gegen diese Reise haben«, log Martin. Er wusste, dass genau das Gegenteil der Fall war. Aber darauf konnte er jetzt keine Rücksicht nehmen. Er wollte Madlen wiedersehen. Egal, was daraus entstünde.

Er lief durch Magdeburg wie durch einen himmlischen Garten. Er sah weder Straßenkot noch sonstige Unbill in der Stadt. Nur die blühenden Bäume in den Gärten nahm er wahr, die kleinen Teppiche von Anemonen, Hyazinthen, Krokus, Tulpen und weiteren farbigen Blumen, deren Namen er nicht kannte.

Morgen fuhr die Kutsche ab, morgen würde er Madlen sehen. Martin hoffte, dass sie seinen Brief erhalten hatte, und er hoffte noch immer auf Antwort. Notfalls würde er auch ohne ein Zeichen von ihr losfahren. Er kannte den Namen des Vetters von Berblin. Valentin Hofer hieß er, und er war Notar in Zerbst. Mit seiner Frau wohnte er in der Nähe der Kirche St. Bartholomäus, Martin hätte also keine Mühe, das Haus zu finden, in dem Madlen lebte. Er selbst würde sich ein Zimmer im nächsten Gasthaus mieten.

Danke Berblin!

Es war Sonntag früh. Offenbar war Martin vor der Zeit am verabredeten Platz. In den Fenstern der den Marktplatz umgebenden Häuser flackerte Kerzenlicht. Martin konnte sich vorstellen, wie in den schöneren Steinhäusern die Knechte und Mägde Feuer machten. Sie holten Wasser aus den Brunnen und Milch aus der Kammer. Dann setzten sie die Morgengrütze auf. So war das jedenfalls am Morgen im Hause Moßhauer. Die Knechte holten Wasser vom Fluss – Vorrat für einen ganzen Tag.

Martin hörte Hufgeklapper und Wagenrasseln. Das musste seine Kutsche sein. Es ging los. Endlich. Zunächst war er in der Kutsche allein. Die nächsten Reisenden würden auf der Strecke zusteigen. Der Kutscher hatte so stark durch eine Zahnlücke genuschelt, dass Martin kaum etwas verstanden hatte. Nur den Fahrpreis hatte er mitbekommen. Der war gesalzen.

Am Himmel zeigte sich ein klares Blau. Es war immerhin Frühsommer, die Kälte und Gewalt des Winters lag hinter der Stadt und ihren Bürgern. Die warme Luft, die schönen Farben des Frühlings gehörten allen. Menschen und Tiere waren glücklicher als jemals sonst. So schien es jedenfalls Martin. Er hatte, wahrscheinlich seiner Aufregung wegen, die ganze Nacht nicht geschlafen. Als beim nächsten Halt ein Herr im Gehrock und zwei Damen in langen Kleidern, Pelerinen und Hüten einstiegen, stellte er sich schlafend. Aber dann schlief er tatsächlich ein und wachte erst in Zerbst wieder auf, wo die Kutsche an einer Kirche hielt. Er erinnerte sich daran, dass Claus Storm von einer wunderschönen Feldsteinbasilika gesprochen hatte. Das musste sie sein. Und Storm hatte nicht übertrieben.

Seine drei Mitreisenden stiegen auch aus, und Martin fragte den Herrn, ob er in Zerbst vielleicht die Familie Hofer kenne. »Hofer? Der Notar Hofer?«, fragte der Mann, und als Martin nickte, wies er ihm die Richtung. »Dort hinten links, wo Ihr den Baum seht, dahinter liegt das Haus des Notars.«

War frühmorgens in Magdeburg noch alles verschlafen gewesen, herrschte hier in Zerbst nachmittäglicher Sonntagsbetrieb.

Eine Gruppe von Schulbuben, Martin schätzte sie in Jakobs Alter, machte Tänze und führte Ringkämpfe auf. Auch junge schöne Frauen fielen ihm auf. Sie waren ausnahmslos vornehm frisiert in der Art, wie Berblin oft Madlens Haar eingeflochten hatte. Die Kleider dieser Schönen, in allerlei fröhlichen Farben, zeigten guten Geschmack und Eleganz. Die Damen standen nah beieinander, verhielten sich still, und jetzt sah Martin auch den Maler. Er hatte gar nicht wahrgenommen, dass ein junger Mann seine Staffelei aufgebaut hatte. Ein Gehilfe stand bei den Schalen mit den leuchtenden Farben, genau den Farben der Kleider, die die jungen Damen trugen.

In diesem Moment begannen vom freistehenden Glockenturm die Glocken zu läuten. Gruppen von Bürgern, die beieinandergestanden hatten, gingen langsam auf die Kirche zu. Selbst die jugendlichen Tänzer und die Modelle des Malers gingen in die Kirche. Nur der Maler und sein Gehilfe arbeiteten ruhig weiter.

In diesem Augenblick sah Martin Madlen. Sie trug das türkisfarbene Kleid, das Berblin ihr genäht hatte, und führte eine ältere Dame am Arm in die Kirche. Männer zogen vor der Dame den Hut, ihre Frauen nickten respektvoll. Von der anderen Seite des Kirchplatzes kam ein Herr mit zwei Kindern, und die Größere, ein Mädchen, sprang sofort auf Madlen zu.

»Madlen, Madlen«, rief sie, doch der Vater wehrte es ihr. Er nahm das Mädchen wieder bei der Hand. Der Junge begrüßte Madlen ebenfalls, aber nicht so stürmisch. Der Herr verbeugte sich vor den Damen. Wer das wohl war? Dann gingen alle gemeinsam durch das Tor und verschwanden in der Kirche.

Martin wartete einen Moment, dann folgte er ihnen hinein. Er fühlte sich beklommen. Es war, als hätte Madlen schon immer in Zerbst gelebt. Als sei sie weit von ihm entfernt, obwohl sie noch vor wenigen Monaten einander ganz nah gewesen waren.

Zum Introitus sang man ein Lied, das Martin auswendig kannte.

Lobet den Herren, alle die ihn ehren;
lasst uns mit Freuden seinem Namen singen
und Preis und Dank zu seinem Altar bringen.
Lobet den Herren.

Martin, der hinter den letzten Bänken stand, vergaß seine Bedrückung. Er sang, als sei er bei den Brüdern vom Gemeinsamen Leben, als nicke ihm Frater Egidius freundlich zu, und seine Stimme gehorchte ihm, folgte ihm mit Stärke und Kraft. Bei der zweiten Strophe war sie noch voller und mächtiger. Er achtete nicht darauf, dass man sich umwandte nach ihm. Er sah nur den Rücken Madlens, ihr langes Haar, das oben auf dem Kopf zusammengehalten, frei in den Rücken fiel. Der Herr mit den beiden Kindern schaute sich um nach Martin, die Begleiterin Madlens ebenfalls, doch Madlen blieb als Einzige stehen wie eine Salzsäule.

Beim Postcommunio verließ Martin die Kirche und eilte zum Haus der Hofers. Er läutete, und nach einiger Zeit öffnete ihm ein Mann, der einen Samtmantel trug und eine Kappe aus demselben Stoff.

»Ich bin Martinus Luther«, sagte er höflich und hielt Abstand von dem Mann, der der Vetter von Berblin sein musste.

Sogleich klärte Martin sein ratloses Gegenüber auf. »Berblin ist meine Tante. Wir sind nicht blutsverwandt, aber sie ist meine Tante, seit ich denken kann. Und Madlen«, fügte er ganz selbstverständlich hinzu, »Madlen ist so eine Art Schwester für mich.«

»So. Hm. Ja. Dann warten wir wohl mal, bis meine Frau und Madlen aus der Kirche kommen. Sie müssen jeden Moment hier sein.«

Der Notar ging an einem Stock. Sein rechter Fuß war dick umwickelt. Er sah Martins Blick. »Ein Knochen im Fuß ist gebrochen. Das kommt davon, wenn man alt wird.«

Der Mann humpelte zu einer Bank und bot Martin an, neben ihm Platz zu nehmen.

»Was es auch sei, durch Dulden besiegen wir jedes Verhängnis.«

Martin zitierte Vergil, den er begierig las, seit Frater Egidius ihm seine Aphorismensammlung geliehen hatte.

»Woher kommt das? Wer hat das geschrieben?«, fragte Hofer verblüfft.

»Vergil, er ist siebzig Jahre vor Christus geboren. Er hat auch gesagt: ›Unablässiges Mühen bezwingt alles, bringt alles fertig‹.«

»Du musst aber auf einer guten Schule sein. Willst du einmal studieren?«

»Ja«, sagte Martin, »das will ich auf jeden Fall. Ich habe vor, die Rechte zu studieren, möchte einmal Jurist werden.«

»Na, da kannst du ja meine Kanzlei übernehmen, wenn du so weit bist.« Der Notar sah Martin jetzt mit offenem Lächeln an. In dem Moment klopfte es an der Haustür.

»Martinus, würdest du den Damen die Türe aufmachen? Dann muss ich nicht hinhumpeln.«

Frau Hofer und Madlen starrten Martin beide so überrascht an, dass Martins Anspannung, die durch die Freundlichkeit Hofers nachgelassen hatte, wieder zurückkehrte. Er brachte kein Wort heraus. Doch Herr Hofer war ihm hinterhergekommen.

»Dieser junge Mann hier ist Martinus Luther, ein Ziehsohn von Berblin. Er ist also quasi ein Bruder von Madlen.«

Madlen brachte nicht mehr als ein stummes Nicken zustande.

Martin erklärte dem Ehepaar, dass er in einem nahen Gasthof wohne, und fragte, ob er am nächsten Tag mit Madlen einen kurzen Spaziergang machen dürfe. Er habe sie schon so lange nicht mehr gesehen. Madlen hielt ihren Kopf gesenkt.

In diesem Moment klopfte es schon wieder an der Tür.

»Das wird der Apotheker sein«, sagte Johanna Hofer. Er habe ihr ein Pulver zum Schlafen versprochen. Sie schließe nachts kein Auge mehr, das könne nicht so weitergehen.

Da war Madlen schon an der Tür und ließ den Apotheker eintreten. Martin erkannte ihn sofort. Es war der Mann mit den beiden Kindern, den er vor der Kirche gesehen hatte. Er stellte sich ihm als Doktor Conradus Cantus vor und gab ihm die Hand, nachdem er Madlen ein Tütchen für die Hausfrau überreicht hatte.

»Einen halben Löffel auf einen Becher warmes Wasser«, erklärte er Madlen, und sie ging, um Frau Hofer das Schlafmittel zu bringen.

Martin blieb mit dem Notar am Eingang zurück. In welchem Gasthof Martin abgestiegen sei, fragte der freundlich, und dass er Madlen sagen werde, wo sie ihn finden könne.

Martin verabschiedete sich und ging wie benommen zu seinem Gasthof.

Madlen. Er wusste nicht, warum er so bedrückt war. Wie hatte er sich auf das Wiedersehen gefreut. Und jetzt war alles anders, als er es sich vorgestellt hatte. Das Schöne war, dass Madlen sich in der kurzen Zeit bei den Hofers offenbar gut eingelebt hatte. Dass die Eheleute beide zufrieden, ja glücklich über ihre neue Haustochter waren. Das hatte Martin bei jedem Wort gespürt, in jedem Blick gesehen. Auch Madlen schien sehr glücklich, und das schmerzte ihn, obwohl er sich dafür schalt. Ihm ging es doch auch gut in Magdeburg. Sollte Madlen hier in Zerbst unglücklich sein?

Wie schön sie war. Die steile Falte über der Nase, die sich in Mansfeld oftmals gezeigt hatte, war nicht mehr zu sehen. Das harte, maskenhafte Gesicht, wenn seine Mutter ungerecht gewesen war, gehörte der Vergangenheit an. Madlen umsorgte die beiden Hofers mit derselben Hingabe, die sie für Berblin und die Kinder gezeigt hatte. Und die vergalten es ihr gut.

Nein, Martin war sehr erleichtert, dass Madlen endlich ein Zuhause hatte, wo ihre Liebenswürdigkeit geschätzt wurde. Nur dieser Apotheker – der hatte bestimmt Frau Hofer das Pulver empfohlen, damit er Grund hatte, Madlen zu treffen. Martin war schließlich nicht mit Blindheit geschlagen. Der Mann war ruhig und sympathisch, sicher auch klug, aber Madlen brauchte ihn nicht.

Sie hatte Martin.

Am nächsten Morgen holte sie ihn an seinem Gasthaus ab. Sie

trug ein weißgraues elegantes Kleid, das Martin nicht kannte. Dazu eine weiße Haube, die ihr sehr gut stand. Am Arm hatte sie einen Henkelkorb. Da sei ein wenig Proviant drin, erklärte sie. Martin nahm ihr den Korb ab.

Um die Kirche herum war schon ein bunter Markt aufgebaut. Madlen nahm Martins Arm, als müsse sie sich versichern, dass Martin und sie ein Paar seien. Sie schauten sich die Tiere an, die zum Verkauf standen. Eine Ziegenherde, besonders die kleinen Zicklein, waren offenbar unternehmungslustig. Die Händler hatten zu tun, die Tiere beieinander zu halten. Hühner wurden feilgeboten, Hähne und Küken. Ein Korbmacher war da, eine Schusterwerkstatt hatte schon aufgemacht. Ein Lehrer kam mit seiner gesamten Schulklasse und führte die Schüler geduldig an jeden Stand. Selbst der Pfarrer kam mit dem Messner, um die Stände zu segnen.

»Es ist sehr schön hier«, sagte Madlen, »aber auch sehr laut. Lass uns ein wenig die Stadt ansehen. Ich kenne mich noch gar nicht aus. Nur die Läden um die Kirche herum kenne ich, wo wir alles für den Haushalt und für den Garten kaufen. Aber mehr habe ich noch gar nicht gesehen.«

Martin war sofort einverstanden, dass sie gemeinsam die Stadt entdecken wollten aufs Geratewohl. Sie verließen den Markt und folgten der ersten, breiten Straße, wo man wenigstens vor Güssen aus dem Fenster sicher war, wenn man sich in der Mitte hielt.

»Martin«, sagte Madlen, und sie schmiegte sich an ihn. »Martin, es ist so lieb von dir, dass du gekommen bist. Dein Brief ist erst vorgestern hier eingetroffen. Seitdem habe ich mich wie ein Kind auf dich gefreut.«

Martin blieb stehen. Er sah Madlen an, ihre Augen waren so groß und tief, dass er sich am liebsten hinein versenkt hätte. Ihre Lippen waren voll und von einem hellen Rot, ein schöner Kontrast zu ihrer hellen, fast blassen Haut – er fühlte sich mit Leib und Seele zu ihr hingezogen. Ja, genauso war das. Mit Leib und Seele. Dass er sich hier in dieser Stadt frei mit ihr bewegen, Arm in Arm mit ihr gehen konnte, es war ihm, als träumte er, und er wollte träumen, wenigstens einmal träumen, ohne dass jemand sie störte.

Sie ließen sich treiben von einem Strom Menschen, die einem Platz zustrebten. Sie waren ins Reden gekommen, alles, was sie in Mansfeld miteinander erlebt hatten, war in diesem Moment verklärt und wunderbar. Am schönsten war die Erinnerung an Martins Baum, wo alles begonnen hatte.

Unterm Reden wurden sie gar nicht gewahr, dass sie jetzt auf dem Richtplatz standen. Den Galgen konnten sie zunächst gar nicht sehen. Doch sie beobachteten, wie eine junge Frau von Knechten über den Platz geschleift wurde, die sich heftig wehrte.

»Kindsmörderin«, sagte eine Frau neben ihnen in einem fast andächtigen Ton.

Sosehr die zierliche Person auch kämpfte, sie wurde von den Männern bis auf ein Podest gezerrt. Darauf stand eine Art Stuhl und man zwängte sie hinein, versuchte zu verhindern, dass sie zur Seite oder nach vorn ausbrach. Sie schrie so laut, als habe sie erst jetzt begriffen, dass sie heute zum letzten Mal schreien würde.

Ihre Schreie gellten Madlen in den Ohren. Sie presste die Hände fest an den Kopf, wollte wegsehen, doch sie konnte es nicht. Die Frau kämpfte mit so erstaunlicher Kraft dagegen an, festgebunden zu werden, dass Madlen für einen wahnwitzigen Moment glaubte, man würde sie doch noch loslassen. Die drei Männer wirkten überrascht, fassten sie noch härter an.

Martin sah den Scharfrichter zuerst. Er betrat ruhig das Podest, das Gerangel neben ihm interessierte ihn nicht. In der Hand hielt er ein kurzes, dickes Tau.

»Martin, der Kerl bringt sie um«, sagte Madlen jetzt so verzweifelt, als wäre die junge Frau eine nahe Verwandte von ihr.

»Die ist bestimmt noch keine sechzehn«, rief einer unter den Zuschauern. War das eine Feststellung, oder wollte er das zu bedenken geben?

»Na und? Sie hat ihr neugeborenes Kind ertränkt«, hielt ein anderer dagegen.

Der Scharfrichter legte den Strick um den Hals des noch immer tobenden Mädchens, zog einen kurzen, schrecklichen Augenblick scharf an und trat wieder zurück. Sie war jetzt stumm. Ihr Gesicht rötete sich und schien anzuschwellen. Die Zunge hatte keinen Platz mehr im Mund. Noch einmal kämpfte der Körper gegen die Fesseln, dann war er besiegt. Der Kopf kippte zur Seite.

Die Strafe war vollstreckt.

Zwei kleine Jungen hingen hoch oben an einem Laternenmast, die mageren Beine fest um den Mast geschlungen. Zufrieden lachend ließen sie sich heruntergleiten. Jetzt läuteten die Glocken. Der Schultheiß und die Schöffen zogen sich zurück zum Mittagsmahl. Die Menge verlief sich.

Martin und Madlen schauten sich beklommen an. Sie flüchteten zu einem nahegelegenen Stadttor und gingen aus der Stadt hinaus. Es war schon recht warm. Und als sie sich in einem kleinen Waldstück einen Platz auf dem moosigen Boden suchten, waren beide außer Atem.

Sie waren gelaufen, und Martin sah erst jetzt, dass Madlen die Tränen aus den Augen rannen. Sie zitterte. Er zog seinen Rock aus und richtete ihr einen Platz her. Madlen ließ sich hinuntersacken, als sei sie ohne Willen, und ihr Weinen und Zittern wurde heftiger. Schließlich stieß sie Worte hervor, die Martin nicht verstand. Erst nah bei ihr, als er sie zu sich herangezogen hatte, hörte er, was sie sagte.

»Sie war noch ein Kind, bestimmt jünger als ich, sie hat so gekämpft, sie konnte es nicht fassen, dass sie sterben musste.«

Wieder schüttelte sie das Weinen, und Martin streichelte ihr Haar, ihre Wangen, ihren Rücken. Er glaubte zu wissen, warum gerade diese Hinrichtung sie so erschüttert hatte, doch er wollte nicht daran rühren. Er nahm sie in die Arme, traute sich sogar, ihren Mund zu küssen, und sie ließ es zu. Doch in ihren Gedanken war sie woanders.

Dann sprach sie es aus:

»Mich hätten sie auch an den Galgen gebracht. Tod durch Erhängen, Erdrosseln, lebendig begraben.« Sie hob den Kopf, als lausche sie ihrer Stimme nach.

Martin wagte kaum zu atmen, ihre Verzweiflung schnitt ihm ins Herz. Er wusste, dass sie recht hatte.

»Der dicke Mönch. Er hieß mich auch eine Hexe. Verfluchte mich, obwohl er es war, der mir Schlimmes antun wollte. Niemand hätte mir geglaubt. Er hatte ja einen Zeugen im Gebüsch. Er war ein Geistlicher. Gegen ihn war ich nur Dreck.«

Martin fühlte sich zerrissen. Verloren. Er dachte an seine Mutter, die Madlen ebenfalls als Hexe verschrien hatte. Die Erinnerung daran konnte er kaum ertragen. Sie war unschuldig. Warum konnte er nicht mit ihr weggehen, weit weg in ein anderes Land. Vielleicht in das südliche Bayern mit den hohen Bergen. Dort, wo niemand sie kannte, könnte er ein Haus einrichten für sie beide. Warum nur war er noch so jung?

Behutsam streichelte er sie. Madlen erwiderte seine Liebkosungen, und er war glücklich. Aber er befürchtete, dass sie sich auf einer Insel befanden, die sie bald wieder verlassen mussten.

38

Mitten in der Nacht hatte er sich von Berblin verabschiedet, denn am frühen Morgen sollte er nach Eisenach aufbrechen, zur bisher längsten Reise seines Lebens. Seinen Eltern hatte er nur einen Zettel unter der Tür ins Schlafzimmer geschoben. »Ich versuche, alles gut zu machen. Danke Euch. Martin«.

Nach seinem Besuch bei Madlen war er von seinen Eltern schroff zurückbeordert worden aus Magdeburg, nachdem Moßhauer ihnen zugetragen hatte, dass er Madlen dort besucht habe.

Martin hatte davon mit keinem Wort Abstand genommen. Im Gegenteil. Er hatte den Eltern sogar schriftlich erklärt, dass er niemand sonst zur Frau haben wollte als Madlen.

Berblin war auf seiner Seite. »Ich wüsste keine Bessere für Martin«, sagte sie schlicht. Und dabei blieb sie.

Er ging die Straße hinunter, nachdem er sich von der Kirche und von seiner alten Schule verabschiedet hatte. Kein Mensch war zu sehen, nicht einmal eine Katze strich um die Häuser.

Unter einigen Bäumen am Rand der Straße nach Sangerhausen machte er eine kurze Rast. Aß von Berblins Weißbrot, kaute einen saftigen Apfel und eine Birne, die ihm fast in den Händen zerfloss. Er schlief ein wenig, dachte im Aufwachen sofort an Madlen, die er seit dem unvergesslichen Tag in Zerbst nicht wiedergesehen hatte.

Ihr war klar, warum seine Eltern ihn sofort nach Hause befohlen hatten. Trotzdem wagte sie es, an ihn zu schreiben. Und die

Hofers hatten sich entschlossen, ihnen zu helfen. Johanna Hofer, die sich unter Madlens Pflege und den Arzneien von Conradus Cantus sichtlich erholt hatte, adressierte einen Umschlag an Berblin und gab als Absender ihre eigene Adresse an. So war das Band zwischen Martin und Madlen nicht gerissen.

Martin hörte mit einem Mal Reden und Fußgetrappel. Er richtete sich auf und sah eine Gruppe von Pilgern auf sich zukommen. Man grüßte sich, wechselte ein paar Worte; auch die Pilger machten eine Rast. Sie seien auf dem Weg nach Elende, erzählten sie ihm, zu einer bekannten, nein, zu der bekanntesten Wallfahrtskirche im Umland der Grafschaft Mansfeld. Sie wurde Marienkirche genannt oder Rosenkirche. Eine Gnadenstätte, von der auch Martin schon gehört hatte. Angeblich war sie bis Schweden hinauf bekannt.

»Vierhundert Wunder hat man dort gezählt«, sagte eine drahtige Frau mit wichtiger Miene. »Und erst seit wenigen Jahrzehnten werden sie überhaupt aufgezeichnet. Wer weiß, wie viele Wunder wir sonst schon hätten.« Triumphierend sah sie sich um, doch keiner wagte es, ihr zu widersprechen.

»Sicherlich habt Ihr von Johannes Fructus gehört?«, sagte einer, doch Martin verneinte.

»Der war Schreiber bei den Herren von Mansfeld«, erklärte der Pilger ehrfürchtig. »Man hat ihn auf der Burg Scharfenstein gefangen gehalten, und nur ein Verlöbnis zur Maria nach Elende hat ihn aus der Haft befreit.«

Ein anderer wusste vom Probst eines Zisterzienserklosters zu berichten, der dreißig Tage krank in seinem Bett lag. Da niemand Rat wusste, gelobten ihn die Nonnen nach Elende, und er wurde von dieser Stunde an gesund.

»Und vergiss nicht den Curd Krumfuß und den Tyle Leffeler, sie wurden zum Tod auf dem Rad verurteilt. Nachdem sie die Maria von Elende angerufen hatten, mussten sie nur noch ein heißes Eisen tragen. Das haben sie unbeschadet überstanden.«

»Ja, und der Heldrunger Vogt hat durch Anrufung der Maria

sein Gehör wiedergefunden.« »Und die Tochter des Otto Krafft aus Eisleben, die mit fünf Jahren noch nicht sprechen konnte, wurde der Maria nach Elende verlobt, und am dritten Tag konnte das Kind sprechen.«

Alle zählten jetzt die Wunder auf, von denen sie erfahren hatten. Jeder wollte von einem noch größeren berichten, aber dann bat ein Mönch, der die Gruppe begleitete, um Ruhe. Er fragte Martin, ob er nicht mit ihnen wallfahren wolle nach Elende und Bleicherode, von da könne er auf einer schönen Straße über Mühlhausen nach Eisenach gehen.

Offenbar war dem Pfarrer daran gelegen, einen jungen kräftigen Mann wie Martin in seiner Pilgergruppe zu wissen, doch Martin verspürte keine Lust, sich womöglich noch tagelang Wundergeschichten anzuhören. Er glaubte nicht an Wunder. Er glaubte an Gott und an Jesus Christus. Aber das sagte er den Pilgern nicht, sondern erzählte etwas von Großensömmern, wo er erwartet werde. Dann machte er sich auf den Weg, begleitet von den guten Wünschen der Pilger, die er ehrlichen Herzens erwiderte.

Nach drei Tagen anstrengendem, aber durchaus erfrischendem Wandern erreichte er Eisenach. Ein gleichaltriger Scholar, der das letzte Stück des Weges mit ihm gegangen war, stammte von dort. Das war ein Glück für Martin, und er fragte seinen Wandergefährten über dessen Heimatstadt aus.

Unbehaust war er in Eisenach keineswegs. Sein Großonkel, Konrad Hutter, war Küster in der Nikolaikirche. Er hatte Martins Eltern ausrichten lassen, dass er sich freue, den Neffen in Eisenach zu wissen. Er könne ihn jederzeit besuchen, sich in allem an ihn wenden, nur aufnehmen könne er ihn nicht. Als Küster sei er schlecht bezahlt, es reiche hinten und vorn nicht.

Martin würde seinen Großonkel auf jeden Fall besuchen. Es gefiel ihm, dass der so ehrlich seine Armut eingestand. Ihm lag es fern, den Onkel mit seinem großen Appetit in Verlegenheit zu bringen. Außerdem hatte er ein Empfehlungsschreiben in der Tasche. Paulus Moßhauer aus Magdeburg hatte es ihm mitgegeben. Vielleicht aus schlechtem Gewissen ihm gegenüber, dass er Martins Reise nach Zerbst den Eltern mitgeteilt hatte. Vielleicht war ihm bei der wöchentlichen Ohrenbeichte aufgegangen, dass er wie ein Verräter gehandelt hatte. Dass er den Schaden wieder beheben wollte, geschah wohl aus Sorge um sein Seelenheil. So jedenfalls schien es Martin, als Moßhauer ihn der Eisenacher Familie Cotta empfahl, zu der er Verbindungen hatte.

Mit dem Gedanken an Moßhauer waren auch die Tage in Zerbst wieder gegenwärtig. Es war, als hätte Madlen ihm ein Band um das Handgelenk gelegt, sodass sie immer bei ihm war. Ihr Pulsschlag war auch seiner, der Rhythmus seines Herzens passte sich ihrem an. Ihre Augen wachten über ihn. Sie war bei ihm, wenn er einschlief, und am Morgen, wenn er versuchte, seine Träume zu sammeln. Aber Madlen sollte kein Traum bleiben, keine Illusion, und schon gar keine Erinnerung.

Martin betrat mit seinem Reisegefährten beim Nikolaitor die Stadt, und der zeigte ihm als Erstes das imposante Mutterhaus der Benediktinerinnen, das nah beim Nikolaitor und bei der Nikolaikirche lag. Ein großes, imponierendes Ensemble. Doch es schien Martin kühl und fremd, und er war froh, dort einen Großonkel zu haben. Dass der bei der berühmten Kirche angestellt war, gab ihm ein Gefühl der Zugehörigkeit zu Eisenach.

Martin ließ den Scholaren wissen, dass er auch sonst noch Familie in dieser Stadt habe. »Hier sitzt nämlich fast meine ganze Verwandtschaft mütterlicherseits, die Familie Lindemann.«

Seine Mutter hatte ihm aufgetragen, nur mit sauberen Kleidern und geputzten Schuhen dort seine Aufwartung zu machen. Latein sollte er sprechen, aber immer erst warten, bis er gefragt werde. »Denke immer daran, deine Mutter ist selbst eine Lindemann.«

Martin hatte von den Lindemanns allerdings nichts gehört vor seiner Abreise, obwohl die Verwandten von seiner Ankunft unterrichtet waren. Er rechnete nicht damit, dass sie ihn aufnehmen würden oder sonst unterstützen wollten. Lieber fragte er seinen Reisegefährten nach den Cottas.

Der Scholar, stolz auf sein Wissen, kam schnell in Fahrt. Natürlich kenne er das Haus der Familie Cotta, sagte er fast entrüstet. »Das kennt jeder Eisenacher.«

Dort wollte Martin mit seinem Empfehlungsbrief vorsprechen.

»Es liegt in der Nähe des Marktplatzes«, sagte der Scholar eifrig. »Ich bringe dich hin. Conrad Kunz Cotta ist ein Patrizier und Vierherr in Eisenach. Seine Frau heißt mit Vornamen Ursula und ist ist eine geborene Schalbe. Ihr Vater ist einer der Bürgermeister dieser Stadt.«

Sie standen jetzt am Marktplatz, und Martin sah auf ein mächtiges, mehrstöckiges Fachwerkhaus mit vielen Fenstern und Türen. Ohne Zweifel das Haus reicher Leute. Neben diesem prächtigen Anwesen fiel umso mehr auf, dass die anderen Bauten wie das Rathaus, die Türme der Kirchen, die Tore und Stadtmauern viele Schäden hatten. Sie schienen geradezu baufällig, mussten teilweise von Holzbalken gestützt werden.

Martin wusste aus den Erzählungen seiner Mutter, dass es wirtschaftlich gesehen nicht gut um Eisenach stand. Nach dem Augenschein traf das zu, aber nicht für die Familie Cotta.

Er verabschiedete sich von dem Scholar. Die beiden hatten sich spontan gemocht. Sie würden sich demnächst beim Kurrende-Singen treffen. Das war hiermit ausgemacht.

Martin konnte sich nicht überwinden, schon an seinem ersten Tag bei den Cottas vorzusprechen. Lieber wollte er den Großonkel aufsuchen. Dort konnte er sich vielleicht etwas frisch machen und seine Kleider säubern. Vor allem wollte er ihn nach den Kurrende-Schülern fragen. Martin konnte ja nicht wissen, ob der Scholar sich tatsächlich wieder melden würde.

Sein Großonkel Konrad Hutter empfing ihn herzlich. Er freute sich ganz offensichtlich, den Neffen aus Mansfeld zu sehen.

»Meine Mutter lässt Euch schön grüßen«, sagte Martin. »Sie hat mir eingeschärft, dass ich Euch nicht zur Last fallen soll, aber ich wollte mich doch wenigstens vorstellen und die Grüße überbringen.«

»Jetzt komm erst einmal rein. Es geht so ein garstiger Wind. Wir sind gerade bei der Mittagssuppe, da kannst du dich aufwärmen. Dann können wir reden, und ich zeige dir meine Kirche.«

In der gemütlichen Küche stand Tante Hutter am Herd und füllte mit einem großen Holzlöffel Suppe in die Schalen. Es gab auch für jeden ein Stück gutes Brot und etwas Speck. Wohltuend rann die warme Suppe in Martins leeren Magen. Er fühlte sich wohl bei seinen Verwandten, die sofort begannen, ihn auszufragen: nach seinen Eltern. Nach den Geschwistern. »Was macht unsere schöne Berblin? Ist sie immer noch bei euch?«

»Gott sei Dank!«, antwortete Martin. »Niemand von uns wird sie jemals hergeben.«

Konrad Hutter warf einen kurzen Blick auf seine Frau. »Ja, die Berblin. Sie war die Schönste in Eisenach. Keine Frage.«

Die Tante stand geräuschvoll auf, um die Schüsseln abzuräumen. »Ach, sind schon Schönere in der Saale ersoffen.«

Konrad Hutter blinzelte seinem Neffen zu, und Martin dachte, dass sein Großonkel vielleicht einer der Verehrer Berblins gewesen war und dass seine Frau deshalb nicht so gern über Berblin sprach. Doch sie kam jetzt zum Tisch zurück, sah Martin freundlich an und verkündete, dass sie eine Bettstatt für ihn herrichten werde. »Du musst ja müde sein von deiner langen Wanderung. Schlafe dich aus, und morgen zeigen wir dir Eisenach!«

Martin brauchte unbedingt Geld. Sein Vater hatte ihm wegen des Streits um Madlen nichts mitgegeben. Er hatte ihm seine Kutschfahrt nach Zerbst vorgehalten und das Übernachten im Gasthaus. »Wenn du das alles bezahlen kannst, musst du ja Geld zum Aus-dem-Fenster-Werfen haben«, hatte er gesagt.

Es war mal wieder Berblin, die ihm einen Notgroschen zugesteckt hatte. Den wollte Martin aber nicht anrühren. Sollte er einmal einen Arzt brauchen, sollte Madlen etwas fehlen – man wusste nie. Er war knapp fünfzehn und vollkommen auf sich allein gestellt. Er fühlte sich für Madlen verantwortlich, was ihn stolz machte. Tausende von Gedanken erfüllten seinen Kopf. Dass er hier in Eisenach war, konnte nicht sein freier Wille sein, denn er wäre lieber in Zerbst. Und doch machte er sich klar, dass Madlen und er nur eine Zukunft hatten, wenn er mit wachen Augen auf diese Stadt und auf seine Schule blickte, die ihn auf die Universität vorbereiten sollte. Martin musste sich in dieser Stadt behaupten.

In Mansfeld war er in Grammatik, Rhetorik und Logik unterrichtet worden. Und vor allem in Latein. Und die ständige Angst vor der Rute hatte ihn verfolgt. In der Bischofstadt Magdeburg, bei den Brüdern vom Gemeinsamen Leben, war es für ihn wie eine Erlösung gewesen, dass die Lehrer nicht schlugen und den Schülern keine Eselsmasken aufsetzten. Es war grundsätzlich verboten, einen anderen Schüler zu denunzieren, wenn er ein deutsches Wort gebrauchte. Was für eine Schule! Sie war sein Aufbruch ins Freie gewesen.

Und nun also galt es, sich Eisenach vertraut zu machen. Er staunte. In dieser kleinen Gemeinde drängten sich sieben Klöster, drei Kirchen und über dreihundert Geistliche. Mehrere Kapellen und Klausen. Dazu kamen noch einige Spitäler. Martin hörte einmal, wie einer wütend von einem Pfaffennest sprach.

Aber ihm gefiel die Stadt. Er hatte sich im Rathaus angemeldet und besuchte die Pfarrschule St. Georg. In dieser Schule hielt man Kammern bereit für ärmere Schüler und Kurrende-Sänger. Martin war nun einer von ihnen, und er fühlte sich mit jedem Tag wohler dort. Mit den Sängerkollegen gab es kein Problem. Sie hörten, dass Martin mit schöner kraftvoller Stimme sang. Das fand man im Jünglingsalter nicht oft. Er war ein Gewinn für ihren Chor.

Bei den Brüdern vom Gemeinsamen Leben hatte Martin mit den anderen jeden Morgen vor dem Unterricht gesungen und nach Schulschluss wieder. Er wurde immer ermuntert, gelobt. Seither sang Martin gern. Es entspannte ihn, tröstete ihn auch. Und er kannte viele schöne Lieder, die er seinen Kurrende-Kollegen vorschlug. Bald war dieser etwas saumselige Verein von Martin sehr eingenommen. Sie wählten ihn nach einem halben Jahr zu ihrem Präfekten.

Auch in der Pfarrschule St. Georg lebte sich Martin rasch ein. Es wunderte ihn, dass der Schulrektor Trebonius jeden Morgen zu Beginn des Unterrichts vor seinen Schülern das Barrett zog. Einmal, als Martin zufällig neben dem Rektor das Schulhaus verließ, fragte er ihn höflich danach. Der meinte, das tue er vorsorglich, denn es könne ja sein, dass einer der Eleven künftig als Gelehrter Ratsherr vor ihm stehe.

Diese Sichtweise war Martin neu. Zumal er im Unterricht bald spürte, dass Trebonius ein hochgebildeter und kluger Kopf war. So nahm er sein Lupfen des Barretts als liebenswerte Marotte hin. Er unterrichtete lateinische Grammatik und Sprache, und oftmals fand der Diskurs nur zwischen Martin und ihm statt.

Im Religionsunterricht bei Wigand Güldenapf hörte Martin Thesen, die ihn an die Schulstunden bei Frater Egidius erinnerten. Güldenapf zitierte den Theologen Johann Wessel, der erklärt hatte, die Einheit der Kirche beruhe einzig auf der Verbindung der Gläubigen mit ihrem himmlischen Oberhaupt Jesus Christus. Nicht etwa auf der Unterordnung unter ein sichtbares Oberhaupt wie den Papst. Die meisten Päpste seien in verderbliche Irrtümer verstrickt gewesen. Und auch die Konzilien seien nicht unfehlbar. Güldenapf erläuterte, dass Johann Wessel auch die Ohrenbeichte strikt ablehne und den Ablass.

Mit der Ohrenbeichte hatte Martin ebenfalls keine guten Erfahrungen gemacht. Bei seiner Beichte in Magdeburg hatte er dem Beichtvater gesagt, er habe gehört, dass Reliquien nicht wie Heilige behandelt werden sollten. Und das leuchte ihm ein, denn er fände sie eigentlich abstoßend. Alte Knochen, sonst nichts. »Ist das eine Sünde, Pater?«

Der Pater war aufgebraust. Was Martin einfiele? Er sei ja ein Heide, ein böswilliger, ketzerischer Heide, er sei verflucht. »Schere dich fort aus diesem Beichtstuhl, fort aus dieser Kirche, oder ich lasse dich hinausprügeln!«

Martin hatte den Hass des Paters fast körperlich gespürt. Er war so rasch aus der Kirche hinausgegangen, wie es irgend ging. Dieser Pater hatte die Macht, ihm zu schaden. Er würde sich in Zukunft dreimal überlegen, was er bei der Ohrenbeichte sagen wollte. Wenn er überhaupt noch hinging.

Andererseits – die Beichte war ein Sakrament. Die Welt war gezeichnet von Schuld und Sünde. Wer sündigt, wird schuldig vor Gott. Die Menschen würden wohl zugrunde gehen, wenn sie sich selbst überlassen blieben. Das Böse bedrängt den Menschen von außen oder von innen. Aber in Christus ist allen Vergebung zugesagt. So hatte Martin es gelernt. Und er würde nie vergessen, wie ein Lehrer ihnen erklärt hatte, was ihnen geschähe, wenn sie nicht beichten und Buße tun würden. Auf jeden Fall kämen sie nach ihrem Tod in die Hölle. »Auch da gibt es Henkersknechte! Die werfen euch zu Boden, ziehen euch an Händen und Füßen peinlich auseinander.«

Also das Sakrament der Beichte – damit würde Martin schon fertigwerden. Man musste dem Beichtvater harmlose Sünden beichten, oder Sünden gegen die Keuschheit, dann war er zufrieden.

Johann Wessels Kritik am Ablass schien Martin ernster und wichtiger. Sie interessierte ihn besonders. Schon als kleinerer Junge hatte er nach den Gottesdiensten in Möhra oder in Mansfeld mitbekommen, wie sich der Vater über den Ablass aufregte. Über die Lüge und die Gewinnsucht, die er dahinter sah. Auch durch die Brüder des Vaters, deren Spott die Ablassprediger erzürnt hatte, war Martin in seinem Zorn gegen das Ablassgeschacher bestärkt worden. Er hätte brennend gern die Meinung des Lehrers gehört. Doch Güldenapf sprach bereits über einen anderen Theologieprofessor.

Über die Letzte Ölung habe Johann von Wesalia gesagt, das geweihte Öl sei nicht mehr wert als das Öl, womit die Kuchen gebacken werden. Er habe auch das Fasten als überflüssig bezeichnet, denn Petrus habe es nur eingesetzt, um seine Fische besser zu verkaufen.

Wie? Die Schüler waren alle ganz Ohr. War das nicht ketzerisch? Aber es kam noch schöner.

Derselbe Theologe habe den Papst einen Affen in Purpur genannt, sagte Güldenapf, warnte seine Schüler jedoch, das auf den Gassen zu erzählen. Sonst könne er in Zukunft diese Themen nicht mehr ansprechen. Allerdings seien sie alt genug, sich damit auseinanderzusetzen.

»Es hat Johann von Wesalia im Übrigen nichts genutzt, dass er Rektor an unserer Universität war, wenn auch nur für ein Jahr. Er ist in Kerkerhaft gestorben, nachdem ihn ein Ketzergericht verurteilt hatte. Ich empfehle auch heute noch vorsichtigen Umgang mit seinen Ansichten, aber ihr sollt hier etwas lernen, deshalb lasse ich euch nicht im Dunkeln.«

Güldenapf ordnete seine Unterlagen auf dem Katheder, und die Schüler begannen, sich miteinander zu unterhalten. Güldenapf blickte auf, hob seine Hand und bat nochmals kurz um Ruhe. »Und bitte, verwechselt Johann von Wesalia nicht mit Johann Wessel, das ist zwar naheliegend, aber eure Gehirne sind noch jung und elastisch, ihr werdet die Gelehrten auseinanderhalten.«

Was Martin bisher über den Papst Alexander VI., Rodrigo Borgia, erfahren hatte, entsprach in vielem dem Bild, das dieser Wesalia von ihm gezeichnet hatte. Der war allerdings ein berühmter Gelehrter – durfte er, der Schüler Martinus Luther, die Kirche infrage stellen? Martin war verwirrt. Er würde bei nächster Gelegenheit mit Güldenapf darüber reden.

39

Weihnachten stand vor der Tür. Seine Kurrende-Sänger wollten heute unbedingt vor dem Cotta-Haus singen. Denn da gab es das meiste Geld, die besten Kuchen und hartgekochte Eier. Martin hatte ein schönes Weihnachtslied mit seinen Sängern eingeübt.

Seht, ein Stern ist aufgegangen,
denen, die in Nacht gefangen.
Zu dem Kinde voll Verlangen,
ziehn von fern die Könige her.

Mit den Hohen und Geringen
wolln auch wir ihm Gaben bringen,
Gloria voll Freude singen
mit der Engel großem Heer.

Martin dirigierte stets verhalten, aber seine volle Stimme hielt er nicht zurück. Er wusste, dass er damit seine Sänger mitreißen konnte, auch wenn sie vom Herumlaufen und Singen müde und verdrossen waren. Er hatte Verständnis, munterte vor allem die Kleineren häufig auf. Er dachte dabei an Jakob, der ihm immer so treu gefolgt war. Der Gedanke war ihm wie ein Stich ins Herz. Er hatte oftmals Sehnsucht nach seinem Bruder. Auch nach Dorothea, der kleinen Schwester. Nach ihrem lustigen »Wallum?«

Inzwischen war ein weiteres Schwesterchen angekommen im

Hause Luther. Martin hatte es noch nicht gesehen. Berblin sandte ihm die Nachricht, das Mädchen sei auf den Namen Amalia getauft worden. Martin freute sich sehr.

Die größere Tür des Cotta'schen Anwesens öffnete sich. Eine Dame kam heraus, begleitet von zwei jüngeren Frauen. Die trugen Körbe und begannen, unter den Kurrende-Sängern Kuchen, Eier und Obst zu verteilen. Die schöne Dame musste Ursula Cotta sein. Sie trug ein graues Kleid mit silbernem Muster, dazu eine Spitzenhaube.

Sie sieht wirklich vornehm aus, dachte Martin und blieb bescheiden bei seinen Sängern stehen. Doch da kam sie auf ihn zu und sprach ihn an. Er sei doch sicher der Präfekt. Und er habe eine sehr gute Stimme.

Sie kamen ins Gespräch, und Martin sagte, er habe schon längst seine Aufwartung machen wollen, sei aber mit Schule und Chor sehr beschäftigt gewesen. Der Erzbischöfliche Offizial, Doktor Paulus Moßhauer aus Magdeburg, habe ihm eine Empfehlung geschrieben. Frau Cotta nahm den Brief entgegen und fragte Martin nach seiner Adresse. Dann gab sie ihm einen kleinen Beutel mit Geld für den Chor und verabschiedete sich von ihm mit einem Handschlag.

»Sie müssen mir versprechen, uns bald zu besuchen. Ich verlasse mich darauf.«

Die Sänger zogen weiter. Alle wollten sie Geld verdienen. Alle brauchten es dringend. Auch Martin. Sonst wäre er nicht Kurrende-Singen gegangen. Es nahm ihm viel Zeit weg, die er zum Lernen brauchte. Das Geld wiederum brauchte er, um seinen Platz in der Schule zu bezahlen. Essen musste er auch. Da er das Geld von Berblin nicht anrührte, reichte es oftmals nur für Brot.

Zum letzten Mal hatte er sich bei den Lindemanns sattgegessen.

Er war inzwischen bei ihnen zu Besuch gewesen, hatte die Großmutter gesehen und seine Tanten. Sie schienen ihm reizlos. Und zwar beide. Behandelten Martin merkwürdig herablassend.

»Du musst uns doch kennen. Du warst doch schon hier mit deinen Eltern.«

»Ach lass ihn doch. Er war noch zu klein.«

Dann sollte er von der Schule erzählen. Ob die Lehrer zufrieden seien mit ihm. Ob er gute Leistungen bringe. Martins Antworten wurden immer dürrer.

»Denkst du manchmal an deinen Großvater Lindemann?«, wollte die Großmutter mit zitternder Stimme wissen.

»Ja«, antwortete Martin. »Es tut mir leid, dass er schon sterben musste.«

»Er war ein guter Mann«, sagte die Großmutter und dabei nickte ihr Kopf unablässig. »Ein guter Mann.«

Es gab ein bescheidenes kaltes Abendbrot, aber von dem Gebotenen war reichlich da. Martin aß, aber mehr als Sattwerden war es nicht. Bald hatte man sich nichts mehr zu sagen. Er verabschiedete sich höflich, und niemand lud ihn ein, bald einmal wieder vorbeizukommen. Das war ihm gerade recht.

Daheim in der Pfarrschule – ja, in dieser dürftigen Herberge war er jetzt daheim – lag ein Brief für ihn. Absenderin: Ursula Cotta. Sie schrieb ihm, dass sie in ihrem Haus einen Platz habe für ihn. Und es gebe auch eine Aufgabe, mit der er sich Kost und Logis verdienen könne. Sie lade ihn ein, mit seiner Habe jederzeit bei ihr einzuziehen.

Martin war so verblüfft von dieser Großzügigkeit, dass er sich ohne nachzudenken auf das Angebot einließ. Er hatte keine Vorahnungen, keine Wünsche, keine Träume. Er schwang sich sozusagen empor zu den Cottas. So gut wie bei den Lindemanns würde es ihm allemal gefallen. Immerhin – Frau Cotta hatte ihn aus freien Stücken eingeladen, die Lindemanns aus verwandtschaftlicher Verpflichtung heraus.

Als Martin vor dem riesigen Haus stand, fiel ihm auf, dass an das mächtige Haupthaus ein kleinerer Anbau grenzte, der sich eng an das große Haus anschmiegte. Bald erfuhr er, dass in diesem Haus Verwandtschaft von Ursula Cotta wohnte, die Familie Schalbe. Zu dieser Familie gehörte der Junge, den er unterrichten sollte. Darauf freute er sich. So konnte er mit besserem Gewissen die Gastfreundschaft der Cottas annehmen.

Martin bewohnte im Cotta-Haus zwei Zimmer. In einem, das als Schlafraum diente, stand ein großer Holzzuber, der jeden Tag mit frischem Wasser gefüllt und im Laufe des Tages ausgeleert wurde. Martin fand sogar ein Behältnis mit flüssiger Seife vor. Die größte Überraschung aber war sein Bett. Er konnte es zunächst gar nicht fassen, dass er wirklich in diesem prächtigen Bett schlafen sollte.

Anfangs sah er in seinem Alkoven nur Grün. Wie eine Art grüngestrichenes Haus kam es ihm vor, das nur drei Wände hatte, dazu ein Fenster aus grünen Butzenscheiben. Darinnen ein mächtiges Polster, auf dem eine grüngoldene Decke lag und weiße Kopfkissen. Wie betäubt fragte Martin sich, ob er plötzlich zum Grafen geworden sei oder gar zum König. In seinem Wohnraum hatte Martin eine Sitzbank mit Lehne, einen kleinen Kamin, in dem ein Feuer brannte, und einen zierlichen Tisch, auf dem ein Zinnteller stand nebst Löffel und Messer. Auch ein Trinkbecher aus dunkelgrünem Glas stand bereit.

Es klopfte an der Tür. Frau Cotta erschien, angetan mit einem schlichten roten Hauskleid. Sie trug diesmal keine Haube, und ihr Haar fiel frei über die Schultern. Sie nahm Martins Hand, strich sanft darüber und ließ sie wieder sinken.

»Ich bin sehr froh, dass du eingewilligt hast, in unser Haus zu kommen. Schon als ich dich zum ersten Mal sah, wusste ich, dass du zu uns passt. Ich möchte, dass unser Caspar von dir unterrichtet wird. Und ich hoffe, dass noch Zeit bleibt für Gespräche und Gesang. Deine Stimme ist mir in die Seele gedrungen.«

Martin begriff es nicht. Diese vornehme, reiche Dame sprach zu ihm in einer Weise, die ihn völlig verwirrte. Wer war er, dass sie ihn derart pries. Ihre Stimme, ihre Worte drangen wie aus einem

Traum zu ihm herüber, wie das Rauschen von Wasser, wie das Zittern der Blätter in seinem Baum.

Ursula Cotta nahm wieder seine Hand und führte ihn in die Wohnhalle. Martin begleitete sie stumm. Er war nicht nur von dieser eindrucksvollen Frau verunsichert. Auch die Pracht der Wohnhalle schüchterte ihn ein. Der Kamin reichte vom Fußboden bis zur Decke. Er schien Martin wie ein Haus im Haus, und offenbar brannte tagsüber hinter dem Ofenschirm ständig ein Feuer. Auch gab es eine Sitzbank dort, wie Martin sie hatte, nur fünfmal so groß. Auf kunstvoll geschnitzten Anrichten stand Geschirr aus Silber oder Zinn. Der Fußboden war mit verschiedenfarbenen Fliesen belegt. Die Zimmerdecke zeigte Holzbalken in wunderbarer Ausführung.

In dieser Wohnhalle, so erklärte Frau Cotta ihm, solle er Caspar Schalbe unterrichten. Sie wies auf einen großen hölzernen Tisch. »Dort habt ihr beiden Platz, eure Sachen auszubreiten.«

Es war Martin ausdrücklich erlaubt, die Bibliothek der Familien zu benutzen. Man besaß tatsächlich eine Bibel. Sie war allerdings gefragt im Haus. Doch Martin konnte sie immer wieder ausleihen. Er las. Er war fasziniert. Nach jeder Lektüre mehr. Manchmal wurde ihm bewusst, dass er während des Lesens den Atem angehalten hatte.

Als Gast der Cottas war er viele Sorgen los. Das Essen war einfacher, als man es in einer reichen Familie vermutet hätte, und sein Schüler Caspar beschwerte sich manchmal darüber, aber nachdem Martin wochenlang billiges Brot aus schlecht gesiebtem Mehl gegessen hatte, kam es ihm köstlich vor.

Er musste unbedingt an Madlen schreiben.

Liebe, liebe Madlen!

Ich bin glücklich, dass die Hofers Dich so freundlich aufgenommen haben. Du schreibst, wie dankbar sie Dir sind, obwohl Du nur ganz Alltägliches für sie tust. Ich kenne Dich ja, habe Dich mit Berblin in unserem Haus walten sehen. Wie

schön Du alles gestaltet hast. Wie liebevoll Du mit den Kindern und Berblin warst.
Du, meine Seele. Wenn ich an Zerbst, an Deine Zärtlichkeit denke … Warum nur die Meinen so gegen uns sind – ich weiß es nicht. Nur eines ist gewiss: Die Zeit des Prügelns ist vorbei!
Du hast mich immer getröstet in meiner traurigen Lage. Aber nun hat sich alles zum Guten verändert. Ich lebe jetzt bei den Familien Cotta und Schalbe. Es sind die besten Leute in Eisenach, glaube ich. Caspar ist ein Sohn der Schalbes. Er ist erst neun und sehr liebenswürdig. Ich betreue ihn auf dem Schulweg und bei den Schularbeiten. Das Lateinische kann er gut für sein Alter, mit der Mathematik hapert es. Aber bis Ostern wollen wir es schaffen. Ihm geht es besser als mir in seinem Alter. Man schlägt ihn nicht. Fördert ihn, wo es geht. Er darf musizieren, spielt schön die Laute. Ich lerne es übrigens jetzt auch bei seinem Lehrer Kamprad. Das habe ich mir heimlich immer gewünscht. Ich besitze von den Eltern eine Laute, aber ohne Anleitung konnte ich damit nichts Rechtes anfangen. Du musst wissen, dass die Laute keine Schrammelgitarre ist mit sechs Saiten und mechanischen Wirbeln. Sie ist ein kostbares und schwieriges Instrument. Die Saiten, mit Ausnahme der obersten, der Melodiesaite, sind doppelt bespannt; denk Dir, das Stimmen allein dauert ewig und erfordert ein feines Gehör. Damit scheine ich aber begabt. Du glaubst nicht, wie gewaltig der Ton aus dem gewölbten, bauchigen Lautenkörper klingt. »Gewaltig« ist nicht übertrieben. Ich habe das vorher nicht fertiggebracht. Die Griffe sind wirklich nicht leicht, aber dafür hören sich geistliche und weltliche Lieder gleichermaßen schön darauf an. Bis wir uns sehen, Liebste, habe ich geübt, und ich hoffe, dass Du dann staunen wirst.
Die Musik ist eine so schöne Kunst. Ich glaube, sie kommt von Gott, aus den himmlischen Sphären. Es ist erhebend und tröstend zugleich, sie anzuhören. Und fast noch schöner ist es, selber Klänge unter den Fingern ertönen zu lassen.

Letzte Woche war Hans Reinicke bei mir. Stell Dir vor, er hat die weite Reise nach Eisenach gemacht, um mich zu besuchen. Auch wenn wir uns lange nicht gesehen haben, auch wenn mich seine manchmal respektlose Art stört – er ist mir nahe. Im Sommer wird er seinen Abschluss an der Schule der Brüder vom Gemeinsamen Leben machen. Danach geht er zurück nach Mansfeld. Er will seinem Vater und seinem Bruder Wilhelm beistehen in der Verwaltung der Kupferbergwerke. Und Nicolaus paukt in Erfurt für seine Examina.
Madlen, glaub mir. Ich mache mir viele Gedanken, wie es mit uns weitergehen soll. Manchmal bete ich zu Jesus Christus, er möge es möglich machen, dass wir beide zusammenleben. Was wäre das für ein Fest. Wenn ich daran denke, dann bin ich überglücklich.
»Du hast mein ganzes Herz«, wortwörtlich hast Du mir das geschrieben. Und, sag mir, habe ich es immer noch? Nach der Ablehnung, die Du durch meine Familie ertragen musst?
So ein Zuhause wie die Cottas und die Schalbes möchte ich mit Dir auch einmal haben. Sie sind geistig aufgeschlossen, und dabei sehr fromm. Das spürt man, wenn das sogenannte Schalbesche Kollegium zusammenkommt. Da sind außer meinem Lehrer Wigand Güldenapf noch der Vikar des Marienstiftes, der mich auf wichtige Schriften aufmerksam gemacht hat. Er ist mir zugetan, glaube ich, fast ein Freund. Was mich angeht, will ich ihn auch ein Leben lang nicht mehr hergeben. Johannes Braun heißt er, Du musst ihn kennenlernen, unbedingt. Zum Kollegium gehören auch ein Kreis Eisenacher Bürger und Mönche vom nahen Franziskanerkloster.
Madlen. Wenn wir verheiratet sind, Du und ich, wenn wir gemeinsam ein Haus haben, dann wollen wir auch so ein Kollegium einrichten. Nicht dass Du denkst, ich wolle die Schalbes in allem nachahmen. Aber ich stelle mir vor, einen Abendtisch einzurichten für Bürger, Geistliche, Theologen und junge Scholaren. Sie bekommen bei uns ein Essen, damit

niemand hungrig diskutieren muss. Und danach haben wir immer ein Thema, das Du und ich bestimmen. Dann hätten wir sicher bald eine Familie, in der auch das Geistige zu seinem Recht kommt.
Die Schalbes haben mich einmal mitgenommen zu den Franziskanern. Die Brüder haben ihr Kloster am Fuße der Wartburg. Und nun halt Dich fest. Sie berichteten mir, dass sie einen der Ihren einst lebendig eingemauert haben wegen seiner gefährlichen Prophezeiungen. Er kündigte für das Jahr 1516 einen Umsturz und das Weltende an. Dafür ließen sie ihn sterben auf diese grausame Weise.
Ich kann das nicht fassen! Immer wieder denke ich an den armen Menschen. Dass Gott so etwas duldet. Der Mönch war ihm doch anverlobt. Wenn ich an diesen Unglücklichen denke, der vielleicht ein Seher gewesen ist, jedenfalls völlig ohne Schuld, dann überkommt mich Verzweiflung.
Seit ich diese Geschichte erfahren habe, träume ich wieder schlecht. Der Teufel massakriert und vergräbt mich.
Aber Du, liebe Madlen, Du bist das Leben, das ich verstehe. Das ich leben will. Schlafe gut und liebe mich, wie bisher,

Dein Martin

Postskriptum:
Hier sagen sie zu einem Kurrende-Sänger »Partekenhengst«, weil wir außer Geld auch noch Partikel einsammeln, milde Gaben wie Brot, Eier, Kuchen und so weiter. Das nur zu meinem Stand: »Ich bin ein Partekenhengst.«

Postskriptum II:
Manchmal gibt es auch düstere Tage. Dann stößt mein Schmerz um Dich, meine Sehnsucht nach Dir mich hart vor den Kopf. Und ich falle, falle in die Dunkelheit.
Bleibe bei mir. Du bist ein Teil von mir.

IV

40

Martin war über die Schmiraer Höhe gekommen. Der April neigte sich dem Ende zu und hatte zum Abschied noch einmal gezeigt, was in ihm steckte. Martin hatte Eisenach im Sturm verlassen, er war abends oft durchnässt und bis auf die Knochen durchgefroren in einer Herberge angekommen.

Der Abschied im Hause Cotta war nicht leicht gewesen. Ursula Cotta hatte ihm in der Diele nur kurz und heftig beide Hände gedrückt. Dann war sie rasch zurück in ihre Räume gegangen. Martin hatte sich auf diese Trennung vorbereitet und war auf ihren letzten, schmerzvollen Blick gefasst gewesen.

Sie hatte ihn vor dem Sturm gewarnt, aber Martin hatte sich nicht zurückhalten lassen. Seit gestern schien jedoch die Sonne, es war richtig warm geworden, und er hatte seine Fußreise genossen. Er war frei.

Die Welt war voller Blüten und Knospen. Noch niemals hatte er so viele unterschiedliche Blumen und Pflanzen gesehen. Da waren Wiesenprimeln, Buschwindröschen, Gänseblümchen. Dann auf einer weiten Ebene Hyazinthen und Krokus, Leberblümchen und Narzissen. Wären doch nur Berblin und Madlen bei ihm. Sie würden die schönsten Sträuße binden und Kränze flechten.

Während er an den Rändern der Felder und Wiesen entlangging, dachte er immer wieder an seinen Baum, an dessen kleine und große Äste, wo jetzt die grünen Blätter ausschlugen. Sein Baum. Er war sein irdisches Paradies gewesen. Das einzige, das er kannte.

Ob sein Baum ihn vermisste? Wahrscheinlich war er auch einsam. Genauso wie Martin. Der einzige Mensch, der seine Einsamkeit hätte aufheben können, war Madlen. Doch sie war etliche Tagesmärsche von ihm entfernt.

In ihrem letzten Brief war viel Angst und Verzweiflung gewesen. Valentin Hofer, den sie inzwischen als ihren Vater und Beschützer ansah, war gefährlich erkrankt. Sein Fuß, der so lange nicht heilen wollte, war nun wohl gänzlich verloren. Apotheker Cantus kam fast täglich. Er unterstützte die Frauen in allem. Die herbeigerufenen Ärzte nahmen viel Geld mit, doch Besserung brachten sie nicht. Valentin Hofer ertrug seine Schmerzen mannhaft, aber an eine Gesundung glaubte er nicht mehr. »Er hat schon einen Kollegen kommen lassen, er macht sein Testament«, schrieb Madlen.

Warum musste ausgerechnet dieser kluge, großmütige Mensch so schwer erkranken? War dadurch Madlens neues, so unerwartet schönes Zuhause wieder bedroht? Martin fühlte sich hilflos. Hätte er nicht lieber nach Zerbst aufbrechen sollen statt nach Erfurt?

Heute Morgen, im ersten Licht, hatte Martin Hirschkühe gesehen. Eine ganz nah, mit sanften braunen Augen. Martin glaubte, er sei ganz still gewesen, doch das Tier verhoffte, und sprang dann zurück in den Wald. Gott, Du hast das alles erschaffen. Herrliche Bäume, schöne Büsche im Sumpf oder an kleinen Seen. Dann wieder Felder, Moose, dicke Gesteinsbrocken. Gott, Du kannst alles. Tu ein Wunder. Hilf Valentin Hofer, heile ihn. Damit hilfst Du auch Madlen. Und mir. Amen.

Das Leben war ständige Unruhe und Veränderung. Nun drängte ihn sein Studium schon wieder in ein unbekanntes neues Leben hinein. Dass Erfurt eine große Stadt war, wusste Martin. Zwanzigtausend Menschen lebten dort, berichtete ihm ein Bote, der ein Stück des Wegs mit ihm ging. »Zweitausend davon sind Studenten. Wenn man am Markt einkauft, laufen sie herum in ihrer Tracht mit dem Degen. Manchmal sind sie betrunken und grölen. So ist die Jugend. Ich rate Euch, seht Euch gründlich um in unserer

Stadt. Dann werdet Ihr sehen, wie reich Erfurt ist an großen Domen und Kirchen! Aber das ist noch nicht alles.« Der Bote hob hervor, dass der Handel in der Stadt blühte. Man sei außerdem der größte Fabrikant von Färberblau, das im ganzen Land begehrt sei. »Erfurt«, sagte der Mann selbstbewusst, »wird nur von der fränkischen Stadt Nürnberg an Größe und Umland übertroffen!«

Die Erfurter, das hatte Martin schon in Gesprächen im Hause Schalbe erfahren, waren stolz auf ihre Metropole, kriegerisch und reich. Sie zerrten beharrlich an dem Joch, das ihnen auferlegt war: das Joch der Oberherrschaft des Erzbischofs im weit abgelegenen Mainz. Es passte den Erfurtern nicht ins Konzept. Immer wieder stellten sie wütend klar: Wir zählen zu den größten Städten Deutschlands, stehen kaum hinter Rom zurück.

Das alles war für Martin von Bedeutung. Auch dass seine künftige Universität weit über die Grenzen Sachsens hinaus zu den bedeutendsten und modernsten des Landes gehörte. Vor allem verblüffte ihn, dass die Erfurter Hochschule die philosophische Fakultät an die Spitze stellte. Damit hatte man die sonst überall herrschende theologische Fakultät entthront. Eine Revolution des akademischen Lebens. Und er gehörte in Zukunft dazu.

Martin befand sich in einem Zustand erwartungsvoller Ehrfurcht. Er wusste, dass er sich in eine sogenannte Burse, und zwar in die Georgenburse zu begeben hatte. Diese Bursen gab es in allen Städten Deutschlands, in denen Studenten eine Herberge brauchten. Dort würde er wie in einem Internat leben. Sein Vater, durch Martins Fleiß und Gehorsam wieder versöhnt, würde das Geld dafür aufbringen.

»Auf den Straßen in Erfurt bist du als Student angesehen. In der Burse jedoch lebst du fast wie im Kloster«, hatte ihm sein Freund Johannes Braun in Eisenach erklärt. »Essen, Beten, Eingang und Ausgang sind fest vorgeschrieben und werden richtig überwacht. Und halte dich an den Lehrplan. Der wird nämlich kontrolliert! Für eine Vorlesung deiner Wahl brauchst du die Erlaubnis des Rektors! Wehe, du handelst eigenmächtig! Kleidung bekommst du auch von der Burse. Es ist eine richtige Uniform, du wirst es sehen. Damit kann man dich besser kontrollieren. Ja, kontrollieren. Glaub mir das – in der Stadt laufen Pedelle herum und die Magister sowieso. Du kannst nichts tun, rein gar nichts, was die Universität nicht merkt. Und, das Schlimmste, um vier Uhr morgens heißt es aufstehen und am Abend um acht ist Bettzeit.«

Härte, Strenge und Kontrolle waren Martin nicht unbekannt, aber er hatte auch gelernt, dass er die Kraft besaß, sich daraus zu befreien.

Vier Wochen nach seiner Ankunft in Erfurt, wurde er als »Martinus Luther ex Mansfeldt« immatrikuliert. Er wurde »In habendo« eingestuft, was bedeutete, dass er vermögend genug war, eine Gebühr von drei Gulden zu entrichten. Das war eine große Summe, wenn man bedachte, dass ein mittelständischer Bürger Erfurts über weniger als hundert Gulden Vermögen verfügte.

»Martinus Luther ex Mansfeld. In habendo.« Martin hätte es allen zuflüstern mögen, den Häusern, den Bäumen, den Menschen in den Straßen: Martinus Luther ex Mansfeld.

Er begann sein Studium an der Artistenfakultät, der größten der vier Fakultäten. Sie war im Collegium maius untergebracht, dem Hauptgebäude der Universität. Gleich im Erdgeschoss fanden sich Räume für Lektion und Disputation. Darüber, im Obergeschoss, lag die repräsentative Aula, in der unter anderem berühmte Besucher empfangen und bewirtet wurden.

Das Studium der Freien Künste, wie es hieß, umfasste das Trivium aus Grammatik, Rhetorik und Dialektik, und das Quadrivium aus Arithmetik, Geometrie, Musik und Astronomie. Auf diesen Säulen bauten die höheren Fakultäten Theologie, Jura und Medizin auf.

Madlen, dachte er euphorisch, Madlen, jetzt bin ich kein Schuljunge mehr, jetzt bin ich achtzehn Jahre alt und Student, »Neugeborener Akademiker«. Und ich schwöre dir, Madlen, ich werde so schnell meine Examina machen, wie es nur irgend geht. Für dich. Für uns. Natürlich auch für Gott und für Jesus Christus, denn von ihnen habe ich die Gabe bekommen, weiter zu denken, über den Alltag hinaus. Das sollte ein Jurist können, wenn er Fürsten und Grafen beraten will.

Als er den Hof der Universität betrat, klopfte ihm das Herz bis zum Hals. Noch bevor er sich orientieren konnte, hatten sie ihn schon ergriffen. Johlende Studenten in ihren Talaren schwangen die Degen, zerrten ihm die Kleider vom Leib.

Hilfe! Martin wusste – die Immatrikulation war nicht ohne den alten rauen Brauch der Deposition zu haben. Aber musste es derart wüst sein? Jetzt stülpten sie ihm eine Kappe mit Hörnern und Eselsohren auf den Kopf.

»Seht den tierischen Nichtstudenten!«, schrien sie.

»Verdammt! Das Ding stinkt ja nach ranzigem Fett!«, rief Martin. Er wollte gar nicht wissen, wie er aussah. Ein Glück – sie rissen ihm die Kappe schnell und schmerzhaft wieder herunter vom Kopf.

»Nein! Lasst los!«

Martins Geschrei half nichts, sie tauchten ihn ein in eine Tonne eiskalten Wassers. Als sie ihn, triefend nass bis auf die Haut, wieder herausholten, gratulierten sie ihm.

»So – jetzt bist du getauft! Wir trinken auf den neugeborenen Akademiker!«

Martin war aufgebracht. Alter Brauch hin oder her, er ließ sich nicht zum Hanswurst machen. Er bückte sich, raffte sein Hemd bis zu den Hüften hinauf und rief vernehmlich: »Ihr könnt mich im Arsche lecken!«

Seine neuen Kommilitonen lachten dröhnend und beifällig. Sie hatten Bier und Krüge herbeigeschafft und stießen unter Gejohle und Gesang auf Martin an. Der schluckte seinen Zorn schließlich herunter und trank mit.

Ob das nun für immer sein Leben war? Würde er als Akademiker von den Bürgern und Bauern eingetunkt? Oder von Männern ohne wissenschaftliche Aura, die aber das Sagen hatten? Würden sie ihn daran hindern, ein Eroberer zu werden? Diese Eselskappe, diese Tonne kalten dreckigen Wassers – waren das nicht Sinnbilder des menschlichen Daseins überhaupt?

Martin betrachtete den Talar, den man ihm ausgehändigt hatte. Alle Studenten trugen ihn. Er war die Uniform. Und jeder Student trug ein kurzes Schwert an der Seite des Talars. Nicht nur zum Schmuck.

Ein Mitstudent, der beobachtete, wie Martin sich mit dem Talar und dem Schwert beschäftigte, lachte gutmütig. »Lass das Schwert draußen! Hier wird gerauft, und das nicht immer zum Spaß! Es hat schon Tote gegeben. Wir bekommen hier reichlich Essen, und immer Bier dazu. Aber manchen Kommilitonen ist das noch nicht genug.«

Ist das vielleicht das neue Jahrhundert?, dachte Martin entsetzt. Dann wollte er es nicht verstehen.

Die Burse, in der er wohnte, gehörte zu den besseren in der Stadt, und dafür war Martin seinem Vater dankbar. Inoffiziell wurde sie »Die Biertasche« genannt. Die Professoren stellten sich als zum Teil sehr fröhliche Herren heraus. Nur Luthers Lehrer Usingen trank kein Bier und ließ sich bei keinem Gelage sehen. Martin interessierte sich anfangs vor allem für die Humanisten unter den Lehrern, die sich stolz »die Poeten« nannten und am zugänglichsten schienen. Sie schrieben Gedichte auf Lateinisch, und ihr Haupt war der begabte Eobanus Hessus. Er war berühmt dafür, dass er seine Verse im ovidischen Stil schrieb und ausgesprochen trinkfest war. Seine blendende Rhetorik war allseits anerkannt, und seine Vorträge im Kolleg waren gut besetzt. Erasmus von Rotterdam war sein Vorbild, und das machte ihn Martin vom ersten Tag an sympathisch.

Aus diesem Humanistenkreis gewann Martin schon in kurzer Zeit zwei Studienfreunde: Crotus Rubeanus und Euricius Cordus. Sie waren beide talentiert und eigenwillig und nahmen Martin mit in ihre Welt. Überhaupt, so schien es ihm, war er jetzt mitten im Leben. Er lernte in einer Gemeinschaft, deren Weltordnung ihn als Einzelnen ebenso umfasste wie die Gemeinschaft selbst. Er war von seinen früheren Schulen gar nicht so schlecht vorbereitet worden. Er konnte in flüssigem Latein sprechen und schreiben – auch Verse gelangen ihm nicht schlecht. Er war sicher in der Grammatik, in Logik und Rhetorik. Er hatte Musikunterricht bekommen. Religion war eines seiner Lieblingsfächer. Danach kamen gleich die Astronomie und die Mathematik.

Im Laufe seines Studiums erhielt Martin Einblicke in die scholastische Philosophie, die die kirchliche Überlieferung mit Hilfe der antiken Philosophie erschließen wollte. Dabei wurde vor allem Aristoteles herangezogen. Zur lateinischen Sprache kam noch Hebräisch und Griechisch hinzu.

Eines unvergesslichen Tages ging Martins große Sehnsucht in Erfüllung: das eigenständige, ungestörte Studieren der Bibel. Er durfte jederzeit in die Bibliothek, zum ersten Mal in seinem Leben konnte er die Bibel studieren, so lange er wollte. Der Sinn des Lebens oder die Frage danach – jetzt war er alledem nahe. Fragen, die auch er immer gestellt hatte, lagen plötzlich nicht mehr nur in der Luft. Er gehörte nun zum Chor derjenigen, die glauben und leben wollten.

Kindlich glauben und leben. Martin fühlte sich bei der Lektüre der Bibel, der unnachahmlichen Sprache, den klugen Gleichnissen ganz und gar unvollkommen. Dieses Gefühl, ein unwissendes Kind zu sein, sollte ihn nie verlassen. Seine Neugierde jedoch war erwachsen. Die historische Neugierde. Es interessierte ihn brennend, wie es einst gewesen war. Zu Jesu Christi Zeiten. Er wollte außerdem verstehen, wie die Welt so werden konnte, wie sie jetzt war. Was sagte ihm die Bibel? Was ging das Überlieferte ihn heute noch an? Martin versuchte immer wieder, sich das Vergangene zu vergegenwärtigen. So, als wäre er damals persönlich dabei gewesen. Für welche Wirklichkeit stand Gott?

Nach und nach begriff er, dass es ihm um nichts anderes ging als um Gott. Und je mehr Zweifel ihn bei seinen persönlichen Seelenkämpfen befielen, je klarer er die verbrecherischen Kräfte in seiner Kirche erkannte, desto intensiver klammerte er sich an seine Bibel. Die Religion, das spürte er jeden Tag deutlicher, die Religion ging ihm über alles. Die Beziehung des Menschen zu Gott. Und das Sein des Menschen in der Welt.

In der kürzesten erlaubten Zeit bestand Martin sein erstes Examen. Er schrieb nach Mansfeld.

Lieber Herr Vater, liebe Frau Mutter, meine Berblin!

Ich möchte Euch mitteilen, dass ich hier in Erfurt mein erstes Examen, das Baccalaureat, bestanden habe. Ich war der dreißigste von siebenundfünfzig Kandidaten.
Ich hoffe, Euch mit dieser Nachricht zu erfreuen. Ich werde mich weiterhin anstrengen, um dann auch mein großes Examen anno 1505 zu bestehen. Danach werde ich mit dem Jurastudium beginnen. Gnade und Friede in Christo.
Erfurt, im Frühjahr 1502

Martinus Luther

Martin ging auf den Markt zu einem Händler, der Briefe annahm und sie gegen Entgelt einem Boten mit auf den Weg gab. Immer wieder war er im ersten Moment wie geblendet von dem Treiben in der Stadt, den werbenden Rufen, den lauten Flüchen, den bunten Farben, dem Lachen. Lockenköpfige Buben sprangen ausgelassen herum. Sie erinnerten ihn an seine Kindheit mit Hans und Nicolaus. Aber diese Jungen hier waren wilder. Sie rauften sich heftig, kreischten mit ihren hellen Stimmen und schlugen mit Stöcken nach Hunden und Katzen. Leichte Damen schauten Martin bedeutsam an. Neben viel Schminke waren sie mit Hüten in Blau oder Purpur ausgestattet. Eine wiegte besonders nah vor Martin die Hüften. Wenn man sich die Schminke wegdachte, war sie bestimmt sehr hübsch. Warum bot sie sich Männern für Geld an, dachte Martin. Sicher wird sie grob behandelt, missachtet. Bald würde sie krank sein von einer Ansteckung oder vom Alkohol; sie würde hässlich aussehen und ganz alt.

Er wandte sich ab, musste zurück zur Burse. Durfte nicht nachlassen mit dem Lernen. Neben seinem Lautenspiel machte ihm das Studium wirklich Freude. Er las außer den Lehrbüchern auch einiges von den antiken Gelehrten. Er konnte Ovid und Vergil im Original goutieren und stimmte mit fast allem, was sie geschrieben hatten, überein. Vergil stand ihm am nächsten. Seine Lehrsätze kannte er seit Längerem. »Unablässiges Mühen bezwingt alles, bringt alles fertig«, hatte er geschrieben. Oder: »Selig, wem es gelingt, der Dinge Grund zu erforschen.«

Von den Kirchenvätern war bald Augustinus für ihn der Bedeutendste, die Koryphäe. Die große Frage seines Lebens: »Wie gelange ich zu wahrer Glückseligkeit?«, bewegte auch Martin.

Der Gedanke, dass das Glück nur in der Philosophie und der unsterblichen Weisheit zu finden sei, während die irdischen Hoffnungen auf Ehre und Reichtum eitel sind, hatte Augustinus nie mehr losgelassen. Das verstand Martin.

Er war schon fast vor den Toren der Burse angekommen, da rissen seine Kommilitonen ihn aus seinen Gedanken. »Schaut mal. Unser Philosoph und Musikus! Komm, Martin, wir haben was zu feiern!«

Crotus warf einen Seitenblick auf ihn. »Los, es reißt einen jeden seine Leidenschaft hin!«

»Dann bleibt uns nur zu hoffen, bis es besser wird«, wehrte Martin ab, aber es half nichts.

»Auch wenn du deinen Vergil immer zur Hand hast, hilft er dir jetzt nicht. Wir wollen beim Wein zusammensitzen, und du kommst mit.«

»Jawohl« rief Cordus. »Hole nur deine Laute, die darf nicht fehlen. Ich begleite dich, sonst bleibst du am Ende noch in deiner Bude hocken und schließt dich ein.«

Für ein paar Stunden ging Martin ganz in der Gemeinschaft seiner Kommilitonen auf. Er war ihnen nah, egal, woher sie stammten. Ob sie aus Franken kamen, aus Thüringen oder Sachsen – beim Lautenspiel war man sich einig, und wenn einer Geschichten erzählte, lauschten alle andächtig. Sie klatschten ausgelassen Beifall, als Martin zur Laute »Schürz dich, Gretlein, schürz dich« sang, oder »Es wohnet Lieb bei Liebe«.

Doch hinter allem Neuen, Unvergleichlichen spürte Martin die Einsamkeit. Seine Sehnsucht nach Madlen wurde immer drängender. Er machte sich Sorgen um den kranken Valentin Hofer. Jeden Tag lauerte er auf einen Brief von Madlen. Zugleich hatte er Angst, dass sie ihm darin die Todesnachricht mitteilen würde.

Um ihr nahe zu sein, um sich selbst zu beruhigen setzte er sich in der Nacht beim Kerzenlicht an den Tisch und schrieb ihr.

Meine Madlen, Du Liebe!

Ich hoffe und bete mit Dir, dass Valentin Hofer wieder gesund wird. Vielleicht kann der Apotheker Cantus nochmals nach neuen Heilmitteln forschen. Es gibt doch so viele Ärzte, die nur damit beschäftigt sind, neue Tinkturen, Salben und Pulver zu entwickeln. Jeden Tag gibt es neue Mittel auf dem Markt.
Liebste Madlen, ich möchte so gerne, dass Du mich hier besuchst. Dass wir uns wiedersehen. Ich darf gar nicht daran denken, wie wunderbar zärtlich Du mich gestreichelt hast.
Ich erinnere mich nur an unsere Tränen.
Du musst jetzt bei den Hofers bleiben. Das verstehe ich. Aber ich will Dir trotzdem sagen, wie ich Dich hier vermisse.
Besonders, wenn ich vor dem alten Mariendom stehe mit seinem unvergleichlich schönen Triangelportal, dann hoffe ich, dass wir bald gemeinsam hineingehen können. Stell Dir vor, Madlen, wir würden dort heiraten.
Hier gibt es so viele Kirchen. Sie sind sozusagen eine Stadt in der Stadt. Ihre Domherren leben in Stiften. Sie sind reich, leben in prächtigen Häusern. Die Menschen hier empfinden sie als Fremdkörper. Es heißt, dass sie Konkubinen haben. Und diese Huren laufen stolz, mit Schmuck behängt, durch die Straßen Erfurts. Die Leute sagen, dass die Domherren nicht mal eine Messe lesen würden.

Liebe Madlen, ich weiß nicht, ob Dich diese Zustände überhaupt interessieren. Mir machen sie schwer zu schaffen. Wie kann Gott, wie kann Jesus Christus dulden, dass Kreaturen wie die Domherren das Priesteramt derart beschmutzen.
Warten sie etwa darauf, dass wir Menschen uns dagegen auflehnen?
Nun will ich Dir aber nur noch von Schönem berichten. Jetzt, wo ich mein Baccalaureat bestanden habe, jawohl, ich habe es bestanden und bin mutig und voller Zuversicht, dass ich auch mein Jurastudium ohne Schwierigkeiten abschließen werde. Dann kann ich für Dich sorgen.
Denk Dir, Madlen, meine Mitstudenten nennen mich »den Philosophen«. Und sie meinen damit nicht, dass ich philosophisch spekuliere, was mich auch tatsächlich nicht interessiert, sondern dass ich ausgesprochen gern und gut disputiere. Fällt Dir einer mit Argumenten ins Wort, musst Du ihn rasch mit einer treffenden Antwort kaltstellen. Sie nennen es »Fechten mit Argumenten.« Das beherrsche ich ganz gut. Wie sollte es anders sein. Immerhin gehöre ich der Artistenfakultät an, und da muss ich gewandt sein in Logik, Dialektik und so weiter. Aber davon erzähle ich Dir mehr, wenn wir uns sehen.
Ach Madlen. Wenn Du wüsstest, wie es in meinem Herzen aussieht.
Gehe es, wie es will, ich bin in Liebe,

Dein Martin

41

In der Burse wartete ein Brief auf Martin. Nicht von Madlen, sondern von Berblin, die ihm Neuigkeiten aus Mansfeld schrieb.

Lieber Martin, mein Junge!

Der Bote scharrt schon mit den Füßen, er will bis zum Abend noch weit gehen, ich weiß nicht, warum. Nur mühsam habe ich ihn überreden können, im Goldenen Ring ein Bier auf meine Kosten zu trinken. Aber da sitzt er jetzt, und ich kann Dir schreiben.
Ich bin so stolz, dass Du Dein Baccalaureat bestanden hast und Dein Studium des Rechts beginnst. Die Eltern sind nach allen Mühen und Anstrengungen, von denen Du und ich wissen, nun viel besser dran. Dein Vater hat Glück mit seinen Bergbaugeschäften. Du hast ja selbst schon gesehen, wie schön unsere beiden Häuser jetzt ausgestattet sind. Auch die Stallungen. Innen und außen. Wir konnten zwei jüngere Knechte und Tagelöhner anstellen. Die Landwirtschaft wird immer größer.
Jockel kann nicht mehr recht aus dem Haus, aber er arbeitet den ganzen Tag. Stell Dir vor, er wird auf seine alten Tage zum Künstler. Deine Mutter und ich besitzen neuerdings die kunstvollsten Nestelhülsen und Heftnadeln in ganz Mansfeld. Jockel macht uns so viele davon, dass wir damit auf den Markt gehen könnten. Wir haben zum Namenstag jede einen

Gürtelendbeschlag mit dem Anfangsbuchstaben unseres Namens bekommen. Er hämmert sie aus Resten von Metall. Er kann sogar Blüten machen.
Was sagst Du dazu? Unser stiller bescheidener Jockel. Ich lobe ihn ein übers andere Mal. Er bekommt als Erster Proben von unserem Bier.
Tine gibt sich Mühe, aber die Hellste ist sie nicht. Manchmal weiß man nicht, ob sie Kindsmagd ist oder Kind. Deine Mutter steht wieder kurz vor der Niederkunft. Hoffentlich zum letzten Mal. Wir beten alle für sie.
Aus Zerbst höre ich nichts Gutes. Mein lieber Valentin hat nur noch Pech mit seinem Fuß. Nach allem, was Madlen schreibt, gibt es keine Rettung. Was das, auch für sie, bedeutet, kann ich nicht absehen. Aber ich bin für Madlen da, das weißt Du.
Du musst jetzt studieren.

Ich umarme Dich in aller Liebe.
Deine Berblin

Berblin. Martin vermisste sie. Er war immer sehr angerührt von ihren Briefen. Es wäre so schön, wenn sie nach Erfurt kommen könnte. Dann würde er ihr alles zeigen. Aber in Mansfeld brauchte man sie. Vor allem seine Mutter.

Martin fand die Georgenburse nicht besser oder schlechter als seine früheren Unterkünfte. Abgesehen von seiner Bleibe bei den Cottas. Das Essen war zwar reichlich, aber es schmeckte ihm nicht. Offenbar kochten sie es zu lange. Man konnte schlechterdings nicht mehr erkennen, was man aß. Auch am Geschmack nicht. Sehnsüchtig dachte er an daheim, wo Berblin und die Mutter kochten. Selbst als man noch wenig hatte, war das Brot schmackhaft. Und eine Möhre blieb eine Möhre und wurde nicht zu wässrigem Mus.

Doch nicht nur wegen des sorgfältig zubereiteten Essens vermisste Martin seine Mansfelder Familie. Er vermisste die Vertrautheit, die ihn mit Berblin und Jakob verband. Und die Freunde

Hans und Nicolaus hätte er gern hier in Erfurt an seiner Seite gehabt. Ganz zu schweigen von Madlen.

Er ging meist allein durch die Gassen Erfurts, vorbei an den prächtigen Gebäuden, den alten, prunkvollen, von Gläubigen liebevoll geschmückten Kirchen, inmitten der Menschen, die Bauern waren, Händler, Gelehrte oder Studenten wie er. Er sah einfach oder prächtig gekleidete Frauen, von denen keine so schön war wie Madlen, er sah die Kinder im Spiel, hörte ihre hellen Stimmen. Sie waren sich selbst genug. Nicht einmal die Pferde, die gleichgültig glotzend vor einer Kutsche dahintrotteten, interessierten sie.

Eines Morgens, mit dem Glockenklang im Ohr, auf dem kurzen Weg zur Universität, holte ein Student ihn mit raschen Schritten ein. Es war Crotus Rubeanus.

»Sieht man dich auch mal wieder, du bist wohl ständig beim Studieren, der Fleißigsten einer. Ich hoffe, du vergisst deine Kommilitonen nicht ganz.«

Martin sah in ein offenes, fröhliches Gesicht. Crotus war frisch rasiert und roch, als komme er gerade vom Bader.

Seine Worte umgaben Martin mit einer warmen Welle. Der Kommilitone hatte recht. Er gehörte zu den Hoffnungsvollen der würdigen Universität, die in ihrem Jahrhundert einen Platz haben wollten.

Euricius Cordus gesellte sich zu ihnen. Er wirkte schlecht gelaunt. Mürrisch. Mit seiner rostigen Stimme mischte er sich ins Gespräch, ohne dass sie ihn eingeladen hatten. Sein Gesicht blieb verschlossen, doch seine Augen waren hellwach.

Martin wusste, dass Euricius Cordus satirische Epigramme schrieb und sich nicht scheute, intimste Zeugnisse über Erfurt und seine prominentesten Bewohner zu verfassen. Auch über die maßgeblichen Leute der Universität. Damit machte er sich natürlich keine Freunde. Einer seiner Gegner ließ verlauten, dass er sich besser in den Cavaten auskenne als in den Hörsälen. Die Cavaten waren die großen Gewölbe unter der am Hang aufragenden Domkirche. Hier vermutete man die Nester der Unzucht, die bekanntermaßen Schutz fanden im Schatten der Kirchen.

Cordus mochte Martin. Er suchte seine Nähe. Im Hörsaal setzte er sich oft zu ihm.

»Na, Herr Studiosus Luther«, sagte er jetzt herausfordernd, »was macht das werte Befinden? Gibt es Euch eigentlich nur als Studenten? Oder könnte man Euch auch mal für Vergnügungen abseits des Curriculums gewinnen?«

Martin hatte kein Interesse daran, in den satirischen Epigrammen seines Kommilitonen vorzukommen. Aber er wollte kein Spielverderber sein. Außerdem brauchte man Freunde. Sonst würde man irgendwann so verdammt einsam sein wie das Wrack eines Schiffes.

»Ich bin ja nicht zu meinem Vergnügen hier«, verteidigte er sich. »Mein Vater braucht einen guten Juristen in der Familie, und ich will heiraten. So bald wie möglich. Aber es stimmt schon, dass der Geist auch manchmal eine Erfrischung braucht. Welche Vergnügungen schlägst du denn vor?«

»Unten am Markt im Roten Ochsen ist heute Abend Gesang und Spiel. Ich kenne da die Bedienung, Kathi und Burgi, die sind fröhlich und für jeden Spaß zu haben. Kommt doch einfach mit, ich stell dich vor.«

So etwas hatte Martin erwartet.

»Gegen ein kaltes Bier und gegen Musik habe ich nichts einzuwenden. Im Gegenteil. Aber was Burgi und Kathi angeht, die überlasse ich lieber euch.« Martin dachte an Madlen. Ein warmes Glücksgefühl erfüllte ihn. »Ich habe meine Frau nämlich schon gefunden«, sagte er stolz.

»Mit dir hat deine Zukünftige aber einen guten Fang gemacht. Einen so treuen Bräutigam findet man nicht oft.«

In diesem Moment kam Bartholomäus Arnoldi von Usingen, einer von Martins Lieblingsprofessoren, des Wegs, und Martin nahm die Gelegenheit wahr, sich von seinen Freunden zu verabschieden.

»Ich muss zurück ins Curriculum. Die Vorlesung vom Usingen will ich nicht verpassen.«

Von Usingen war ein stiller, unauffälliger Professor, und es hieß, dass er sehr fromm sei. Viel bei den Augustinern verkehre. Martin hatte ihn vom ersten Tag an gemocht. An seiner mittelgroßen Gestalt fiel ein großer Kopf auf mit hoher breiter Stirn, buschigen Brauen über tiefliegenden Augen. Die Nase war lang und fleischig, der Mund fein gezeichnet über einem sanft gerundeten Kinn. Das weiße, dünne Haar war kurz geschnitten, das Gesicht sorgfältig rasiert.

Von Usingens Gedanken waren Martin so klar, dass er manchmal Sätze seines Lehrers hätte zu Ende sprechen können. Der Mann war offenbar von Gott so reich beschenkt worden, dass er seine Thesen und Abstraktionen ohne jedes gewaltige Anheben der Stimme dahinfließen lassen konnte.

Heute las er über sein Thema »Das neue Licht in unserer Zeit«, und Martin war so gefesselt wie in keiner anderen Vorlesung. Von Usingen sprach über die Ideen, die großen geistigen Strömungen der Zeit. Sie seien wohl immer das, was den Wandel und Fortgang des menschlichen Lebens bestimme; aber diese Ideen knüpften sich, das fänden wir in unseren Erfahrungen bestätigt, stets an große Persönlichkeiten. Er referierte weiter darüber, dass die Weltgeschichte von einzelnen Menschen gemacht werde. »Von Menschen, die den Geist der Zeit konzentriert verkörpern. Nur sie können diesen Geist der Zeit auch für andere Menschen lebendig und fruchtbar machen. Die Hauptsache ist immer die Idee, aber Leben und Realität gewinnt sie nur in bestimmten Individuen.«

Martin hörte aus diesen Überlegungen heraus, dass es dem Lehrer nicht darum ging, mit Neuigkeiten zu brillieren. Er wiederholte Zeitgedanken, die einige Gelehrte schon formuliert hatten, aber er wiederholte sie mit einer so hinreißenden Überzeugungskraft und entwaffnenden Einfachheit, dass ein solcher Gedanke bald Gemeingut werden konnte. »Die Rangordnung der Menschen wird im Allgemeinen viel weniger durch ihr Denken als durch ihr Tun bestimmt«, sagte von Usingen. »Seneca war ein größerer Philosoph als Paulus, und doch stellen wir diesen unvergleichlich höher. Denn der arme Seneca argumentierte und deklamierte zwar sehr profund und packend über Menschenliebe und stoische Bedürfnislosigkeit, aber das war der eine Seneca, der philosophische; der andere Seneca, der Seneca des Lebens, war der skrupellose Geldmacher, der liebedienerische Genosse neronischer Verbrechen.«

Einer der Studenten wollte wissen, was der Herr Professor über den Ablasshandel zu sagen habe. Von Usingen besann sich kurz.

»Für mich ist er der größte Missstand in unserer Kirche. Eine Art Vereinslokal für Sündenvergebung. Alles hat seinen Kurs: Unzucht, Sodomie, Meineid, Schändung, Totschlag, falsches Zeugnis kostet zwölf Dukaten, Kirchenraub neun, Hexerei sechs, Elternmord vier. Man kann für gewisse Sünden, die man unweigerlich immer wieder begeht, vorausbezahlen. Sich ein Ablassdepot anlegen. Diese Geschäfte wickeln große Handelshäuser und Banken für den Ablasskunden ab.

Weiter«, so schloss von Usingen, »weiter kann man die Entwürdigung der Religion nicht treiben. Das hat mit unserem Christentum nichts mehr zu tun. Es ist dessen zynische Verleugnung. Eine Verhöhnung. Ich hoffe, dass dies auch der einfachste Katholik bald begreift.«

Martin verehrte seinen Lehrer nicht nur, er bewunderte ihn auch. Was sie beide wohl am meisten verband, war Gottes Wort, verkündet in der Kirche. Der Student und sein Lehrer trafen sich fast regelmäßig am Sonntag in der Michaeliskirche. Sie war eine der ältesten Kirchen Erfurts und lag in unmittelbarer Nachbarschaft zum Collegium maius, dem Standort der Universität. Meist gingen sie nach dem Gottesdienst noch für eine halbe Stunde durch die Stadt, und Martin fand es angenehm, wenn auch ungewöhnlich, dass von Usingen nicht über seine Vorlesungen mit ihm sprach, sondern nach Martins Vaterstadt fragte, nach seiner Familie.

Martin überlegte kurz, sprach dann aber offen darüber, dass zwischen seinen Eltern und ihm leider ein gespanntes Verhältnis herrsche. »Sie sind so streng und erbittert im Kleinen. Ich weiß, dass sie beide im Grunde gute Menschen sind. Und ich weiß auch, dass sie das Beste für mich wollen. Doch sie haben mich schwer gezüchtigt, als ich noch ein Kind war. Und sie hassen das Mädchen, das ich einmal zur Frau haben möchte. Wir verstehen einander einfach nicht.«

Da von Usingen schwieg, berichtete Martin auch von Berblin, die, obwohl gar nicht verwandt, ihm so viel näher sei. »Ohne Berblin, ohne ihre bedingungslose Liebe wäre ich vielleicht nicht mehr am Leben.«

»Dich zieht es zum Neuen, zum Licht, deine Eltern dagegen verkörpern für dich das Alte in dieser Welt. Und daraus entsteht eine Art von schöpferischem Hass. Der reizt dich dazu, das Alte zu bekämpfen. Verstehst du? Um etwas leidenschaftlich bekriegen zu können, muss man aufs Tiefste daran leiden.«

Martin war gerührt, dass von Usingen ihn so ernst nahm. Es verblüffte ihn, als er hinzufügte, dass er glaube, Martin werde gerade wegen dieser Kämpfe im Studium besonders erfolgreich sein.

Von Usingens Worte beschäftigten ihn. Es war für Martin fast ungeheuerlich, zu erfahren, dass seine Probleme in Wahrheit notwendige Voraussetzungen waren, um ein erfülltes Leben zu führen.

Als er abends in der Burse ankam, fand er in seiner Kammer eine Botschaft von Madlen.

Martin, mein Herr Hofer ist gestorben. In aller Früh. Komm, wenn es Dir möglich ist. Entschuldige meine schlechte Schrift. Ich habe den Boten auf der Straße abgefangen, er kann nicht warten.

Madlen.

42

Laufen. Bergab laufen. Bergauf keuchen. Laufen. Laufen. Laufen. Durch den Tag. Durch die Nacht. Martin hatte Erfurt schon weit hinter sich gelassen. Er dachte wieder an von Usingen, seinen Professor. Gestern war er zu seiner Wohnung gerannt. »Ich bitte um Ihre Hilfe. Ein Todesfall in meiner Familie. Er hinterlässt eine Witwe und eine Waise, nämlich meine Madlen. Ohne männlichen Schutz. Ich muss zu ihnen!«

Der Professor wohnte im Giebel eines großen Bürgerhauses. Er hatte dort zwei lichte Räume mit schrägen Wänden, an denen Bücher gestapelt waren.

Martin kam es so vor, als müsse er sich den Segen seines Lehrers abholen. Der sagte einfach, er werde sich beim Rektor und auch in der Georgenburse für Martin verwenden. Er könne sich unbesorgt auf den Weg machen.

Gehen. Gehen. Gehen. Am Morgen. Am Mittag. Am Abend. Und durch die Nacht. Martin gönnte sich hin und wieder ein paar Stunden Schlaf. Dann lief er weiter. Mit jedem Tag sank sein Mut mehr, wurde die Sehnsucht nach Madlen größer. Gehen. Gehen. Gehen.

Endlich tauchten die Kirchtürme von Zerbst auf.

Es war früher Abend, als er am Haus der Hofers ankam. Es war offenbar nicht irgendein Abend, denn der große Platz um die Kirche herum war belebt. Die Menschen gingen in Grüppchen zum Abendgottesdienst, der sicher einem Heiligen geweiht war.

Würden sie auch für den Herrn Notar Valentin Hofer beten? Es war erst gut eine Woche her, dass er gestorben war.

Martin fürchtete sich regelrecht, ins Haus zu gehen. Die beiden Frauen in ihrer Trauer zu sehen. Nicht, dass ihm die Worte gefehlt hätten. Auf seiner Reise hatte er helle, schöne Worte gefunden, um die Frauen zu trösten. Hier, vor den verschlossenen Türen, den verhängten Fenstern, schien jeder Trost verloren.

Sie saßen zu dritt am Tisch. Im Ofen krachte hin und wieder ein Holzscheit. Johanna Hofer zog ihr Tuch fester um die Schultern. Trotz der Wärme fror sie. Sie hatte schon immer gefroren, wenn sie allein war. Nur wenn Valentin sie in den Arm genommen, sich im Bett neben ihr ausgestreckt hatte, nur dann war ihr warm gewesen.

Madlen hielt gewärmte Tücher parat. Heißen Tee. Eine bekömmliche warme Suppe. Sie hielt den kalten Tod von Johanna Hofer fern.

Sie aßen Suppe und geröstetes Brot, und es war, als würden die Frauen warten. Auf Valentin Hofer. Oder darauf, dass Martin singen würde. Er hatte die Laute dabei. Schläfrig schaute er auf seine staubigen Schuhe. Er war müde, denn er hatte lange nicht mehr gut geschlafen. Auf seiner Reise war er in jeder Nacht vom Teufel verfolgt worden. Er hatte ein riesiges schwarzes Ungeheuer gesehen, das neben ihm sein gewaltiges Maul aufriss, sodass Feuer und Rauch ihn benebelten, aber er sah auch den Teufel, der in Flammen und Rauch hockte und ihn packen wollte. Riesige Ratten mit Hängebrüsten, die ebenfalls mit ihren Mäulern voller spitzer Zähne nach ihm schnappten, lähmten ihn vor Angst. Gleich einem gefatschten Kind hatte er regungslos auf seiner Decke gelegen. Wenn er aus seinen Träumen erwachte, glaubte er immer noch, die Ungeheuer herumtanzen zu sehen. Doch es waren nur die Büsche und Bäume, zwischen denen er sich einen Schlafplatz gesucht hatte.

Doch nun war er bei Madlen und Johanna, und sie saßen gemeinsam am Kamin. Das Feuer warf seinen roten Schein auf die beiden Frauen. Sie sahen traurig aus. Aber auch schön. Jede für sich. Sie hatten noch nicht begriffen, was ihnen geschehen war. Das spürte Martin.

Er stand auf und holte seine Laute, die er bei seinem Reisesack gelassen hatte. Wenn er Laute spielte, fühlte er sich wie auf einer Insel, und er wollte Madlen und Johanna dorthin mitnehmen. Er spielte ein altes Lied, das er einmal umgedichtet hatte, und improvisierte immer wieder neu. Beide Frauen bedankten sich, und Madlen stand auf und umarmte ihn. Er spürte ihren Duft und die Tränen, die sie nicht mehr zurückhalten konnte. Und schließlich weinten sie alle drei. Martin schämte sich. Er sprang auf, lief in die Küche, wo die Hausmagd ihm einen Krug Wein gab.

Später entschuldigte sich Johanna Hofer. Sie wolle zu Bett gehen. Ob Madlen sie begleiten könne. Es sei gut, dass Martin gekommen sei, sie danke ihm dafür.

Madlen wollte Frau Hofer nicht zeigen, dass sie Sehnsucht nach Martin hatte. Das verstand Martin. Außerdem wollte er erst einmal die Badestube aufsuchen. Sie war gleich neben der Küche. Tücher und Seife lagen auf einem Tisch, einen großen Kübel hatte man mit Wasser gefüllt. Martin stieg in den Zuber und hätte Lust gehabt, in dem warmen Wasser einzuschlafen. Aber er genoss es dann doch, sich von Kopf bis Fuß einzuseifen und das warme Wasser immer wieder über sich zu gießen.

Er atmete tief durch. Endlich ausruhen nach fast vier Tagen des Gehens, Laufens, Schlafens im Wald. Heute würde er auf seinem Nachtlager nicht mit Räubern oder Mördern rechnen müssen. Oder mit einem wilden Tier. Martin war durch sein studentisches Leben nicht verwöhnt. Es beglückte ihn, hier in samtenen Sesseln zu sitzen und in seidenen Decken zu schlafen. Er hätte für morgen gern ein frischgewaschenes Leinenhemd mit gebügeltem Kragen gehabt, wie es Berblin früher für ihn bereithielt. Sie hatte ihm auch drei davon mit auf die Reise gegeben. Aber sie waren mittlerweile alle grau und fleckig. In der Burse nahm niemand davon Notiz. Hier jedoch war er in einem gepflegten Haus, das von asketischen Ordensregeln nichts wusste. Martin würde morgen nicht mit dem Hahnenschrei aufstehen müssen. Am Frühstückstisch wollte er Madlen helfen, ihre Frau Johanna zu umsorgen. So konnte er ihr nahe sein.

Madlen. Obwohl Martin müde wie ein alter Hund gewesen war, hatte er gesehen, wie selbstverständlich sie sich dem Lebensstil der Hofers angepasst hatte. Stolz erfüllte ihn. Sie sollte ihn später einmal überallhin begleiten. Alle in Martins Welt sollten sehen, dass seine Frau nicht nur schön, sondern auch kultiviert war. Wie Berblin. Wie Johanna Hofer. Wie Ursula Cotta in Eisenach.

Martin war lange nicht mehr mit so freudigen Gedanken eingeschlafen. Er träumte nicht vom Teufel. Nicht einmal von Madlen. Seine Müdigkeit war so tief, dass zum Träumen kein Raum blieb.

Am nächsten Morgen räumten Madlen und Martin gerade mit der Hausmagd den Frühstückstisch ab, als der Türklopfer durch das Haus hallte. Die Hausmagd brachte einen jungen Mann herein. Er war gut gekleidet in einen langen Rock und enge Beinlinge, trug Lederschuhe und eine Kappe aus dem gleichen Stoff wie der Rock.

Der junge Mann verbeugte sich vor Johanna Hofer. »Ich möchte Euch mein Beileid aussprechen, Frau Tante. Ich konnte nicht eher kommen, da ich in Wittenberg studiere und erst vor wenigen Tagen die Nachricht vom Tod meines Onkels Valentin bekommen habe. Ich bin Claus Hügelin, mein Vater ist der Vetter mütterlicherseits von Valentin Hofer. Wir sind also verwandt.«

Der Besucher nahm seine Kappe ab. Seine Haare waren kurzgeschoren und liefen auf der Stirn in einer Spitze aus. Der Oberlippenbart war rötlich, der kurze Kinnbart ebenfalls.

Claus Hügelin blieb abwartend stehen, doch Johanna Hofer bot ihm keinen Platz an. Der junge Mann, der sich ausschließlich Johanna Hofer zugewandt hatte, musterte Madlen und Martin jetzt mit einem undefinierbaren Gesichtsausdruck.

Alle schwiegen. Es war wieder Hügelin, der das Wort ergriff.

Mit dem Kinn machte er eine Bewegung zu Madlen und Martin. Dann räusperte er sich und sagte in eisiger Höflichkeit zu Johanna Hofer, dass er sie gern allein sprechen wolle.

Martin und Madlen sahen Johanna Hofer an, doch die erwiderte sofort, dass das nicht notwendig sei. »Bleibt ruhig sitzen, Kinder, ich wüsste nicht, warum ich mit Herrn Hügelin allein bleiben sollte. Er will sich auch bestimmt nicht lange aufhalten.«

Hügelin, offenbar doch etwas verunsichert, presste durch die Zähne: »Kinder? Wieso habt Ihr Kinder, Frau Tante? Davon ist mir und meiner Familie nichts bekannt.«

Johanna Hofer richtete sich auf. »Wer auch immer Ihr seid, Herr Hügelin, ich habe keine Kenntnis von Euch und auch nicht von einer Familie Hügelin. Mein verstorbener Mann hat nie von Euch gesprochen. Und noch eines – was meine Kinder angeht, habt Ihr keine Fragen zu stellen. Selbst wenn Ihr mit meinem Mann verwandt sein solltet, was ich bezweifeln muss, seid Ihr auf keinen Fall mit mir verwandt. Und Ihr habt kein Recht, hier ohne jede Ankündigung einfach hereinzukommen. Bitte, geht jetzt.«

Das Gesicht Hügelins verzog sich. Seine Höflichkeit war verflogen. »Wer hier ein Recht hat und wer nicht, das wird sich herausstellen. Ihr hört wieder von mir. Und von meiner Familie.«

Grußlos wandte Hügelin sich ab, ging mit langen Schritten zur Tür, knallte sie hinter sich zu. Auch die Tür zum Vorzimmer knallte zu und danach die Haustüre. Dann kehrte eine merkwürdige Ruhe ein.

Johanna, Madlen und Martin sahen sich verblüfft an. Johanna Hofer fasste sich als Erste. »Soll man da lachen oder weinen?«, fragte sie, und Madlen antwortete rasch: »Bitte nicht weinen, Tante Johanna. Von den Mitarbeitern in der Kanzlei des Onkels sind doch zwei Doktores, Juristen, sie werden die Sache untersuchen. Und dann kann Herr Hügelin sich zum Teufel scheren.«

»Da wir nun schon mal beim Thema sind, möchte ich es gleich mit euch beiden besprechen. Mein Mann hat dich, liebe Madlen, in seinem Testament bedacht. Du hast in diesem Haus Wohnrecht auf Lebenszeit. Und du bekommst noch eine Summe Geldes, die kannst du im Bankhaus anlegen und bist für dein Leben versorgt. Es wird sich noch eine Weile hinziehen, bis das Testament rechtskräftig ist, aber dir kann nichts passieren. Das ist nur eine Formsache.«

Madlen wurde blass. Sie stürzte ohne ein Wort zu Johanna Hofer, kniete vor sie hin und umschlang ihre Hüften. Dann konnte sie das Weinen nicht mehr zurückhalten.

Martin ging leise hinaus.

Er trat vor das Haus, schaute auf den belebten Platz. Heute war Markt und dazu schönes Wetter. Es war ein buntes, lebendiges Bild, zumindest von weitem. Ihn überkam das Bedürfnis, in die Kirche zu gehen. Also sagte er der Hausmagd Bescheid und nahm sich vor, später auf dem Markt Ausschau nach einem schönen Hemd zu halten. Er wollte Gott und Madlen gefallen. Johanna Hofer natürlich auch.

Es war hell in der Kirche, ein Sonnenstrahl lief wie ein weißes leuchtendes Band quer durch das Schiff. Martin sah eine junge Mutter, die ihr Kind stillte. Das größere turnte durch die Bänke, hielt sich aber ruhig. Er kniete sich in die hinterste Bank.

»Herr, Dir bleibt nichts verborgen. Du kennst und durchschaust mich. Mehr als ich mich selbst«, flüsterte er. Die Eröffnung Johanna Hofers hatte ihn erschüttert. Zunächst heftig erfreut. Madlen war endlich frei! Sie hatte ein Zuhause, und sie war nicht mehr arm. Sie hatte es verdient nach all den Schlägen, die das Leben ihr versetzt hatte. Doch was machte das mit ihm? Für eine arme Madlen mochte er eine gute Partie sein. Aber so, wie die Dinge jetzt lagen, konnte sie sich von vielen Bewerbern einen aussuchen. Kam er da überhaupt noch in Frage? Würde Madlen jetzt auch noch warten, bis er sein Studium beendet hatte und einen Hausstand gründen konnte?

Martin betete.

Du kennst mich bis zum Grund,
wenn ich zum Himmel flöge,
ich könnt Dir nicht entfliehn.
Wenn ich zum Abgrund zöge,
ich fände Dich darin.
Trüg mich das Morgenrot
bis zu der Erde Enden,
Du hieltest mich in Händen,
im Leben und im Tod.
Du hast geformt mein Wesen
schon in der Mutter Schoß.
Du schaust all meine Blößen,
hast mir bestimmt mein Los.
Und wollt ich zählen, Herr,
und Deine Pläne fassen,
ich müsste davon lassen,
sie sind wie Sand am Meer.

So schön es manchmal war, sich an Gott anzulehnen, der Herr wollte gewiss keine Christen, die sich in allem auf ihn verließen. Und wenn doch, wollte Martin keiner von diesen Christen sein.

Sein geliebter Lehrer von Usingen hatte von einem Theologen berichtet, der viel herumgereist war. Er hatte darüber geschrieben, wie unterschiedlich die einzelnen Länder und ihre Bewohner waren: »Die Italiener zeichnen sich in der Literatur aus, die Spanier in der Seefahrt, die Franzosen in der Zivilisation und die Deutschen in der Religion.«

Martin hatte gefragt, ob das ein gutes Zeichen sei. Ob Gott und Jesus Christus sich geehrt fühlten.

»Nur bedingt, glaube ich«, hatte von Usingen mit einem kleinen Lächeln geantwortet. »Ich habe das Gefühl, dass diese Frömmigkeit etwas Krankhaftes, Exaltiertes an sich hat. Schon die Anbetung von Reliquien, die nichts sind als Knochen, die von Heiligen stammen sollen. Überhaupt die ganze Heiligenverehrung. Sie ist krank. Niemand weiß Genaues, aber alle beten inbrünstig, weil sie glauben, der Heilige könne sie vor dem Höllenfeuer erretten. Ebenso die Pilgerfahrten zu Schreinen oder zur Kathedrale von Santiago de Compostela. Ich glaube, in dieser übertriebenen Frömmigkeit spiegeln sich die Ängste, Schrecken und Ahnungen wieder, die auf dem Grund des menschlichen Herzens liegen.

»Begreifst du das, Martin? Was die Menschen zu alledem treibt, ist das Verlangen nach Sicherheit bei Gott im Himmel. Alle haben wir Angst vor den Posaunen des Gerichts.«

»Ihr auch?« Die Frage war Martin so herausgerutscht, dass er selbst darüber erschrocken war.

Sein Lehrer hatte herzlich gelacht, war dann aber fortgefahren: »Womit ist denn die Volksfrömmigkeit beschäftigt? Und die Kirche? Es geht doch nur um Sünde, Strafe, gute Werke, Buße, Sakramente. Und dann noch um Priestertum und Kirche.«

»Und was davon steht im Mittelpunkt?«, hatte Martin gefragt.

Von Usingen seufzte. »Wie kann der Mensch vor Gott Verdienste erwerben, um so die ewige Seligkeit zu gewinnen? Das entscheidende Motiv ist die Sorge der Menschen um ihr eigenes Seelenheil. Die anerkannten Mittel sind Buße und gute Werke.

Dieses Verlangen führt immer zu einer Multiplizierung der äußerlichen Frömmigkeit. Du siehst es ja allein schon in Erfurt. Es gibt immer mehr Kirchen, Kapellen, Altäre, Stiftungen, Messen, Reliquien. Entsprechend hoch ist die Zahl der Geistlichen.«

Martin war so tief in seine Gedanken an seinen Professor versunken gewesen, dass er gar nicht gemerkt hatte, dass Madlen in die Kirche gekommen war und hinter ihm im Gang stand. Dann aber sah er sie, und ihre Schönheit ergriff ihn wie immer. Er nahm sie bei der Hand, dann gingen sie leise durch das Kirchenschiff zum Altar.

»Madlen«, fragte Martin schlicht, doch das Herz schlug ihm bis zum Hals. »Madlen, ich weiß, ich habe dich das schon einmal gefragt, aber noch nie in einer so schönen Kirche – willst du meine Frau werden?« Und noch bevor er hinzufügen konnte, dass er so jung sei und noch ein Niemand, antwortete Madlen unbefangen: »Ja, ich will.«

Als sie aus der Kirche heraustraten, hatte Martin das Gefühl, die Kirche sei eine Insel gewesen in der gleißenden Helligkeit des Platzes. Das Licht der Sonne blendete ihn, und auch Madlen blinzelte. Er nahm wieder ihre Hand, und sie liefen durch die Sonne zurück zum Haus. Die Frauen hatten ein Mittagessen vorbereitet, das aus einer Suppe bestand, kleinen Kalbsfilets und Erbsengemüse.

Eine leise Traurigkeit beschlich Martin. Konnte er den Frauen, die ihn so liebevoll umsorgten, auch eine Freude machen? Mit der Magd war es einfacher. Sie hatte seine Stiefel und den Mantel so hingebungsvoll gereinigt, dass Martin im Zweifel war, ob es sich um seine abgerissene Kleidung handelte. Ihr würde er ein paar Münzen schenken.

Aber Johanna Hofer und Madlen? Vielleicht hatte er ja doch eine Idee? Er holte unaufgefordert die Laute, improvisierte wieder ein wenig und spielte ein Lied, das er in den letzten Monaten in Erfurt komponiert und getextet hatte.

Die beste Zeit im Jahr ist mein,
da singen alle Vögelein;
Himmel und Erde ist deren voll,
viel gut Gesang da lautet wohl.

Voran die liebe Nachtigall
macht alles fröhlich überall
mit ihrem lieblichen Gesang,
des muss sie haben immer Dank.

Viel mehr der liebe Herre Gott,
der sie also geschaffen hat,
zu sein ein rechte Sängerin,
der Musiken ein Meisterin.

Dem singt und springt sie Tag und Nacht,
seins Lobs sie niemals müde macht;
den ehrt und lobt auch mein Gesang
und saget ihm ein ewgen Dank.

Johanna Hofer war gerührt und bedankte sich mit einem Kuss auf Martins Wange. Sie meinte, dieses Lied sage viel über ihn aus. »Es macht mich glücklich, Martin, dass du in deinen Liedern vor allem Gott loben willst.«

»Natürlich«, sagte Martin beschwingt. »Für mich ist die Musik dazu da, meine Mitmenschen zu erfreuen und Gott zu loben. Das Himmlische erkennt man manchmal leichter durch die Musik.«

Madlen war froh darüber, wie unbefangen und selbstbewusst Martin mit ihrer Frau Johanna sprach. Er lachte, und ihr fielen seine schönen kräftigen Zähne auf. Mit einer Hand griff er sich ins kurzgeschnitten Haar, das sich überall, wo es ein wenig länger gelassen war, zu Locken ringelte. Die Sehnsucht, die Madlen nach seinem kräftigen Körper spürte, nach seinen sanften zärtlichen Händen, diese Sehnsucht war schwer und süß.

Mit einem Seufzer stand Martin vom Tisch auf. Das Strahlen auf seinem Gesicht erlosch. »Dann mache ich mich mal wieder auf den Weg nach Erfurt«, sagte er leise. Er verbeugte sich vor Frau Johanna, die ihm die Hand reichte.

»Du bist hier jederzeit willkommen. Wenn du Berblin besuchst oder ihr schreibst, sage ihr Dank, dass sie uns Madlen geschickt hat. Ich habe es ihr auch schon geschrieben, habe sie eingeladen, zu uns zu kommen. Aber ich glaube, deine Eltern können ohne ihre Hilfe gar nicht sein.«

»Das ist ganz bestimmt so. Wir haben ja noch die kleinen Kinder im Haus, und meine Mutter kränkelt häufig. Berblin hängt sehr an ihr, obwohl sie ganz verschieden sind. Sie würde meine Mutter niemals im Stich lassen.«

Madlen hatte sich ein leichtes Tuch geholt und sagte ganz beiläufig, sie wolle Martin begleiten. Nur eine kurze Strecke.

»Aber höchstens bis zum Gasthaus Zur Sonne!«, mahnte Frau Johanna.

In der Stadt gingen sie sittsam nebeneinander her und sprachen über ihre Zukunft.

»Wusstest du, dass Valentin Hofers Kanzlei weiter bestehen bleibt?«, sagte Madlen mit heller, freudiger Stimme. »Und sein Angebot, dass du dort eintreten kannst, sobald dein Studium beendet ist, hat er verbrieft. Frau Johanna hat mir das eigens erklärt. Sie will dir aber nichts aufdrängen.«

»Keineswegs«, beteuerte Martin. »Bei so guten Aussichten beeile ich mich doch umso mehr mit dem Studium!«

Er strahlte Madlen an – seine Braut. Für einen sorglosen Moment, der Martin wie die Landschaft eines Traums erschien, war er überzeugt, alle Schwierigkeiten überwinden zu können.

Als sie das Stadttor hinter sich gelassen hatten, lag eine weite Ebene vor ihnen. Familien mit Kindern kamen ihnen entgegen, Kutschen rasselten vorbei. Linkerhand sahen sie in einiger Entfernung ein Wäldchen liegen, das inmitten umbuschter Hügel lag. Ein schmaler Pfad führte dorthin, und ohne jede Absprache verließen sie die Hauptstraße und gingen auf die grüne Insel zu.

Martin war durch seine häufigen Fußreisen erfahren genug, um einen moosigen Platz zu finden, der nicht einzusehen war. Madlen breitete ihr Tuch aus, er legte seinen Reisesack ab, und dann fielen sie in das weiche Gras, umarmten sich und wollten einander nur noch spüren.

»Ich höre Töne, aber sie sind ganz weit weg«, flüsterte Madlen irgendwann, und Martin sagte, dass der Wald völlig neue, unbekannte Töne bereithalte für den, der sie hören wolle. »Das weiß ich von meinem Baum.«

»Wir können sie nur hören, weil wir zusammen sind. Ganz bestimmt«, sagte sie leise. »Ich horche oft auf Töne, die ich zu kennen glaube, aber ich verliere sie immer wieder.«

Martin nahm ihr Gesicht in seine Hände. Er strich ihr das Haar aus der Stirn. »Sei nicht traurig«, versuchte er sie zu trösten. »Jetzt sind wir in einem Paradies ohne Mauern. Alle Töne und Geräusche gehören uns. Nur uns.«

Sie küssten sich. Als Martin vorsichtig Madlens Kleid abstreifte, zitterten seine Hände. Er kniete sich neben sie und streichelte ihre kleinen Brüste. Dazwischen verlief eine feine Linie bis hinunter zum Nabel, und er musste sich zusammennehmen, um nicht zu weinen. Das Licht der Nachmittagssonne tanzte durch die Bäume und färbte ihre Körper golden.

»Du bist schön«, sagte Madlen. Sie umfing ihn und zog ihn zu sich heran. Beide spürten die straffe Weichheit ihrer jungen Körper. Martin sah die Mulde ihres Bauches, ihr dunkles Schamhaar. Als er in sie eindrang, hörte er ihren kleinen Aufschrei.

Sie waren jetzt Mann und Frau.

Komm mit mir, hätte er gern zu ihr gesagt, komm mit mir nach Erfurt, in die Stadt der Studenten. Ohne dich bin ich dort ein Gefangener. Aber er konnte es sich nicht leisten, zu jammern. Er musste auf ein Wunder warten.

Eng umschlungen gingen sie zurück zur Straße. Madlen lehnte ihren Kopf an seine Schulter, und es war ihr gleichgültig, dass der Reisesack ihr bei jedem Schritt gegen den Oberarm schlug.

»Ich habe das alles geträumt«, flüsterte sie ihm zu.

»Nein, Madlen«, flüsterte Martin zurück, »das ist unsere Liebe, unser Leben. Das gehört nur uns.«

Sie kamen bei der Gaststätte an, wo eine fröhliche Gesellschaft um den Tisch saß und durstig Himbeerwasser trank. Draußen auf der Straße wartete eine große Kutsche.

»Glaubst du, dass Gott die Menschen fest in seiner Hand hält?«, fragte Madlen unvermittelt.

»Ja, das glaube ich«, erwiderte er.

Sie standen an der Umzäunung des Wirtsgartens. Beim Abschied weinten sie beide.

»Hoffentlich zieht kein Sturm auf«, sagte Martin, um von ihrer Trauer abzulenken, und schaute misstrauisch in den Himmel. »Wie gut, dass du ein Tuch mitgenommen hast.« Er hatte Angst um Madlen, Angst, dass ihr etwas passieren könnte auf dem Heimweg.

Madlen spürte seine Furcht und versuchte, sie zu zerstreuen. »Mach dir keine Sorgen. Ich bin den Weg schon mehrmals gelaufen. Und ich werde an dich denken, das verleiht mir Flügel.«

Sie machte sich los aus Martins Armen und ging eilig davon, widerstand der Versuchung, sich nach ihm umzudrehen. Auch Martin ging stur voran. Wenn er sich umdrehen würde nach Madlen, würde er zu ihr zurücklaufen. Doch er musste zurück nach Erfurt.

Madlen wickelte ihr Tuch fest um den Körper. An Martins Seite hatte sie überhaupt keine Entfernung gespürt, etwas in ihr war gelaufen wie eine Maschine. Doch jetzt spürte sie jeden Schritt. Sie war müde. Von Engelsflügeln keine Rede. In Gedanken versunken setzte sie Schritt vor Schritt.

Plötzlich trat ihr ein Mann in den Weg. Madlen schrie auf. Sie erkannte ihn sofort, es war der angebliche Neffe der Hofers. Hügelin, ja, Hügelin war es, sie hatte richtig gesehen, und jetzt griff er brutal nach ihrem Arm, um sie am Weitergehen zu hindern.

»Du Erbschleicherin, ich habe aus der Kutsche heraus beobachtet, wie du dich mit deinem Kerl im Wald versteckt hast. Da habe ich hier auf dich gewartet. Dir werde ich das Geschäft verderben, hörst du! Ich bin der rechtmäßige Erbe, nur ich. Und wenn du nicht freiwillig aufhörst, meine Tante auszuplündern, bringe ich dich um. Ich bringe dich um!«

Hügelin griff ihr grob in die Haare, riss ihr den Kopf herum und wollte sie in den Straßengraben stoßen. Doch Madlen wehrte sich mit aller Kraft. Sie trat ihn, wohin sie gerade traf, sie schrie und schlug um sich, außer sich vor Angst. Plötzlich hörte sie das Getrappel von Hufen. Die Kutsche! Madlen wusste, dass die Kutsche nach Zerbst fuhr.

Sie riss sich los von Hügelin, der für einen Moment irritiert war, und rannte zur Kutsche, aus der jetzt ein Mann sprang, der ihr bestens bekannt war: Cantus, Conradus Cantus, der Apotheker aus Zerbst.

Während Cantus sich um Madlen kümmerte, fing der Kutscher Hügelin ein und band den wild Protestierenden kurzerhand hinten an die Kutsche. Dann schwang er sich ungerührt wieder auf den Kutschbock. Madlen saß inzwischen neben Cantus im Innern der Kutsche. Der Apotheker hatte ihr Tuch von der Straße aufgelesen und legte es ihr jetzt fürsorglich um. Ansonsten schwieg er, und Madlen war ihm dankbar dafür. Als sie ausstieg, bat sie ihn, Frau Hofer nicht zu unterrichten. Sie würde es früh genug erfahren, denn der Kutscher brachte Hügelin zur städtischen Gerichtsbarkeit, ins Gefängnis von Zerbst.

Cantus sah Madlen eindringlich an, doch sie konnte seinen Blick nicht recht deuten.

»Ich bin froh, dass ich Euch auch einmal helfen konnte, Madlen«, sagte er schließlich. »Immerhin verdanke ich Euch das Leben meines Sohnes.«

Madlen versuchte zu lächeln, doch sie spürte, dass es misslang. Langsam dämmerte ihr, in welcher Gefahr sie sich befunden hatte. Martin hatte es vorausgesehen.

Martin. Madlen musste sich beherrschen, um nicht zu weinen. Was würde wohl Frau Johanna dazu sagen, dass der angebliche Neffe in Wahrheit ein Betrüger war? Wenn nicht noch Schlimmeres.

Eines tröstete sie. Johanna Hofer hatte diesem Menschen von Anfang an kein Wort geglaubt.

43

Wieder einmal in Mansfeld – nach drei langen Studienjahren. Martin war diesmal nicht allein in seine Heimatstadt gereist. Ihn hatte sein Erfurter Studienfreund Crotus Rubianus begleitet, und beide waren sich einig, dass sie noch niemals so kurzweilig gereist waren.
Martin hatte seinem Freund unterwegs alles gezeigt, was für ihn die Heimat interessant machte. Er erklärte ihm die Besonderheiten des Hüttenwesens, die dem Landschaftsbild ihr ureigenstes Gepräge gaben. Sie hatten sich auch Zeit genommen, in ein Bergwerk hineinzugehen, und sein Freund, der nicht nur Student, sondern auch ein Dichter war, hatte sogleich damit begonnen, ein Gedicht auf die Bergwerke und das Hüttenwesen in der Grafschaft Mannsfeld zu machen:

> Was will ich,
> was wollen andere
> in diesen Stollen sehn?
> Mond und Sterne sind hier ferne,
> und auch die Sonn will nicht aufgehn.

»Ich werde künftig nur noch mit dir reisen, Martinus. Durch unser ständiges Diskutieren über den Papst spürt man die Füße nicht«, sagte Crotus einmal lachend, als sie gegen Abend auf einen Bauern trafen, der ihnen anbot, in seinem Haus zu übernachten.

Er lud beide Studenten ein, mit ihm und seiner Familie Abendbrot zu essen, und sie nahmen gerne an, denn sie waren hungrig und ihre Brotvorräte knochentrocken.

Später, als sie sich in ihrer Schlafstelle einrichteten, brachte Crotus das Gespräch auf den Wunsch Vater Luthers, dass Martin Jurist werde.

»So sehr ich den Wunsch aus der Sicht deines Vaters verstehe – ich könnte mir auch gut vorstellen, dass du Theologie studierst. Wenn die Rede ist vom Papst und unserer Kirche, referierst du derart eloquent, dass ich dir stundenlang zuhören könnte. Ich glaube, du würdest dein Studium mit Bravour hinter dich bringen, so viel Wissen hast du angesammelt. Und dass du dich traust, in deinen Vorträgen einen Standpunkt zu vertreten, der in totaler Opposition zur Universität steht, macht es so spannend. Das sagen alle Kommilitonen.«

Auf dem letzten Abschnitt der Reise hatten sie sich in Sangerhausen Pferde gemietet. Martin wollte wieder einmal reiten. Er hatte es vor vielen Jahren in Möhra gelernt, als er Hand in Hand mit seinen Vettern über die Pferdekoppel gesprungen war. Ein Knecht ließ sie an der langen Leine im Kreis herumreiten. Und nach zwei Tagen ritt er schon mit den Jungen in der Umgebung, aber nur im langsamen Trab. Martin konnte sich noch an das Glücksgefühl erinnern, in das sich immer etwas Bangen mischte, denn er hatte höchstens zwei bis drei Mal im Jahr Gelegenheit zum Reiten gehabt, und jedes Mal war ihm das Pferd wie ein hoher Bock erschienen. Crotus Rubianus erging es nicht anders. Aber auch ihm machte es Freude, durch die bizarre Landschaft zu reiten. Die Pferde waren gutmütig und gepflegt. In jedem Dorf wurden sie getränkt und mit Hafer gefüttert.

Zwischen Sangerhausen und Eisleben hörten Martin und Crotus mit einem Mal ein Jagdhorn, Hufgetrappel und Geschrei. Sie hielten an und sahen, wie eine Jagdgesellschaft vor ihnen aus dem Wald herausbrach. Reiter auf geschmückten Pferden folgten einer Rotte Wildschweine und stachen vom Pferd herunter mit ihren Spießen auf die Tiere ein, die sich im Todeskampf gegen die Pferde wandten. Die Pferde wieherten und schlugen mit den Hufen aus, bis die Schweine abgeschüttelt waren. Weitere Reiter näherten sich in wüstem Galopp, überholten die ersten, die ihren Pferden die Sporen gaben, ohne sich um die verletzten Schweine zu kümmern. Im Gefolge der Reiter kamen die Jagdhelfer, die die Tiere endgültig abstachen und auf Schubkarren fortschafften.

Wie ein Spuk war diese grausame Jagdszene an ihnen vorbeigezogen. Martin hatte das Gefühl, dass die Erde immer noch bebte, und Crotus schüttelte den Kopf. »So ein Höllenritt wegen ein paar Wildschweinen?«

Ihre Pferde waren ruhig geblieben, und als sie ihnen mit den Fersen ein wenig Druck gaben, gingen sie ebenso ruhig los. An der kleinen Wegkreuzung, über die gerade noch die Jagdgesellschaft gefegt war, scheuten die Pferde. Im zertrampelten Gras neben der Kreuzung, offenbar von den Pferden überrannt, lag ein Mensch mit aufgerissenen Augen. Sein zerfetztes Gewand war anscheinend einmal eine Kutte gewesen. Das Gesicht war völlig entstellt.

Sie stiegen ab. Crotus kniete sich zu dem Toten und schob ihm, so gut das möglich war, die Lider über die Augen. Dann beteten beide, wie es ihre Kirche sie gelehrt hatte.

»Jesus Christus, Sohn Gottes, erbarme Dich seiner. Jesus, Dir leb ich; Jesus, Dir sterb ich; Jesus Dein bin ich tot und lebendig.«

Als sie später nach Eisleben kamen, wo Martin dem Freund sein Geburtshaus zeigen wollte, meldeten sie im Rathaus, dass sie eine Leiche gefunden hatten. Ein Amtsrichter mit Schreiber wurde gerufen, und Martin und Crotus mussten nochmals ausführlich das Geschehene berichten. Dann wurden sie entlassen.

Bedrückt und schweigsam erreichten sie Mansfeld. Martin zeigte auf das Schloss der Grafen, das, so schien es ihm, steinern und abweisend über der Stadt aufragte. Die Schlossanlage kam ihm heute aber nicht so mächtig vor, wie er sie in Erinnerung hatte.

Sie ritten weiter zum Anwesen der Luthers. Im Innenhof banden sie die Pferde an den Baum, der in der Mitte stand und um einiges größer und stärker geworden war.

Ihre Ankunft wurde rasch bemerkt. Zwei Mädchen liefen auf sie zu, blieben dann aber zögernd stehen.

Das müssen Dorothea und Amalia sein, dachte Martin. Die beiden schauten die jungen Männer erwartungsvoll an. Martin kniete sich zu ihnen und gab jeder ein Päckchen mit Gebäck. Sie staunten und freuten sich.

Martin hatte Amalia nur einmal als Säugling gesehen. Er betrachtete sie neugierig. Ihr Haar fiel in lauter kurze Locken, ähnlich wie bei ihm selbst. Zutraulich nahm sie seine Hand, schaute ihn an und sagte: »Maaatin?«

Er versuchte rasch zu überschlagen, wie alt Amalia jetzt sein musste. Fünf Jahre, schätzte er, vielleicht wurde sie bald sechs. Dorothea, die große Schwester, ein schmales Mädchen mit ernsten Augen, beobachtete, wie die Kleinere Martin in Beschlag nahm. Entschlossen nahm Dorothea seine freie Hand und schmiegte sich an seinen Arm. Martin dachte daran, dass sie früher immer »Wallum?« gefragt hatte, und musste lächeln.

Er war von der Freude der Mädchen überwältigt. Die bedingungslose Zuneigung seiner kleinen Schwestern rührte ihn. Er ging mit ihnen zum Haus, wo Berblin wartete und ihn strahlend umarmte.

»Berblin, das hier ist mein Freund Crotus, Crotus, das ist meine Vizemutter, Berblin«, stellte er die beiden vor.

Alle gemeinsam traten sie ins Haus.

Unter der Tür stand Jockel. Er hielt mit schüchternem Lächeln eine blecherne Blüte in der Hand, die er gehämmert und innen rot ausgemalt hatte. »Eine Rose, die ist ja wunderschön«, staunte Martin und umarmte den Alten, der immer hart gearbeitet hatte und jetzt erst zeigen konnte, dass in ihm ein Künstler steckte. Martin freute sich von Herzen über das wertvolle Geschenk.

»Darf ich mal sehen?«, fragte Crotus interessiert und betrachtete die Rose von allen Seiten.

»Das ist ja ein Kunstwerk. Habt ihr noch mehr davon?«

Jockel bekam einen roten Kopf, aber er lud Crotus in seine Stube im neuen Haus ein. »Da kann ich Euch alles zeigen, woran ich arbeite. Dort ist auch Eure Kammer, sie liegt im ersten Stock.«

In der großen Stube stand die Mutter. Auf ihrem Arm hatte sie ein Fatschenkind, eng eingewickelt. Das musste Klara sein, die ihm noch völlig unbekannte kleinste Schwester. Er streichelte dem hübschen, pausbäckigen Kind leicht die Wange.

Der Gesichtsausdruck seiner Mutter war streng, so wie er es kannte, aber in ihren Augen sah Martin Freude und Erwartung. Verwirrt beugte er sich zu Klara und nahm sie auf den Arm, was sie sich gern gefallen ließ. »Was für eine hübsche kleine Schwester, liebe Mutter. Wie geht es Euch? Ihr seht frisch aus und tragt ein schönes Gewand.«

Margarethe Luther lächelte fast unmerklich. »Das hat mir Berblin genäht. Ganz wie in alten Zeiten.« Martin hörte den leisen Triumph in ihrer Stimme. Doch inzwischen konnte er sie verstehen. Er legte Klara wieder in die Arme der Mutter und griff in seinen Reisesack.

»Am Markt in Erfurt gibt es einen Färber. Der ist berühmt für seine herrlichen Stoffe, die er in vielen Farben vorrätig hält«, sagte er und überreichte der Mutter sein Geschenk.

Margarethe löste vorsichtig das Papier und hielt überrascht ein Schultertuch in tiefem Rot in Händen.

»Martin!«, rief sie. »So etwas Schönes! Dafür hast du oft Kurrende-Singen müssen!«

Sie legte sich das Tuch um die Schulter und sagte, dass sie nie ein schöneres besessen habe. »Das trage ich am Sonntag, wenn ich in die Kirche gehe.«

Martin schien es, dass die Wangen seiner Mutter sich gerötet hatten. Vielleicht kam es aber auch von der Farbe des Tuches.

Gegen Abend kamen Hans Luther und Jakob zurück. Der Vater gab Martin die Hand, und Jakob umarmte seinen Bruder so stürmisch, dass beide fast umgefallen wären.

»Du warst lange nicht mehr hier, Martin. Da wird die Sehnsucht zu groß.« Gerührt nahm Martin seinen Bruder nochmals in die Arme. Das war wohl einmal zu viel, denn es entstand ein betretenes Schweigen.

Beide, sein Vater und Jakob, gingen wortlos in die Badestube, um sich zu waschen. Im Ofen brannte das Feuer. Jetzt erst war Martin wirklich daheim. Er liebte das Herdfeuer. Immer schon. Und still für sich freute es ihn auch heute, zu atmen, zu leben, zu hoffen.

Berblin und Tine hatten das Abendessen angerichtet. Sie brachten Linsenpüree und Spiegeleier und, an einem Spieß, das Nackenstück eines jungen Schweins.

»Es hat schon so verheißungsvoll aus der Küche herausgeduftet«, sagte Crotus ungeniert. Er nahm von den Spiegeleiern gleich zwei, mit der Begründung, schon ewig keine mehr gegessen zu haben. »Und dieses weiße Brot, das ist ja fürstlich.«

»Berblin hat wahrscheinlich schon am Mittag geahnt, dass wir kommen«, sagte Martin.

Später, als es Kompott von Früchten und dazu flüssige Sahne gab, fragte Crotus die neben ihm sitzende Berblin, ob sie seiner künftigen Braut und Ehefrau das Kochen und Backen beibringen werde.

»Habt Ihr denn schon eine?«, wollte Berblin wissen, und Crotus musste zugeben, dass er zwar für einige schwärme, jedoch noch keine angebissen habe. Nach kurzem Besinnen setzte er hinzu: »Aber wenn ich mal eine Braut habe, bringe ich sie zu Euch.«

»Und was macht das Studium?«, wollte Hans Luther wissen, als die Speisen abgetragen waren und Krüge mit Wasser, Bier und Wein auf dem Tisch standen. Auch Nüsse in einer Schale, die in Martin bittere Erinnerungen weckten. Crotus schien zu merken, dass sein Freund gedanklich abwesend war, und so antwortete er auf die Fragen Hans Luthers.

»Martinus ist ein Musterschüler. Er hat sein Baccalaureat so früh abgelegt wie kein anderer. Aber das werdet Ihr ja bereits wissen.«

Crotus blickte von Hans Luther zu Berblin und Martins Mutter.

»Er hat es uns in einem Brief geschrieben«, antwortete Berblin in das Schweigen hinein. »Doch dass er die Prüfung ungewöhnlich früh abgelegt hat, davon wissen wir nichts.«

Crotus fuhr fröhlich fort, Martin zu loben, denn sein Freund hatte ihm erzählt, dass die Eltern mit ihm oft nicht zufrieden waren.

»Bei uns in Erfurt sind sich die Professoren jedenfalls einig, dass Martin seinen Magister Artium als einer der Ersten und vermutlich als einer der Besten bestehen wird. Ich werde es eher nicht so schnell schaffen. Ich bin zwar drei Jahre älter als Martin, aber nicht so rasch in der Auffassung. Und auch nicht so zielstrebig. Immer wenn ich ins Gasthaus gehe, bleibt Martin in der Burse und lernt. Eigentlich müsste ihm ständig der Kopf rauchen. Wir haben nämlich ein Studium zu bewältigen, bei dem uns das Denken nach den Regeln des alten Aristoteles eingebläut wird.«

Crotus machte eine kleine Pause, nahm einen tüchtigen Schluck aus seinem Becher und äugte dabei unauffällig in die Runde. Dann lehnte er sich wieder zurück. »Ich wette, Martin wird einmal ein glänzender Jurist«, sagte er abschließend. »Er kann jetzt schon disputieren wie ein Advokat.«

Das Gesicht Hans Luthers leuchtete unter den Worten von Crotus richtiggehend auf. »Wenn das so ist«, sagte er glücklich und blickte zu seinem Sohn hinüber, »wenn das so ist, möchte auch ich das Meinige dazu tun. Du sollst eine vollständige Ausgabe des Corpus Juris haben, damit du ihn dir nicht ausleihen musst. Du weißt, wie kostbar dieses Werk ist.« Hans Luther war unsagbar erleichtert über die Tatsache, dass sein Ältester, sein eigensinniger und etwas weltfremder Martin, in der Welt der Akademiker erfolgreich war. Zum ersten Mal interessierte es ihn, wie sein Sohn die höheren Dinge des Lebens beurteilte.

»Ich war seit längerem mal wieder in der Kirche«, begann er, »und es hat mich geärgert, dass dort immer und immer wieder von der Sünde gesprochen wurde. Alles ist schmutzig. Unser Körper, das Fleisch, schon das Essen und Trinken. Wie soll ein Mensch nur damit leben? Was sagst du dazu?«

Martin war verblüfft. Sein Vater, der Allgewaltige, alles Wissende, alles Könnende, der allein Gerechte – er wollte nun ausgerechnet von seinem Sohn aufgeklärt werden? Nun gut. Warum eigentlich nicht?

»Ihr habt völlig recht, Vater. Die Kirche bläut uns von Kindheit an ein, dass wir Sünder sind. Wir sollen in Todesfurcht leben und in Agonie. Das Düstere unseres Lebens zeigt sich sogar in der Kunst ganz deutlich.«

»Jawohl«, stimmte Crotus ihm zu. »Es gibt so viele Bilder von Tod und Teufel, dass es zum Fürchten ist. Als wäre man vom einem Wall des Bösen umgeben.«

»Und was kann ich tun, um nicht vor schlechtem Gewissen umzukommen?«, fragte Hans Luther.

»Ich glaube, lieber Vater, dass Ihr alle Überlegungen, was denn wirklich Sünde sei, aufgeben könnt. Gott allein ist die oberste Instanz. Das verkündet uns die Bibel, und das ist wahr. Gott schlägt uns, damit wir uns bekehren. Wir aber wenden uns ihm nicht zu, sondern wir flüchten. Man muss sich Gott aber zuwenden, auch wenn er uns schlägt.«

Später, als das Haus still war, Crotus vermutlich schon in seinem Bett schnarchte, ging Martin leise zu Berblin. So wie früher klopfte er behutsam an ihre Tür, und sie öffnete sofort. Sie hatte ihn schon erwartet.

Martin nahm Berblin in den Arm, legte seinen Kopf ganz kurz an ihren. »Wie geht es dir, meine Berblin. Du siehst gut aus. Ich bin froh, dich so zu sehen. Fühlst du dich so gut, wie du aussiehst?«

»Ja, Martin. Doch. Es geht mir nach einer schlimmen Grippe wieder besser. Du musst dir keine Sorgen machen. Bedenke mal, ich bin jetzt schon fast fünfzig Jahre alt. Da muss ich ja froh sein, dass ich noch lebe.«

»Ich habe gedacht, du hättest inzwischen vergessen, dass du sterben willst«, sagte Martin grinsend.

»Die Zeiten, als ich einfach nicht vergessen konnte und daher sterben wollte, sind tatsächlich vorbei«, erwiderte sie. »Und daran hast du einen großen Anteil, Martin.«

»Ach Berblin, was konnte ich schon tun. Du warst es, die mir Liebe gegeben hat. Immer. Und der Madlen auch. Sie sagt oft, dass sie dir ewig dankbar sein wird. Dass sie dich liebt wie ein Kind die Mutter. Berblin, wann hat Madlen dir zuletzt geschrieben? Es beunruhigt mich, dass ich so lange nichts mehr von ihr gehört habe.«

»Mach dir keine Sorgen, Martin. Ich habe auch schon seit einiger Zeit keine Nachricht mehr aus Zerbst bekommen. Madlen hat bestimmt viel Arbeit mit der kranken Johanna. Sie ist so unglücklich seit dem Tod Valentins. Gäbe es größere Probleme, hätten wir von ihr gehört.«

»Ich hätte auch ohne größere Probleme gern einen Brief von ihr gehabt, aber ich werde mich gedulden. Es bleibt mir ja nichts anderes übrig.«

Martin ging als Letzter zu Bett. Im Haus war es still bis auf das eigentümliche Knacken und Rumpeln, das die Geister nächtens immer veranstalteten. Da war es gut, nicht allein im Haus zu sein.

Auch wenn seine Eltern ihm das Leben oft schwergemacht hatten – er war zumindest niemals allein gewesen. Der Trost und die Liebe waren von Berblin gekommen. Madlen hatte nicht mal ein Elternhaus gehabt. Zumindest keines, an das sie sich genauer erinnern konnte. Er war froh, dass sie bei Johanna Hofer endlich ein liebevolles Zuhause gefunden hatte. Dazu ein großzügiges, elegantes. Dagegen erschien ihm sogar das Anwesen der Großeltern in Eisenach, auf das seine Mutter so stolz war, eher schlicht. Trotzdem erfüllte ihn ein dumpfes Gefühl von Angst. Die Zweifel, die ihn bei seinem letzten Besuch in Zerbst erfasst hatten, kamen mit Macht zurück. Madlen brauchte ihn im Grunde nicht mehr. Sie war unabhängig wie nur wenige Frauen.

Er verbot sich, so egoistisch zu sein. Er dankte Gott und Jesus

Christus, dass Madlen nicht mehr um ihre Existenz kämpfen oder bangen musste. Aber er dankte nur mit halbem Herzen.

Am nächsten Morgen war Mansfeld in heller Aufregung. Man lief auf die Gassen. Die Nachricht ging von Haus zu Haus. Der Mönch, den Martin und Crotus tot aufgefunden hatten, hieß Canisius und war ein hoher geistlicher Herr aus Eisleben. Pfarrer und Lehrer an der dortigen Lateinschule.

Soviel man heute schon erfahren konnte, hatte er die dreizehnjährige Tochter eines Färbers mehrfach vergewaltigt. Das Mädchen war schwanger geworden und bei der Geburt ihres Kindes gestorben. Da hatte der Färber den Geistlichen im Streit erschlagen und die Leiche im Wald abgelegt. Wie der Tote an den Waldrand gelangt war, wusste der Färber nicht zu erklären. Er schwor bei seinem Gott, dass er dem Mönch, der über seine Vorwürfe nur gelacht habe, in besinnungsloser Wut einen Hieb versetzt habe. Dann habe er ihn auf seine Karre gewuchtet und in den Wald gefahren. »Ich schwöre bei Gott dem Allmächtigen …«

Bereits am Tag darauf wusste man, dass der Mönch nicht tot gewesen sein konnte. Blutspuren hätten gezeigt, dass der Verletzte noch zu Fuß aus dem Wald herausgegangen sei.

Mit hoher Wahrscheinlichkeit hatten die Reiter der Jagdgesellschaft den Geistlichen umgeworfen und waren über ihn hinweggeritten.

In Mansfeld sprach man über nichts anderes, und auch im Hause Luther rätselte man über den Fall. Martin und Berblin sahen sich an. Nur sie wussten, dass es derselbe Mönch war, der Madlen Gewalt antun wollte. Nun hatte er seinen gerechten Lohn.

Der Mönch war schuldig. Der Färber war schuldig. Nur der Tod war schuldlos. Und das Mädchen.

Martin musste sich zusammennehmen, dass ihm kein Wort über Madlen und ihren Anteil an der Geschichte über die Lippen kam. Das ging niemanden etwas an. Nun hatte er den eindeutigen Beweis, dass Canisius ein falscher Mönch gewesen war, ein Satan in der Kutte, der sein Ansehen und die Macht der Kirche dazu missbraucht hatte, seine ungezügelten Triebe auszuleben.

Madlen hatte ihn mittels ihres Steins nur verwundet, der Färber aber hatte ihm den Garaus gemacht. Na ja, nicht ganz. Und das war vielleicht für den Färber ein Glück. Martin jedenfalls hoffte, dass der Mann freigesprochen würde.

44

Martin hatte Glück. Als er den Prüfungssaal betrat, mit starkem Herzklopfen und dem Gefühl, dass all sein Studieren, das Lernen auf diesen Tag, vergeblich gewesen sein könnte. Unter den Examinatoren saßen auch die beiden Lehrer, die sich in vier Jahren unerschütterlich treu mit ihm auseinandergesetzt hatten: sein Vorbild Bartholomäus Arnoldi von Usingen und Jodocus Trutvetter, dessen Vorlesungen Martin ebenfalls oft besucht hatte.

Beide schauten Martin mit freundlichem Ernst an, und Trutvetter stellte die erste Frage: »Eine jegliche Gemeinde auf Erden muss, soll sie nicht zerfallen, ein leibliches Haupt unter ihrem eigentlichen Haupt, Christus, haben. Ist das auch Eure Meinung, Martinus Luther?

Martins Hirn schien ständig in seinem Kopf zu kreisen und sich dabei zu entleeren. Hilf mir, betete Martin innerlich, hilf mir, Jesus, sonst verdorrt mir die Zunge. Stotternd begann er, setzte wieder neu an:

»In der Frage geht es doch darum, ob die Gewalt des Papstes aus göttlicher Ordnung besteht. Es befremdet mich, dass man die Vernunft, die aus dem Gebrauch der zeitlichen Dinge geschöpft ist, heranzieht und dem göttlichen Gesetz gleichstellen will. Denn, was weltliche Ordnung und Vernunft anweisen, ist sehr weit unter dem göttlichen Gesetz …«

Jetzt war Martin im Fluss, jetzt lief seine Antwort wie eine

Sturzflut aus ihm heraus, und mit der zweiten Frage tat er sich umso leichter. Von Usingen fragte ihn nach einer Sentenz von Vergil, in der es hieß, dass es von höchster Bedeutung sei, sich in der Jugendzeit an das Gute zu gewöhnen. »Habt Ihr diese Erfahrung selbst gemacht, Martinus Luther?«

Martin kannte Vergils These und verteidigte sie vehement. Er nutzte aber auch die Gelegenheit, einmal vor Zeugen klarzulegen, dass zumindest an den Schulen, die er durchlaufen habe, über diese Auffassungen niemals gesprochen wurde.

»Das kann niemand leugnen, die Schulbücher dieser Zeit sind ja noch vorhanden. Wir sind in kirchlichen Schulen aufgezogen worden, wo die Rute und der Eselskopf regierten. Vom Guten haben wir nichts gehört. Da gibt es im Gegenteil immer noch viele Gräuel, die abgeschafft werden müssten …«

Irgendwann war die Prüfung zu Ende. Die anfängliche Hemmung war gewichen, und Martin hätte noch lange reden können von allem Großen und Bedeutenden, was die Studienzeit ihm gebracht hatte. Aber es war vorbei. Die Professoren zogen sich zurück.

Gegen Abend des nächsten Tages war es so weit: Als zweiter von siebzehn konnte Martin Luther die Artes liberales, sein geisteswissenschaftliches Grundstudium, mit der Promotion zum Magister Artium abschließen.

In der Dämmerung zog er mit seinen Kommilitonen spielend und singend durch Erfurt. Sie hatten Kerzen angesteckt und Instrumente dabei. Erfurts Bürger applaudierten und winkten ihren Studenten zu, die später in den Gaststuben ihre bestandenen Examina begossen.

Tief in der Nacht, als die Studenten in der Georgenburse eintrafen, fand Martin einen Brief von Madlen vor.

Gerade heute, welch ein Geschenk – Jesus Christus, ich danke dir!

Während die anderen im Speisesaal weiterfeierten, ging Martin auf seine Stube und setzte sich feierlich an seinen Tisch, auf dem alle Briefe Madlens lagen, sorgfältig mit einem dicken Tintenfass beschwert. Glücklich und erwartungsvoll brach er das Siegel der Hofers, doch mit jeder Zeile wuchs seine Bedrückung.

Lieber Martin!

Auch in der Trennung ist Deine Liebe Seligkeit. Jeder Augenblick sagt mir, dass Du Dich ebenso nach mir sehnst wie ich mich nach Dir. Dass Dir die Jahre, ja, es sind etliche Jahre inzwischen – dass Dir diese Jahre ebenso lang werden wie mir. Wir müssen uns eben trösten – und dann, dann – alle Seligkeit, wenn wir uns umarmen wie damals hier im Wald. Du weißt es doch noch?
Leider sieht es um mich herum nicht gut aus. Meine Frau Hofer, die Tapfere – Du erinnerst Dich ihrer Liebenswürdigkeit –, also meine Frau Hofer wird jeden Tag weniger.
Vor dem falschen Neffen Hügelin sind wir weiterhin sicher, er sitzt mittlerweile in Leipzig im Gefängnis. Denk Dir, ich habe gehört, dass ihm wegen anderer Verbrechen noch ein Prozess gemacht werden soll. Vielleicht droht ihm jetzt sogar die Todesstrafe. Mir täte er nicht leid.
Aber ich habe andere Probleme. In der Kanzlei Hofer sitzen viele, die mir das Erbe neiden. Sie bedrängen meine Frau Johanna unablässig, mir kein Geld zu geben. Das hätte ich nicht verdient, und die Kanzlei wäre bald ruiniert.
Meine Frau Hofer kann sich nicht mehr so wehren wie früher – sie weint und weint und schüttelt nur den Kopf. Und ich habe keine Autorität, die Leute mundtot zu machen. Sie werden immer aufdringlicher und nehmen sich allerhand heraus. Sie drohen sogar damit, sich ans Gericht zu wenden und Papiere vorzulegen, die ich nicht kenne.
Martin! Ich fühle mich unsicher, so allein. Ich habe keine Rechte, keinen Schutz. Weder bin ich die Tochter, noch bin ich die Ehefrau eines geachteten Mannes. Jeder kann mich angreifen, mich in Frage stellen.

Deshalb sehe ich keinen anderen Ausweg, als mich an den Apotheker Cantus zu wenden. Er achtet und ehrt Frau Johanna und auch mich. Ich hoffe, dass er uns helfen kann.
Leb wohl, Martin. Liebe mich, wie bisher.

Deine Madlen

Martin ging in den Speisesaal der Burse hinunter. Ihm war schlecht, und er wusste nicht, ob vor Hunger oder vor der Angst, die ihm seit der Lektüre von Madlens Brief beschlichen hatte. Er musste sein Leben ändern, dringend. Nur die Liebe zu Madlen zählte, das war ihm noch niemals so klar gewesen wie jetzt. Seine Examina hatten den Rhythmus seiner Tage bestimmt, ihn ganz gefangengenommen. Aber was wäre ihm übriggeblieben? Wenn er im Leben bestehen wollte, nicht zuletzt für Madlen, dann musste er weiter studieren. Er konnte einfach nicht noch einmal aus Erfurt weggehen, um ihr beizustehen.

In diesem Moment fühlte er sich der Welt ausgeliefert und gleichzeitig von ihr getrennt. Vor allem von der Welt Madlens.

Er setzte sich allein an einen Tisch und aß ein paar Löffel Brei. Hafer? Roggen? Gerste? Es war egal – es schmeckte nach Löschpapier. Er brachte kaum etwas herunter, konnte auch nichts trinken. Er rannte wieder hinauf. An seinen Schreibtisch. Er wollte mit Madlen allein sein. Wenigstens auf dem Papier.

Liebe, gute, bedrängte Madlen!

Noch nie fühlte ich den Wert Deines guten Herzens stärker, nie sah ich meinen Abstand von Dir deutlicher als in Deinem herzlich lieben Brief, den ich heute erhielt.
Stell Dir vor, ich habe genau am heutigen Tag mein Examen bestanden, Madlen. Ich kann jetzt mein Jurastudium in Angriff nehmen. Mein Vater und ich sind wieder versöhnt. Auch die Mutter und ich. Ich glaube, nein, ich bin mir sicher, dass meine Eltern uns beide als Ehepaar freudig begrüßen werden, wenn ich erst Jurist bin und eine gute Anstellung habe. Und Du weißt,

ich werde meine ganze Kraft daransetzen, auch dieses Examen möglichst rasch und erfolgreich hinter mich zu bringen.
Selbst wenn es mit der Kanzlei Valentin Hofer nicht gut ausgeht, haben wir in Mansfeld ein Haus im elterlichen Anwesen. Bei den Grafen von Mansfeld braucht man immer Juristen, denn die streiten vom Morgen bis in die Nacht.
Liebste Madlen, könnte ich mich doch zu Deinen Füßen werfen und Dich um Verzeihung bitten, dass Du noch einmal so lange auf mich warten sollst. Aber die Zeit ist absehbar. Ich bin jetzt einundzwanzig Jahre, und wir könnten – theoretisch – heiraten. Ich täte es lieber heute als morgen. Versprochen haben wir es einander ja schon.
Madlen! Du antwortest mir jedes Mal mit so viel Güte und Liebenswürdigkeit, dass ich beschämt bin. Aber schreibe mir bitte, dass Du immer noch meine Frau werden willst.
Oft male ich mir die Tage aus, die wir miteinander als Mann und Frau verbringen werden. Meine Liebe zu Dir ist und bleibt nun mal immer dieselbe, und meine Träume von unserem Zusammenleben sind auch immer die gleichen. Sobald ich diesen Brief einem Boten mitgegeben habe, werde ich alle Deine Briefe wieder lesen, obwohl ich sie auswendig weiß.
Ich bin in meinen Gedanken bei Dir, denn Du bist der Grund zu allem, was ich erstrebe.

In Liebe, Dein Martin

45

Es war die letzte Woche im Juni 1505, als Martin in Erfurt die Nachricht erreichte, dass Berblin auf dem Sterbebett liege.

»Wenn Du sie noch lebend antreffen willst, musst Du Dich auf den Weg machen«, hatte sein Vater geschrieben.

Gnade und Friede in Christo. Ich glaube an Dich und Deine Güte. Auch wenn Du die schlimmsten Prüfungen schickst, aber nimm mir nicht Berblin.

Martin konnte an nichts anderes mehr denken.

Die Pest? Nein. Es durfte nicht die Pest sein. Bereits im letzten Jahr hatte in Erfurt und Umgebung die Pest ihre Opfer gefordert. Auch in Mansfeld, Eisleben und Hettstedt. Martin schob diese Gedanken fort und bereitete in höchster Eile alles vor für seine Abreise.

Er schrieb sofort eine Nachricht an Madlen, denn er war sicher, dass seine Eltern das nicht für nötig gehalten hatten.

Dann lief er in die Stadt, um eine Kutsche zu finden.

Ich komme, ich komme! Martin schrie es innerlich zum Himmel. Er hatte Glück und fand einen Platz in der richtigen Kutsche. Bezahlen konnte er sie auch, denn er hatte immer noch Geld von Berblin. Berblin!

Schon in der Gegend um Weißensee schlug das warme Sommerwetter jäh um. Rauchschwaden von Nebel und Regen ließen den Himmel grau werden. Warum konnte Martin nicht wenigstens im Sonnenschein in Mansfeld eintreffen? Die Wärme im Gesicht und in den Kleidern wäre vielleicht tröstlich gewesen. Alles wäre golden, sogar die Luft. Aber das spürte natürlich nur, wer zu Fuß ging.

Martin war eingesponnen in seine verborgensten Ängste, die er jetzt nicht mehr verdrängen konnte. In seiner Zeit in Erfurt waren drei Professoren an der Pest gestorben. Als Student hatte er an den feierlichen Totenmessen und Begräbnissen teilnehmen müssen. Dennoch war es ihm gelungen, die Bedrohung durch die Pest zu verdrängen. Er hatte die Todesfälle weder Berblin noch den Eltern noch Madlen gegenüber erwähnt. Martin wollte nicht, dass sie in Angst um ihn waren.

Lieber Himmel, hilf! Der Donner krachte, dass die Pferde hochgingen. Der Kutscher schrie Kommandos, schaffte es auch, die Pferde wieder in ruhigen Gang zu bringen. Da tat sich plötzlich der Himmel auf, das Wasser kam in Wänden und Wogen herunter. Der Kutscher hielt die Pferde an, stieg ab und stellte sich zwischen ihre Köpfe, sprach beruhigend auf sie ein. Sie konnten nicht vorwärts wegen einer tiefen Senke, die der Regen vollgeschlagen hatte. Er führte die Tiere zu einem Stall, der rechterhand am Wegrand lag, und sie gingen ruhig mit, obwohl die Schloßen vom Himmel herunterfielen.

Berblin, dachte Martin verzweifelt, Berblin, warte auf mich. Ich möchte deine Stimme hören, deine warmen Hände halten. Vielleicht ist ja alles nicht so schlimm und du bist schon auf dem Weg, wieder gesund zu werden.

Fünf Leute waren in der Kutsche. Außer Martin ein Ehepaar mit zwei Söhnen, die siebzehn und achtzehn Jahre alt waren. Martin hatte sich mit ihnen unterhalten. Sie wollten demnächst auch die Universität in Erfurt besuchen, um dort Medizin zu studieren.

Der Kutscher bat sie, mitzukommen in den Stall. Dort sei es trocken und sogar angenehm warm von der Sonne, die am Morgen noch kräftig geschienen habe. Martin und die anderen Reisenden hatten sich Decken aus der Kutsche geholt und machten es sich auf dem harten Boden so bequem, wie es gehen wollte.

Sobald der Regen nachlasse, so der Kutscher, wolle er umkehren und einen anderen Weg nach Weißensee einschlagen.

Tatsächlich riss der Himmel schon nach kurzer Zeit wieder auf, und die Reise verlief ohne weitere Störungen. Martin beschäftigte sich mit den beiden Jungen, indem er ihnen alle möglichen Fragen stellte, die ihm einfielen. So vertrieben sie sich die Zeit.

Am nächsten Tag trafen sie nur wenige Stunden später als geplant in Mansfeld ein. Die Kutsche hielt an der Kirche, und als Martin mühsam herauskletterte, sich reckte und streckte, sah er, dass der Neubau der Kirche eifrig vorangetrieben wurde. Die alte war abgebrannt, ohne dass man die Ursache dafür gefunden hätte. Das wusste er aus einem Brief von Berblin, auch, dass die Reinickes und die Oemlers, selbst Vater Luther großzügig gespendet hatten, damit Mansfelds schöne Kirche wiederaufgebaut werden konnte.

Martin ging leise ins Haus. Es war noch früh, und es lag still im Morgenlicht. Die Angst überfiel ihn wieder. Wie würde er Berblin antreffen?

Er brachte zuerst den Reisesack in seine Kammer und machte sich möglichst geräuschlos in der Badestube frisch. Dann näherte er sich Berblins Zimmer, blieb mit klopfendem Herzen vor ihrer Tür stehen. Hatte er etwas gehört, oder täuschte er sich?

»Martin?« Berblin flüsterte seinen Namen, ja, er hörte es genau. Behutsam öffnet er die Tür, und schon war er an ihrem Bett. Sie hatte sich ein wenig aufgerichtet, schaute Martin glücklich an, und er nahm sie in die Arme. Er dachte keinen Moment daran, sich zu schützen, vor welcher Krankheit auch immer. Er wollte ihr nahe sein. Ihre Wärme spüren, ihren Duft. Er war wieder ihr Kind. Und er hoffte.

Berblin wirkte nicht sterbenselend. Sie war gepflegt wie sonst auch, ihr Haar frisch gewaschen, ihre Nachtwäsche duftete vertraut nach getrockneten Veilchen und Lavendelblüten.

»Berblin, wie gut, dich wohlauf zu sehen. Warum hat mir der Vater geschrieben, dass du sterben wirst?«

»Sie haben den Pestarzt gerufen, weil ich Beulen hatte in der Leiste und unter den Armen. Der Arzt hat gesagt, dass ich sofort aus dem Haus müsse. Im Anfang habe ich das auch geglaubt, bin gleich in den leeren Stall gezogen, weil ich nicht in ein Krankenhaus wollte. Ich habe mich weiterhin behandelt und war verwundert, dass ich mich rasch wieder gut fühlte, herumlaufen konnte, Tee kochen, Salben mischen, alles. Nach zwei Tagen waren die Beulen verschwunden. Unsere Nachbarin, die, die deine Mutter für eine Hexe hält, hat gesagt, es gebe auch harmlose Schwellungen am Körper. Woher die kämen, wisse sie nicht, aber sie gingen so schnell, wie sie gekommen wären. Martin, ich bin gesund. Du musst dich nicht sorgen.«

Martin sank vor dem Bett zusammen. Die Angst, die Anspannung, alles löste sich, und ihn überkam eine überwältigende Müdigkeit. Berblin brachte ihn zurück in sein Zimmer, wo das Bett mit frischer Wäsche bezogen war.

Er fühlte sich so glücklich wie schon lange nicht mehr.

Berblin war wieder gesund, und er hatte sein Examen bestanden. Vielleicht käme sogar Madlen. Jetzt wollte er nur noch schlafen. Alles andere hatte Zeit.

Als er erwachte, stand Jakob an seinem Bett. Die beiden umarmten sich lange und ohne ein Wort.

Madlen kam erst am übernächsten Tag. Ihre Kutsche war zwar nicht wegen eines Unwetters, doch wegen eines Bruchs der Deichsel liegengeblieben. Alle Reisenden mussten einen ganzen Tag ausharren, bis eine reisefähige Kutsche eintraf. Sachlich und kühl erzählte Madlen darüber, nachdem sie sich davon überzeugt hatte, dass Berblin wieder wohlauf war.

Martin kannte sich nicht mehr aus. War das seine Madlen, die da so distanziert und schnörkellos von ihrer Reise berichtete? Die Madlen, nach der er sich gesehnt, auf die er mit klopfendem Herzen gewartet hatte? Er war zur Kirche geeilt, sie abzuholen, und schon beim Aussteigen aus der Kutsche hatte er gespürt, dass nichts war wie zuvor. Das Bild von ihr, das er wie das einer Heiligen ständig in seinem Herzen getragen hatte, fand er nicht mehr wieder. Der Schmerz, der ihre Augen verdunkelt hatte, den nur Martin in ihren Zügen lesen konnte, dieser Schmerz war nicht mehr sichtbar. Stumm waren sie die wenigen Schritte zum Haus der Luthers gegangen. Seine Eltern waren überraschenderweise einverstanden gewesen, dass Madlen eine Nacht im neuen Haus verbrachte. Am nächsten Tag würde sie wieder zurück nach Zerbst fahren. Sie wollte Johanna Hofer nicht länger als nötig allein lassen.

Martin fragte, wer Frau Hofer denn derzeit betreue.

»Die langjährige Haushälterin des Apothekers Cantus ist bei ihr. Sie ist eine warmherzige Frau, und Johanna kennt sie gut. Und Grete, die Tochter des Apothekers, ist alt genug, die Familie für kurze Zeit allein zu versorgen. Sie tut alles für mich.«

Es war Martin, als wäre diese Bemerkung Madlen unbedacht herausgerutscht. Auch Berblin sah für einen Moment nachdenklich aus. Dorothea blickte Madlen eindringlich an. Konnte sie sich noch an sie erinnern? Wohl kaum, dachte Martin. Dorothea war bei Madlens Umzug nach Zerbst noch klein gewesen, doch jetzt setzte sie sich wie selbstverständlich zu ihr.

Zerrissen von seiner Sehnsucht, Madlen in die Arme zu nehmen, lag Martin in seinem Bett. Er wusste, dass seine Mutter und möglicherweise auch der Vater Wache hielten. Der Weg zu ihr war versperrt. Auch der Stachel der Fremdheit tat ihm weh. Was nutzte es, ihr räumlich nah zu sein, wenn sie ihm sonst so fern war.

Nach dem Frühstück wollte er in den Wald zu seinem Baum und dann aufbrechen nach Erfurt. Er durfte keine Zeit verlieren, zumal er die Rückreise nach Erfurt zu Fuß machen würde.

»Ich begleite dich ein Stück«, sagte Madlen. Ihre Kutsche fahre erst in drei Stunden, bis dahin würden sie wohl zurück sein.

»Wie schön du aussiehst«, sagte Martin schon nach den ersten Schritten. Er sagte es ernst, spürte, dass er sich nicht freuen konnte, dass Madlen mitkam. Sie hatte ihm etwas zu sagen. Deshalb war sie mitgekommen. Er wusste es. Wollte es aber nicht hören. Lieber wäre er allein zu seinem Baum gegangen. Er brauchte Trost.

Sie verließen die Straße und suchten den Pfad, den auch Madlen kannte. Doch hatten sie Mühe, ihn zu finden, denn der Eingang war jetzt, in der grünen Jahreszeit, völlig zugewachsen mit Farnkräutern, Gestrüpp und Brombeergerank. Doch schließlich tat er sich ihnen auf, und sie gingen schweigend durch den Wald, den Martin so gut kannte. Die Sonne schien zwischen den Stämmen hervor und machte ihnen den Weg hell.

In Martin stieg eine böse Ahnung auf. Berblin hatte von einem schlimmen Sturm berichtet. Ausgerechnet in der Nacht, die sie krank im Stall verbracht hatte, war er so heftig gewesen, dass alle im Haus aufgestanden waren und sich angekleidet hatten. Das erschien ihm wie ein Zeichen.

So wie er spürte, dass Madlen ihm nicht mehr gehörte, so spürte er jetzt, dass etwas mit seinem Baum passiert war. Er lief rascher, ohne auf Madlen zu achten, die hinter ihm her stolperte.

Und dann sah er ihn. Verwüstet, in völliger Zerstörung lag er vor ihm. Seine Äste waren abgebrochen, geborsten, mit den Wurzeln ausgerissen und umgestülpt lag er da. War das sein Baum? Das war doch nicht sein Baum.

Martin sah sich verzweifelt um. Unter ihm klaffte ein schwarzes Loch in der Erde. Da, wo einmal der Baum seine Wurzeln ausgestreckt hatte. Die große Lichtung, die ihn so edel und majestätisch hatte erscheinen lassen, diese Lichtung war jetzt ein Schlachtfeld, ein Trümmerhaufen aus Geäst und Erdblöcken.

Madlen war vorsichtig herangekommen. Sie legte ihm sanft ihre Hand auf die Schulter. Doch Martin war es, als seien auch ihm alle Wurzeln ausgerissen worden. Als hätte man ihn ausgespuckt.

Er schob Madlens Hand weg.

»Ist es der Apotheker?«, fragte er, ohne sie anzusehen.

»Ja«, sagte Madlen. »Und seine Kinder.«

46

Im Sonnenschein glänzte alles ringsum grün und bunt. Die Luft schmeckte so frisch, als wäre noch Frühling, doch bald sollte der Sommer kommen.

Martin war zu Fuß von Mansfeld aufgebrochen, so wie er es sich vorgenommen hatte. Die langen Märsche bis in die Nacht war er inzwischen gewohnt. Meist begegnete er keinem Menschen, und das tat ihm gut. Ihm war die Landschaft genug, die Ansammlung alter, verlassener Hütten, manchmal eine Straße, ein Hügel, eine Grotte.

Am vierten Tag erreichte er die weite freie Ebene nördlich von Erfurt. Obwohl es schon Nachmittag war, drückte die Hitze. Es war schwül. Martin zog seine Leinenjacke aus und wischte sich das Gesicht ab.

Madlen. Der Apotheker. Und dessen Kinder.

Er verschluckte sich, musste husten. Der Teufel saß in seinem Hals und wollte ihn ersticken. War das die Strafe Gottes? War es Sünde gewesen, Madlen zu lieben? Jesus Christus, habe ich Deinen Vater erzürnt?

Martin bekam keine Antwort. Obwohl er mit Leib und Seele darum bat. Er fiel auf die Knie und presste die Hände auf die Schläfen. Die Welt um ihn begann sich zu wandeln, wurde eine unwirkliche Landschaft, wie er sie aus Träumen kannte. Er wollte weitergehen, doch er fühlte sich weich, knochenlos. So, als ginge er unter Wasser. Er horchte auf den Wind, der kommen musste.

Vorhin hatten ihn zwei junge Frauen nach dem Weg in die Stadt gefragt. Jede gestützt auf einen Wanderstab. Mit einem Mal waren sie verschwunden. Wie war es möglich, dass er sie aus den Augen verloren hatte? Jedenfalls war er allein. Schweigend und scheinbar grenzenlos dehnte sich um ihn die Ebene. Am Horizont stand ein schwerer Dunst. Martin sah gleichsam ins Nichts.

Er spürte die Gefahr.

Erfurt war nicht mehr weit. Dort waren Menschen. Er musste es bis dahin schaffen.

Der Dunst hatte mittlerweile die tiefstehende Sonne erreicht und schier ausgelöscht. Es war jetzt fast dunkel. Martin fürchtete sich. Ein lauerndes Ungeheuer aus blauschwarzem Nichts kam auf ihn zu.

»Jesus Christus«, betete er. »Ich muss meine Sache Dir befehlen und mich führen lassen, denn ich bin einem gewaltigen Sturm ausgesetzt. Ich kann nur den Vater und Dich um Barmherzigkeit bitten. Ich bin verloren, wenn Du dem Satan nicht wehrst.«

Martin horchte in die Luft. Kam da nicht ein verhaltenes Grummeln herüber? Da! Ein Blitz!

Jetzt kam das Gewitter.

Das Grummeln und Rumpeln nahm zu und ging schnell in ein unaufhörliches Rollen über. Blitz auf Blitz schoss aus der Wetterwand. Immer häufiger wurde das Rollen von scharfem Krachen unterbrochen. Es hörte sich an, als berste der Himmel über Martin auseinander. Dann und wann erhellte eine schweflige Flamme die qualmenden Wolken.

Martin sah sich um. In der Nähe musste ein Dorf sein. Dort wollte er Zuflucht suchen. Wäre er nur schon in Erfurt, in der Burse. In seiner Kammer. Gnade und Friede in Christo!

Martin wollte seine Leinenjacke anziehen, als ein plötzlicher scharfer Windstoß sie ihm aus den Händen riss. Er rannte hinterher, schnappte gerade noch einen Zipfel und kauerte sich in eine kleine Bodenwelle, die sich vor ihm auftat. So verharrte er, seinen Reisesack und die Jacke an sich gepresst wie Kostbarkeiten.

Irgendwo musste er sich festhalten. Jetzt ging es erst richtig los mit dem Wind. Waren die Blitze nicht schon weiter weg von ihm? Bildete er sich alles nur ein?

Martin bekam einen Schlag auf den Kopf. Wie konnte das sein? Das war doch Teufelswerk. Jäh setzte ein gewaltiges Rauschen ein. Jetzt verstand er. Es hagelte. Körner dick wie Taubeneier. Eines hatte ihn am Kopf getroffen, und der Hagel wurde immer stärker. Es hatte ihn schon als Kind gegraust, wenn dicke Hagelkörner aufs Dach und gegen die Fenster schlugen. Auch die Eltern hatten Angst gehabt. Blitz, Donner und Hagel konnten eine Familie in wenigen Stunden bitterarm machen, wenn ihr Haus brannte und keine Hilfe kam. Und der Blitz konnte Menschen töten.

Martin versuchte, seinen Kopf mit der Leinenjacke zu schützen. Es gelang ihm nicht. Die blaue Dämmerung hüllte ihn ein. Nichts war mehr zu sehen. Das Gewitter tobte direkt um ihn herum. Er konnte es nur geschehen lassen. Und beten. Laut anbeten gegen den Sturm.

»Herr, Dein Wort ist von unbegrenzter Majestät, es wirkt große Dinge und ist wunderbar in der Höhe. Es erwürgt die Vornehmsten unter ihnen und schlägt darnieder die Besten in Israel. Herr, Jesus Christus, was soll ich tun, damit Gott mir gnädig ist – ich … ich will ein Mönch werden.«

Danksagung

Ich danke meiner Lektorin Angela Volknant für das sorgfältige Lektorat des Textes. Meinem Sohn Henrik für die Unterstützung bei der Recherche. Meinem Mann, Günther Bauer, der mich in theologischen Fragen beriet. Meinem Zahnarzt Dirk Küster verdanke ich die Vorlage für die Figur der Berblin. Bettina Koller, Joachim Siebenwirth und Daniel Reichart danke ich für ihren medizinischen Beistand.

Sommer 2016
Asta Scheib